U0113667

水浒人物志

第一部 江湖已远

曲昌春 —— 著

中国文史出版社
CHINA CULTURAL AND HISTORICAL PRESS

图书在版编目（ＣＩＰ）数据

水浒人物志. 第一部 , 江湖已远 / 曲昌春著 . -- 北京 : 中国文史出版社 , 2021.7

ISBN 978-7-5205-3151-1

Ⅰ . ①水… Ⅱ . ①曲… Ⅲ . ①《水浒》研究—人物研究 Ⅳ . ① I207.412

中国版本图书馆 CIP 数据核字 (2021) 第 181854 号

责任编辑：梁玉梅

出版发行：中国文史出版社

社	址：北京市海淀区西八里庄路 69 号院　　邮编：100142
电	话：010-81136606　81136602　81136603（发行部）
传	真：010-81136655
印	装：北京新华印刷有限公司
经	销：全国新华书店
开	本：16 开
印	张：19.75
字	数：333 千字
版	次：2022 年 4 月北京第 1 版
印	次：2022 年 4 月第 1 次印刷
定	价：58.00 元

· 目录 ·

第三辑　林冲，你已经掉进了网中央

第一辑 那些无法安放的青春

01. 有志青年高俅

《水浒传》的故事从一个叫作高俅的青年说起。

高俅是北宋东京开封府人，那时候的开封是首都，高俅同其他首都同学一样也有着强烈的优越感。要是一般人，也就是在胡同里串一串、吹一吹、侃一侃，然后再吃碗老开封炸酱面，估计就觉得人生很美好了。

高俅不一样，他是一个有追求的人，尽管追求什么，他自己也不知道。生活有时候就是这样，你不知道自己要追求什么，就那么往前走吧，也许你追求的就在前面。

要说高俅也不是什么都不会，体育项目他就挺在行，枪棒都熟练，关键是他还会踢球。在宋朝，足球是个高雅运动，高俅跟着高手学了不少足球技巧，这些技巧是他日后发迹的资本。

对于未来，高俅也盘算过，想当官没有门路，想当兵又不甘心，那时宋朝对外只能防御，真要打起仗来，打不过辽，也打不过西夏，当兵就基本等于替国家挨揍，高俅是不会去干这种不划算的事的。

同很多人一样，高俅准备跟个老大奔个前程，由于他比宋江、柴进年龄都大，他出来混的时候，那二位要么没出生，要么还穿着开裆裤，因此高俅投奔这两位义薄云天的老大的希望从一开始就破灭了。后来高俅跟了一个小老大，小老大是王员外的儿子，家里最不缺的就是钱，最愁的是钱怎么花。

钱怎么花，高俅在行，开封的各大夜总会他都熟，他在心里对自己说，"我喜欢这味道"。跟着小老大混在各大夜总会，听着小姐姐们叫他"小高哥"，什么人生理想啊，什么美好追求啊，都见鬼去吧。

王员外听说儿子经常拿着他的财产在夜总会流连忘返，心里很不爽，他觉得自己的孩子是好的，学坏就是身边的坏人给带坏了。高俅很不幸，他就是王员外眼中的那个坏人。

坏人就要受到惩罚，高俅被拉到开封府痛打了二十大板，当大板与身体亲密接触的时候，他在想，"为什么受伤的总是我"。

仅仅二十大板也没有什么，要命的是后面还有经济制裁，开封府宣布将高俅驱逐出开封，不准他在开封觅食，也就是说高俅在开封的户籍以及粮油关系都被注销了，连暂住都不行，更要命的是，王员外放话，如果在开封遇到他，见一次打一次，打死为止。

两眼一抹黑的高俅只能慢慢地走出开封，回望开封，两行热泪流了下来。

别了，开封。

别了，我那无法安放的青春。

别了，我那相恋的小红、小莲、小翠、小秋香。

我会回来的!

02. 高俅是官场混混

"忙忙如丧家之犬，急急如漏网之鱼"，《水浒传》里最常用的这句话，用在高俅身上又合适又不合适。

说他是丧家之犬吧，合适，因为从此没有给他买单的小老大了。不过他不用太焦急，毕竟在开封之外没有人见他一次打一次，暂时是没有生命危险的，这个处境比后来逃难时的鲁智深、宋江强多了。

天下还是好人多，淮西临淮州的柳大郎成了高俅的新老大。柳大郎并不会相面，也不知道日后的高俅会发达，当高俅投到他的门下，他淡淡地说，"来了就是有缘，留下吧"。

从此高俅留在了柳大郎的赌坊里，在这里他学会了摇色子，出老千，以及"见人说人话，见鬼说鬼话"，这些都是高俅日后关键的生活技能。在他回到开封辗转求职的过程中，他在心里不断地对自己说："我感谢生活！"

经常看到来赌博的人从大富翁变成穷光蛋，高俅从开始的不忍变成了麻木不仁，"不赌就是赢了"，高俅总是这样对自己说。

不赌，人生就没有转机；不赌，自己就要在这里终日与色子为伍，以出老千为业，这就是自己想要的生活吗？不是！

不知不觉三年过去了，高俅等来了人生的第一次机会——天子大赦天下。

天子大赦天下，就是天子给全天下的不良分子发红包，该杀的不杀了，在狱里待着的开门回家吧，该进去的免了，在家待着吧，像高俅这样轻微犯罪的，可以把档案转回地方，等待政府分配。

三年了，我等了三年了，我要拿回属于我的东西。高俅从淮西望着开封，透过云端他似乎看到了自己又回到了开封，又成了《清明上河图》中的人物，那里是我的，我属于那里，我要回家。

辞别了柳大郎，高俅踏上了回家的路，尽管前路在哪里他也不知道，但包袱中柳大郎的推荐信让他有了一点点底气，那封推荐信还是会有一点作用的。

带着推荐信，高俅开始了艰辛的求职道路，他拿着信先来到了柳大郎推荐的董将士家，这也是个大户人家。可能是高俅太出名了，董将士一打眼就知道高俅是那个因为带财主儿子上夜总会被赶出开封府的主，董将士心想，这样的人不能留啊，留在家里还不得把自己的家底掏空了。好歹熬了十几天，董将士又弄出一封推荐信，这封推荐信了不得，因为这个下家了不得，这个人你我都认识——苏东坡。（也有一说是苏东坡的弟弟苏辙）

很难想象，如果高俅跟着苏东坡会在中国历史上留下怎样的印迹，不过以高俅的心性，也未必愿意陪伴苏东坡老先生，成天搞诗词接龙，接不上来不能吃饭，估计高俅已经饿死八百回了。

高俅还是幸运的，苏东坡没有留下高俅，转手给他找了个不错的去处——

当朝驸马王都尉府。或许，苏东坡真看出他是当官场混混的料。

03. 高俅的发迹

历史不都是由必然构成的，也有那么多偶然。高俅的发迹也是源于一次偶然，这个偶然居然是因为一泡尿。

高俅跟了王都尉之后不久，王都尉在府上办生日宴，请来了一位客人，这个客人就是后来的宋徽宗。那时青年宋徽宗还只是个不起眼的王爷，也没人跟他说要接班的事，那时宋徽宗还只是端王赵佶，只是个普通青年，头顶上一朵祥云也没有。

生日宴上，端王赵佶忽然内急，赶紧上了趟洗手间。端王赵佶上完洗手间没直接回宴席，而是来到了王都尉的书院，一打眼看上了书桌上的镇纸狮子。赵佶一下子就喜欢上了，索性就跟王都尉要了这对镇纸狮子，就是这对狮子给高俅带来了一生的荣华富贵。

延伸说一句，别看不起宋徽宗，虽然他老人家做了亡国之君，到北方打猎去了，但从艺术造诣上来说，宋徽宗放在今天是有资格享受政府特殊津贴的人。2007年，宋徽宗的一幅画拍出了两千多万元人民币的天价，老人家若是泉下有知，一定会万分感慨：早知道我的画这么值钱，就画两幅送给金国那几个土鳖，那样就不用在北方打猎了。（宋徽宗、宋钦宗被金国俘虏，押往金国关押，南宋官方避讳，称二帝"北狩"。）

高俅的机会来了，他奉命去给端王赵佶送那对狮子。

命好靠政府，点正靠社会，高俅的命太好了。一进端王府，正赶上端王赵佶在踢球，机缘巧合，球正好冲着高俅飞了过来，这时考的不是唐诗宋词，考的就是本能反应。高俅本能地踢出一个鸳鸯拐，把球稳稳地踢回给了端王。鸳鸯拐估计是个难度极高、姿势极漂亮的动作，中国球员是没希望做出来的。这个鸳鸯拐改变了高俅的一生，就凭这一拐，高俅发达了。

端王赵佶看上了高俅，高俅从此成了端王的机要秘书。

如果历史只是线性发展，高俅至多从端王府总管位置上退休，退休后成为端王府逢年过节问候问候的老头儿而已。

历史有时是间歇性非线性发展的，青年皇帝宋哲宗驾崩了，没有儿子，身为弟弟的端王赵佶有机会"兄终弟及"。

加上赵佶，宋哲宗在世的弟弟共有五人，赵佶年龄排名第二。

运气来了，是挡不住的。

年龄排序第一的申王赵佖眼睛有疾，不适合继位。

适合继位的人选最终锁定在赵佶和赵似。

看上去，赵似比赵佶更有继位理由，他是哲宗皇帝的一母所生的胞弟，这是他的先天优势。

赵佶也有先天优势，他的先天优势是"没爹没娘，父母双亡"。爹是宋神宗，十五年前驾崩。娘是品级不高的陈婕妃，在宋神宗之前去世。

赵似的生母是朱太妃，朱太妃生了哲宗皇帝和赵似，在后宫有地位，但没能进位太后，并没有话语权。

在继位问题上，有话语权的是向太后，她没有自己的亲生儿子，扶谁上位，费尽思量。

扶谁都可以，除了赵似。

理由很简单，赵似生母朱太妃健在，赵似登基，受益最大的是朱太妃，而不是向太后。（哲宗皇帝继位由神宗皇帝指定，向太后说不上话。）

向太后站到了赵佶一边，她是赵佶的嫡母，也是赵佶的养母（赵佶幼时由向太后抚养），扶赵佶上位，符合双方共同利益。

从此赵佶不再是端王，而是历史留名的宋徽宗，也就是宋江、吴用天天做梦都想效忠的"今上"——道君皇帝。

网络上，没有人知道你是一条狗。在皇帝身边，也没有人知道高俅曾经是一条人人喊打的"流浪狗"。曾经在开封府享受"见一次被打一次"待遇且被驱逐出城的高俅从此走上了人生高速路，半年后他成了大宋的殿帅府太尉（相当于国防部长）。

当幸福来敲门的时候，一定要记得开门。

04. 王进是《越狱》的男主角

公司就像爬满猴子的大树，位置在高处的猴子往下看见的都是笑脸；位置在低处的猴子往上看见的全是屁股。现在的高俅，爬得足够高了，他这只猴子只需要看几个人的屁股了，主要看一个人的屁股就行，那就是主人宋徽宗，剩下的人都得看高俅的屁股，其中一个需要看高俅屁股的人叫作王进，《水浒传》中出场的第一条好汉史进的师父。

王进原本生活滋润，身为八十万禁军教头，在当时属于金领，平时上班就是给禁军训练一下军体操，跟现在老兵训练新兵蛋子一样，在训练场上他就是权威，那种感觉非一般的爽。

高俅来了，王进不爽了，他们家跟高俅结过仇。

仇是王进家老爷子结下的，王老爷子着实有不妥的地方，人家高俅虔诚地要学点本事，您老倒好，一棒子把人打得四个月下不了炕，人家能不记仇吗？

君子报仇，一年都晚，高俅等来了报复的机会：一上任，点名。

点名方式倒是简单，就是上交自己的简历给高俅，王进天真地以为，那么多教头高俅也不会那么凑巧点到自己。

也不知是真凑巧还是假凑巧，刚当上太尉的高俅一下就点到了王进，简历递上来了，人却没来。是可忍，孰不可忍，叔可忍，婶也不能忍，老虎不发威，你当我是 Hello Kitty 呢。

高俅很生气，后果自然很严重，对于王进这种有组织无纪律的行为，他要发威了。从家里被拖回办公室的王进一开始还有些疑惑不解，等到跟高俅一照面，他知道这份工作干到头了，到了提交辞职报告的时候了。

高俅心里打翻了五味瓶，他想起了那人见人打的岁月，想起了背上挨的那重重一棒，想起了在开封街上看到的无数屁股。现在他想报复的那个人就站在面前，有来有往，父债子偿，你爹打我一棒，我打你一百棒、一千棒、一万棒。

原本王进这顿打是免不了的，得亏王进的群众关系不错，同事们合力制止了高俅的报复行动。高俅也不是笨人，心中暗笑，今天算你躲过了，明天看你怎么躲，反正这顿打你是免不了的。

生存还是毁灭，这是莎士比亚思考的问题。

逃跑还是留下，这是王进思考的问题。

留下，待遇是见一次打一次，打一次可能四个月下不了炕；逃跑，风餐露宿，前途未卜。

权衡利弊，王进决定做一把好汉，跑吧。

当天晚上，王进家就被军管了，高俅开始重视王进，给他配备了两个卫兵，不过卫兵不是来服务的，而且态度还很蛮横。

好在，两个卫兵能力低下，王进跟他们撒个谎说，"明天要出去烧香"，就轻而易举地把这两个卫兵给支了出去。

难怪宋朝军事能力不行，给高太尉办差的人素质都这样，整个大宋朝兵员的素质可想而知了。

王进开始跑路，从八十万禁军教头化身为《越狱》的主角。

王进跟老母亲逃出开封，此行目的地是陕西延安，去投奔当时的名将种谔（老种经略公）。很多人可能会说，殿帅府太尉高俅想抓的人，种谔敢收留吗？敢，为什么？因为他属于边防军将领，将在外，君命有所不受，更何况是高太尉。退一步讲，那个年月没有电脑联网，没有网上追逃，王进到延安改个名字当个偏将，高太尉像大海里捞王进，哪儿捞去啊？这实际上也解释了，为什么后来史进寻遍天下都没找到王进的缘故，原因很简单，王进改名了，可能就叫王不进。就差一个字啊，史进找了一辈子。一个字，一辈子。

05. 史进，无法安置的青春

落跑教头王进与老母亲在路上奔波了一个多月，他们欢天喜地，感觉就像后来的热血青年进入了解放区，天是蓝的，云是白的，空气里弥漫着自由的味道，留下报复未成的高太尉在自己的府里大发雷霆，从此更加变态。

这一天，王进只顾着赶路，错过了客栈，找不到客栈就只能露宿街头了，除非你运气够好，能到居民家里借宿。王进的运气够好，他敲开了史进他们家的大门。

没有战争时，宋朝的社会气氛还算是祥和。他知道，史太公一家人应该不错。"谁头顶上顶着房子走路哩。"史太公直爽地答应了王进借宿的请求，西北人，实在。

实在的史太公安排王进母子吃了一顿饭，还请王进喝了几杯酒，史太公的热情好客让王进倍感温暖。

第二天，王进的老母亲病犯了，史太公拿出自己的秘方让仆人给老太太抓药，王进又被感动了一次。

《水浒传》第一好汉史进该出场了。

史进，男，年龄十八九岁，籍贯陕西，身体情况——健康，特征——身上文着九条龙，由此得了一个绰号：九纹龙。

史进是一个热爱武术的农村青年，私塾毕业后就在家里学习棍棒，遇到王进之前已经请过七八个棍棒家教，其中一个是名人——打虎将李忠。此人过两天会出现，先不提他了。

史进在王进面前耍了一套棍棒，王进歪了歪头，"架势不错，可惜赢不了好汉"。

王进一句话惹恼了史进，史进火大了，明明已经打遍全镇无敌手了，他居然说我赢不了好汉。

男人是有尊严的，男人就该对自己狠一点，史进发飙了。

在征得史太公同意后，王进决定出手教训一下眼前这个愣头青，八十万禁军教头对农村自学不成才青年史进，你说谁赢吧？

对决结果就如同和尚头上爬满了虱子，瞎子都知道了。

王进一个回马棒（我自己看过《水浒传》后给出的定义）就把史进给撂翻了。啥叫专业，这就叫专业。

自此史进把以前的师父都否定了，眼前这个师父才是值得他毕生追随的师父。王进就这样成了史进的老师，这位曾经的八十万禁军教头以往怎么也想不出，自己有朝一日会成为一个农村青年的家庭老师。当然他也想不到，他的这个学生日后会与自己的前同事林冲、徐宁成为同事。世事如白云苍狗，变化之快，让你说不清楚。

经过王进师父半年的教导，史进掌握了十八般兵器的使用方法，基本做到了炉火纯青。这半年太重要了，正是得益于这半年的教导，史进才在后来进入了《水浒传》三十六员天罡正将序列，而且远远地把自己的开手师父李忠甩在身后。

李师父，我超越了你；王师父，我会超越你吗？

06. 史进：梦想中的大红花

王师父没有给史进超越的机会，他选择了离开。

家教生活对于王进来说很安逸，但并不是他想要的。王进心中投奔老种经略公的想法又燃了起来，男人应该有理想，应该像男人那样去战斗，即便在延安的野战军生活会无比艰苦，但至少在他回首往事的时候，不会因蹉跎岁月而悔恨不已。

为了将来不后悔，王进在史进的泪眼蒙眬中走远，西出阳关，从此再无故人。王师父就此活在史进的心中，从此史进知道了，有一种痛叫思念，有一种回忆叫刻骨铭心。

已经成才的史进生活更加惬意，他在周围很难找到对手了，这是一种孤独的感觉，他只能天天晚上对着影子练功，这是高手的孤独。

在史进孤独练功的岁月里，史老太公走完了人生路，从此史进过上了没人管的生活。

没有父母管，本可以找个媳妇管着，可惜史进比较晚熟，在史家庄的时候，他根本就不想男女之事，等到想的时候已经漂泊在江湖了。

没人管的史进并不想一事无成，他还想为大宋朝做点事，那就是保家卫国，组织村民抵御山贼的侵略。史进要抵御的山贼总共有五六百人，领头的是三个人，一个叫朱武，一个叫陈达，一个叫杨春。后来，这三个人啊，都成了史进的同事。

在没有成为史进的同事之前，朱武他们还得吃饭，还得筹粮，自从他们自行"承包"了少华山之后，尽管不用交管理费，但是五六百人也得吃饭啊！不要以为占山为王是件简单的事，单是解决五六百小喽啰吃饭问题就是个大难题。不出去借粮，能行吗？当然这个"借"是文明用词，跟你是借，但是也没准备还。

借，是肯定要借，但是向谁借，这是个问题。

朱武主张去蒲城县借，陈达主张就去华阴县借，朱武反对去华阴县借主要是因为去华阴县要经过史家庄，而史家庄有个叫史进的很难惹。

当强盗当到这个份上也挺可怜的，强盗居然也有怕的时候，胆小还冒充黑社会，可悲啊。朱武一伙人确实胆很小，后来，他们的老大史进被抓进监狱时他们居然不敢去救，还要等宋江大老远地从梁山下来救人。强盗当到这个份上，两字，"可悲"。

朱武胆小，陈达胆子可不小，而且陈达还是表演型人格，"你越说不行他越来劲"。朱武和杨春拦都拦不住，陈达带着小喽啰们耀武扬威地来挑战史家庄。

史进终于等到了表现的机会，他苦苦学习半年，等待的就是这个机会，他要把握这个机会，他要登上这个舞台，或许明天他就成了全华阴县的英雄。华阴太守会把三千贯赏钱递到他的手上，而且还会亲手给他戴上大红花。

现在还不是戴大红花的时候，史进必须先让陈达脑袋开花，这样才有机会戴大红花。两人打斗了多时，不分胜负，史进毕竟是八十万禁军教头的徒弟，还是有两把刷子，他知道有一个动作叫卖个破绽，然而陈达不知道——二马错镫的一瞬间，陈达被史进抓到了庄里，等待陈达的将是大宋律令的严惩。

等待大红花的史进回到庄上喝酒庆祝，等不回陈达的朱武和杨春成了热锅上的两只蚂蚁，在山寨里团团转。

按智商排位，朱武第一，杨春第二，陈达第三；按武力排位，陈达第一，杨春第二，朱武老末。最能打的陈达已经被抓了，武力第二的杨春加上基本没有战斗力的朱武是小于等于史进的战斗力的，而且等于号可以直接去掉。

一个人如果没有武力，那么一定要有智力，如果既没有武力，又没有智力，那么请自动站到白痴方队。朱武没有选择白痴方队，因为他还有智力，他想到了对付史进的招数，说出来特简单，苦肉计呗。

苦肉计，历久不衰的计谋，不过也得看谁对谁，要是王进对高俅用苦肉计，那就是肉包子打藏獒——有去无回，可朱武对史进用苦肉计，效果如何呢？

质量好，效率高，一用就好，一帖见效，搞定。

07. 史进：我要去延安

朱武在史进面前挤出几滴鳄鱼眼泪，就征服了史进，史进终究是个冲动的人，冲动的人往往很重感情，比如说李逵。

朱武用苦肉计征服了史进，从此四人成了兄弟，这里还是介绍一下他们三个吧。

神机军师朱武，智商比较高；跳涧虎陈达，比较勇猛善斗，要不然，没有这个称号；白花蛇陈春，特点不详，武力值低于陈达，属于搭班子的成员。

史进不惦记那三千贯赏钱，因为他不缺钱，他也把戴大红花的念头忘在了脑后，他不能让江湖好汉说他出卖好汉给官府而笑话他。他是一个好汉，是有尊严的。

史进与少华山的三位承包人成了好友，他们有很多共同的话题，比如酒，比如武功，比如大宋的国事。四个人你请我敬，这是一个不错的饭局组合。

世上没有不散的饭局，四人的饭局来得快，去得也快，史进的手下把朱武的回信弄丢了，被人捡去交给官府，事大发了。

八月十五夜，金秋赏月时，史进与三个强盗在自己的庄上谈论着"海上生明月，天涯共此时""但愿人长久，千里共婵娟"。

这时，华阴县警察局来人了，他们是来问候朱武等三个少华山承包人的。

朱武这时又来了一次苦肉计："哥哥，你是清白人，把我们三个绑了交出去吧。"

"怎么可能？我们要么同生，要么同死。"史进大义凛然地说道。一语成谶，史进说到做到，后来他与陈达、杨春一起在征方腊的战争中，死在南军的乱箭之下。刘、关、张说到没做到的事，史进、陈达、杨春做到了。

不过，兄弟们这会儿可不能就想着死，谁在受到死亡威胁时想的都是"我要活下去"，史进在耐心与华阴县警察局局长对话之后，知道和平解决是不可能了，今夜是不会"他好你也好"的，今夜注定有暴风雨。

既然友情的小船被风浪打翻，我们只好友好地说声再见。

再见，我的史家庄。

再见，我的青年时代。

不，我正是青年，从此我将步入江湖，从此我的家在天涯，华阴县少了一个有志青年，江湖多了一条好汉——九纹龙史进。

手起刀落，史进步入江湖，有幸挨第一刀的是那个把信弄丢了的庄客，他不幸成了史进刀下的第一人。第二人是那个举报朱武的人，举报完不赶紧回家数钱，非要跟着一起来抓人，这下史进送他去阎王爷那里继续写举报信。

当史进举起刀，就无法阻挡了，华阴县两个都头被陈达、杨春一刀一个结果了性命，两都头殉职。不是都头不卖力，实在是强盗太强悍了。

初入江湖的史进实际是懵懂的、胆怯的，上了少华山之后他就在后悔，为什么一冲动就烧了自己家的宅院。

虽然金银珠宝都带了出来，可其他的东西却再也找不回来了，那些房屋，那些村舍，只能活在他的记忆中了。这种折磨延续了很长时间，直到上梁山后，他听说很多同事的庄园都被烧了这才释怀。

生活就是这样，当你倒霉时，不要光想着你倒霉，遇上比你更倒霉的，就是一种幸福，归纳起来，幸福是比较出来的。

史进的幸福不是在少华山落草，那不是他的追求，虽然他不能通过科举走上为国尽忠的道路，至少他可以凭借一身的本领为大宋守卫边疆。他要做大宋的一棵小白杨，长在大宋的哨所旁，况且，他的恩师王进已经在延安守卫着边疆了。

到延安去，到延安去，史进在心中呐喊着。

08. 史进：那一年的偶遇

那一月我走过千山万水，不为风景，只为触摸你的指尖。

那一年辗转在歧路，不为觐见，只为贴着你的温暖。

那一生转山，不为修来世，只为途中与你相见。

跋涉在路上的史进脑海里不断憧憬着与师父相见的场景，师父抱着他的肩膀诉说平生，画外音响起：其实人都是被逼出来的。

史进一路风餐露宿走进了渭城，一抬眼，他看到了经略府的路牌，经略府相当于集团军的司令部，属于野战军序列。

史进一看有"经略府"字样，心中暗想："莫非师父就在这个经略府？"

史进是个实诚又死心眼儿的孩子，王进师父都告诉你要去的是延安，你到了渭城就以为到了延安，就像几百年后那个叫作哥伦布的海盗，刚到美洲就以为自己到了印度。得告诉哥伦布继续往前走，才能到印度，顺便还能证明地球是圆的；同样也得告诉史进，渭城是渭城，延安是延安，它们的区别在于有番号不同的集团军驻扎。

地理知识的普及教育由一个强人完成了，这个强人叫作鲁智深。

鲁智深，俗名鲁达，时任小种经略府提辖，身高八尺（大约相当于现在一点八八米）。

世界有时候真的很小，史进一提自己的名字，鲁智深居然也知道，看来史进在那时已经比较有名了，而当史进提起师父王进的名字，鲁智深也知道，这个世界太小了。

事情到了连一个驻守边疆的军官都知道王进得罪了高太尉，那么王进还会用自己的真名出现在边疆的军营吗？显然不会，这也就注定史进是找不到自己师父的，不过他倒是找到了自己的启蒙师父，那个叫作打虎将的李忠。

史进与李忠相遇在渭城街头时，李忠正在卖艺，李忠看到史进不知道会不会有一丝紧张呢？毕竟怕人家讨要当年的学费。

等到鲁智深开口借钱，李忠紧张到了极点。史进爽快地拿出十两银子，李忠抠抠搜搜拿出了二两银子，鲁智深给李忠贴上了标签，"也是个不爽利的人"（小气鬼）。这是个不光彩的标签，鲁智深出品的，李忠背了一生。

鲁智深之所以要借银子，是因为他要帮遭遇合同欺诈的金翠莲父女。

第二辑

鲁智深，你的眼睛如此清澈

01. 感动大宋的鲁智深

合同欺诈，是个由来已久的玩意儿，是不是从人类起源就存在，值得研究。

有人的地方就有江湖，有江湖的地方就有合同欺诈。杀猪出身的郑屠户用他的行动证明成语说的并不一定都是对的，"近朱者赤，近墨者黑"，我郑屠户成天接触猪，怎么没变成猪脑子呢？

郑屠户的合同欺诈很简单，写个契约说要包养金翠莲，代价是三千贯钱，但没有说明付款时间，这就埋下了伏笔。结果，人占了，钱也不给，最关键的还在后面。既然我家大娘子要赶你出门，那么把那三千贯钱还回来吧，这就叫虚钱实契。

"婶能忍，叔不能忍"，鲁智深再也坐不住了。在自己的眼皮底下居然有这样的黑恶势力存在，严重影响社会和谐，一生一心想着他人唯独没有他自己的鲁智深不能容忍这样的事情发生。

鲁智深放走了金氏父女，他奔向了那个象征着黑恶势力的郑屠户。眼前的郑屠户让他无法与黑社会联系在一起，不像，太不像了，不是身上文两条带鱼的就能装黑社会，同样也不是拿着刀的就是黑社会。

看着郑屠户对自己那种装孙子的表情，鲁智深犹豫了，这分明就是一个瘪三儿，能起什么风浪呢？

来都来了，不能白来，打！

对付鲁智深不是没有招数，有的，而且是绝招，那就是直接认怂，倒地认打。鲁智深是个讲究人，不是李逵那种死缠烂打没有原则的人。

鲁智深有三不打：弱者不打，女人不打，好人不打。郑屠户要是装个弱者，坚决把瘪三儿装到底，那最后倒地的是鲁智深——被恶心倒的。

冲动是魔鬼，郑屠户还是冲动了起来，这是他一生中唯一的错误，最后的错误，可惜已经没有了改错的机会。

鲁智深，一个打遍西北无敌手的军官，一个军中散打无人出其右的人，一个后来在梁山排名步军第一的头领。而郑屠，只是一个持刀打遍猪群无敌手的屠户。这种比赛是没有人开盘设赌的，从郑屠户拿起刀跳到鲁智深面前时，他已经是个死人了。

三拳下去，郑屠身死，从此渭城再无镇关西。

02. 鲁智深：我等于一只老虎

跑路是《水浒传》中的主题，试问谁人不跑路，谁人不在路上跑，从史进开始，水浒英雄们陆续在大宋的各条路上奔跑，"随风奔跑自由是方向，追逐雷和闪电的力量"。

鲁智深不知道该怎么奔跑，他没有方向，西北一年只刮一次风，一次刮一年。随风奔跑不是方向，因为追捕他的人也会随风去追捕，能走顺风路，没有人愿意走顶风路。

相比之下，鲁智深很羡慕后来跑路的宋江，因为宋江跑路时还有三个选择，分别是：花荣的清风寨，孔明、孔亮家，以及柴进柴大官人家。宋江分配得很公平，童叟无欺，一家住半年，这不是跑路，这是旅游度假。

鲁智深没有心情度假，也没有地方度假，他不知道自己该往哪里去，于是用了最土的方法，脱下自己的鞋往天上一扔，随着鞋尖的方向跑吧。

第一次失败了，鞋尖朝上立了起来，"你这是让我飞啊"，不现实。

第二次，鞋掉到了烂泥里，鞋尖是往下的，"你让我挖地道啊"，也不现实。

第三次，鞋终于立正了，方向山西，也行，山西的男人都走西口了，那我就往山西走吧。

走山西的鲁智深来到了代州雁门关，古往今来，这里都是兵家必争之地。军人出身的鲁智深下意识地看了看雁门关的地形，这是他多年的习惯。猛然间他想到，这一切已经跟自己无关了，自己已经脱离了队伍，已经是没有组织的人了。还好我是自由的，但自由，很硬的味道。

失落的心情又因一纸通缉令高涨了起来，在城门口，鲁智深看到了自己的通缉令。他知道那是针对他的通缉令，但因为不识字，不知道上面写着什么。鲁智深觉得通缉令上的自己看起来很苍老，没有本人精神，看来画工的水平很一般。鲁智深仔细听旁边的人诵读通缉令，听到了让他开心的数字，"有捉住鲁智深者，赏钱一千贯"。

一千贯，自己积攒了半辈子都没有攒到一千贯，现在自己的身价居然是一千贯，我的乖乖，真不少了。

鲁智深情绪高涨：谁说我不名一文，我的身价是一千贯呢！

多年以后，鲁智深听说山东的老虎也值一千贯时，心情低落到了极点，自己居然只相当于一只老虎，唉。

正兴奋时，鲁智深被人从后面拦腰抱住，那人亲热地叫他"张大哥"，这人真讨厌，明明姓鲁，却被喊成"张大哥"，这就是文化人说的"张冠鲁戴"吧。

鲁智深正准备发火，一回头，怒气一下没有了，抱他的人正是他在渭城救过的老金头。

人生何处不相逢。

03. 人都是被逼出来的

老金头父女离开渭城之后没有回开封而是改道走了反方向，这次改方向让他们遇到了在开封时的老邻居，老邻居引领他们到了代州。

由于金翠莲有一些姿色，经人介绍，顺利成了赵员外的外宅，从此过上了幸福生活。

面对改头换面的金翠莲，鲁智深心中感慨万千。仅仅五十天前，我还高高在上，以强者的身份保护这对父女，现在我成了待宰的羔羊，需要寻求他们的庇护。感慨过后的鲁智深接下来是感动，他看到老金头父女在家中居然为他立了生身牌位，每日都对着牌位跪拜，以表达对自己的深深祝福。看着眼前的一切，鲁智深除了感动还是感动，我不过做了应该做的事，人家却给了我这么高的荣誉。

金翠莲的相公赵员外是个有佛缘又好交际的人，赵员外的出现改变了鲁智深的一生。

如果五十天前有人跟鲁智深说，"兄弟，我送你去当和尚吧"，估计那人的结局是生活不能自理；现在，当赵员外跟鲁智深说，"兄弟，我送你去五台山当和尚吧"，鲁智深重重地点了点头："我愿意！"

从军官到和尚，从和尚到落草和尚，从落草和尚到圆寂和尚，从圆寂和尚到大宋朝追封的大师，鲁智深走出了一条不同凡响的人生轨迹。

04. 我是谁，谁是我

摸一摸自己的光头，看一看水里的倒影，鲁智深问自己，"我是谁"。鲁智深，鲁达，军官，和尚，西北边疆，山西五台山，时空在他的脑海里急速交错，他有些不知所措。

鲁智深和尚的身份是来路不正的，准确地说，他是一个定向培养的自费和尚。在宋朝，和尚享受很多待遇，不用交税，不用服兵役、徭役，和尚的度牒就是一张免费的证件。宋朝的有钱人为了免税，私下会跟寺院买个度牒用来避税，同时，跟寺院有个约定，适时可以安排一个人进寺院替自己修行。

这样操作下来，相当于别人替他修行，修行是进寺院那个人在做，功德则归属有钱人。鲁智深就是替赵员外修行的那个人，更直白地说，鲁智深是赵员外委托五台山寺院定向培养的自费和尚。

鲁智深心生感慨，早知要当和尚，完全可以通过正规渠道，何必像现在这样还是个委托培养的自费和尚呢？尴尬的身份会让鲁智深在师兄弟面前抬不起头。

久而久之，鲁智深就拿自己不当外人了。师兄弟们坐禅的时候，他倒头就睡；别人都规规矩矩上厕所的时候，他已经在大殿里随地解决了。

当别人质问他为什么不上正规的厕所时，他给师兄弟们讲了一个故事：一条狗在西北的大漠里活活让尿憋死了，知道为什么吗，因为没找到电线杆。

当师兄弟们明白了这是不带"脏"字骂他们时，智深大师已经呼呼大睡了，这就是所谓的有慧根吧。

鲁智深有慧根不是别人说的，正是他的师父智真长老说的。

智真长老前知五百年，后知五百年，他能预测到鲁智深将来有一天会擒住一个叫方腊的草头王，他也预测到，在钱塘江的潮信中，他的得意弟子鲁智深会平静地圆寂。当然他可能预测到了北宋的最后两位皇帝会在将来的某一天去东北打猎，但不能说。他说，佛说，不可说，不可说。如果说吴用那点忽悠水平都敢要卢俊义卦金一两，那么智真长老的卦金应该是天价，平均一天算一卦，不出一年，他可以登上北宋福布斯排行榜。

有智真长老护犊子，五大三粗的鲁智深在五台山上没有人敢欺负，平淡的日子似水，转眼过了半年，鲁智深还是出事了，起因是他的嘴里淡出了鸟。

05. 酒，我要喝酒

鲁智深嘴里淡出了鸟不是灵异现象发生，而是寺里长期的饮食让他有些腻了。鲁智深是练武之人，应该时常加强营养，而现在每天吃的都是青菜萝卜，有几次在梦里，他梦见自己变成了兔子。本来赵员外还经常托人给他送点东西解解馋，这一段时间不知怎么了，赵员外的食物始终没有送到，于是鲁智深的嘴里就淡出了鸟。

上了五台山后，鲁智深还没下过山，今天他要下山溜达一下，做和尚也不能做井底之蛙，鲁智深暗暗对自己说。

无巧不成书，鲁智深在下山路上遇到了让他走不动路的东西——酒。

从卖酒人嘴里，鲁智深才知道，五台山下好多商户的买卖本金都是寺里提供的，也就是说，五台山寺庙是很多小商户的大股东，寺庙每年坐收红利。原来寺庙也是剥削阶级，对此，无产者鲁智深有些愤愤不平，"世上从来没有救世主"。

卖酒人说，五台山寺庙有个规定，不准卖酒给山上的和尚。

鲁智深恼了，我已经一无所有了，我已经是个和尚了，我的嘴里已经淡出了鸟，现在我连一滴酒都喝不到，就因为我有五台山的符号。

既然和平不能换来一顿美酒，出家人鲁智深在磨破嘴皮后选择了使用拳头，拳头在绝大多数情况下比嘴皮管用，这次也一样。

鲁智深痛快地喝掉了一桶酒，在酒里他又回到了渭城，回到了金戈铁马的岁月。在酒里他看到了史进，也看到了镇关西。如果说人生是一出戏，那么一切一定是早有安排，或许人一生的朋友就是酒，因为在酒里，你可以拥有一切。

鲁智深还没有忘记付账，不过他选择了赊账，他让卖酒人明天到寺里来拿钱。这是在渭城养成的习惯，出门从来不带钱，他的脸就是一张饭票。他同样认为，在五台山他的脸也是一张饭票。

还没有从酒中醒来的智深兄来到了山门前，那些从没有喝过酒的和尚看着醉酒的他有些厌烦，他们读不懂酒的美，同样读不懂鲁智深的陶醉。

当然，鲁智深还是有些酒后无德，酒后有三多：话多、动作多、事情多，简直就是鲁三多。

为了对付烂醉的鲁三多，和尚们摆起了致敬少林寺的铜人阵，不同的是，少林的铜人阵是对付敌人的，五台山的铜人阵则是为了棒打鲁三多。

幸好，方丈出现了，鲁智深梦醒了，酒醒了，从渭城来到了五台山，我就是一个和尚，吃斋念佛就是我的生活。

重新过上平淡生活的鲁智深享受着五台山的一米阳光，想想自己不用去蹲深牢大狱，已经很愉悦了，至少自己不会像那些被抓进监狱的人那样哭天喊地，以致永不瞑目。幸福是比较出来的，鲁智深再次确认了这一点。

人不能被同一块石头绊倒两次，鲁智深不久之后还是被同一块石头绊倒，这块石头叫作酒，时间又过了几个月，鲁智深的嘴里又淡出了鸟。

06. 活着不仅仅为了吃饭

嘴里淡出了鸟的鲁智深选择再次下山，这一次他带上了钱，他知道山下是物欲横流的社会，那里的人只认钱。

山下果然是另一番场景，跟山上的冷清形成了鲜明对比，生活有的时候就是这样，不太长的距离就会存在不小的差距。

下了山的鲁智深依然离不开他的两个最爱，一是兵器，二是酒。

鲁智深在打铁铺里选择自己的兵器，选来选去，选中了一款水磨禅杖，当时他不会想到，这件看起来比较酷的兵器会在日后十字坡的黑店里救他一命。

兵器的问题解决了，接下来需要解决酒的问题。

鲁智深发现，这些酒家几乎都有五台山寺庙的占股，可以说，那时的五台山已经实行了烧香拜佛一条龙，只要来到五台山，一切消费都要归寺庙所有。

到处讨酒失败的智深兄想到了一个办法，既然酒店不卖酒给五台山的和尚，那我不是五台山的和尚就可以了吧。

自称外地和尚的鲁智深顺利地喝到了酒，还吃到了狗肉，人生至此，夫复何求。已经郁闷了快一年的智深兄终于找到了快乐的理由，快乐是什么，快乐就是美酒加狗肉。

几个月前那次醉酒后，鲁智深就是个话多、事多、动作多的鲁三多，这次醉酒，让鲁智深的五台山和尚生涯走到了尽头，因为五台山的和尚是不能喝酒的，更不能耍酒疯，何况一耍就是两次。鲁智深走后，五台山的和尚给他起了个外号"鲁二疯"，以纪念他那两次声势浩大的酒疯。

再也维护不了鲁智深的智真长老只能选择让鲁智深离开，尽管他知道这个和尚是与佛最有缘的，可是现在，外面那些庸俗和尚都在叫嚣着让鲁智深离开，不然他们就绝食。

预测大师智真长老给鲁智深上了最后一堂佛法课。他告诉智深，佛法是世界上最美的语言，无论什么时间，无论什么地点，佛法都是开启世界的钥匙。

五台山虽然是不错的修炼场所，但最好的修炼场所在尘世间，如果能在尘世间把人生看透，那就是最好的修炼。

从这堂课后，鲁智深真正明白了，吃饭是为了活着，但活着并不仅仅为了吃饭，即使现在信仰只是一棵苗，但这一棵苗经过历练也有可能成为参天大树，自己不把佛放在嘴里，也不把佛放在手中，但把佛放在心里。在这里，离佛最近，现在他与佛真正有缘了。

从此五台山上再也没有那蹩脚西北口音的念经声，从此五台山上再也没有一喝酒就发酒疯的鲁和尚。

07. 你不抛弃自己，佛就不会抛弃你

智真长老没有抛弃鲁智深，他把鲁智深推荐到了东京大相国寺。大相国寺是皇帝脚下的寺庙，多少和尚梦寐以求而不可得，鲁智深发了两次酒疯之后却得到了去大相国寺的资格，寺庙里的和尚都羡慕得红了眼，鲁智深则冷静地说，"福兮祸兮"，显然他已经不是一般的和尚了。

告别了五台山，行走在江湖，目标东京大相国寺，鲁智深变成了自助旅游发烧友。

想想一年前的自己，惶惶如丧家之犬，急急如漏网之鱼，仅仅一年后，自己闲庭信步走在大宋朝的土地上，鲁达已经成为过去，现在小僧法名鲁智深。

生活就是这样，充满着变数。当军官的鲁达不会想到自己有朝一日会成为和尚，五台山上的鲁智深也不会想到后面的人生会那样波澜壮阔，人的发展永远不能目测，只能用步量。

鲁智深下山不久来到了刘家庄，他因为贪恋景色错过了客栈，那时的客栈稀少，错过了就可能露宿荒郊野外。好在宋朝民风淳朴，当你敲别人家门，善良的人们多数不会拒绝，八十万禁军教头王进就这样走进了史进的家门，鲁智深同样怀着借宿的念头敲开了刘家庄的大门，不料，他被人拒绝了。

鲁智深嚷嚷了起来，这说明他还是个鲁莽人，佛祖还得继续感化他。刘家庄的刘太公是个向佛之人，看鲁智深是出家人便请进了家门。

在刘太公的讲述下，鲁智深明白了，刘家庄正遭遇一场抢亲，问题非常严重。前来抢亲的人叫作小霸王周通，是附近桃花山上的二当家，同少华山陈达他们一样都属于无偿承包，不交管理费。尽管都是强盗，周通这个强盗其实很可爱，只可惜他的可爱，刘太公并不认可。

小霸王周通同多数适龄青年一样渴望美好的爱情，他在"借粮"的过程中看上了刘太公的女儿，便顺手把绣球抛给了她。

周通大大方方地下了聘礼：二十根蒜条金加一匹高档绸缎，同时还友好地表示：隔一天再成亲。

过程有些仓促，但周通没有使用暴力手段，这比日后梁山同事王英和董平要高尚得多。王英下山只要见到有姿色的女人就抢上山，董平投降宋江之后做的第一件事就是杀了东平府太守抢了人家的女儿，身为桃花山强盗的周通却以礼示人，以德服人，同样是强盗，做人的差距还是很大的。

08. 色即是空，空即是色

鲁智深懂的佛经没有几句，基本像一个初学英语的人，"点头 YES 摇头 NO，来是 COME 去是 GO"。

病急乱投医的刘太公并不知道这些，他宁愿相信鲁智深能够说服周通放过自己的女儿，"可怜天下父母心啊"，鲁智深想起早已过世的父母直想掉眼泪。

刘太公格外又请鲁智深喝了顿酒，吃了只熟鹅，鲁智深在五台山上学到的佛法第一次发挥了作用，帮他赢得了美酒和熟鹅，鲁智深在心里对自己说，"真的，我感谢生活"。

鲁智深走进新人的洞房，心里还在感谢生活。尽管他跟刘太公说，要用佛法说服那个叫周通的强盗，但心里已经打定主意——用拳头告诉那个强盗，佛曰：不能强迫人家跟你结婚，这是违反婚姻法的。

月光如水，夜色撩人，周通下了山进了庄，今夜他将成为新郎，今夜他将告别青涩年代，今夜他将迎来人生四大喜之一——洞房花烛夜。

理想很丰满，现实很骨感，周通没有想到迎接他的不是柔情似水，而是一个和尚的胖揍。

新房里没有灯，但黑夜给了周通黑色的眼睛，他用它来寻找光明。

寻找光明的时候，周通想，明天送老丈人一桶油，好让他们结束晚上摸黑的时代，让他们也能在黑夜里感受光明。

油还没有来得及送，他已经看到了光明，那是鲁智深送他的金星，鲁智深送了他很多老拳，于是他看到了很多金星，一闪一闪亮晶晶。

洞房花烛夜没了，梦想中的美貌新娘竟变成了暴打自己的肥大和尚，无怪小时候老师说：理想和现实之间还是有不小的差距。

理想是有一个貌美如花的新娘，现实是一个赤条条的肥大和尚，他怎么还有裸睡的习惯呢？理想与现实之间差距怎么那么大呢？我小霸王周通怎么就等不来梦想照进现实的那一天呢？难道就因为我是个强盗？难道强盗就不能追求属于自己的爱情吗？

周通的疑问在山谷里回响，他狼狈不堪地回去找大当家帮自己复仇。

刘太公到此时才明白，眼前的这个和尚并不懂佛法，还是诉诸暴力，这跟佛的宗旨相差太远了。

鲁智深不再隐瞒，坦白了自己的真实身份，"我以前是一个很能打的军官"。

唉，死马当活马医吧，刘太公只能自己安慰自己。

说曹操，曹操没有到，说强盗，桃花山的强盗真来了，强盗的诀窍就是闪电战，拼的就是速度。强盗如果打阵地战，那就很容易被官军"包"了饺子，所以强盗行动的速度一般都非常快。

非洲大草原上，狮子一醒来就要开始奔跑，它要追逐跑得最慢的瞪羚作为自己的早餐，瞪羚一醒来也要开始一天的奔跑，它要甩开跑得最快的狮子，才有机会开始第二天的奔跑。

09. 他乡遇故知

桃花山的老大并不知道与他同时代的非洲大草原上瞪羚和狮子的故事，他只知道他的兄弟被人打了，他要出来给兄弟报仇，不然怎么做人家的老大。

做老大不容易，做一个每次都能得胜回山的老大更不容易。别人都说做老大风光，可谁知道老大背后的辛酸。

想想以前，自己做过家教（教史进功夫），卖过膏药，摆过地摊，练过杂耍，吃饭不敢吃带肉的，喝酒不敢喝低度的，不敢跟人借钱，更不敢听到别人跟自己借钱，可偏偏就有人跟自己借钱，那个人就是鲁达。据说是个军官，你问我是谁，江湖人称打虎将李忠是也。

李忠每次出山都不想跟人打架，他知道，"出来混的，迟早是要还的"，今天你打我，明天我打你，打打杀杀何时是个头啊，今天的架他也不想打，但是二当家的被人打了，他总得冲出来做复仇的姿态。

李忠冲着刘家庄高喊："那个该死的秃驴在哪里？"

这声怒喊是给自己壮胆，因为这一喊他就找到了以前在街上卖艺的感觉。

不对，有杀气，很重的杀气，李忠感觉到今天遇到了很强的对手，这么重的杀气，自己跟对方很可能不是一个数量级的，惨了惨了，今天可能要还债了。

"腌臜打脊泼才，叫你认得洒家！"陕西口音还带了一点五台山的味儿。

为什么这么耳熟呢，为什么，为什么？"这也是不爽利的人"，怎么跟那个叫鲁达的陕西军官口音这么像。

鲁智深看对方愣住有些磨叽，心想，难道强盗也有磨叽的，而且还问自己的名头。问我名头，说出来吓死你，洒家是军官，而且是野战军，老领导是天下无双的小种经略公。

鲁智深说出自己的名头是想激发对方斗志，好好打一架，自从拳打镇关西后，他好久没打人了，师父说收藏武功也会贬值的，他可不想让自己的武功贬值。

意外，全是意外，生活中怎么那么多意外，那个强盗竟然下马给自己行礼，而且还叫自己哥哥，莫非这是使诈的一个手段？

鲁智深再仔细一看，天下太小了，等你踏遍千山万水才知道，天涯到海角，就是一抬脚的距离，现在我一抬脚就遇到了熟人，那个有点小气的李忠，不知道他的小气劲儿改了没有。

一个和尚打走了一个强盗，然后又来了一个强盗跟这个和尚称兄道弟？刘太公心里不舒服，但还是客气地请聊得很开心的两位到庄里坐着聊。他在等待奇迹，他相信世界上是有奇迹的。

鲁智深简单汇报了自己一年来的成长和职业规划，李忠也汇报了自己路过桃花山打败周通然后被其邀请上山的经过，双方在友好的气氛中回忆了过去，展望了未来，最后落实到核心的话题——要不要把刘太公的女儿娶上山。

鲁智深推心置腹地说，人家就这么个独生女儿，要留着招上门女婿养老，而且人家对强盗行业不熟悉就不要勉强了吧。李忠连连点头称是，老哥说话兄弟照办，你是我老大。

熟人好办事，水浒是个人脉社会。

10.周通：初恋时我不懂爱情

时间过得真慢，也不知道老大帮我把仇报得怎么样了，也不知道他能不能打过那个和尚？小霸王周通正在恍惚的时候，老大李忠居然和那个可恶的和尚有说有笑地进了门。

怎么回事，这是演的哪一出啊，哥哥？人家临时抱佛脚，咱们也不着急，抱什么佛脚啊，况且你知道他是真和尚还是假和尚？

李忠看出了兄弟的不满，他隆重地向周通介绍了这位老朋友，原陕西野战军军官鲁达，就是三拳打死镇关西那位。

周通脊背一阵凉又一阵热，凉是因为刚才挨了多少拳啊，热是因为以后他再也不会打我了，我的老大认识他，还是人脉社会好。

鲁智深看周通对自己挺客气，自己对人家也得客气，他开始了人生第一次苦口婆心的劝导。要说也用不着那么费劲，他一亮拳头，对方就服了，可现在他毕竟是和尚，和尚得以德服人。

枝上柳绵吹又少，天涯何处无芳草。

强盗周通不懂得这些，但也明白了几个道理：

第一，兔子不吃窝边草，刘小姐就是那窝边草，自己这只兔子不能吃，大家都是邻居，熟人不好意思通婚。

第二，勉强的婚姻是不幸福的，比如王英和扈三娘的婚姻，据说扈三娘就不幸福。

第三，初恋时我们不懂爱情，这段经历就当成人生的一个插曲吧。

周通郑重地折箭为誓，他的第一段姻缘就这样，还没有开始就结束了。

不知道在以后的岁月中，在周通的梦里，他是否还会梦到桃花山下那个明眸皓齿的姑娘，也不知道那个没有成为周通新娘的姑娘，后来嫁人了没有，生活得幸不幸福？在人生的某个阶段，她是否会想起曾经有个叫周通的强盗想娶她为妻？

一段姻缘结束了，一段友情开始了，这段友情虽然够不上铁瓷，但这段友情引发了后来的三山聚义打青州，这段友谊也促使他们一起携手走上了梁山。

无论什么时候，朋友多了路好走。

11. 一个咸鸭蛋的故事

江山易改，本性难移。

鲁智深在桃花山住了几天发现，李忠的小气一点没改。每天的伙食看起来不错，但含肉量很少，问他为什么，他居然说肉吃多了怕胖，又说蔬菜很有营养。更气人的是，三个人喝酒，刚喝两碗，他就说喝得不少，有点上头了。肉也不让多吃，酒也不给多喝，真是个不爽利的人。

小气可能是一个人的天性，是无法更改的，鲁智深虽然学过佛法，但他不想用来开导李忠，因为有些人一出生就顶着"小气"二字，比如像李忠这样的人。

鲁智深有些怀念史进，尽管年轻，做事却非常大气，跟他借钱一出手就是十两银子。李忠呢，摸了半天才摸出二两，还好意思做人家师父，就这境界，怎么为人师表啊？

罢，罢，罢，让他继续小气去吧，洒家还得继续赶路，坐标东京大相国寺，希望在那里能遇到真正的朋友。

听说鲁智深要走，李忠和周通都很高兴，但还是做出热情挽留的架势。

场面上的人就是这样，明明想让人走，却做出非常不情愿让人走的样子，被挽留的人也能看出是假客气，双方都不伤面子，再见面还能激动得热泪盈眶。这就是公关的艺术吧。

平常，李忠和周通一个咸鸭蛋就能喝一顿酒，两人都是苦出身，有半个咸鸭蛋下酒就能吃出满汉全席的感觉。鲁智深来了，一顿酒至少要消耗三个咸鸭蛋，你得让和尚自己吃一个吧，他二人又不好当着和尚的面分一个咸鸭蛋，消费就这样大了起来，这样下去真是个无底洞。

透支未来的日子要结束了，和尚要走了，李忠感觉今日桃花山的天特别蓝，云也特别的白。不过，人家要走还是要表示一下，总不能让江湖人说自己不义气、不爽利。不过这钱又不能从自己腰包里出，这样吧，下山再干一票，得多得少都给和尚。

李忠和周通愉快地下山去了，鲁智深叹了一口气，本来以为他乡遇故知是喜事，结果遇到这么个小气鬼，酒肉都不管够，这样的人当老大，小喽啰们太苦了。明明桌上就有金银财宝，非要说下山干一票再送给我，跟小气鬼办事，真是别扭。

鲁智深虽是和尚，但从来不是省油的灯，眼珠一转，他想到了黑吃黑。既然你们跟我要流氓假仗义，就别怪我不客气了。

鲁智深手起拳落，打翻了几个小喽啰，把他们一一捆了起来，然后收拾了桌上的金银奔下山的路而去。

本来他想走大路，转念一想，倘若遇上，双方面上都不好看，还是走小路吧。走到后山，已经没有路了。

鲁智深却不这么看，世界上本没有路，走的人多了就成了路，他从桃花山上滚了下去，生生蹚出了一条路。这是他在当军官时养成的习惯——不走寻常路。

李忠和周通抢了一车财物正往山上走，两人心思都在活动。

李忠合计，我是不是让老二先把财物藏起来，然后告诉和尚这趟走空了。周通则在合计，老大不会真把这些财物都送给和尚吧，不会那么傻吧。两人各怀心事回到了山寨，一到山寨，问题解决了——鲁智深不辞而别了。

这车财物终于保住了，新的问题又来了，和尚居然卷走了桌上的金银珠宝，这下损失可大了。

两人抄起家伙去追鲁智深，实际也只是做个姿态，他们心里很清楚，二人加一起也打不过鲁智深，不过姿态还是要做的，不然小喽啰们会说两位老大太窝囊了，长此以往威信就没了。

装模作样追了一番，二人无功而返。

李忠慷慨地表示自己应得的那份不要了，周通则豪气地回应，咱俩是兄弟，分什么你的我的，两人又感慨了一番，高高兴兴回到寨里。从今天起，又可以一个咸鸭蛋喝一顿酒了。

12. 鲁智深，你的眼睛如此清澈

虽然鲁智深已经是正规和尚，但他还是有在跑路的感觉，他总感觉有一天会有朝廷的捕快拦住他，"鲁智深，我们怀疑你与渭城一起凶杀案有关，你涉嫌谋杀大宋籍男子镇关西，请你跟我们回衙门协助调查，你有权保持沉默，你所说的每一句话都会成为呈堂证供"。

太可怕了，人不能做亏心事。

心里有疙瘩的鲁智深没有选择大路，大路上官差多，那些人总喜欢没事找事，多一事还不如少一事，走小路吧。

沿着山间小路，鲁智深来到了一座破败的寺庙前，如今再看见寺庙他感觉很亲切，他似乎看到和蔼可亲的智真长老正在门口迎接他。

幻觉，真的是幻觉。

破败，不是一般的破败。

鲁智深在寺庙里寻觅了半天，终于找到了几个骨瘦如柴的老和尚，他们的伙食标准那么低吗？伙房的厨子吃了多少回扣？

饥肠辘辘的鲁智深向和尚们讨要斋饭，遭到了拒绝，老和尚们说，他们三天没吃饭了。闻着粥香的鲁智深找到了被隐藏起来的粥，大快朵颐地吃了几口，老和尚们痛哭了起来，鲁智深愣在了原地。

在和尚们的哭诉中，鲁智深知道了寺庙破败的原因。

寺庙里来了两个不速之客，一个是和尚，一个是道士。二人强行霸占了寺庙，自行宣布接管寺庙上下，原有和尚打不过他们，能跑的都跑了，不能跑的便勉强留了下来，听任二人呼来喝去。

鲁智深再一次冲动了，他拿起禅杖冲进了强盗和尚的住处。强盗和尚看起来温文尔雅，他耐心地向鲁智深讲述了接管寺庙的前因后果，并痛斥原寺庙管理层的贪婪。

鲁智深相信了强盗和尚的话，转回来质问那些饿得皮包骨头的贪婪和尚。瘦和尚们哭笑不得，大和尚你也太容易相信别人了，怪不得你的眼睛那么清澈。

13. 如果再加一斤牛肉

眼睛清澈的鲁智深明白了，原来人世间如此险恶。

鲁智深在相对简单的环境中成长，小时候无忧无虑，长大后就进了军营，当兵的生活相对简单，只要你够努力，有战功就能不断地提升，毕竟将领们还指望着你奋勇杀敌。

头脑简单的鲁智深冲动之下三拳打死镇关西，说明他是个单纯的人。鲁智深甚至相信五台山里的狼都不会害自己，狼都不害我，人咋能害我呢？

鲁智深就是《天下无贼》里的傻根，他更愿意生活在天下无贼的世界里，尽管那只是一个梦，一个梦而已。

在这个时候，鲁智深才明白，原来人是可以有两张脸甚至三张脸，甚至更多张脸的，刚才还对自己和颜悦色的和尚已经变得凶神恶煞，翻脸的速度比翻书还快，鲁智深感觉自己单纯的心灵受到了欺骗。

谈判已经不可能，只能选择开战。

饥肠辘辘的鲁智深开始打一场正义之战，很可惜，气力不足。

人是铁，饭是钢，饥饿的鲁智深第一次发现自己居然存在严重的技术变形，很漂亮的招式已经走形了，这不是状态的问题，而是肚子的问题。

即便如此，以鲁智深的功夫打那个叫作崔道成的和尚还是不成问题的，不承想，又跳出个丘道人。和尚和道士走到了一起，不是为了交流修行心得，而是为了"占山为王"，真是一切皆有可能。

一挑二，吃饱喝足状态下的鲁智深闭着眼都能把这两人打趴下，可是现在，肚子饿了，脚疼了，胳膊酸了，疲劳加剧了。

鲁智深开始想念昨天自己吃的那份牛肉，如果自己当时再多加一斤牛肉，那么现在可能会更加精神一点，那么就能把这两个人打得找不着北，如果当时多加一斤牛肉，如果当时多加一斤牛肉……

牛肉加不成了，只能跑了。这是鲁智深人生中最尴尬的一次逃跑，日后回想起来便满面羞赧、无地自容。

在以后的战斗中，无论是对付官府，还是辽兵，抑或是江南方腊的乱兵，鲁智深延续了以往的作战风格——向前，向前，向前。

14. 我的包袱丢了

包袱没了，盘缠没了，牛肉没了，酒也没了。

辛辛苦苦三百天，一夜回到一年前。孤独的鲁智深感觉自己又回到了一年前的艰难岁月，那时自己也是跑路，但至少还有盘缠，还有牛肉，还有酒，还不是一无所有。

现在他已经不名一文，只能这样走着去东京，万幸的是，智真长老的介绍信还在，至少还有未来。

一步一回头，两步三回头，鲁智深从来没有像现在这样留恋一个地方，不为别的，只因他的盘缠和行李都在里面，而他又不能回去拿，因为打不过，多么可耻的理由。

走了几里，鲁智深走进了一处树林，这个地方可能有熊出没，也可能有强盗出没。军官出身的鲁智深知道身处险境，依然坦然，因为已经一无所有，不怕抢了，真要有强盗来抢他，他可以顺便把强盗抢了。

强盗出现了，不过只是一个影子，人家看他是个和尚，估计没有油水就啐了一口。也难怪，人家没日没夜地在这里讨生活，眼看快断粮了，偏偏来了个和尚，没啥油水不说，可能一见面还跟你说，"施主请结善缘"，你说这运气背不背。

寻常人听到这一声咔可能会满心欣喜，这意味着强盗已经放过你，郁闷到家的鲁智深听到这一咔则是火冒三丈，老子正晦气呢，你敢惹老子，放马过来！鲁智深从来没有像今天这样生猛，他的禅杖从来没有像今天这样虎虎生风，他明白了，有一种境界叫作无欲无求，有一个招式叫作黯然销魂。一个连死都不怕的人还怕什么？一个只为尊严而战的人是不可战胜的，至少是精神上的。

缘分，有时妙不可言。

在桃花山遇到小气的李忠，在林子里遇到的居然是大气的史进。

史进一听对方口音，感觉到对面可能是鲁智深，连忙叫停。鲁智深正在气头上，不作理会，双方过招二十回合，在史进的要求下，鲁智深才说出自己的名号。

一切都安静了。

鲁智深爽朗的笑声又打破了这一片安静。

他乡遇故知，这一次相遇让鲁智深很愉快，因为这一次遇见的史进，爷们，纯的。

史进告诉鲁智深，自己到延安寻师父不见，参军理想破灭，最后盘缠用尽，走上了拦路抢劫的道路；鲁智深讲述了自己成为五台山自费和尚的前前后后，路遇一僧一道，包袱丢了，身无分文。

15. 再给我一包美味的牛肉干

朋友会在你最需要的时候伸出援手，史进就是这样的朋友。

史进拿出牛肉干和烧饼分给鲁智深，这是鲁智深有生以来吃过的最好吃的牛肉干和烧饼。

身处饥寒交迫时，馊粥也是美味，当已脑满肠肥时，龙虾鲍鱼也让人反胃。朱元璋当皇帝后始终想念当年破庙里乞丐给他的那锅珍珠翡翠白玉汤，日后的鲁智深也经常会想起，在那漆黑的树林里，史进分给他的牛肉干和烧饼。

等到史进在征方腊的战役中战死后，再看到牛肉干和烧饼，鲁智深禁不住泪流满面，牛肉干和烧饼都比当年精致，但再也没有当年的味道，再也回不去了。

当然这些感慨都是后来的。

鲁智深现在的问题还是包袱没了、盘缠没了、牛肉没了、酒没了，总不能一路化缘去东京吧，况且他也不会化缘，如果人家问他"菩提本无树"，他连"明镜亦非台"都答不上来，那人家还不得怀疑他是假冒和尚。

丢了的，抢回来，已经走上抢劫道路的史进点醒了鲁智深。

鲁智深和他的朋友史进再一次走进了瓦罐寺，这一次信心百倍。

贼和尚崔道成以为鲁智深只是壮着胆子回来挑战，他没有想到，此时的鲁智深已经不是刚才的鲁智深了，因为他已经吃饱了。

士别三日，即当刮目相看。对于鲁智深，时隔一顿饭就得刮目相看。只可惜崔道成没有辩证的眼光，他还是用静态的眼光看鲁智深。

不再饥饿的鲁智深，有朋友帮忙的鲁智深，是不一样的鲁智深。

仅仅八九个回合，崔道成已然要败了，站在一旁的丘道士跳了进来想捡个便宜，没承想，紧接着又跳进来个史进。

二对一，瞬间变成二对二，仗没法打了，崔和尚和丘道士想结束战争一跑了之，但有些事情是注定的，跑不掉的。怪只怪对手太强了，鲁智深、史进，两个日后梁山的天罡级好汉联手，那可不是闹着玩的。

崔和尚、丘道士，安息吧，佛祖和玉皇大帝会宽恕你们的。

16. 面对面坐着，却不知道我爱你

鲁智深没有想到，就在自己离开的这段时间，那几个老弱和尚因为怕被崔和尚和丘道士报复已经自杀了，这让鲁智深非常内疚，明明是替他们出头，到头来反而害了他们，好心却落得这样的结果。

鲁智深取回自己的包袱，顺便收纳了和尚道士的不义之财，瓦罐寺复仇之战宣告结束。

久别相逢得有顿酒，鲁智深与史进走进一家村办酒馆。喝什么不重要，重

要的是跟谁喝，跟史进一起，哪怕喝掺了白酒的水，鲁智深也觉得比茅台好喝。谈起未来打算，史进有些无奈，去延安寻师不遇，回史家村已无落脚之地，暂且只能上少华山落草了。

史进的人生轨迹如同海岩剧的男主角，原来生活幸福，后来发生变故，之后再有转机，虽没有以前幸福，但好歹能够生活，荣华富贵都成过眼云烟，平淡生活才是最真。

鲁智深拿出包袱，分一些金银给史进，在自己尚且困难时还能想着别人，显然，鲁智深是个高尚的人。

二人在小酒馆门前依依惜别，从此天各一方。他们约定时常让人捎个口信，那个年月，天高地远山高水长，后来鲁智深上了二龙山，史进上了少华山，两山遥遥相望，距离隔绝不断二人的友情，朋友一生一起走，一生情，一辈子。

告别鲁智深后，史进并不情愿地上了少华山，这不过是权宜之计。在内心中，他始终渴望能够为大宋保卫疆土，将自己的武艺卖于识货的君王。只是现在，他是强盗，距离大宋的士兵还有那么远的距离。世界上最远的距离不是生与死，而是面对面坐着，你却不知道我爱你。

身为强盗的史进看着大宋的军服，多么想说一声"我爱你"，只是现在还不是时候，想说也只能等到招安之后了。

17. 先把菜园子管好

怀揣智真长老的介绍信，鲁智深来到了东京，东京的繁华让鲁智深目不暇接。

东京，在当时是世界排名第一的大城市。

鲁智深不禁心生感慨，身在渭城时总在梦想有朝一日去一趟东京，现在终于来了，稍有遗憾的是，身份不再是军官，而是和尚。人生就是这样，总有一点不如意，从来没有十分完美，也就不必过分苛求。

智真长老的确是高人，他写的介绍信都不一般。一般人写介绍信肯定把被推荐人夸得跟朵花似的，会让读信的人觉得是捡了宝贝，这才叫推荐。

智真长老却恰恰相反，他极其诚信地把鲁智深的情况说了个底儿掉，大意是：这是五台山寺院一位施主推荐来的自费和尚，曾是一名军官，因为打死人跑路才在五台山当了和尚。在我这里耍了两次酒疯混不下去了，所以我把他推荐到你那里，请务必收留啊，此人以后的佛法造就了不得。

这样的推荐信你看了会如何处理呢，会不会像王伦一样，"鄙处山低水浅，照人不亮恐误了阁下的前程，日后与智真长老面子上不好看"。

如果真是这样，这就意味着智深兄在大相国寺的求职之旅结束了，得赶紧掉头。

生活总是有那么多巧合，如果大相国寺没有那么一处谁都不愿意去的菜园子，那么鲁智深注定与大相国寺无缘了，偏偏有这么个菜园子，让鲁智深留在了大相国寺。

正是这个菜园子见证了鲁智深与林冲的友情，也是这个菜园子见证了鲁智深在东京的幸福生活，也是这个菜园子，让大相国寺拥有了鲁智深这个日后被追封为大师的和尚。

徒步千里，风餐露宿，九死一生，历尽磨难，本以为能在大相国寺谋一份体面的工作，到头来却告诉你：去看菜园子吧。好比你费尽心力进了特种兵部队，临分配时告诉你，去喂猪吧。理想与现实之间，差距怎么就那么大呢？

鲁智深把疑惑说给了方丈听，方丈是一个做思想工作的高手，他开导鲁智深说，你刚来没有功劳，所以要从基层做起。管菜园子管好了，一年后我让你管塔；管塔管好了，一年后我让你管澡堂；管澡堂管好了，一年后我让你跟着别人管理寺院的财务。升迁路径很明确，关键是你要脚踏实地。

职业规划已经做好了，鲁智深有了人生目标，他放下身段，准备从基层做起，先把菜园子管好。

菜园子以前管理混乱，经常有混混们来偷菜，寺里给鲁智深的政策很宽松，每天上缴十担菜，剩多剩少都归个人。

这是一个多好的政策！生活待鲁智深不薄，他得感谢生活。

18. 跟无赖斗，其乐无穷

鲁智深暗下决心，要在大相国寺努力奋斗，争取三年后当上管财务的和尚，那样也算有个出身，尽管还是和尚。

鲁智深上任对寺庙来说是件好事，而对于那些长期盘踞在菜园子的无赖来说，这是件坏事，鲁智深是来砸场子的，得给他来个下马威。

一个下马威正在等待着鲁智深，无赖们计划把他掀到粪池里，让他尝尝大粪的味道。这人啊，真坏。

二三十个无赖以祝贺上任的名义来到菜园子里，嘴里喊着祝贺，眼神里藏着闪烁，心里藏着恶毒。如果鲁智深刚刚下山，恐怕就上当了，现在的他，经过瓦罐寺大战洗礼，他知道这世上有人比狼还坏，他的眼睛已经不再清澈，也不再轻易相信别人。

鲁智深向这帮无赖走来，心里暗暗戒备，说时迟那时快，两个无赖冲上来抱着鲁智深的腿，大喊一声："下去！"

"扑通""扑通"，有人掉进了粪池里。

不是鲁智深，是那两个无赖。

这个久经考验的战士，这个受过佛法熏陶的和尚，就这样给盘踞菜园子多年的无赖上了生动的一课。对付无赖只靠说服教育是不够的，真正管用的还是痛打一顿。

就这两脚，折服几十个无赖，当无赖们听说眼前的和尚以前是守卫边疆的军官时，彻底拜服了。秀才遇上兵尚且说不清，何况是流氓呢？

从此无赖们成了鲁智深的粉丝，天天请鲁智深喝酒，一来二去，大家成了朋友。

鲁智深本就是豪爽之人，每天上交完寺里的份额后，剩下的菜就与无赖们分享，无赖们有了生计，鲁智深也有了酒喝。

喝酒的生活非常美好，让鲁智深非常惬意，直到有一天酒兴被一只乌鸦给破坏了。乌鸦总是在那里聒噪不停，可能是那几天心情不太好。现在的鲁智深很在乎生活质量，他不能让乌鸦扫了酒兴。无赖们拿来竹竿准备捅掉乌鸦的窝，努力了半天才发现，竹竿不够长。鲁智深走了过来，推开束手无策的无赖，一抬手将柳树连根拔起，整个世界安静了。

这是鲁智深做人做事的风格，治标不如治本，解决问题就要从根子上彻底解决。

现在该轮到鲁智深的朋友、人生充满悲剧色彩的林冲出场了。

第三辑 林冲，你已经掉进了网中央

01. 林冲：我的职业很神圣

林冲的出场还得感谢鲁智深的水磨禅杖，正是因为鲁智深将水磨禅杖舞得风生水起，林冲出场了，他在一旁看得入神，他跟鲁智深一样是懂得欣赏武功的人。

那时林冲年纪三十四五，有着让人羡慕的职业——八十万禁军教头，这份职业很神圣，有职业自豪感。

起初鲁智深以为林冲是来砸场子的，幸亏林冲是京城名人，无赖们都知道他，在旁边告诉鲁智深，这位是八十万禁军教头林冲。

以鲁智深的经历来看，他可以去开个寻人公司了。

在刘家庄，他遇到的了有一面之缘的小气鬼李忠。

在瓦罐寺树林里，他遇到了曾经一起喝过酒的史进。

在大相国寺的菜园子里，他遇到了林冲，林冲是鲁智深的故人，两人的父亲是故交。

鲁智深小时候曾随父亲来东京拜见过林冲的父亲林提辖，大概从那时起，他下定决心要好好练武，将来有一天也成为一名提辖，后来他做到了。鲁智深与林冲的关系，跟鲁迅和闰土有得一拼，这就是缘分。

林冲当然也是重感情的人，在这里遇到鲁智深让他兴奋不已，当下就与鲁智深结为兄弟。

这一拜情深似海，这一拜山高水长，这一拜一生一世，有些人结拜是为利益，有些人结拜只为友情，林冲与鲁智深的结拜就属于后一种。

鲁智深感觉自己是世界上最幸福的人，既享受着联产承包责任制，又有那么几个挺会来事的无赖每天陪着喝酒聊天，现在又有了结义兄弟林冲，对于一个男人，一个会武功而且对女色不感兴趣的男人来说，有这些足够了。

两个人正聊得欢的时候，林家的丫鬟锦儿跑来了，她告诉林冲一件事，这件事是林冲一生的转折点，也是林冲人生悲剧的开始。

02. 镇关西，其实你挺冤

丫鬟锦儿告诉林冲，有一伙人拦住林娘子说些不三不四的话，她拦也拦不住，只能跑来找林冲解围。

林娘子遇上了流氓，如果是一般的流氓，林冲见一个打一个，可这个流氓具有官方背景，是流氓中的流氓，人渣中的人渣。

这个流氓就是高俅的干儿子高衙内，因为高俅没有自己的儿子，又怕别人说自己无后，就从同族里过继了一个到自己名下，这事到最后成了笑话。

由于想给高俅当儿子的太多，大家开始恶性竞争，比无耻，比脸皮厚，最终这位高衙内力压群雄，如愿以偿。说起来，他的真实身份是高俅的叔伯弟兄，为了攀上高俅的高枝，竟从高俅的堂弟变成了儿子，以前管高俅叫"哥"，现在得喊"父亲"了。

这个不着四六的高衙内在乍富之后就成了开封府的大闸蟹，走路都是横着的，壳上写着"我爹是高俅"，开封府的老百姓都在恨恨地说，"看你横行到几时，早晚被人煮了"。

林娘子很不幸，遇上了这个螃蟹，林娘子的绰约风姿让这个螃蟹当场翻了个个儿，"太漂亮了，太漂亮了"。想想也是，八十万禁军首席教头林冲的媳妇能差得了吗？

"我的是我的，你的还是我的"，这就是高衙内的混蛋逻辑。

高衙内对林娘子产生了兴趣，他认为这个世界上没有权和钱解决不了的问题，只要钱和权能解决的问题，那就不是问题。可惜他永远想不到，有一种东西再多的钱也买不到，那就是爱情。

高衙内正在纠缠的时候，林冲赶到了，他举起那个能打死一头牛的拳头，却又无力地放下，他看到是高衙内，而高衙内的脸上分明写着两个字——权力。

旁边的人说是一场误会，林冲也不能过于声张，毕竟人家的爹正管着你，打狗还得看主人，尽管这条狗该打。

也算高衙内走运，他早走了一步，要不然酒醉的鲁智深赶到，他恐怕就成第二个镇关西了。

03. 娘子，重要的是我们在一起

高尚是高尚者的墓志铭，卑鄙是卑鄙者的通行证。

原本享受东京幸福生活的林冲不会想到，他即将遭遇人生最高尚的事情，也将遭遇人生中最卑鄙的事情。

林冲的前半生可以用"一帆风顺"来形容，顺遂得甚至不用买任何人生意外保险。小时候长于提辖之家，虽不能说是大富大贵，但衣食无忧，加上勤奋与天赋，他学到了父亲的本事，继承了母亲的善良。

长大以后，林冲接过了父亲在军中的枪，成为八十万禁军教头，之后又娶了张教头的美丽女儿做他的新娘。二人相伴三年，恩爱有加，人生至此，夫复何求。

尽管有高俅这样不着四六的领导，尽管没有获得像样的军功，但林冲总是会对娘子说，"重要的是我们在一起"。

是啊，重要的是我们在一起。

如果林家的举案齐眉一直延续，我们会在四十七年后，听走到金婚时刻的林冲夫妇讲述一起走过的日子，他们会感慨岁月无情，人生易老，但最重要的是，"风风雨雨我们一起走过"。

一片草地在画家看来是风景，在牛羊看来仅仅是饲料。

林冲与林娘子的幸福故事在高衙内看来也不过是男人和女人的故事，林冲是男人，可以与林娘子在一起，我也是男人，我为什么不能跟她在一起？这就是动物的逻辑。

世界上有高衙内这样无耻的人，就注定要有以他为核心的无耻团队。高衙内身边有一批和他一样无耻的人，他们组成了无耻天团。

一个叫作富安的小厮，给高衙内介绍了一个人，这个人叫作陆谦。据说是林冲的一个朋友，林冲对他也非常不错，绝对够得上朋友，只可惜在陆谦的字典里是这样解释"朋友"两个字的。

朋友，可以一起喝酒，但主要用来出卖。

陆谦与高衙内设计的小圈套很简单，陆谦把林冲请出去喝酒，高衙内让人把林娘子骗出来，争取把生米做成熟饭。

计谋不可谓不毒辣，但林娘子不是潘金莲，林娘子恰恰是《水浒传》中最忠贞的女子，尽管她与林冲在一起的时间只有短短的三年，但三年就是一辈子，三年就是一生情。

04. 猪是走死胡同的

陆谦与高衙内的阴谋没有得逞，他们只能继续筹划阴谋。

遇上忠贞不渝的林娘子，但凡有点智商的人就会选择放弃，而高衙内没有放弃，因为他不是人，是猪。猪是走死胡同的，高衙内就是那只走死胡同的猪。

要说以前的高俅是个聪明人，这事放在以前，他会抽高衙内几个耳光，然后就翻篇了。而现在不同了，他已经是一个权力动物了，他开始相信权力甚至迷信权力。

高俅没有原则地通过了高衙内无耻团队提出的陷害林冲的方案，他在方案上画了个圈，林冲一生的悲剧就开始了。

悲剧即将来临，林冲却浑然不觉，他的幸福达到了顶点。

他新结拜的大哥鲁智深每天都来找他喝酒，他们一边喝酒，一边谈理想谈人生，他们一起痛骂黑暗的官僚社会，他们一起憧憬没有压迫没有剥削的幸福生活。

如果给他们一条船，他们能找到幸福的彼岸；如果给他们一个支点，他们有信心撬起整个地球。幸福的日子里，有朋友，有美酒，有贤淑美丽的妻子。

每当回首往事的时候，林冲总是怀念那些日子，那是最好的时代，那似乎也是最坏的时代。

幸福的日子总是短暂的，林冲，该跟幸福说声再见了。

05. 史上最好的宝刀

有时候，我怀疑在《水浒传》中宝刀就是祸的源头，尽管这有些唯心论，但林冲的悲剧确实是从一把宝刀开始的，杨志的悲剧也是从宝刀开始的。

对于林冲和杨志而言，你最爱的，伤你却是最深，冥冥之中一切似乎早已注定。

林冲与鲁智深一起走在东京街头，他们准备好好喝一顿。

酒就是这样，与知己喝，千杯不醉，与没有缘分的人喝，难以下咽，喝酒是讲究心情的。

两个人正走着，旁边有个像赵本山一样的人在忽悠，不同的是赵本山卖的是系列产品——车、轮椅、担架，而这个人卖的很简单，就是一把刀。原本林冲没有在意，他和鲁智深一起与卖刀的擦肩而过，那个卖刀的人在后边忽悠，"刀，宝刀，祖传宝刀，史上最牛的祖传宝刀。"

刀，林冲愣了一下。

宝刀，林冲把耳朵竖了起来。

祖传宝刀，林冲准备转身。

史上最牛的祖传宝刀，林冲已经冲到了这个人的面前，"大哥，我买了，多少钱？"

经过讨价还价，标价三千贯的宝刀最终一千贯成交，旁边的鲁智深不断地摇头，什么刀值这么多钱，我的水磨禅杖加戒刀，总共才五两银子，就这么一把刀，一千贯。

一千贯值多少钱，还是看名家怎么说吧。黄仁宇先生在《中国大历史》中以黄金的价格作为基准来换算，是依据 1 两金 =10 两银 =10 贯这个假设，再以国际金价来推算 1 贯铜钱在今天的价值，按照 2004 年 10 月的国际金价，宋代一贯相当于人民币 465 元，一千贯的宝刀价值 46.5 万元。

一方面，林冲太有钱了；另一方面，林娘子更加可爱，买这么贵的刀林冲居然不用跟她商量就买了，这是多好的媳妇啊!

贤淑，温柔，美丽，善解人意，而且还由着你的性子花钱，这样的媳妇太好了，大多数男人做梦都想娶这样的媳妇。按照蒲松龄《聊斋志异》里的说法，只有狐狸精才能做到这一点，而在现实中，林娘子做到了。

林冲兄，有福气啊!

当天的酒局，林冲喝得特别多，他甚至把鲁智深喝倒了。

他感觉自己是世界上最幸福的人，他不知道自己喝了多少酒，也不知道自己到底是醉还是醒，还是留一半清醒留一半醉，这样的感觉真好。如果可以，那么他愿意活在这样的感觉里永远不出来。

睡觉前，林冲把宝刀拿在手里比画，在比画中，他仿佛看到自己带领大宋的官兵打败了金国，他仿佛看到喜欢题字的宋徽宗给自己题了一幅字——精忠报国，他似乎看到一向给自己冷脸的高俅脸上阳光灿烂，他甚至看到娘子正在一旁幸福地看着小林冲演习祖传的林家枪法，他甚至看到……

可惜幸福他已经看不到了，等待他的是一个局，一个万劫不复的局。

06. 林冲，你已经掉进了网中央

如果说陆谦之前给林冲设的还算是活局，那么林冲马上要面对的就是一个死局。

一大早起来，两个当差的敲开了林冲家的门，自称是高太尉手下新来的公差。"高太尉听说你买了一把好刀，请带刀给高太尉欣赏一下。"

林冲心里嘀咕，谁的嘴那么快，小报告打到了高太尉那里。不过想想也正常，人在单位，难免有打小报告的，林冲不打小报告，不代表别人不打小报告。人在江湖漂，哪能不挨刀？

林冲心中不太高兴，但上司的命令还得服从，他也曾怀疑两个公差的身份，人家解释说是新来的，看人家的证件也没用，高太尉已经参与到这个局里，办两个货真价实的证件也是手到擒来。

林冲像往常一样穿戴整齐，林娘子在一旁耐心伺候着，临出门的时候，林娘子帮林冲整理了一下领子，这样的场景在过往三年里很常见，他们都没有想到这竟然是最后一次。最后一次，林冲与娘子的幸福生活要结束了。

临出门的时候，林冲回头看了一眼，美丽的林娘子静静地站着，带着幸福的微笑，嘴角微动，分明在说，早点回来。

林冲出门走了，回不来了，永远。

在两个疑似官差的引领下，林冲进了太尉府的后门。林冲是个不喜欢走后门的人，对这段路他并不熟悉，太尉府的后门他是第一次走，也是最后一次。

两个疑似官差引领林冲进到一个大堂，林冲并不知道这是什么地方，既然高太尉让自己等，那自己就耐心等待吧。

一杯茶的工夫，留给林冲自救的时间只有一杯茶的时间。

可惜林冲过于相信两个疑似官差的话，整整一杯茶的时间之后，他才开始考虑，这是不是一个局，这是必须要弄清楚的问题。

林冲走出大堂，抬头仔细一看，看到了让他一生记忆深刻的四个大字——白虎节堂。

白虎节堂是传说中的军事禁地，据说是朝廷高层商量军机大事的地方。林冲只听说过，没接近过，现在林冲来了，看到了，傻了，这真的是一个局。

林冲本能地想跑，梆子响了，高太尉带人从四面八方围过来："林冲，你带刀闯入禁区，想干什么？""林冲，你分明想刺杀太尉！"

欲加之罪，何患无辞？

这张卑鄙的大网早就为林冲张开，林冲入局只是时间问题，现在到了该收网的时候。

宝刀，公差，白虎节堂，这就是一个局，一个丝丝入扣的局。

07. 黑暗中总会有一丝亮光

等待林冲的是所谓的严惩，你为鱼肉，人为刀俎，人家已经研究透了，只等着往你身上套用法律条文，然后用大宋的律法将你彻底打翻在地。

黑暗，死一般的黑暗。

如果让黑暗为所欲为，那么世界就没有指望了，如果让林冲就此死去，那《水浒传》就没有看头了，因此，黑暗中要有亮光，这束亮光又在哪里呢？亮光来自于开封府的审判员孙定。

按照高太尉的指示，开封府应该判林冲"刺杀太尉按律当斩"，这就结案了，秋后问斩，一刀两断。当然这是无原则、无耻的人做的事，开封府的审判员孙定不是这样的人，他是一个坚持原则、捍卫法律尊严的人。

孙定问自己的上司："难道开封府是高太尉自己家的吗？"

这话的意思是说，开封府到底是高太尉说了算，还是朝廷说了算，您知府负责执行。要说开封府知府也是个有良心、有官德的人，他知道开封府因何而存在。

开封府首先是属于天下百姓的，其次是属于皇帝的，而自己这个知府是皇帝委派的为百姓做主的官。知府心中暗想，开封府绝不能让高俅为所欲为，以前我们见你一次打一次，现在你居然指使我们帮你不干人事，还反了你了。

所谓证据确凿，所谓事实清楚，但林冲就是被冤枉的，全开封的人都知道。林冲是什么人，一个武功绝伦的教头，如果真想刺杀高俅，需要费那么大劲去白虎节堂刺杀吗？

高俅开会点名的时候，高俅到基层视察的时候，高俅回家吃饭的时候，都是林冲下手的机会，唯独白虎节堂不是，军事禁区，戒备森严，林冲真要选择这样一个地方下手，那可真是"有困难要上，没有困难创造困难也要上"了。

乌云会暂时遮住太阳，但不会遮住所有的光明。

有孙定这样正直的人在，注定不会让高衙内得逞。孙定只是一个不起眼的审判员，但他懂得是非，有自己的原则，他挺直了脊梁。他与林冲并不相识，也没有因此得到任何好处，但他知道世界上有两个字最重，那就是"公道"，他要维持的就是世间的公道。

公道存在，但也不会绝对，将林冲无罪释放才是真正的公道，但是所有的证据都对林冲不利，无罪释放是不可能了，两害相比取其轻吧。

"误入白虎节堂，杖二十，充军"，这是林冲得到的相对公道的结局。

08. 爱要懂得放手

从门到窗是七步，从窗到门也是七步，林冲在牢房里已经住了有些日子了。他知道这是个局，设计者就是高俅那些无耻的人。即使自己不入这个局，还有其他的局在等着他，他就是那只可怜的蝉，后面跟着一串利益相关者，螳螂，黄雀，人，人是这个链条上最可怕的。

由此身死，林冲不甘，但也无畏，放心不下的是娘子。那个下午娘子一定在苦等，在得知自己被送往开封府后一定焦急万分，现在娘子一定在家苦苦等待自己回家，可是现在，一切都不可能了。

或许自己的前半生太顺了，生活要给自己增添这些磨难，如果说一切的磨难他都愿意接受，他最不愿意接受的磨难就是与娘子分开。即便发配，即便充军，林冲都希望渡尽劫难后能回到娘子的身边，他的身份不再是八十万禁军教头，而只是娘子的丈夫，一生中有很多身份，他最在乎的只是这个身份。

自私，自己居然如此自私，想到的只是自己如何幸福，有没有想过娘子的幸福？如果自己从此发配充军，天涯海角，九死一生，有没有想过娘子的内心感受，有没有想过那些寂寞苦冷的黑夜她一个人如何度过？结束磨难回到娘子身边固然让人期待，但那漫长的等待会把女人的头发熬白，人生有几个十年，人生能经得起多少等待？

自己能让娘子跟着自己受这些磨难吗？

不，绝不，既然磨难已经无法避免，那么就让我一人承担。

爱，就要懂得放手；爱，就要让她自由。

林冲是一个情种，最懂女人，也最值得女人爱。

林冲决定放手，林娘子却选择了坚守，林冲的岳父张教头斥责林冲的短视，"你只是流年不利，谈什么休妻？你走一年，我养女儿一年；你走两年，我养女儿两年；你走三年，我养女儿三年；你走一辈子，我养她一辈子，但你永远是我的女婿，她永远是你的妻子"。

有伟大的父亲，就有伟大的女儿，张教头与林娘子一脉相承，美德与善良，同血缘一样，是可以遗传的。

感动开封，感动大宋，林冲的东京爱情故事可以感动全世界，唯独感动不了高衙内，也不奇怪，因为他是猪，眼中只有饲料。高衙内没能通过法律将林冲置于死地，便只能寄托于私刑。

有钱能使鬼推磨，很快，他们找到了两个见钱眼开的公差：董超和薛霸。这二人是混进大宋衙役队伍的鸟人，也是两个名人，少有的在《水浒传》中留下名字的衙役。

09. 林冲，你的命只值三百贯

林冲买一把刀花去一千贯，而他的命却只被开价三十两金子，合三百贯，这个林冲花起来从来不眨眼的三百贯，就给他的命标了价。

出价的人跟林冲很熟，曾经还是朋友，就是这个朋友在去往沧州的路上为林冲挖好了陷阱。既然朋友就是用来出卖的，陆谦就要把林冲这个朋友一卖到底。

定金十两金子，事成之后凭林冲脸上的金字领余下的二十两金子，这就是陆谦与董超、薛霸签订的协议。

六月，天气正热，林冲顺从地跟随两位官差向目的地沧州进发，身上的杖伤还没有好透，他只能艰难挪步，他不知道在沧州会有什么样的命运等着他，但他知道，娘子正在等着他回家，即便未来的日子会很艰难，他也会在服役中受到各种磨难，但还是决定忍耐下去，为了娘子，为了团圆，团圆，团圆。

董超、薛霸也很可悲，他们沦为那些无耻人的帮凶，为了三十两金子，他们就要去杀掉一个与他们无冤无仇的人。这两个人并不是职业杀手，也没有经验，他们能做的就是把他们学的那些折磨犯人的皮毛用在林冲身上，手段非常低级，明朝的东厂西厂以及锦衣卫要知道他们曾经有这样的败类同行，会为他们感到不齿的，低级，太低级了。

林冲管不了董超和薛霸的手段是不是低级，他要保全自己的性命，他已经做得足够好了，只可惜董超和薛霸铁了心要他的命，林冲再多的示好也是没用的。

看董超和薛霸折磨林冲的手法，我断定这两个人确实不学无术，对业务没有没有半点追求。几年之后，他们居然原封不动地把这个方法用在卢俊义的身上。有点专业精神好不好？人家是花了银子的，几年过去了，换点新鲜的手法好不好。

他们的手法是什么呢？很简单，烧一锅开水，强迫犯人洗脚，把脚烫伤，然后第二天让犯人穿新草鞋，一路走，一路磨出脚泡，一路流血，一路折磨，很残忍，很变态。

八十万禁军教头，梁山第一武将（关胜更多是象征意义），现在是路上艰难行走的囚犯，即使这样，林冲也不准备反，他选择忍耐。日子又过去了一天，与娘子相聚的日子又近了一天。

10. 鲁智深，你终于来了

相聚的日子不会来了，董超和薛霸跟林冲摊牌了。

"高太尉命令我们在路上结果了你，陆谦已经给了我们十两金子定金，你去不了沧州了，明年的今日就是你的祭日，我们哥俩只能对你说声对不起了。"

林冲懵了，他不知道，为什么一再退让，别人还是一再相逼。

别人要的不是你认错的态度，而是你的命，矛盾是不可调和的。

林冲啊，林冲，枉你一身功夫，一世英名，一腔热血，一往情深，居然落得这样的结局，如果说人生就是一出戏，现在是不是该到了无奈谢幕的时候？

林冲的人生大幕即将徐徐落下，董超、薛霸的水火棍即将落下。娘子，别了，来生林冲还与你做夫妻，来生林冲一定与你相爱厮守一生，来生我们依然一路同行，来生，来生，如果有来生。

且慢，还是活在当下吧，就算所有的朋友都离你而去，至少还有他——鲁智深，这个真正的朋友。

鲁智深，你终于来了，从开封跟踪到这里，不抛弃，不放弃，辛苦你了。

鲁智深挥动一下禅杖，将薛霸的水火棍打上了天，再一挥禅杖，对准了二人的脑袋。

鲁智深的一生有很多敌人，没有一个私敌，眼前这二人不是他的私敌，但该杀，留他们何用？

"师兄，别难为他们，他们也是受人逼迫。"这就是林冲，一个坦荡的男子，一个胸怀宽广的男子，一个处处为别人着想的男子，一个有良心的人。此时只要林冲一句话，这二人身上就会多出很多窟窿眼，但林冲不是睚眦必报之人，他有一种美德叫作宽容，他有一种境界叫不杀。不杀就是和平，这是英雄的主题。

当然林冲也有自己的考虑，不杀那两个公差，一是仁慈，二是他还抱有幻想，他始终相信只要自己退让，事情就有解决的余地，自己就一定能与娘子团圆。

可惜这只是一厢情愿，直到他退无可退，被逼上梁山之后，他才意识到，一味退让并不是解决问题的良策。你退让，别人就认为你软弱，退让跟软弱画上了等号，这是人的境界不同，理解不同。

11. 幸运的林冲，倒霉的官差

董超、薛霸保住了命，但苦日子开始了，有鲁智深压阵，这二位只能将倒霉进行到底了。

一路上，包袱他俩背，林冲他俩扶，所有的行李都在他俩身上。到住店的时候，也是他俩在忙碌，生火、做饭、买单，旁边的店小二和掌柜都用疑惑的眼光看着他们，到底谁是官差、谁是犯人啊？

鲁智深从不管别人的流言蜚语，他一向是走自己的路，让别人坐车去吧。这一次鲁智深让林冲坐着车。

在通往沧州的路上，老百姓看到了奇特的一幕，一个戴着枷子却气度不凡的人坐在车上，一个手持禅杖的和尚愉快地跟在后面，两个愁眉苦脸的公差闷闷不乐地走在最后面，这是发配吗？对，这是鲁智深主持下的发配，还是大和尚仁慈啊！

倒霉的董超、薛霸明白了什么叫"敢怒不敢言"，明明心里一肚子气，见了鲁智深还得挤出笑脸，"高僧吃了吗"。

每到夜深人静的时候，总有店小二看到两个官差仰望苍天大叫："苍天啊，这日子什么时候是个头啊？"

鲁智深始终没有说出自己的真实身份，但两个并没有笨死的官差还是猜出来了，因为他太出名了，很容易对号入座。

东京附近的和尚，强悍会武功，与林冲交好，符合这几个条件的只有鲁智深一个。东京附近的和尚一般不会武功，都懂佛法，鲁智深是例外，他会武功，但不懂佛法，而且有陕西口音。

听说大相国寺来了个莽和尚看菜园子，也许、大概、可能、差不多就是他了。好了，回去能跟高太尉交差了，不是我们不努力，实在是那个看菜园子的和尚太强悍。好了，责任推卸完毕。

官差们将责任推卸完毕，也到了鲁智深告别的时候，此地离沧州只有七十里了，一路平原人烟稠密，再也没有像野猪林那样的险恶地方，林冲的生命危险彻底解除了，到了鲁智深说再见的时候了。

一个和尚，一个无所求的和尚，为了保护自己的朋友，千里护送，一路用心，朋友一生一起走，说的就是鲁智深和林冲。

现在的鲁智深虽然还只是看菜园子的，但他也在进步，他粗中有细，他能把事情做得井井有条。

临行前，鲁智深问两个官差，你们的头有松树硬吗？两个倒霉人摇摇头，鲁智深挥起禅杖铲向松树，松树上留下两寸深的铲痕，松树由此断了。

鲁智深飘然而去，留下两个倒霉人在原地目瞪口呆，鲁智深的话在空中飘荡，三月不绝，"但有歹心，也叫你头如这松树"。

12. 天下居然有免费的午餐

鲁智深毅然决然地走了，身后是泪流满面的林冲，鲁智深脸上没有泪水，他的泪在心里。他不知道这个世道为什么总是好人吃亏，不是说好人一生平安吗？为什么自己和林冲这样的好人要受这么多磨难，难道这就是生活？

在渭城，他为了救助落难父女打死了镇关西，从此军官没得做了；在野猪林他还是挺身而出救下了林冲，尽管他知道这样做后果可能很严重，但为了朋友，他可以不考虑后果。后来鲁智深确实连和尚都没得做了，因为高太尉不可能放过一个跟他作对的人。

不过鲁智深还是无所谓，他是一个胸怀天下的人，一个心中装满全世界唯独没有他自己的人，这是一个高尚的人，一个纯粹的人，或许他就不应该属于某个地方，他身在江湖，家在天涯。

漂泊的鲁智深，飘零的林冲，他们的人生在路上。

林冲终于可以抬起头，即使是囚犯，也要有做人的尊严，况且，他是被冤枉的。林冲对自己有了新的定义："八十万禁军教头林冲，不小心得罪上司的人"，这是个有尊严的定义。

带着倒霉的公差，林冲进了一家村办小酒馆，按照以往的经验，店小二必定会很殷勤地上来招呼，而在这里，他们被当成了空气。几个店小二在店里来来往往，没有一个人来招呼他们。什么意思？难道这里歧视犯人，犯人也是人，也是有尊严的，林冲第一次拍了桌子。

看林冲发怒，掌柜的却笑了，他说，自己是好意，附近有位柴大官人专门招待过往发配的犯人，自己不招待林冲一行，就是想让他们去找柴大官人吃一顿免费午餐。

如果是别人提供的免费午餐，林冲可能会拒绝，但这个人是柴大官人。柴大官人是当年后周的皇族后裔，名叫柴进，人称小旋风，因仗义疏财、好结交天下好汉而闻名，林冲在东京时就经常听说柴进的英雄事迹，这一次到了他家门口，自然没有不见之理。

13. 林冲，你选择了圆滑

如果说以前的林冲是孤傲的，那么现在的林冲已经被磨难磨平了很多，这跟我们很多人一样，原本都希望自己有棱有角，但不经意间我们已经被生活给磨平了，我们生活得越来越顺，越来越惬意，同时我们也越来越圆滑。圆滑是件好事还是坏事，很难说得清楚。

林冲辗转来到柴进的庄上，在这里并没有人知道他是八十万禁军教头，人们只是把他当作来吃免费午餐的普通犯人。更不巧的是，柴进并没有在家，庄客们说大官人出去打猎了，什么时候回来，没有时间表。

林冲有些失望，兴冲冲而来想结识英雄，结果扑了个空，失落写在了脸上。

林冲的运气也没有背到极点，或许应了那句话，你不抛弃自己，佛就不会抛弃你。佛真的没有抛弃林冲，他刚走了半里地，迎面碰上了柴进。

此时的柴进意气风发，一百年前被人夺位的失落在他脸上根本看不到。生活就是这样，既然已经失去，何必还念念不忘？《天龙八部》里的慕容复，天天想着光复大燕，最后弄得人格分裂，不值得。人得像柴进一样，以退为进，成天盯着那个皇位让人过于憔悴，柴进知道祖上有让位之功，而他自己，重要的是活在当下，享受生活。

看着戴枷的林冲，他知道这个人是来找自己求助的，同是天涯沦落人，相逢何必曾相识。

林冲，八十万禁军教头林冲，得罪了高太尉的林冲，你就是林冲。

有时候大家都是熟悉的陌生人，林冲听闻柴进很久，柴进也听闻林冲很久，如果生活一成不变地发展下去，两个人的生活不会有什么交集，而现在，由于林冲的发配，两个闻名已久的人见面了。

手下的人并不知道柴进对林冲的仰慕之情，也没有看出林冲与其他犯人有什么不同，柴进说了声"上酒"，他们就把平常给犯人准备的份饭端上来了。

一盘肉，一盘饼，一壶酒，外加一斗白米，十贯钱。

关于一贯折算人民币是多少钱是有争议的，在这里我们姑且算465元人民币，十贯钱就是4650元，加上米，加上饭，估计能有5000元。

正是柴大官人这个了不起的慈善家缔造了梁山，梁山的两任首领都在他的庄上蹭过饭，分别是王伦头领和宋江大哥，另外还有几个著名的头领也在这儿蹭过饭，他们是首届梁山领导核心层成员之一杜迁，打虎英雄武松，宋江第一心腹李逵，由此柴进堪称梁山之父。

柴大官人眉头一紧，喝令，将份饭端了下去，林冲是高客，高客岂能与一般的客人一样呢？招待高客是需要隆重宴请的，林冲有资格享受这一档次的宴席。日后的宋江天天这么吃，更是高客。

14. 洪教头，你的饭票到期了

看着眼前的宴席，林冲有些感动，发配的路上还能享受这种待遇，他甚至问自己这是不是真的，看着柴进真诚的眼神，他明白了，这种感觉就是一见如故。

林冲的感动没有延续多久，就被一个叫作洪教头的给破坏了。洪教头在柴进的庄上很有面子，上上下下都叫他教师，地位不低。人就怕这样，周围的人都捧着你，久而久之找不着北了，洪教头就是这样找不着北的人。

林冲毕恭毕敬地向洪教头行礼，洪教头压根儿没有搭理，那劲头分明在说，我是教头，你算干什么的？

贵族就是贵族，柴进早就对洪教头产生反感，但没有表现出来，这是贵族的涵养，喜怒不形于色。王伦、晁盖、宋江这些人把好恶都写在脸上，从这一点来看，柴进有管理梁山的能力，但他是皇族出身，压根儿看不上梁山上的那点权力，这是个人的境界，学不到的。

柴进告诉找不着北的洪教头，眼前这位林冲是八十万禁军教头，并非浪得虚名。一个人没有知识还自以为是是愚蠢的，洪教头就是这样愚蠢的人，不读书，不看报，偏把无知当个性，林冲您都不知道，您还知道什么啊，知道自大加一点念"臭"吗?

洪教头有眼不识林冲,他觉得林冲就是个假冒伪劣的教头,就算是真的,同行也是冤家,你是教头,我也是教头,不是冤家才怪呢。不行,必须给他个下马威。

所有想给林冲下马威的人都栽了跟头,因为林冲太强了,大宋朝尽管军事实在提不起来,但这并不影响它拥有几个武功超群的军官,就像一百多年后在南宋即将灭亡的时候,在朝不保夕的襄阳城里,还有一个叫作郭靖的大侠挥舞着降龙十八掌(当然郭靖是虚构的)。

现在的林冲已经不想打斗了,打来打去实在太累了,硬要分出个高下其实很功利,练武并不是为了打斗,练武是手段,但打斗并不是练武的目的。

世界上总是有那么一种人,你越是退让,他越觉得你好欺负。洪教头就是这样的人,他以为林冲不敢比试,他以为林冲已经从心里怕了。人啊,不知道好歹真的很难办。

林冲原本碍着柴进的面子不想动手,柴进看热闹不嫌事大,你们随便打,而且我还出二十五两赏银,谁赢谁拿。林冲看明白了,洪教头说到底只是个食客,也是个蹭饭的,既然大家都是来蹭饭的,谁比谁高贵啊?

要说洪教头挺无赖,人家林冲戴着枷锁他就出招跟人打,好比你看见人家捆着手脚,却非要跟人家比棍棒,比赛根本不公平嘛。

就这样比画了四五招,林冲跳出圈外,没法打,根本没法把棒挥起来。

柴进是个好事的人,非要看林冲与洪教头打一场,又拿出十两银子让公差把枷锁打开了,这下锁着的豹子放开了。

林冲一出手,就知有没有。洪教头连打两棒都没有打到林冲,林冲出招了,只一棒,躺下吧,你的饭票到期了。

15. 有钱能使磨推鬼

林冲一棍扫倒了洪教头,这个找不着北的人在地上趴着的时候明白了一个道理,"做人还是脚踏实地好",等他爬起来的时候已经羞愧难当,他明白自己的饭票到期了，走了，伤自尊了。

柴进是个识货的人，他更加确信眼前这个人非同一般，他决定把林冲当成自己的座上宾。事实证明，他是正确的，林冲后来成了他的同事，同时还是马军五虎将之一。等到日后相聚的时候，林冲始终把柴进当成恩主，他始终心存感恩。

有柴进照顾，林冲过了几天好日子，难得的好日子。可惜好日子总是那么短暂，短暂到你值得去为这几个好日子上一份保险。

该去沧州大营报到了，毕竟你是囚犯，不是旅行者。

林冲带着感慨去了沧州大营，这里相当于劳改农场，每个犯人都有对应的工作，至于得到什么样的工作那就完全看自己的造化了，当然这个造化主要靠钱。

吃了很多亏的林冲现在知道了钱的功能，因为有了它，你立刻就能看到一个人脸上的物理加化学反应。管事的差拨见了林冲就有这样的反应，林冲掏钱的速度只慢了一点点，差拨就开始发飙了，劈头盖脸，风卷残云，暴风骤雨，毫不留情，没有精神准备的人会被骂得立刻准备自杀。

好在林冲已经不再是那个年轻气盛的林冲了，他变得世故了，他耐心地等差拨发完火，递上了银子。

有钱能使鬼推磨，有钱甚至都能使磨推鬼，这个要钱的小鬼顿时发生了化学加物理反应。他的脸上立刻荡漾起笑容，看起来那么和蔼可亲，和颜悦色，和风细雨，和气生财。

林冲把银子和柴进的书信都交给了差拨，差拨的胸前仿佛被幼儿园阿姨戴上了大红花，他也顺便把大红花给他的上级管营带了过去，大营里出现了两朵大红花，好鲜艳。

两朵大红花还给林冲表演了双簧。

管营说，按开国皇帝祖训，得先打你一百杀威棒。

林冲说，路上染风寒还没有好，求您别打了。

差拨接话说，确实病了，求您别打了。

管营说，哦，确实病了，以后再打吧。

就这样，林冲躲过了一顿打，一切都建立在钱的基础上，在这些人的视野里，有钱什么事都好办。

从这一天起，林冲被打开了枷锁，被分配在沧州大营看管天王堂。

生活难免有些不如意，但还是要继续。

16. 与人为善，与己为善

生活如此艰难，林冲选择随波逐流，向生活低头。

林冲的生活很简单，每天到天王堂扫扫地、上上香，这样的活儿在大营里已经属于非常好的了，不用成天那么劳累。工作之余，林冲经常发呆，他看着南方出神，因为在那里，林娘子在等他回家。

日子快点过吧，我想回家。

林冲过着简单而重复的日子，他不知道这种日子什么时候是尽头，终究会有尽头，闷着头过吧。

人生总是有些插曲，林冲在沧州遇到了以前的一个旧相识。旧相识原本是开封的一个店小二，名字起得也很随意，叫李小二。李小二比较机灵，林冲经常到这家酒店喝酒，一来二去就对机灵的李小二有了印象。后来李小二偷了店里财物，老板要扭送他到官府，还是林冲帮李小二把事情摆平了。林冲自己掏钱赔给了老板，并给了盘缠让李小二到外地投奔亲戚。

无巧不成书，二人在沧州遇到了。

现在的李小二已经是个小老板了，他打工的那家酒店老板看他比较能干把他招作养老女婿，李小二草根逆袭成了酒店的老板，终于熬出了头。当他以小老板的身份到林冲所在的大营讨要欠款时，遇到了林冲。

这次重逢让林冲感慨万千，自己的小小善举居然改变了李小二的一生，看来无论在你得势还是失势的时候，都应该与人为善，因为不经意的举动都有可能改变别人的生活轨迹。

林冲与李小二一家走动了起来，李小二一家让林冲感受到了久违的温暖。

然而，好景总是不长，李小二给林冲带来高太尉依然要谋杀他的消息，这个消息让林冲本已放松的神经又紧绷了起来。

17. 林冲，你面对的是一个死局

原来出卖林冲的陆虞候也来到了沧州，送佛送到西，卖人卖到底，陆虞候这个败类真是败得很纯粹。

世上的事总是巧得很，陆虞候请客送礼的地点就选在了李小二的酒店，可能是因为这里离大营比较近。陆虞候让李小二把差拨和管营都请到了酒店，然后关起门来密语。常年迎来送往的李小二见多识广，他隐隐感觉到这个从东京来的人似乎有一个大大的阴谋，既然是东京来的，又鬼鬼祟祟，会不会跟恩公林冲有关呢？

李小二安排媳妇在隔壁房间偷听，看看陆虞候究竟有什么阴谋。李小二的媳妇趴在墙上听了一个时辰，确定来者不善，陆虞候的目的是要林冲性命，这可非同小可。

这个消息让林冲放松的神经又绷了起来，自己步步退让，人家步步紧逼，退，已经无路可退，还能再退吗？

林冲买了一把解腕尖刀，他要把这把刀送进陆虞候的身体。人可以无耻，但无耻到陆虞候这个程度已经是极品了，林冲打算抓住这个极品，跟他好好算算账。林冲寻觅了几天，还是没有结果。有的时候你刻意找一个人确实很难，而当你准备放弃的时候，他却自动出现在你的面前，陆虞候就是这样，说明他确实该死了。

陆虞候收买了沧州大营的管营和差拨，他们联手又给林冲设计了一个局。

林冲的命真是苦，遭遇一个又一个的局，而且每次都是连环局，如果不是运气够好，林冲就会在某一个局里走不出来。幸好，林冲跟《天龙八部》里的虚竹一样，总能走出别人给他设好的局。

林冲紧绷神经，提防陆虞候他们在天王堂对他下手。

林冲想错了，人家想给你做局，必然先让你放松警惕，然后在一个神不知鬼不觉人也不可能知道真相的地方下手。

这个神秘地方就是沧州边上的草料场，陆虞候准备火烧林冲。

如果林冲运气不好，那么抱歉，你就在火中歇了吧；如果林冲运气好逃出了火场，那么不好意思，你造成大军草料场失火，得负刑事责任，斩立决。这是一个无论如何都要让你死的毒计，对于林冲而言，这是一个死局。

18. 林冲，你得学会享受孤独

林冲无心害人，奈何别人却要害他，忍无可忍，那就无须再忍，退无可退，那就无须再退。林冲在心底已经做好了准备，大不了，一命抵一命，一命抵一命之后呢？江湖之大，哪里才是我的家？林冲没有想，也不敢想。

在那个飘着大雪的下午，林冲与那个要害他的差拨一起从大营赶往新的工作地点——草料场，新的工作岗位据说比较好，非常清闲，而且每年还可以在收草料的时候收点回扣，属于全体犯人都眼红的岗位，现在这个岗位属于林冲了。

不过林冲并不看重这些，他不在乎钱，在乎的只是时间，他渴望早点熬完这些苦难的日子回家，再无他求。

在雪天赶过路的人容易心生感慨，在漫天大雪中你会感觉到自己的渺小，渺小得就像大雪中的一颗雪粒，现在林冲就是那颗雪粒，在漫天的大雪中只能随着风雪飘舞，飘到哪儿算哪儿了。

林冲与看守草料场的老兵进行了简单交接，草料场资产一目了然，总共有两个草厅、八座草房仓库和若干堆马草。如果把一根根马草当成一个个士兵，那么林冲就是千军万马的统帅了。

老兵跟着差拨回大营去了，留下林冲一个人孤孤单单的。风雪交加的傍晚，荒郊野外，一个外乡人，与马草为伴，人生的落寞，无以复加。

附近不是还有个酒店吗？去买点酒吧。这是林冲一生中做得最正确的决定，因为买酒他知道附近有座山神庙，因为山神庙，林冲躲过了无情的大火。

林冲一路寻找，终于找到了那个不起眼的小酒店。酒店老板听说林冲是新来的看草料场的，还格外送了他一小壶酒和一小碟牛肉。林冲吃得很开心，吃完赠送的酒菜之后又掏钱买了酒和肉，这顿饭让他很舒服，感觉到这世界还是美好的。

饭吃完了，林冲得回草料场了。当他冒着风雪走回草料场时，眼前的一幕让他大吃一惊：雪太大了，草厅塌了。

屋塌偏逢连夜雪，林冲上任第一天就遭遇这样的事，真是倒霉到了极点。

草厅住不了，投奔山神庙吧。

19. 出来混的，迟早要还

无法在草厅安身的林冲只能投奔山神庙，今夜他要跟山神爷爷做伴了。从塌了的草厅内林冲搜出一条棉被，看看身上，酒葫芦依然在，他叹了口气，唉，至少还有你。

走了两百多米，林冲就进了山神庙，庙里正中是一尊金甲山神，旁边是一个判官，另外一边是一个小鬼，加上林冲，今晚他们就是 F4。

山神庙里寒冷异常，林冲把棉被披在身上，打开酒葫芦，就着牛肉，开始喝酒。酒给林冲带来温暖，他并不知道，一个巨大的阴谋正笼罩在两百米外的草料场上空。

林冲喝着酒回忆过去，心底有一丝温暖，尽管命运不济，但至少还有娘子，还有岳父，还有鲁智深，有这些爱你的人和你爱的人，即便独处异乡，沦为囚犯，内心也不孤独。尽管现在的日子很难熬，但一定会有尽头，好日子终究会来的。

外边怎么这么亮，明明不是十五啊？不对，是火光，一定是草料场着火了，这下麻烦大了。林冲的心又忐忑起来，他只希望平平安安，已经别无他求了。正要开门出去救火，林冲突然听到庙门口有脚步声，从脚步声判断，应该有三个人。

人在做，天在看，山神也在看，现在陆虞候的阴谋彻底暴露在山神面前，也暴露在林冲面前。

参与放火的差拨得意地说："怎么样，我这招火烧林冲不错吧！"

陆虞候如释重负："这下林冲死了，林娘子的心也就死了，高衙内就能迎她过门了，大事成了，咱们都升官发财啦。"

那个叫作富安的马仔说："没问题，我放了好几把火，肯定会烧死他。"

林冲啊，林冲，你处处谨慎，忍辱偷生，到头来人家还是要你的命，和平共处已经不可能了，兵戎相见吧。

三个纵火犯没有想到，他们处心积虑要烧死的人居然就在身后，他们以为这个人只会忍辱偷生，他们并不知道，不在沉默中死亡，就在沉默中爆发，现在林冲爆发了。

解决差拨和富安这样的从犯很简单，以林冲的武功不需要出第二招，一招足矣。

对于陆谦这样卖友求荣的混蛋，林冲愤怒到了极点，我们一起长大，我们曾经亲如兄弟，我们曾经不分你我，而你这个离我最近的人，伤我却是最深，难道荣华富贵对你就那么重要，难道友情在你那里也能按照重量出卖，难道你一定要踩着林冲的躯体往上爬？

陆谦兄，我最后叫一次兄台，记住了，出来混，迟早要还的！

20. 林冲，你注定四海飘零

林冲灭掉了三人，也彻底掐灭了平平安安回东京与娘子团聚的念想，不可能了，永远不可能了，关于家庭，关于幸福，已经与他彻底绝缘了。

走吧，林冲，你注定四海飘零，注定只能在躲躲藏藏中度过余生，所有的过往辉煌再也不存在了，现在只是一个前禁军教头，名号过期作废了。走吧，江湖之大，去寻找你的容身之所吧。

林冲坦然地离开了草料场，他把三人的首级供在山神前，冥冥中，他感觉有神灵的存在，如果不是神灵庇护，他可能已经在梦中被大火吞噬了。

林冲离开山神庙，路上陆陆续续有人来救火，林冲很从容地告诉他们自己要去报官，一路前行，进入了一间草屋。

草屋里的人正在烤火，他们接受了林冲烤火的请求，但接下来的请求他们却无法答应，因为林冲要买他们的酒。夜里值班的人对食物的需求比白天要更旺盛，因为夜里醒着的人容易冷，也容易饿，几个庄客只有一点酒，舍不得卖给林冲，自己吃还不够呢。

林冲恼了，冲动了，他不再是以前的林冲。

以前的林冲温文尔雅，如果遭到别人拒绝，他不会强求，现在他不想再忍了，从小到大都是好孩子，一路上都得到大红花，结果又如何呢？

现在自己成了重案犯，一味退让又有什么意义，一味循规蹈矩能有什么结果？王法，王法若依得，天下早太平了。

我就不依王法了又怎么样，我就抢了又怎么样，这是一种破罐子破摔的心态，同时也是一种悲壮的心态。

林冲出手抢了酒，也没给钱，当然给钱人家也不敢要。

原来不花钱拿人家的东西这么畅快，怪不得那么多人喜欢抢人家的东西，原来可以让心情愉快啊！

林冲兴奋地把那壶酒喝了一半，畅快，复仇的感觉真好。

第四辑 郓城：水浒之乡

01. 我要上梁山

复仇的感觉真好，头重脚轻的感觉可不好。

迷迷糊糊中，林冲感觉自己似乎醉了，脚底像踩了棉花，舌头也打卷了，眼前也模糊了，脚步也踉跄了，路太滑了，就这里吧，走不动了。他醉倒在雪地里，失去了意识。

醒来的时候，林冲已经被人绑了起来，几个人正在殴打他。这是哪里，他们为什么打我，我做错了什么？林冲开始嘶喊，你们凭什么打我？

林冲的喊声惊动了一个人，这个人不是别人，林冲几个月前见过，柴进柴大官人。柴进一开始以为只是抓到一个偷米的贼，没承想抓到的居然是林冲，怎么回事，发生了什么？

林冲知道柴进是个可以信赖的人，他把昨夜的事都告诉了柴进，他已经不知自己该怎么办，说给柴进听，或许柴进会有办法。

柴进毕竟是柴进，见过大场面。听了林冲的陈述，柴进跟林冲一起感叹造化弄人，既然事情已经发生了，那么就去平静面对吧，林冲兄，我和你一起承担。

柴进是前朝皇族后裔，他的家一般人不敢搜。铺天盖地的通缉令很快贴满了柴进家附近的村子，柴进家上上下下的人都在议论沧州府悬赏三千贯捉拿林冲，林冲也分明感觉到有些庄客在背后对他指指点点。算了吧，梁园虽好，但不是久恋之家，林冲告诉自己该到了告别的时候。

林冲从容地向柴进诉说离开的理由，在这里他依然不得安宁，而且还有可能连累柴进。至于去处，他并不知道该去往何方，他说自己想学鲁智深，就往天空扔鞋来决定，听天由命吧。

柴进知道自己拦不住林冲想走的心，况且在自己家里也还是有可能被官府抓走，与其被抓走，还不如在江湖上搏一把。不过瞎走不行，很容易落到官府手里，这样吧，林冲兄，你上梁山吧！梁山有三个头领在那里占山为王，领头的是白衣秀士王伦，二当家是摸着天杜迁，三当家是云里金刚宋万，都是了不得的人物，王伦和杜迁以前在我这里蹭过饭，走的时候还是我给的盘缠，现在跟我还有联系，你去那里吧。

林冲平生第一次听说梁山这个地方，尽管比老家开封差了一点，但毕竟是个去处，开封是回不去了，只能找机会把娘子接出来，等机会吧。

林冲要这样素面朝天上梁山，走不了三里就得到牢房报到。柴进不让他冒这个险，柴进准备把林冲夹带出境，不然林冲走不出沧州。

柴进的脸在沧州地面很是吃得开，沧州地面大大小小的头头几乎都认识他，沿途设关卡的大小官一看是他就赶忙放行。林冲就这样跟着柴进闯关成功，顺利地出了沧州，离开了让他梦想破灭的伤心地。

02. 雪中独行

林冲似乎与雪有缘，因为他赶路的十几天里一直都在下雪。

> 寒风萧萧，飞雪飘零
> 长路漫漫，踏歌而行
> 回首望星辰，往事如烟云
> 犹记别离时，徒留雪中情

雪中情，雪中情，雪中梦未醒

痴情换得一生泪印

雪中行，雪中行，雪中我独行

挥尽多少，英雄豪情

唯有与你同行，与你同行

才能把梦追寻

把这首《雪中情》送给林冲吧，他配得上这首歌。林冲，既然你的禁军教头时代已经渐行渐远，那就忘记吧，让一切都过去吧。

又走了几十里，林冲来到一家临湖的酒店，这里离梁山还有多远，林冲并不知道。

先喝点酒吧，去去寒气，林冲在酒里找到了一点温暖。

林冲请店小二喝了碗酒后，询问离梁山还有多少里。店小二说，只有几里，只不过都是水路，必须划船过去。林冲请店小二去找一条船，被店小二拒绝了，因为雪天没有地方去找船。

近在咫尺，近在眼前，却就是达不到目标，林冲啊，林冲，你的命为何如此之苦。仅仅一年前，你是何等威风，八十万禁军教头，军中谁人不知，开封城谁人不识，几千贯的宝刀你说买就买，而现在区区一条小船都找不到。高俅啊，高俅，我林冲与你无冤无仇，就为了你那个变态干儿子，你就把我害得有家难回，有国难投，一身本领无以报国，这是个什么世道呢?

酒后容易失言，酒后还有人喜欢乱写，林冲如此，宋江也如此。林冲跟店小二要过毛笔，在旁边白墙上题诗。这是唐宋时代特色，喝高兴了或郁闷了就会即兴在墙壁上题诗，借着酒劲，诗兴更高。林冲即兴写下了自己的诗篇，郁闷与悲壮同在，凄凉与豪情同行。

仗义是林冲，为人最朴忠。

江湖驰闻望，慷慨聚英雄。

身世悲浮梗，功名类转蓬。

他年若得志 威镇泰山东。

林冲，你就是林冲，你干的好事，你可值三千贯呢。

03. 职场高人朱贵

林冲被人一把揪住，酒醒了一半，他意识到麻烦了，怎么能随意乱写乱画呢，何况还写上了自己的名字，以后可不能这样了。

林冲那时不知道，在墙上写字是梁山的"优良"传统，干过这事的人很多，有宋江，有卢俊义，有武松，有张顺。值得一提的是，写了诗能平安无事的只有林冲，宋江和卢俊义都差点因此送了命。

揪住林冲的人叫朱贵，这是一个顶着神奇光环的人。

朱贵是山东沂水人，因为做买卖折了本，没脸回家，便流落江湖。做生意的人大多都很要面子，吕方、郭盛也是生意赔了没法回家，最后流落江湖。其实何必呢，钱没了还可以再挣，而家没了，到哪儿去找呢？如果让林冲选择，他宁愿自己赔个精光，只要允许他回家就可以，重要的是要跟娘子在一起。

朱贵的身份是梁山驻湖边办事处主任，寒来暑往，他坚守着自己的阵地，算得上梁山劳模。难能可贵的是，朱贵保持着良好心态，即便在梁山的地位一降再降，他也能泰然自若。林冲上山之前，朱贵在梁山坐第四把交椅，人称四哥；林冲上山后朱贵成了五哥；晁盖上山之后朱贵就成了十一哥；等到宋江大排座次后，朱贵成了九十二哥。别人坐着直升机上升，朱贵挂着降落伞落地。

（施耐庵老爷子是个高人，他笔下的人物都很有特点，很多人在出场时命运就被他安排好了，早有伏笔，只等结局。）

朱贵，外号旱地忽律，忽律在这里是鳄鱼的意思。鳄鱼是两栖动物，可以在水里和陆地上生存，可如果是只在陆地生存，只有一个结果，那就是越活越抽抽，或许这就解释了朱贵地位直线下降的原因。你是旱地鳄鱼，可不越活越抽抽吗？既然老爷子给你安排这个角色，认命吧，朱贵（也有一种解释，上了岸的鳄鱼更加凶猛，旱地忽律是说朱贵是个狠角色）。

此时的朱贵还是四哥，侠气逼人，威风凛凛。被揪住的林冲有些沮丧，他知道这一天早晚会来，但没想到这么快，难道就这样被人扭送官府吗？

林冲兄，不用怕了，自己人，口号——同上梁山。

朱贵与林冲报过家门后，询问林冲为什么上梁山，得有个由头啊，不能说去旅游吧，抱歉，梁山不卖门票，硬要买只有单程票，上得去，下不来。林冲说，自己受官司拖累，有柴进的推荐信推荐入伙。

朱贵一听"柴进"二字，眼睛顿时亮了，柴进是老大王伦的恩人，柴进推荐的人自然非同小可，不尊重柴进推荐的人就是不尊重柴进，不尊重柴进就是不尊重老大，不尊重老大的后果很严重。

朱贵是经得起考验的头领，前后经历王伦、晁盖、宋江三位大头领，他都能牢牢地担任驻湖边办事处主任，尽管后来又多了三个湖边办事处。像朱贵这样能在三任领导班子下持续发光发热的，也不多，看看杜迁、宋万后来的遭遇就知道了，老梁山的四大头领，也就朱贵活得滋润，老大王伦被火并了，老二、老三地位一降再降还处处受猜忌，唯独他还维持着自己的业务范围，不容易啊，不容易。

04. 林冲，随波逐流吧

同是天涯沦落人，相逢何必曾相识。

朱贵向林冲介绍了湖边酒店的功能和业务范围，湖边酒店主要功能是做梁山眼线，同时兼具黑店的功能。进来此店，如果没钱，那么万事大吉；如果有钱，对不起，钱和命都要了，身材胖的用来点灯，瘦的做腊肉，功能与张青和孙二娘在十字坡开的店一样，同行的业务范围比较相近。

林冲听着有些恶心，庆幸自己幸亏没钱，要不然，恶心。转念一想，林冲又认命了，只要能让他上梁山，就是生老鼠肉也得吃，人在屋檐下，不得不低头。

朱贵并没有请林冲吃生老鼠肉，而是搬出鸡鸭鱼肉请他重新大吃一顿。林冲觉得很诧异，不是刚才已经吃过了吗？朱贵说，这是梁山的规矩，每月梁山大寨都会拨一笔经费过来，专门用来宴请过路的好汉，你林冲是好汉，又是来上山的，自然要请你海吃一顿。

风餐露宿几十天，到这个时候林冲才能踏踏实实吃一顿饭。朱贵也是江湖中人，林冲的事迹在江湖上流传，朱贵自然也知道一些，如今面对面坐着，正好跟林冲讨教究竟哪一个版本是最准确的。林冲许久没有跟人说这么多话，有人说话的感觉真好，况且还有酒。今夜的酒喝了很多，时间也很长，酒逢知己千杯不醉，林冲心里有了热乎的感觉。

酒酣耳热之际，林冲还不忘问朱贵：没有船，明天我们怎么上山？

哥哥，都在酒里了，走一个，明天包你上山。

梁山对于林冲是最后一根稻草，他必须拼命抓住，天下之大，已经没了他的藏身之地。梁山，看起来听起来不算好的地方，你还有挑的资格吗？这里不是东京，你也不再是八十万禁军教头了，你是全国通缉的重案犯，你有选择的余地吗？没有！

林冲，随波逐流吧，好汉不与命争。

05. 我的理想是当强盗

林冲，跟教头生涯说再见吧，从今天起，你的家在梁山，无论你曾经荣耀到八十万禁军教头，还是落魄到沧州大营的囚徒，一切的一切都成为过去了，从此你不再是大宋的良民，而是一个占山为王的强盗。

封妻荫子，占山为王，两条看似永远不相交的平行线，现在要交会到一起了，世界上的事没有什么不可能，既然已经走上这条路，向前走，莫回头。

朱贵往芦苇荡里射了一支响箭，不一会儿，就从芦苇荡里摇出一条小船，这就是接林冲和朱贵上山的船。林冲往岸边又看了一眼，跳上了船。这一跳，就跟自己的过去告别了；这一跳，就彻底跳到了大宋的对立面。没有办法，任何时代生存权都是第一位的，林冲是好汉，但也要活下去。

跟着朱贵，林冲开了眼界，原来强盗也是能做出一番事业的。

此时的梁山建设已经粗具规模，四面高山，三关雄壮，从岸边到大寨正门要过半山断金亭，还要再过三座雄关，四面都是檑木滚石，易守难攻，官兵想来攻打，难度很大，看来这个地方可以成为自己的安身立命之所。林冲，这会是你的归宿吗？

是不是归宿，林冲说了不算，得大头领王伦说了才算。

王伦坐在聚义厅的正中，左手坐着二当家杜迁，右手坐着三当家宋万，再加上朱贵，这就是梁山初期的F4，他们是梁山的大脑。

要了解梁山的历史，得先了解梁山的核心层，了解他们的性格，性格决定命运，这个很重要。

王伦王头领，落第秀才，读过书，练过字，应过考，没考上，考了好多次都被侮辱了，死活考不上。小时候别人认为他是天才，大一点的时候别人认为他是人才，再大一点别人认为他是个庸才，这个时候王伦再也受不了了，他觉得如果再坚持下去，肯定要变成别人口中的"蠢材"了，他不能接受这个封号。

王伦决定放弃"四书五经"，即便考上又怎么样，无非就是陪皇帝画个画、写个字，没什么前途。有了这样的心理，王伦坦然了，什么功名，什么考试，我的理想就是当一个强盗，从此书生转型做了强盗。

杜迁是个大个子，绰号摸着天，身高是他的优势，只要他在王伦的身边一站，别人只有害怕的份了。其实那个时候杜迁心里也打鼓，万一对方是个高手怎么办？没办法，出来混的，你不能认怂，心里七上八下，脸上也要装出凶神恶煞。

后来王伦和杜迁联手，逐渐扩大了梁山的规模。回忆起走投无路在柴进庄上混饭吃的日子，哥俩儿经常掉眼泪，回想起那年建设梁山，哥俩儿光着膀子一起去垒墙抬木头，眼泪就像断了线的珠子，创业艰难啊。后来又一个大个子云里金刚宋万来了，跟杜迁一起站在王伦后面，王伦彻底找到了强者的感觉。强者不是生下来就是强者的，王伦也一样，不容易，也是苦出身。

06. 王伦，班子有问题

林冲并不知道王伦的艰苦创业史，他只想成为梁山的一员，至于当不当头领，排位多高，他没有想过。所谓排名有什么意义，只要有个安身立命之所，身份和地位，都可以无所谓。

王伦看了柴进的书信准备收留林冲，因为毕竟是柴进介绍来的人，得给柴进面子，不然江湖上得说你王伦忘恩负义。

事情经不得打听，越打听王伦心越凉。

王伦的格局很小，属于武松他哥武大郎开店——比他高的不用。林冲如果不暴露自己的武艺，还有机会，可惜一说起他过去的职业以及在沧州犯下的大案，王伦感觉脊背阵阵发凉，这是个强人，我降得住吗？强盗做到这个份上，王伦给强盗丢脸了。

王伦容不下林冲是因为心里没底，他本身没有武功，论武功，宋江都比他强。

梁山三任卓越的首脑武功排名是这样的：晁盖，宋江，王伦。文化程度排名：王伦，宋江，晁盖。心胸气度排名：晁盖，宋江，王伦。综合能力排名：宋江，晁盖，王伦。

综合评定，王伦适合当村里作坊主人，晁盖适合当乡镇企业领导，宋江适合当县级以上企业总裁。而王伦属于村里的，没见过世面。

王伦容不下林冲还有一个不能暴露的秘密，那就是杜迁和宋万武功也很低劣，如果过招，跟林冲过不了两招，三大头领捆一起打不过一个林冲，一旦首脑层发生矛盾，那可怎么办？王伦思前想后没有好办法，只有一个办法——让林冲走人，庙太小，容不下您这尊大佛。

要说王伦的班子还是缺乏沟通，杜迁、宋万、朱贵都是粗人，无法领会老大的意图，这三个搭班子的人实在不合格。看看以后宋江和吴用的黄金组合，真真假假，假假真真，一会儿白脸，一会儿黑脸，一会儿红脸，想变就变，快得跟川剧变脸似的，这才是搭班子。

王伦安排林冲吃了顿大餐，然后就要轰林冲下山，"粮少，房少，什么都少，您还是另寻高枝吧"。

头领，您玩笑开大了吧，朱贵表现出实在人可爱的一面。

"哥哥，粮少咱可以到附近随便借，房少咱这木头有的是，随便盖，啥都不少，而且这还是柴大官人推荐来的，咱要拒绝了，江湖上没法混了。"

杜迁也附和说，"是啊，咱这地方不少，不差他一个，再则不要他，柴大官人不高兴。"

宋万跟着说，"柴大官人的面子咱不能不给，不然让江湖兄弟笑话。"

王伦无话可说，跟这三个粗人说道理是说不通了，三个粗人也没有眼力见儿，生生把自己放在火上烤，文化人给这些粗人当头领太难了，智商不同啊，又不能实话实说——我怕他把咱们都灭了，太给强盗丢脸了。

07. 林冲，你的投名状呢

站在梁山屋檐下，林冲感到无地自容，千里投奔，到头来是这样一个结果。山上房子那么多，却说房子少，仓库里的粮食都快流出来了，却说粮食少，王头领，你也太小气了。林冲根本不图在这里有什么交椅，能安身立命就好，大家都在柴大官人庄上混过饭，你就不能拉一把？这文化人办事就是虚伪，以前是那个该杀的陆谦，现在是这个讨厌的王伦，也该杀吗？当然这是后话。

林冲看出来了，杜迁、宋万、朱贵都是粗人，他们出身贩夫走卒，混迹市井之间，但他们都知道行走江湖靠一个"义"字，他们看到柴大官人的推荐信，就极力主张留下自己。

放在以前，林冲是不屑于与这些粗人打交道的，但现在看来，这些粗人比文化人可爱。这三个粗人读书少了一点，但他们懂得义，王伦虽然读了那么多书，却不懂义，真是枉读圣人之书。

王伦的字典里确实没有"义"字，他的义早没了。早年间王伦是个愤青，也想报效国家，也想治国平天下，可惜几次考试下来都被挡在了大门外，老在门外的感觉让王伦彻底死心，既然国家老让自己的热脸贴冷屁股，那又何必呢？当官一定好吗？老子还不当了。

后来王伦辗转来到梁山，在这里他找到了人生的意义，都说治国平天下，原来我的"天下"就是梁山啊！

在王伦心中，梁山就是他自己的，梁山是他的全部，他绝不会把梁山拱手送人，也容不得梁山有潜在的威胁。现在潜在的威胁来了，这个人就是林冲，八十万禁军教头对付杜迁、宋万的三脚猫功夫，根本不用打，这个威胁实在太大了。可杜迁和宋万又是粗人，他们看不出这里面的威胁，而自己当着林冲的面又无法点破，跟粗人搭班子实在太累了。

对了，投名状，有了投名状似乎就可以解决这个问题。

投名状？

林冲也听闻过很多江湖故事，但并不知道投名状是什么，他以为投名状类似保证书，"我林冲自愿加入梁山，保证服从领导，永不叛变"。这还不简单，以前高太尉也经常要求写保证书，林冲习以为常，根本不用打草稿，拿笔来，我写，马上就写。

老江湖朱贵看着林冲有些好笑，赶忙提醒他，"投名状就是下山砍个人然后把头拿来"，林冲听了有些后悔，早知道把陆谦的狗头带过来好了，那多省事。林冲仔细想想，觉得也不可行，在江湖跑路总不能带着那么个扎眼的东西吧，得，还是在这里现杀。

08. 这个投名状不寻常

有投名状就入伙，没投名状就走人，林冲又一次被逼到了悬崖边。

林冲不想杀人，尤其是无辜的人，如果不是陆谦一再相逼并且纵火要烧死他，林冲是不会杀人的。即使陆谦在他面前耀武扬威，只要他们不要他的命，只要他们能让他服完刑后回到东京，再大的屈辱他都能忍，可惜人家要的是他的命，他就必须出手了。

可现在，到哪里去找该杀的人呢？难道要把刀对准那些无辜的人？林冲啊，林冲，这一刀下去你就真的成强盗了！

当强盗就当强盗吧，首先你得活着，活着才能有回东京的机会。

林冲用一晚上的时间说服了自己，天一亮，他就跟一个小喽啰下山去等落了单的过路人。很不幸，一个落单的人都没有。

第二天，林冲他们又来到了南山脚下，一整天只有一拨人过路，足足有三百多人，饶是林冲，也不敢一个人单挑三百多人。

日子晃到了第三天，林冲带着小喽啰又来到了东山脚下，看日头已近中午，还是没有一个人影，林冲快崩溃了，罢罢罢，趁天色还早，赶紧取了包袱再投别处吧。小喽啰表现得比林冲稳重，他劝林冲再等一等，毕竟还有一个下午，还有机会，万一有人来呢？

林冲耐着性子再等，这半天是他一生中最难熬的半天，就为了一个所谓的投名状。

人终于来了，而且是一个人，林冲远远对着他说了声"惭愧"。

林冲还是做事光明磊落，换作别人，上去直接就是一刀，一切就结束了。林冲不是，他要在人家对面站定，再大吼一声，然后出招。

林冲，你太嫩了，这里是不讲什么招数的，只要能把对手砍翻，没有人管你用什么招。

林冲大吼一声，挑着担子的人撇了担子撒腿就跑，人家是逃命，林冲根本追不上。林冲眼看着他的"投名状"越跑越快，越来越远，他知道自己离梁山也越来越远。

还是小喽啰反应快，跑了投名状，这不是还有一担财物嘛，或许可以用来当投名状。林冲勉强点了点头。就在这时，他又看见一个人过来，他正想大喝一声，结果人家的声音比他先到，这个人一看就不寻常，这个人的命甚至比林冲还苦，这个人日后也成了林冲的同事。

09. 居然是杨志

如果你一出生就带着一块难看的胎记，人家就叫你青面兽，你说衰不衰？

如果上司派你去运花石纲，十条船有九条船都好好的，就你的船翻了，你说衰不衰？

如果你好不容易花钱买了一担礼物却被林冲给抢了，你说衰不衰？

如果你好不容易又有了一次运送生辰纲的机会，结果又被晁盖给劫了，你说衰不衰？

如果你落魄到连自己祖传的宝刀都要卖，却被泼皮牛二给讹上了，你说衰不衰？

如果你枪林弹雨都过来了，最后却生生病死了，你说衰不衰？

以上六条随便遇上哪条，都是人生一大衰事，而我却连续遇上了六条。很多人跟我说，如果我去买人身意外保险的话，我会成为北宋最富有的人，或许吧，所有的小概率事件都让我赶上了。

我叫杨志，人们都叫我青面兽，这不是个好名字，只是叫的人多了我也就认了。我是名门之后，祖上是杨业杨令公，人们都问我，杨家将里杨令公有八个儿郎，你到底是哪一支的？遇上这样的追问，我哑口无言，关于历史我没有发言权，我只能和关胜一样，在适当的时候修撰一下家谱，然后给梁山上的每个人都发一本，告诉他们我真的是杨家将的后代。

向林冲大喝一声的正是青面兽杨志，一个同样命苦的人，两个命苦的人在梁山脚下开始对打，在林冲看来，这个人就是自己的投名状。在杨志看来，这个人是阻碍自己获得功名的绊脚石。一个为了投名状，一个为了功名，两个都不容易。

两人足足打了四十多回合，正要分出高低的时候，王伦站在高高的山冈上往下望，看到白云下边两个强人在打斗。王伦觉得机会来了，他高喝一声，不要打了！

从这个角度讲，王伦也是有特异功能的，林冲和杨志打斗的地方离山顶应该有几里地，隔了这么远，他都能看清楚，而且声音还能从高山上传到两个人的耳朵里，莫非这就是武林中失传已久的千里传音？

可能此处是施耐庵老爷子的破绽，王伦哪有那眼力，哪有那穿越几公里的嗓音？这是不可能的。

虽说林冲和杨志没有分出高下，但从日后排名来看，杨志应该打不过林冲，后来梁山排座次时，林冲在马军五虎将中排名第二，杨志在马军八骠骑中排名第三，两人是差着级别呢。

差着级别归差着级别，王伦可不管这些，他想把两人都弄上山坐把交椅，有杨志在，林冲也就闹不起来，只要把他俩弄成两个阵营，让他俩互相斗，那自己就安全了。这就是管理的艺术。

10. 林冲，你是四哥了

杨志是又一个海岩剧的男主角，曾经辉煌，中途落魄，后来有转机，又凑合活着。

被林冲抢了的杨志正准备着去东京给高俅送礼，他押送的花石纲在太湖翻了船，他得上下打点一下。

点背不能怨社会，命苦不能怪朝廷，要怪只能怪杨志的命实在是太苦了。一起去运送花石纲的有十条船，九条船都没事，唯独他押送的那条船翻了。杨志想了很多天，就是没有想明白，莫非是因为自己有个难看的胎记？不应该啊，有胎记应该是福气啊，唉，还是命苦。

杨志指望拿着这一担礼物回去送送礼，走走后门，事情说不好还有转机，高俅都能从一个踢球的混成高太尉，我杨志怎么就不能呢？要相信自己。

杨志想走，王伦想留，他还指望着靠杨志压制林冲呢。按照王伦的筹划，杨志坐第四把交椅，林冲坐第五把交椅，朱贵坐第六把交椅，王伦团结着杜迁和宋万，再拉着杨志，防着林冲，梁山的万年基业就成了。

强盗，将军，落差巨大，杨志接受不了王伦的提议。

什么梁山，什么交椅，我的祖上是杨令公，我是将门之后，我是将门虎子啊，怎么能当强盗呢？别开玩笑了。

杨志果断拒绝了王伦。

人就是这样，但凡有出路，是不会考虑在梁山落草的。走投无路时，想落草也不是那么容易，史进、杨志这些海岩剧的男主角，曾经以为落草跟自己完全不相干，而一转身，落草已成了人生的唯一选择。

阿甘说，你永远无法知道下一块巧克力是什么味道。

王伦已经把高俅说得一文不值，杨志还是铁了心不在梁山落草，这一点就要怪杨志有眼无珠了，王伦远在梁山都知道高俅做事不地道，你在高俅手下混过，还不知道高俅的手腕，这一定是盲目崇拜的结果。

望着杨志远去的背影，王伦突然冒出一句：我本将心向明月，奈何明月照沟渠。旁边的杜迁看看天，明明是太阳，不是月亮啊。宋万看看王伦问，哥哥说的是什么沟，什么渠。唯有林冲在一旁冷冷看着，他知道在王伦这种人手下做事跟在高俅手下一样，两个字——难受。

既然当着杨志的面说林冲是自家兄弟，王伦不能再出尔反尔了，只能安排林冲坐第四把交椅，然后通知梁山驻湖边办事处的朱贵主任，“从今天起你是五哥了”。

央视九八版《水浒传》拍了这样一幕，杨志登船离开梁山，林冲去送行，情不自禁地也跟着上了船。朱贵在岸边喊了一句：“林教头，人家回东京，你要去哪儿？”一语惊醒梦中人，林冲神情黯然，默默走下船。透过林冲的眼睛，能看出他内心的悲凉。

11. 辉煌总是过眼云烟

杨志现在彻底明白什么叫热脸贴冷屁股了，他杨志就是用自己的热脸贴在高太尉的冷屁股上，很冷，很冷。

高太尉曾经在东京享受见一次被打一次的待遇，进而导致心理很变态，他最恨两种人，一种是家里有钱的，一种是祖上很辉煌的。家里有钱的王员外曾经把他告官然后对他“见一次打一次”，祖上很辉煌的那些将门虎子经常不把他这个太尉当回事，经常在背后议论他，后一种人现在让他很郁闷。还好，倒霉的杨志落到了他的手里。

你衰，你笨，你二百五，你个挨千刀的，押送花石纲翻了船还想官复原职，你还真把自己当不倒翁啊，有那个千斤坠吗？

高太尉把杨志骂了个狗血淋头，痛快，真痛快，几十年没这么痛快了。看着杨志无精打采耷拉着脑袋，高俅似乎看到平常那些不买他账的将门虎子一起低下了头，此时的高俅不再是高俅，而是阿 Q。

千万里追寻着一个机会，满满一担财物换来一个街头无赖的无情痛骂，杨志很憋气，很窝囊，但毫无办法，人家是高高在上的太尉，你只是一个被撤了职的前军官，而且还没有证件，档案上还被高太尉盖上了永不录用的黑章。杨志啊，杨志，你一个将门之后，怎么会如此之衰？

失落的杨志回到客店，整整一天都在郁闷中度过。

在郁闷中，杨志想起了威镇华夏的祖上杨业杨令公，那是一个激情燃烧的年代，杨业明知与辽军一战必败无疑，还是毅然决然与辽军死战，率军退到陈家谷时，约定好的接应部队无影无踪。杨令公身边只剩下一百多人，老令公让手下人各自逃生，没有一人离去，全部下马与辽军恶战，直至全部战死。杨令公自刎没能成功，被俘之后，绝食三天而死。这就是杨志的祖上，这是一个承载着光荣与梦想的家族，这是一个让天下交口称赞的家族，而现在杨志这个将门虎子却已走投无路，在东京已经没有一个熟人，身上的盘缠已经用完，一个铜钱也没有了。（《水浒传》里杨志的身世跟《杨家将》有些矛盾，《水浒传》里杨志身为杨家后人，但在东京孑然一身；《杨家将》里天波杨府一直傲然矗立在东京，至今开封还有天波杨府呢，当然是现代高仿。）

如果杨志早点遇上打虎将李忠，可能还能掌握一个谋生的手段——街头卖艺，现在他没有想到这条路，即便想到也不会去做，他是将门虎子，是有尊严的，卖艺不可能，那么只能卖刀了。

怎么能卖刀呢，那可是你祖上留下的。

咳，怎么不能卖啊，秦琼卖过锏，关公卖过绿豆，张飞还卖过猪肉呢。扯远了，杨志，开始卖刀吧。

12. 发配还能换来工作？

刀，宝刀，祖传宝刀，史上最好的祖传宝刀。

怎么跟忽悠林冲的那个卖刀的吆喝得一模一样？没办法，杨志也不会卖，只能模仿别人学着卖。

可惜林冲与杨志在东京的生活没有交集，要不然，杨志卖刀，林冲买刀，多么好的故事，这样的结局总比杨志刀砍牛二要好。

林冲远在梁山，无法出现在卖刀现场，出现在卖刀现场的是一个叫牛二的无赖。无赖无处不在，哪个朝代都有。

杨志自卖自夸，描述了祖传宝刀的三大特点：砍铁不卷，吹毛即断，杀人不沾血。无赖牛二坚信没有调查就没有发言权，一一验证了前两个特点，杨志所说果然不虚。难题出现了，第三个特点怎么验证，如何证明杀人不沾血？

无赖牛二很有"科学"精神，他非要看看杀人如何不沾血，经过他的不懈努力，求仁得仁。被逼到墙角的杨志挥刀一砍，牛二中刀，踉跄了几步，再看杨志手中的刀，确实不沾血。牛二以身试刀，"壮烈"倒地，"看，他的刀杀人真的是不沾血"。

杨志还是过于直来直去了，不懂得变通，换成鲁智深，早就让牛二满地找牙，然后去看牙科大夫了。杨志还跟牛二废了半天话，结果还是没用。

再说，杨志你要出气，用刀背砍他啊，让他疼还没有伤，伤全是内伤。

杨志是个老实人，换作一般人，早就一溜烟跑去直接找王伦报到了，杨志没有，他留了下来，好汉做事好汉当。

杨志这一次做好汉做对了，通过这一次发配，他居然又成了一名军官，而且还不用送礼。

杨志投案自首后并没有被判死罪，牛二没有家属，没有人盯着案子不放，牛二平常也不是好人，因此上上下下都照顾杨志，最后杨志被判刺配北京大名府。

杨志以为自己这辈子就这么完了，以后只能安心做个囚徒，谁承想到了大名府，跪在堂前一抬头，杨志心里乐了，眼前这个官他认识。

这个官叫作梁中书，是权臣蔡京的女婿，杨志与梁中书以前一起喝过酒、吹过牛，一起做过许多事。

缘分啊，杨志兄，莫非你要时来运转？

13. 将军还姓杨

梁中书以前认识杨志，知道他的本事，直接当堂开了枷锁，留杨志在身边听用。从罪犯到朝廷命官身边的红人，只用了几分钟。这样的案例在朱仝身上也出现过，说明宋朝官场有漏洞啊，很大的漏洞。

漏洞不漏洞杨志不去管他，重要的是他现在又能给官府办差了，他又是公家人了，尽管是临时的。

杨志在梁中书的府上努力工作，起的比鸡早，睡的比狗晚，干的比用人多，吃的比老妈子少，为的就是得到梁中书的认可。

看到杨志的用心，梁中书觉得提拔杨志真是提拔对了，决定再好好抬举抬举他，升他做副牌军（大概相当于副连长）。

尽管这里的一切都是梁中书说了算，可要提拔杨志还要走走比武的过场，要不然别人会在背后指指点点，杨志和梁中书脸上都不好看。就算要暗箱操作，也要把工作做细了，总不能"我就提拔了你能怎么样"，那就不是官员，是流氓了。

给杨志当配角的是周谨，是杨志后来在梁山的同事索超的徒弟。杨志这一回使的是杨家枪，当他使出一招"千树万树梨花开"时，恍惚之间，感觉自己正战斗在对金作战的第一线。

幸亏有人多想了一步，事先让两人把枪头都卸掉了，然后蘸了点石灰开始对打。最后统计点数，周谨身前成了马蜂窝，到处都是石灰点，杨志还跟穿了件新衣服一样，差距有多大，就不用说了。

骑马对战输了，周谨还是不服，又提出比射箭，杨志心中直乐，"你怎么知道射箭是我的强项啊"？

杨令公当年纵横沙场，射箭是看家本领之一，嫡传后人能不苦练射箭吗？周谨啊周谨，鲁班门前弄大斧，关公面前耍大刀，东北人讲话，"你耍呢"。

射箭比赛很刺激，二人对射，周谨先射。

周谨连射三箭，都没射中杨志，杨志张弓出箭，第一箭试探，让周谨躲了过去。

杨志心里有数了，第二箭杨志可以射中周谨要害，但一想，都是同事，抬头不见低头见，还是要留点余地。杨志射出了第二箭，正中周谨左肩，周谨从马上跌落，这一次输得明明白白。

两战全胜，杨志打出了祖上的威风，将军依然姓杨。

14. 杨志，有梦想就有未来

运气来了，真是挡也挡不住。

本来赢了周谨，能做上副牌军，杨志就心满意足了。可有人偏偏不乐意，这个人是周谨的师父——急先锋索超。

徒弟折了，做师父的脸上也无光，索超必须把掉在地上的脸面捡起来，不然师徒俩以后在大名府怎么混，在将士中怎么混，总不能让人指指点点，"就是师徒俩，被杨志打脸了，啪啪的"。索超做了一辈子正面典型，让他做反面典型，太不甘心了。

同时，索超也承载着所有大名府军官的希望，如果他也输了，那么在场的大名府军官的脸面都彻底掉地上了，明天整个大名府就会传开，"一个叫杨志的人打败了所有大名府军官"，老百姓就得收拾金银细软准备逃命了。一个杨志就把所有军官打败了，要是林冲、鲁智深来了，大名府不就被攻破了吗？为了所有军官的荣誉，为了百姓的安心，索超这一战不能输。

杨志想见好就收，可这里不是自由市场，不是想来就来、想走就走的地方，你砸了人家的场子，人家就得找你的碴儿，不然人家抬不起头，没法交代。

好吧，既然恶战不可避免，就让我们尽情鏖战。

索超和杨志进行了一场可以写进大名府历史的鏖战，都是为了荣誉，都是为了面子，说到底面子害死人。

两个人打了五十多回合，古代这个回合很短，不必太当真。嘿，一个回合；呀，两个回合；嘿呀呀，三个回合；说话的工夫，五十多回合过去了。

按照日后在梁山的排名来看，杨志头上的血槽还有半管，索超头上的血槽估计顶多还剩四分之一，索超如果不想个法子，估计过不了这一关。

有个细节能说明索超打不过杨志，因为主动叫停的是索超的同事李成和闻达。两人不可能偏向杨志，他们是看索超渐渐招架不住了，怕索超吃亏。如果索超胜利在望，他们才懒得管呢，恨不能让索超直接砍了杨志，让你个外来的和尚瞎念经，你以为你是鲁智深啊。

本来杨志胜利在望，结果让人拉了偏架。还好，最后结果是皆大欢喜，梁中书看不出谁输谁赢，两人并列冠军，都提升一级，升为提辖（大概相当于连长）。

这是可以写进杨志档案的一战，他奋斗了好几年都没得到的提升在这一战后实现了——他从拟提拔的副牌军升格为提辖，到哪说理去呢。自己几个月前还是囚犯，现在已经是大名府的提辖了，看来人不能没有梦想，有梦想才有未来。

15. 郓城：水浒之乡

杨志有梦想，他认为自己有未来，可未来又是什么在等着他呢？春风得意的杨志并没有去想，想也想不到，从时间线来看，又一个悲剧要开幕了。

梁中书老丈人蔡京蔡大人的生日快到了，梁中书需要物色一个得力的人选往东京送礼物，在他手下，表现最突出的就是那个叫作杨志的将门虎子了，莫非这个人就是老天安排来押送生辰纲的？

是的，一切都是天意。老天对杨志太不公平了，当提辖还没几天，生辰纲这个让杨志遗憾半生的玩意儿要出现了。

梁中书也是苦出身，是个寒门子弟，靠着读书谋取功名，又靠娶了蔡京的女儿才做到了大名府的主官。

按说梁中书的日子也不会好过，按照现在的观点，他属于典型的穷小子，娶了蔡京大人的千金小姐，这日子不用想不会好过。

梁中书认为自己跳出了寒门可以跟豪门平起平坐了，蔡夫人则认为要没有我家提携，飞上枝头你也得下来，你就是一只小小鸟，想要飞却怎么也飞不高，到头来还得我们老鹰带着你飞，所以恩情你要牢记，生辰纲要年年送，不然就是忘本。

梁中书想起来都是眼泪，上个月托人给家里的老娘捎了五十两银子还落了夫人一顿埋怨，现在还得给老丈人送那价值十万贯的生辰纲。

尽管不是那么情愿，梁中书还得眉开眼笑地去准备生辰纲，谁叫你在人家的屋檐下呢？没让你改姓蔡就不错了，梁中书颇有阿Q精神地对自己说。

筹备归筹备，毕竟还有五十多天，不着急，到时候自有安排。

世界上的事情都是有关联的，东半球的蝴蝶一扇翅膀，西半球就可能有暴风雨了。

这边梁中书扇动了一下翅膀，西半球的暴风雨就要来了，暴风雨的核心在山东郓城县，一个先后走出两位梁山带头大哥的地方，一个产生了数位天罡头领的地方。

两位带头大哥分别是托塔天王晁盖和名满天下的及时雨宋江，天罡头领更多了，有吴用和阮家三兄弟，另外刘唐和公孙胜也在这里战斗过，可以算半个郓城人。在这些头领之外，还有两位对梁山发展起着至关重要作用的头领，分别是朱仝和雷横。

无疑这是一块英雄的土地，一块豪杰辈出的土地，一块影响梁山走势的土地，可以称为"水浒之乡"。

第五辑

抢生辰纲，就这么简单

01. 朱仝和雷横是黄金搭档

说到这块英雄的土地，就不能不介绍两位响当当的人物——朱仝和雷横，这是一对黄金组合。

朱仝是马兵都头，本地富户，大高个，长得莫名其妙像关公，胡子更像，人送外号美髯公，这是一副令日后梁山同事关胜都忌妒的长相。因为朱仝长得比关胜更像关公，梁山同事们跟关胜打趣，问他祖上那一支是不是关公抱养的？

雷横是步兵都头，比朱仝矮一点，履历比较复杂。雷横祖上是打铁的，雷横没有继承祖业，干得比较杂，杀过牛，开过磨坊，开局设过赌，放过高利贷，干过很多在犯罪边缘试探的事情，江湖行走多年，给人留下不好惹的印象。雷横的弹跳非常好，据说能跳过两三丈的深涧，估计有点夸张。雷横的胡子很有特点，是个扇形，人们将雷横的特点综合了一下，送了个外号——插翅虎。

这么两个都头，放在一般的县，肯定年年是治安先进县，什么样的流氓恶势力都得被这两人给铲了。坏就坏在他俩活动到水浒这块土地上，坏就坏在他们和晁盖等人称兄道弟，拿着朝廷的俸禄，还给反官府的人当保护伞。

朱仝和雷横的上司是郓城县令时文彬，此人同时也是宋江的上司，朱仝、雷横、宋江都是郓城县的公职人员，也算是同事。

县令时文彬在发挥下属主观能动性方面还是有一套的，当地离梁山泊比较近，时文彬要求雷横和朱仝经常巡逻，每次巡逻要巡逻到东溪村，到那里摘几片别的地方都没有的红叶回来才能交差。

雷横和朱仝都是实在人，每次都保质保量地完成了巡逻任务。想偷懒也不是没有办法，提前摘一筐红叶在地窖里用土埋着，每天上交几片，时文彬也未必能看出来。

雷横和朱仝使命在肩，从不偷懒，每天都照常巡逻。这一天是雷横带头巡逻，这一巡逻不要紧，还真把生辰纲的消息给巡逻出来了。

02. 慈善也要讲究方法

雷横这个人智商不算高，思维逻辑也简单，他巡逻到东溪村灵官庙，发现庙里躺着一个赤条条的大汉。"深更半夜不回家睡觉，不是贼是什么！"雷横带着手下一拥而上，把疑似贼人捆绑了起来。

从法律层面而言，雷横违法了，你雷都头哪只眼看见人家偷东西了，就认定是贼，真要是贼，偷完早跑了，还在那睡觉等着你来抓，莫非你说的是笨贼？

笨贼也好，聪明贼也好，这个疑似贼人被雷横给抓了。

雷横押着疑似贼人来到了晁盖庄上，一出好戏要开始了。

晁盖晁天王，是梁山大业的缔造者之一，在东溪村深得全村人爱戴。

有一段时间，附近村子闹鬼，邻村就建了一座微型青石宝塔用来辟邪。这下东溪村的村民们不干了，邻村建宝塔辟邪，这不是要把鬼逼到我们村吗？众人愤愤不平，都想到邻村讨个说法。关键时刻，晁盖挺身而出，不跟邻村人废话，直接把青石宝塔抱到了东溪村，这下东溪村安宁了，真要有鬼，也得往邻村跑。

经此一战，人们给晁盖送了个外号——托塔天王。

《水浒传》中有三个人都以仗义疏财而天下闻名，分别是柴进、晁盖和宋江，其中宋江最为出名。

为什么呢？因为身份，因为手法。

柴进出身于后周皇族，家里的钱多到放不下，资助一下别人，天下人觉得是理所应当的。

晁盖也以仗义疏财闻名，但有点不讲方式方法，不管好人坏人，到了他的门下都会收留，管吃管住，临走还给盘缠，这样给人感觉是吃大户，另外还会给人不好的感觉——他们会不会是有黑社会性质的团伙呢？

最后来说宋江，他为什么会把自己的名声经营得那么好呢？

第一，他帮助的都是急需帮助的人，他给小孩送尿布，给该成家的光棍张罗娶媳妇，给无人奉养的老人张罗棺材。帮人帮到点子上，这是关键。

第二，宋江帮助的人很有传播能力。妇女、小孩和老人，都很能传播，无论好消息还是坏消息都能给你迅速传播。上午宋江帮助了一个小孩，下午全县都知道了，一传十，十传百，你只告诉了他，而他只告诉她，于是就成了全世界都知道的秘密，这是人家宋江的成功之道。

第三，对待同事，宋江也有自己的方法，那就是抢着买单，跟谁出去喝酒最后都是宋江买单，试问谁不喜欢一个抢着买单的人呢？当然，除了那个苦出身见不得别人好的朱元璋，不过他俩也见不着。（民间相传，富商沈万三因为想献殷勤，抢着捐修京城城墙和慰劳朱元璋军队，反而使得朱元璋不满，招致灾祸。）

回过头来说晁盖，这个莫名其妙走上抢劫生辰纲道路的人，这个莫名其妙成为梁山之主的人，这个后来莫名其妙死在史文恭箭下的人，此刻只身一人来到了被雷横抓住的大汉面前，他想看看所谓的贼人长什么样，以前他没见过贼，因为治安实在太好了。

03. 刘唐长得跟外星人一样

贼人原来长得这么奇怪，黑瘩瘩的肉，黑黑的腿，紫黑阔脸，鬓边长着朱砂记，朱砂记上面长着一撮黄毛，长成这样实很怪异，哦，这就是传说中的贼了。

晁盖跟贼人对了两句话，原来贼人叫作刘唐，是从外地来投奔他的，据说有一个天大的商机要送给他。

晁盖盘算了一下，让刘唐过一会儿当着雷横的面认自己做舅舅，然后自己跟雷横求情把他救下来。

等雷横吃饱喝足出来时，晁盖和刘唐的双簧就开始了。刘唐喊晁盖为舅舅，晁盖一下认出了这个"不争气"的外甥，然后讲了一个糊弄鬼的故事。雷横智商不高，没有任何怀疑就相信了，在雷横手上救个人就这么简单。

刘唐这个人挺可怜的，《水浒传》里把他写得跟毁过容似的，黑脸，有胎记，按照宋末元初人周密的记载，刘唐的腿还短，据说腿"尺八长"。外星人的长相也莫过于此了。

但凡先天不足的人，后天一定很努力，一定会坚强，刘唐也是如此。他此行来找晁盖的目的就是一起劫生辰纲，跟兄弟们一起干一票大的，取了这个富贵。

刚看《水浒传》的人一般会觉得，刘唐太牛了，是他第一个知道生辰纲的消息。实际上并不是，生辰纲这个消息天下人都知道，因为权臣蔡京每年都要过生日，梁中书这个孝顺女婿每年都会献上生辰纲，因此生辰纲每年都有，就看你敢抢不敢抢。

刘唐是想抢、敢抢，而且着手准备抢的人，他是将设想变成现实的第一人。

04. 晁盖，请计算你的犯罪成本

刘唐把抢劫生辰纲的目标说出来之后，晁盖有些惊了，抢劫生辰纲的念头曾在他的心里闪过，但很快就否定了，因为他并不缺钱，非要抢那死沉死沉的玩意儿做什么呢？

晁盖有些犹豫，刘唐也不知道该如何是好。

晁盖安排刘唐住下，他自己还是算不过来这笔账。对于刘唐来说，抢劫生辰纲几乎没有犯罪成本，他就是赤条条一个人，而你晁盖不一样，你是有家产的人，你还是村长，本来就有保境安民、捉拿盗贼的义务，现在倒好，一个要偷天换日的盗贼就住在你的庄上。这个世界太疯狂了，耗子给猫当伴娘了。

刘唐先不管晁盖会不会答应跟自己一起干，在他看来，那么一大堆钱放在你眼前，我就不信你晁盖不眨眼、不动心。刘唐现在惦记着刚才晁盖为救自己给雷横的十两花银，不行，得去替晁盖要回来。

刘唐是个粗人，不懂人情世故，平常没有刘唐这事，晁盖也会给雷横送点银子请他喝酒，大家都是性情中人，多一个朋友多一条路。可惜刘唐这个出身贫苦的人不懂这些，他只知道雷横拿了晁盖的钱，他要从雷横那里把钱拿回来。

到手的钱还要再送回去？不可能！

雷横不是省油的节能灯，光看他干过的职业，杀过牛，放过赌，哪一个职业都不是一般人干的，这样的人能把到手的钱送回去？

和谈不成，只有打，在《水浒传》的世界里，讲理是没有用的。刘唐相信自己的拳头，雷横也相信拳头，两人开始打斗，赌注就是那十两花银。

打斗的两人没有想太多，一个在旁边观战的人却想了很多，上还是不上？劝还是不劝？他犹豫了很久，最后还是挺身上前，用他一生只用了一次的铜链将两个人隔开。

从此，他走上了前台，开始了波澜壮阔、风云际会的一生，告别了那平静的书桌和他那受村民敬重的私塾教师身份。

05. 吴用是"无用"的谐音吗?

这个跟自己过去说再见的人，就是后来梁山上鼎鼎有名的军师吴用，当时的身份是一个地主家的私塾老师。

当私塾老师收入虽然不低，但看不到曙光，而且过着颠沛流离的生活，因为地主家的私塾所有权属于地主，说解雇就解雇。吴用早就厌倦了这份没有前途的工作，他在等待机会改变自己的人生。

通读《水浒传》，我觉得吴用这个名字可能有另外一个含义——无用。

"百无一用是书生"，从这句话可以得出结论，"吴用是个书生"，这一点跟王伦很像，我估计王伦学习成绩比他好，因为王伦还去东京赶过考，而吴用从来没去过，说明他的学习成绩一般，不敢去东京赶考。吴用的历史地位高于王伦，主要是找准了自己的定位，你吴用就是师爷的材料，所以就不能装老大了。

再则，吴用这个名字暗含讽刺，吴用等于没用。

为了把卢俊义弄上山，吴用一顿操作，弄得卢俊义家没了，人也差点被官府砍了。

为了救宋江，吴用牵头假造蔡京的书信，弄巧成拙，被官府看出来了，差一点宋江就没命了。

等到征方腊的时候，由于吴用的错误安排，刘唐和施恩等五名头领死于非命，我甚至怀疑他是方腊派来的卧底。

直到吴用在宋江墓前自缢，我才弄明白，原来吴用的名字里还有一层意思，那就是为知己者用命，死而后已，由此可见，《水浒传》里的名字还是有很多玄机的。

回到刘唐与雷横的这场打斗，刘唐被人叫停时非常失望，因为他马上就要把对手砍了，雷横则有些庆幸，因为眼前这个长得挺奇怪的人已经让他有些招架不住了，他已经用眼睛的余光在地上寻找，看看有没有包子，自己吃了能补补血。幸好，终于有人出来叫停了，原来是那个成天说"子曾经曰过"的秀才。

刘唐还想从雷横手上要回银子，可雷横的字典里压根儿就没有"吃了吐"这个词，眼看吴用也劝不住了，晁盖赶来了。

不就十两银子吗？刘唐你这个大外甥太不懂事了，给人家就是给人家了，做人要厚道。

06. 吴用与晁盖是发小

吴用一看刘唐这个外乡人，就觉得蹊跷。

那个年头人口流动很小，见个陌生人都感觉新鲜，尤其见了刘唐这种有点基因变异的生人就更蹊跷了，这样的陌生人一般会去投奔谁呢？不用问，就是晁盖，附近只有他家提供免费午餐。

这里面可能有问题。

吴用跟晁盖从小就认识，两人的关系好到几乎可以穿同一条裤子。

刚才听晁盖喊刘唐是"外甥"，吴用觉得更加奇怪。晁盖家的三姑六婆七爷八姨他都熟悉啊，没有这么个基因变异的主，怎么现在还跳出个大外甥呢？再说年龄也不对啊？

年龄倒没什么不对，古代的人生得多，外甥比舅大都是常事，这就是吴用少见多怪了。

也难怪，一个私塾老师，成天在本地的几亩田里晃悠，所以他不会像培根一样说出"知识就是力量"。吴用也不知道世界究竟有多大，地球究竟是不是圆的，他只能指着井口的蓝天说：看，多么蓝的天。

吴用的视野不广，但在晁盖和刘唐这些粗人面前，吴用怎么说也是个文化人。文化人吴用一听晁盖邀请自己到家里坐坐，立刻宣布休课一天，屁颠屁颠地到晁盖家做客去了。

在晁盖的家里，晁盖隆重介绍了刘唐，吴用也用自己能想到的赞美之词热情洋溢地赞美了刘唐，刘唐听了很受用。

刘唐看着眼前这个秀才有了好感，他从小没读过什么书，但他崇拜文化人，会背《三字经》的他就认为是天才，像吴用这样号称看过《史记》、读过《论语》的，在他眼里那就是孔子转世、颜回再生。

这就是盲目崇拜吧。

如果刘唐知道数年后自己会因为吴用的错误计策而丧命，估计他会把吴用打得生活不能自理。可惜，人终究是不能跑到时间的前面，更何况你刘唐的腿还短，若是长腿先生郁保四，或许还有一线生机。

07. 迷信的晁盖

晁盖跟吴用和刘唐开始分析抢劫生辰纲的可行性。

从后来的结果以及当时的生活水平看，晁盖是最没有必要去抢劫生辰纲的。你说你晁盖，要吃有吃，要喝有喝，当着村长，为所欲为，你压根儿就不缺钱，抢来生辰纲做什么用呢？

再看晁盖的合作伙伴，刘唐孑然一身，没有正常收入，他去抢劫生辰纲是不奇怪的；阮氏三兄弟打鱼打不下去了，吃了上顿没下顿，抢劫也算可以理解；公孙胜是一个道士，也没什么钱，抢劫点钱做修炼成仙的经费也勉强说得过去；吴用是一个落魄的私塾先生，收入不稳定，而且没有积蓄，他参与抢劫也算正常；至于后来参与的白胜，那就更正常了，他是一个十赌九输的赌徒。

综合比较下来，身家不菲的晁盖组织抢劫最不正常，说到底是义气和迷信害了他。

晁盖是个讲义气的人，跟他喝酒可以说他小气、吝啬，可千万不能说他不仗义，否则他当场就跟你翻脸。

从头到尾，晁盖都是个讲义气的人，这是他的优点，也是他的弱点。

晁盖这个人很迷信，抢劫生辰纲其实也是迷信的结果。

本来对于是否抢劫生辰纲，晁盖挺犹豫，就因为一个梦，他改变了自己的想法。

晁盖梦到了北斗七星落在他家房顶上。他是个迷信的人，他觉得这是上天暗示他在将来的某一天会跟七八个人一起做一件大事，现在刘唐送来了生辰纲这个题材，因此晁盖认为是上天指引他去抢劫生辰纲。

晁天王啊，晁天王，梦见北斗七星，你就要去抢劫生辰纲，如果直接梦见满天星斗，是不是直接去找宋徽宗谈改朝换代啊？要是梦见宇宙，是不是可以去抢劫银河系了？

归根结底这是迷信，说到底，是因为那天夜里他看北斗七星的时间太长了，日有所思夜有所梦，所以做着梦还在看北斗七星。

要不就是他家房子没房顶吧。

晁盖因为迷信决定去抢生辰纲，从而名震天下，可以说，他的成名源于迷信，数年后他又死于迷信。

出战曾头市时，还没起程，晁盖的帅旗被吹断了，按照他以前的性格，必然知道这是不祥之兆。《三国演义》里老这么演，晁盖应该也知道，但是在那天，他决定相信科学，不迷信了。最后，在那个晚上，晁盖中了一生中唯一的一箭，也是最后一箭。

现在，晁盖知道上天在给他暗示，可以去抢生辰纲了，他姓晁，"晁"字里面有个"兆"字，他是个相信兆头的人，他相信这是上天给他发的短信。他决定收下这个短信，他相信他能成功，他并没有想到，他已经从一个村长慢慢地变成一个抢劫犯，这个过程很长，也很短。

看晁盖拿定主意，穷小子刘唐很高兴，这意味着晁盖采用了他的计划书。刘唐身无二物，了无牵挂，抢了生辰纲够花一辈子，这个赌注够大，也值得下。

吴用一直为自己命运担忧，他知道就算给地主家的孩子教一辈子书也挣不了几个钱，他已经过够了平淡无趣的生活，该是自己创业的时候了，他决定加入晁盖的团队。

现在团队只有三人，还得不断拉人才行。

08. 阮氏三雄铤而走险

因为晁盖梦到至少七个人，吴用开动脑筋凑人。这个团队很重要，不是随便拉几个就行的，总不能对着晁盖庄上的人说，"谁愿意跟着我去抢生辰纲，自愿报名？"估计不用到夜里，郓城知县时文彬就会请他们到县衙喝茶。

办这个事得隐蔽，得用知根知底的人，这一点倒难不住吴用，他的社会关系复杂，各色人等他都认识。

一个一个找人太麻烦，要找就找兄弟几个的吧。这样省事。这些兄弟还不能是一般的兄弟，得是胆大不要命的，就找阮氏三兄弟吧。

阮氏三兄弟是离晁盖百里的石碣村村民，平时没什么不敢干的，打鱼，贩私盐，样样在行。他们的口号是"别人敢干的我们不干，别人不敢干的我们来干"。

别人不敢干的，利润才高，马克思在《资本论》里早说了，资本家会为利润铤而走险，阮家三兄弟不识字，没有读过《资本论》，但他们同样会为了利润铤而走险，谁又能逃脱一个"钱"字？

阮氏三兄弟为什么叫阮小二、阮小五、阮小七？

有人说，是不是因为宋朝婴儿死亡率高啊，老一、老三、老四、老六都夭折了，或许也说得过去，也有人说是不是因为老一、老三、老四、老六是女孩啊，所以就不写了，还有的说是不是因为老一、老三、老四、老六是老实人，不跟他们一起玩啊。

我自己考证了半天，从寿命看，阮小二和阮小五两人加起来的寿命和阮小七差不多一样，是不是施老爷子玩了一把玄机呢？或许施老爷子好打麻将，好和二、五、七，当然只是猜测，一切都是猜测。

总而言之，阮氏三兄弟不是一般人，几乎一无所有，了无牵挂，贫穷得很彻底，也最具有反抗精神。

记住他们的绰号吧，立地太岁阮小二，短命太郎阮小五，活阎罗阮小七，共同的特点是长得比较凶，属于可以跟李逵、焦挺、宣赞一块儿吃饭的主。

阮氏三兄弟对于生活没有太多想法，在梁山水泊里打鱼，在家乡附近贩卖点私盐，没事喝喝酒，偶尔赌点钱，这就够了，他们不知道自己还能做什么，还要做什么，他们对未来没有规划。

但有人替他们做好了职业规划，这个人就是吴用。

晁盖所在的村子离阮氏三兄弟的家有一百里路程，距离挡不住吴用追求幸福的脚步，他在心里对自己说，我等这一天等了好几年，我要把握住属于自己的机会。

现在的吴用不再是别人眼中那个百无一用的书生，现在的他是一个追着幸福跑的幸福书生，他要做一件大事，一件足以让他一生富贵又天下轰动的大事。

求你了，蔡京蔡老爷，你可千万别因为今年闰月你就不过生日了，发发慈悲吧。其实吴用也不用担心，人家蔡京是不会放弃每年收礼的机会的。

吴用来到石碣村，这是他曾经战斗过的地方，他曾经在这里教了一批又一批的学生，他的学生有的成了秀才，有的成了举人，有的成了进士。

陆陆续续有成才的学生回村来看望他，看他的眼神也渐渐地从崇拜变成了轻蔑，人的眼神居然可以随着地位的改变而改变，吴用感觉人真的很可怕。

吴用此行的目的就是说服阮氏三雄入伙，后来他发现，所做的工作都多余，他只要说一声"生辰纲"，哥仨立刻操起家伙就跟他走了。后来哥仨还笑话他，"当老师的人活得真累，费半天劲，不就是出去抢劫吗？多简单的事，你们文化人办事就是费劲。听说你去年帮人家买牛，写了四五页纸打申请，县令也没批。人家李地主去了，几个字就搞定了，人家就写了几个字：我家牛死了，没法耕地。县令马上就批了"。

吴用被说得有点不好意思，庄户人家，就是简单生猛。

窗户纸没有捅破之前，说服工作还得慢慢做。

吴用先去找了阮小二，他看到阮小二穿得破破烂烂，穿的还不如两年前，不用问，日子过得不怎么样。

吴用说要替财主买几尾大鲤鱼，阮小二没敢应承，因为他自己也已经有好几年没见过大鲤鱼了。

吴用想，兄弟三个，要是挨个儿做工作，太费事了，还是叫到一块儿一勺烩了吧。吴用拉着阮小二找到了阮小五和阮小七，村子不大，哥仨一会儿工夫全齐了。

阮小二、阮小五、阮小七共同的特点是都姓阮，另外一个共同的特点是衣服都很破，一看就很落魄，败家的阮小五还把老娘的钗骗去典当了又去赌钱输掉了。养了这么三个败家子，阮家老太太也够可怜的。

怎么混得这么惨？莫非官府加大打击力度使他们不敢贩私盐了？他仨以前都会在家门口放个咸菜缸腌咸菜，现在缸还在，咸菜没了。

09. 我们也崇拜梁山

吴用招呼三兄弟在村里小酒店坐下喝酒，他知道哥仨肯定许久没吃过肉了，穷得连衣服都快穿不起了，吃肉就成了奢望。

点了十斤牛肉，吴用几乎没吃，哥仨风卷残云般都吃完了，阮小七又去船里拿了些小鱼做下酒菜，哥仨吃得很开心。吴用在旁边静静看着，哥仨的日子依然很苦，官府是没有指望了，以后跟我混吧。

吴用不能在这个小酒店把话说透，人多嘴杂，说不定还没出门，官府的衙役已经到了。正事不能在酒店里说，不能像林冲、宋江那样没溜，喝了酒就在酒店的墙上乱写乱画，吴用是聪明人，自然不会做那样的事。

吴用做出很有钱的架势，掏出一两银子让阮小七买些菜带回去晚上接着吃。一两银子的购买力真强，买了一大壶酒，一对大鸡，二十斤生熟牛肉，顺便还把吃的这顿饭钱给结了。

看着哥仨拿自己的银子结账，吴用知道哥仨确实穷困潦倒了，说是请自己吃饭，哥仨居然都没带钱。吴用了解这哥仨，但凡有钱绝对不会说没钱，这是一个优良的品质，跟武松、鲁智深有得一拼，这个优点够桃花山上的李忠学习一辈子。

李忠这个不爽利的人、小气鬼，一顿酒两人共吃一个咸鸭蛋，等到鲁智深上了梁山之后，李忠的小气就成了众所周知的秘密。

吴用的首要任务是给三兄弟破题，他准备在鱼上做文章。

吴用早知道王伦非法承包了梁山水泊，附近的渔民不能在梁山泊打鱼，否则后果自负。吴用吵着要几尾大鱼，阮氏三兄弟个个面有难色，对他们而言，以前鱼要多少有多少，现在连鱼苗也少见了。

自从王伦带着杜迁和宋万占了水泊，梁山的人每天都在水泊巡逻，杜迁和宋万经常带着几百个小喽啰吆五喝六，三兄弟不敢乱动，他们即便天不怕地不怕，也怕梁山的巡逻大队。

人家那边有两个大高个儿，一个叫摸着天杜迁，一个叫云里金刚宋万，听外号就让人害怕。再则，人家手下还有几百个喽啰，冲过来抱胳膊抱腿也能把你拿下。

后来听说山上又来个四哥，据说是东京八十万禁军教头，名字叫林冲，乖乖，更不得了，更可怕的是他还有个朋友叫鲁智深，据说鲁智深的禅杖有六十二斤重。

人都是被自己吓倒的，天不怕地不怕的阮氏兄弟也一样，他们跟附近的老百姓一样，害怕梁山的同时，也崇拜梁山。

10. 跟着我，有肉吃

吴用守着瘸子非得说瘸，非要刨根问底问阮氏三兄弟，既然向往梁山，为什么不上山投奔?

唉，要是梁山能随便上，谁还在村里吃糠咽菜啊。听说梁山上的小喽啰顿顿有酒，天天有肉，那几个头领更是奢侈，喝豆浆都是喝一碗倒一碗，吃糖三角专门用吸管吸里面的糖。看看人家的日子，再看看咱的日子，去年立秋，我们哥仨去饭店"贴秋膘"，看看菜价，哪个肉菜都不敢点，最后点了一盘素炒饼哥仨分着吃，这日子没法过了。

阮小七说完，眼泪汪汪，他说，但凡能过一天梁山的日子，就是死都可以闭眼了，可惜还是没机会。听说梁山大头领王伦是出了名的小心眼，心眼比针眼还小，林冲是八十万禁军教头，王伦都不愿意收留，后来即便收留了，分东西也少分给林冲，你说跟这样的老大，有什么意思，老大能这么当吗?

吴用知道时机到了，眼前这三个人已经对生活厌倦到了极点，他们只是在等待一个老大，只要这个老大出现，他们立刻就会站到老大的背后，既然这样，哥仨，来吧，我们一起做件大事。

吴用还藏了个心眼，假意说晁盖他们准备抢生辰纲，不妨让他们先抢，咱们在半道再给劫了。

天行有常，盗亦有道。阮氏三兄弟居然拒绝了吴用的提议，即使做强盗，也要有做强盗的规矩，道上的规矩，三兄弟都懂。

说了半天，终于说到天亮了，打开天窗说亮话吧，阮小二在旁边说:"不用打了，我的房早漏了。"

11. 男人就应该对自己狠一点

终于能够说实话了，吴用长出了一口气。

如果说，跟文化人打交道专门说客套话，吴用还可以忍受，跟粗人打交道还说客套话，吴用就觉得太累了。

吴用以前喜欢跟阮家兄弟一起喝酒就是因为他们实在，但这个晚上，他先把自己伪装起来，然后跟阮氏兄弟客套，他们反过来也跟他客套。

假，太假了，做人真实一点不好吗? 吴用痛快地说出了自己的来意:"哥仨，晁盖想请你们一起去抢生辰纲，干不干，痛快给个话。"

吴用痛快，阮家三兄弟更痛快，阮小五激动地大叫"好，好"，阮小七流下了眼泪："五哥，我说什么来着，机会总垂青有准备的头脑，咱哥仨真赶上了。"

阮小五和阮小七都表了态，唯独阮小二有些犹豫，他不比两个兄弟，两个兄弟就是两条光棍，而他拖家带口的，去抢生辰纲成了还好说，万一失败了呢，孤儿寡母如何度日？

回头看看妻子，跟自己这么多年没落什么好，年纪轻轻已经有白头发了，儿子因为营养不良，长得跟排骨一样，这就是自己给他们的生活吗？

阮小二，你是个男人吗？你不是立地太岁吗？连自己的妻儿都养活不了，你算什么立地太岁啊？

男人就应该对自己狠一点，干！

吴用看着眼前的三个人，有些得意，自己首次出手就成功了，看来智多星的名头不是白叫的，谁说我无用，我的用处大着呢！

晁盖看到吴用带回阮氏三兄弟，心中非常高兴，他以前就知道吴用能忽悠，但没想到他这么能忽悠，一天工夫就发展了三个下线，晁盖可没这个本事。

晁天王在发展下线方面确实能力平庸，一生中只有有限的几个下线，分别是吴用、公孙胜、刘唐、阮氏三兄弟再加那个没用的白胜。上梁山之后，他的下线始终只有这几个，而他最信任的兄弟吴用还反水成了宋江的下线。

阮氏三兄弟看到了晁盖庄子的气派，也看到了人家的饭菜，三兄弟不约而同地咽了咽口水，有些孩子一出生所拥有的就是有些孩子毕生都追求不到的，同样是人，差距怎么那么大呢？

见过刘唐后，哥仨又有些释然了，村里的人总说我们哥仨长得怪，这个哥哥长得更怪，跟他比，我们哥仨就是标准美男子。

12. 白开水和肉的区别

一，二，三，四，五，六；一，二，三，四，五，六。数来数去，还是只有六个人，可我梦到的是北斗七星啊，至少应该是七个人，七和八都是我的吉祥数字啊，现在偏偏是个六。

晁盖开始在自己的熟人中寻找第七个人，朱仝？不太合适，怎么说也是县里的马兵都头，跟我一起去抢生辰纲，不是他疯了，就是我疯了。雷横，也不合适，步兵都头，再说他天天加班，也没时间。宋江？也不合适，他太出名了，附近几个县就没有不认识他的，吃顿饭都得签好几次名，上厕所都有人跟在后面打招呼。

那会是谁呢？晁盖在心里做"非常6+1"猜想，老七啊，快出来吧，给我一点信任，还你一个奇迹。

既然老七还没出现，眼下这几个人的纪律必须加强一下，别一出门就说漏了。大家都对天发誓，发过誓，大家就是兄弟，刘关张组合就是这样操作的。

第二天一早，晁盖带着五个兄弟烧了黄纸，然后跪在了神明面前，陈述了他们抢劫的理由，强调了抢的是不义之财，我们兄弟六个先跟您老人家汇报一下，然后就准备着手干了，老天爷求您保佑，回头我们再给您烧黄纸。

阮氏三兄弟跟着烧了黄纸，拜了神明，仪式弄得挺正式，看来是真的了，得，我们跟着晁大哥死心塌地了。

一次跪拜，六个人心齐了，古往今来仪式都很重要，强调仪式感，抢劫生辰纲也一样，也得有仪式感。

现在三阮都觉得做了正确的决定，他们很快得到了回报，在晁盖家的酒席上，他们看到了牛肉、猪肉、羊肉，还看到了虾和酒，二十多年来吃过的肉还没有今天看到的多。

晁天王似乎对肉不感兴趣，专门吩咐手下，给我单独来盘凉拌苦瓜下下火，吃肉吃太多了，腻。

吃肉都吃腻了，这是什么日子啊？

阮氏哥仨在村里几个月都吃不上一回肉，在这里顿顿吃肉。阮小七看着阮小五和阮小二感慨地说，"哥，我现在知道什么是贫富差距了，贫富差距就是白开水和肉的差距，一个没有滋味，一个有的是滋味。"

13. 这个老大你不当不行

哥仨正跟晁盖划拳喝酒，门口传来了嘈杂的声音，似乎是几个庄客在和一个外人吵架。

晁盖是个喝酒讲究心情的人，他问庄客："吵吵个啥，吵吵个啥？"

庄客告诉他，有一个道士在大门口赖着不走，给了他两斗米了，还不走。

在晁盖看来，只要钱能解决的问题，那就不是问题，两斗米，他还不走，那就给他第三斗、第四斗，钱总能解决问题。

可这一回，钱没能解决问题，庄客们给道士的米都加到五斗了，道士还没走，他吵着要见晁盖，见庄客阻拦，道士居然动手打人了。

修炼的人这么不懂规矩，真准备在这里装神弄鬼跳大神啊！

晁盖耐着性子出来，看看到底是谁在他的眼皮底下这么放肆。

晁盖看见一个身高八尺的道士正在门口打人，吕洞宾老祖啊，您怎么教育您的徒孙的，他不在家里好好当徒孙，怎么在我的门口当起了黑社会？

那个年头道士受人尊重，晁盖还得耐心地跟人家打招呼，打过招呼才知道，道士不是来化缘的，是有一个关于生辰纲的大买卖要跟晁盖谈。

世界太疯狂了，怎么跟我想到一起去了呢？

道士叫公孙胜，是个很厉害的角色，但在当时，他还只是个刚下山而且六根不净的小道士。

对于钱财，公孙胜跟一般人一样，也有贪婪的本性，他不知道师父罗真人为什么总教育他要"无为无欲"。怎么可能呢？什么事都不干，就是无为，什么都不想，就是无欲，我学了武功，也学了道法，就得出去施展一下，我想有为，我母亲的年龄大了，我家的房子也该翻修了，我需要钱啊，我也有欲啊，师父，你说的那些我真的不懂。

公孙胜跟刘唐一样，他们都想过幸福的生活，但过幸福的生活需要有钱，没有钱哪来幸福啊？这一点，道士和刘唐这个贩夫走卒想的是一样的。他们都想打劫生辰纲，但他们孤立无援，需要有团队，而团队需要有个带头人，他们都想到了晁盖这个人选。

其他两个慈善家都不太合适。柴进呢，家里有的是钱，他宁愿白给你钱也不愿意带着你去抢钱；宋江也不合适，他得天天上班，晚上还得加班；所以算来算去，就数晁盖合适，有钱，还有时间。

晁盖兄，这个带头大哥你不当是不行了。

14. 北斗七星凑齐了

公孙胜说得口沫横飞，冷不防旁边出来一个人揪住了他的领子说，"我们怀疑你企图抢劫生辰纲，请你协助我们回衙门调查"，公孙胜还是道行太浅，就这么一句话，他的脸已经没有了血色。

跟公孙胜恶作剧的不是别人，正是吴用，吴用看公孙胜吓得惨白的脸忍不住大笑了起来，原来道士也胆小啊！

公孙胜跟着晁盖和吴用进了屋，一看，好家伙，屋里还有四个呢，原来人家早就准备好了，幸亏自己来得够快，要不就抢不上座位了。

既然人家比自己先到，那么总得拿出点能震得住场面的东西，那就是生辰纲运送的路线，你们不是要抢吗，知道路线吗？不知道吧，我知道。

公孙胜并不是从大名府打听到生辰纲运送路线的，他是蒙的。那时，梁中书连送生辰纲的人选都没有安排好，更谈不上运送路线了。

公孙胜是道士，他会作法，更会算计，更重要的是，他会用排除法。去年的生辰纲是在乡间小路上被人劫走的，人是不可能被同一块石头绊倒，所以这一次会走大路，就是黄泥冈那条大路。

后来的结果证明，公孙胜是对的，看看，学会使用排除法是多么重要。

七个人凑齐了，凑够了北斗七星，晁天王心安了。不过黄泥冈前不着村后不着店，七个人不能光天化日在那里埋伏，那样一早就暴露了，也不能在山上露宿，听说那个地方夜里有狼。

晁盖一拍大腿，有了，离黄泥冈十里有个村子，村里有个赌徒叫白胜，以前到我这里蹭过饭，咱们就住他家吧，顺便把他也算上吧，也算我发展的一个下线。

吴用接过话头，白胜，哥哥，这不正应验了你梦中的那一道白光，白胜，白光，齐了，晁天王，所有时机都成熟了，你不动手也不行了，兄弟们可都等米下锅呢。

一个村长，一个不缺钱的村长，就这样成了一个抢劫团队的带头人。

晁盖，这次就这样吧，你就是带头大哥了。

15. 晁盖：我不当大哥好多年

晁盖看着齐齐下拜的兄弟们心中感慨，我已不当大哥好多年了。

既然兄弟需要大哥，那我就勉强当一下吧，很勉强的，真的很勉强的。

在晁盖家里，兄弟七人排上了座次，第一位晁盖，第二位吴用，第三位公孙胜，第四位刘唐，第五位阮小二，第六位阮小五，第七位阮小七，如果再加上林冲，这就是梁山下一代首脑核心成员。

神奇的郓城，神奇的东溪村，这一片神奇的土地，一下子走出了六位梁山天罡正将和一位前梁山老大，从含金量来说，这是梁山史上最牛的团队。

之后的团队，无论是鲁智深、杨志、武松团队，还是史进的团队，都无法与这支队伍相提并论，这七人已经磨刀霍霍，虎视眈眈，远在大名府的杨志是否感觉到了一丝杀气？

此刻的杨志感觉到的是喜气，自从被梁中书提拔当了提辖，杨志一下子找回了自我，他觉得自己是个很重要的人，一个被朝廷需要的人，大名府上上下下都对他堆出笑脸，他的位置变了，他看到了更多的笑脸。

杨志工作更加努力，上班更早，下班更晚，干的活却比以前更多，他似乎看到梁中书正在向自己招手，只要你努力，我就一直让你往上爬。

不对，杆怎么晃了，杆怎么倒了，我怎么掉了下来。杨志一身是汗坐了起来，原来是个梦。

如果只是个梦，多好。

16. 杨志，你有望转正了

杨志被噩梦惊醒时，梁中书正在为送生辰纲的人选发愁，去年他花了十万贯给老丈人蔡京买了十几车礼物，那是他敲诈了几个富商才凑出来的钱，买完礼物还心疼了好几天，不承想半道被人给劫了，至今一点眉目都没有。（有《水浒传》爱好者推敲，这一次生辰纲可能是公孙胜的师父罗真人劫的，只有他老人家能做到神不知鬼不觉。）

丢了生辰纲已经够够倒霉的了，更让梁中书难受的是，丈母娘居然因此给他脸色看，"不会是小梁你安排人劫的吧"。尽管丈母娘是以开玩笑的口吻说出来的，可还是让梁中书有点下不来台，他知道黄连很苦，没想到黄连居然这么苦，今年无论如何不能再吃黄连了。我梁中书不可能踏入同一条河流，也不可能被同一块石头绊倒，我还就不信了。

拿起将领的花名册，梁中书又没了底气，李成和闻达能力不行，索超脾气又太急了，一路上不知道要跟人打多少架，那谁行呢？这大名府就没个能人了？夫人在一边看不下去了。你怎么死心眼啊，眼前不就有一个人嘛，杨志。

这也怨不得梁中书，因为杨志在大名府里不是正式将领，属于聘用，不可能出现在正式的花名册上。这也是杨志的苦恼，好不容易当了提辖，还只是在大名府内被承认，出了大名府就没人承认了，谁叫你没有正式编制呢，苦啊。

梁中书看到杨志后，紧皱的眉头舒展开了，他知道杨志的身份是聘用，在别人眼里只是个临时工，但是他有能力，比那些正式工都强，只要杨志出马，生辰纲顺利到达东京应该问题不大，回来后给他个正式编制就会让他心满意足。

梁中书认为自己这一步棋很高，实在是高。

杨志听到梁中书要重用自己，很开心，但一听到要运送生辰纲又很担心。之前，他押运过花石纲，半道翻船了；去年的生辰纲，半道被人劫了，到现在都没破案呢。

等听梁中书说要给他派十辆大马车，马车上面挂一旗，上书七个大字"奉蔡太师生辰纲"，杨志快要崩溃了。

杨志心里嘀咕，大人啊，大人，外面有人说你智商低，我还以为是诽谤，看来他们只不过是泄露了咱大名府的机密。那么大张旗鼓地弄十辆马车去送生辰纲，那不是等着强盗来抢吗，不抢那不是对强盗职业的侮辱吗？

杨志向梁中书建议，化整为零，将生辰纲装成一担一担的，这样好掩人耳目：一般人会当你是贩东西的，强盗们一看连车都租不起，有什么抢头？这不就结了。

杨志想得很好，设计得也很巧妙，可是他忽略了一点，这些生辰纲都死沉死沉的，远路无轻担，就这么挑到东京，你当是极限挑战赛啊。

再说了，强盗们都运筹帷幄好久了，就等着你往网里钻，无论是赶马车还是挑担子，结局只有一个——被抢。

杨志，你的命好苦啊。

17. 文抢还是武抢，这是个问题

杨志临起程才知道生辰纲还不止十担，梁中书的夫人还单独买了一担，总计十一担，所以以十万生辰纲应该算十一万，晁盖，算你买十赠一了。

对于杨志来说，最头疼的不是这十一担东西，而是三个人，分别是梁中书夫人的奶公（奶妈的丈夫，跟着奶妈过来管家）和梁中书的两个亲信。这三个大爷，杨志是得罪不起的。即便梁中书事先打过招呼，杨志也支使不动三个大爷，人家身份在那摆着，又是亲信，而你只是个打杂的。

如果只是杨志带着十一个兵，事情很简单，也好办，杨志就是班长，班长说话就是最高指示。

如今班长上头有三个大爷，虽然三个大爷名义上也要听班长指挥，但三个大爷有背景，杨班长要怎么"领导"三个大爷呢？杨班长想想就头大。

杨志这一路起初还比较顺利，走到太平的地带，就起早贪黑地走，走到不太平的地带，就选人多的时候走，就这样风平浪静走了几天。

杨志他们路过桃花山的时候，李忠在睡觉，根本不知道有这个事；路过二龙山的时候，头领邓龙看杨志他们的人挺多，而且像练家子，也没动手。

杨志一行顺利来到了黄泥冈，等待他们的是嗷嗷待哺的晁盖团队。杨志，认命吧。

按照吴用的筹划，他们准备了两套方案，一套是文抢，一套是武抢。文抢是先把杨志一行麻翻了再抢；武抢就是死磕，然后推着车就走。

等到他们跟踪杨志几天后，发现武抢是不行了，他们没一个人能打过杨志，再则，那时候公孙胜的道法刚上路。吴用问他，能变朵云彩下雨吗？公孙胜居然说，有消防水枪的话就能！

仔细考量之后，晁盖团队决定执行第一套方案，文抢，麻翻他们。

18.抢生辰纲，就这么简单

杨志一行走到了黄泥冈，天太热了，挑担的人累到了极限，再也走不动了，他们是军人，不是铁人，杨志还是低估了这一点。挑担的兵躺在树荫里不愿意起来，他们又累又渴，实在走不动了。

杨志骗他们说前面有一片梅林，到前面就有梅子吃，一个当兵的直截了当地说，得了吧，杨提辖，你这招都是曹操玩剩下的。杨志脸上有些挂不住，不好再说什么，只能在心里祈祷：大爷们赶紧休息一会儿，赶紧走。

走是走不了，该来的还是来了。

来人叫白胜，长得贼眉鼠眼，一看就是奸商。杨志看着这个贼眉鼠眼的人，有些警惕，但没有意识到人生最大的一次危机正向自己逼近。

挑担的士兵们吵着要买酒，杨志不允许，随行的三个大爷也要买酒，杨志也没同意，可欲望是挡不住的，装作过路贩枣的晁盖团队装模作样地买了一桶酒开始吃了起来。这是真人买家秀，杨志的人扛不住了，哭着喊着"我们要吃酒，我们要吃酒"。

命运选择你的时候，你无法选择命运。

杨志决定相信一次"天下无贼"，可惜他错了，天下确实有贼，而且黄泥冈上就有，一下就是八个。

头重脚轻，天旋地转，这就是被人麻翻的感觉。

恍惚之间，杨志感觉那八个人在冲着自己笑，笑得那么诡异，笑得那么不怀好意，这种笑让他铭记了一辈子。直到上梁山后，一听到他们的笑，他就头皮发麻，这也就导致了他从来不跟这些人喝酒，因为面对他们，他有一种心理强迫症。有些病是治不好的，比如绝症，有些病一病就是一辈子，比如心病。

在吴用的策划下，晁盖团队顺利劫走了生辰纲。吴用感觉到自己就是个智多星；晁盖感觉自己就是带头大哥；公孙胜觉得人生确实需要搏一下，不然当道士什么时候能出头；刘唐从此知道有想法就要去实施，关键是找好合作伙伴；阮氏三兄弟则觉得机会只垂青有准备的头脑。

白胜想法很简单，老子上赌场有钱了。坏就坏在这个白胜身上。

19. 我要活下去

多年之后，当杨志回首往事的时候，他经常会想起黄泥冈上那不堪回首的一幕，如果说第一次翻了花石纲怪风浪，那么这次丢生辰纲，就怪自己喝那碗酒，他不止一次冲着上天说，"如果上天给我一次重新来过的机会，我一定不会喝那碗酒，如果一定要给这碗酒加个期限，我希望是一万年。"

为了能挽回这个结局，杨志宁愿一万年不喝酒，可是，即使一亿年不喝酒，结局也无法改变了，时光无法倒流，杨志，你在大名府的前途到头了。

生不可怕，死不可怕，前途没有了最可怕，杨志最怕的就是前途被断送，现在还是被断送了。

包袱里还躺着他跟梁中书签的军令状，如果他能够平安把生辰纲送到东京，那么他的身份将转为大名府正式编制，同时还将再升一级，这本来是多么好的前途啊！现在看来除了辛酸就是讽刺，一切都不可能了，生辰纲丢了，这张军令状也就作废了。

杨志神情委顿地撕了那张军令状，那张他看得比生命还重的军令状。军令状的碎片在风中飞，他似乎看到了梦想的肥皂泡正在一个个破灭，名将之后，一身武功，处心积虑，小心翼翼，到头来是这样的结局。

这个时候杨志甚至有点羡慕远祖杨令公，即使兵败，老人家还能选择以身殉国来为自己证明，自己呢，差事办砸了，即使从这个黄泥冈山崖上跳下，也只能落得个"畏罪自杀"。

如果杨志就此跳下去了，江湖上就没有了青面兽的大名，好在他还算是个会变通的人，大名府的前途没了，不意味着你在别的地方前途也没有了，天下之大，并不只是东京和大名府有你的位置，或许别的地方也有位置在等着你。上天给你关上了一扇门，但至少还会再给你开一扇窗户，这是世间定数。

杨志放弃了自杀的念头，我要活下去，我还要追求我想要的东西，我要去实现我的梦想。

20. 杨志：我也吃顿霸王餐

在杨志做激烈思想斗争的时候，那些被麻翻的人陆陆续续醒了，迷迷糊糊中他们已经知道发生了什么，他们遭遇了抢劫，生辰纲被抢了。此时他们想起杨志出发前说的话，"不要跟陌生人说话，不要吃陌生人的食物"，当时他们觉得杨志说的是废话，现在回想起来，句句都是真理。

事情发生了，无法挽回了，只能想怎么把责任推卸干净，这是在场人的真实想法。杨志已经离他们而去，这个人就成了最理想的替罪羊，"杨志伙同贼人劫走了生辰纲"，这个帽子给杨志扣上了，再也摘不下来了，对不住了，杨提辖，您在大宋官场的前途到头了。

从杨志放弃跳崖的那一刻，就意料到会有这么一出，谁人背后不说人，谁人背后人不说？嘴长在他们身上，随便人家怎么说吧，跑自己的路，让别人说去吧。

杨志开始了人生第一次跑路，同鲁智深一样，他也没有方向，不知道哪个地方会是自己的安身之所。三十年来他一直在寻找心灵家园，一直没有找到，他像一个迷路的孩子，找不到回家的路，现在，连一个藏身之所都找不到。

先不去想那些沉重的问题了，无论什么时候得先吃饭，吃饱了才能跑路啊。一摸口袋，兜里一个子都没有，可能是被那伙人给洗劫了，这些人太可恶了，怎么也得给人留点盘缠啊，太不厚道了。

杨志做出了人生第一个重大转变，他准备吃一顿霸王餐，这在以前是他自己不敢想象的，名将之后、将门虎子怎么能做这事呢？可现在顾不上了，尊严，那是吃饱饭以后的事情。

杨志在小酒店点了肉和饭，狼吞虎咽地填饱了肚子，他是第一次干这个事，眼睛里总有鬼鬼祟祟的感觉，他觉得自己把灵魂出卖了，可是没有办法，实在太饿了。

吃饱了饭，杨志起身就走，他选择跑单。尽管他知道以他的武功在这里没有人是对手，但是他觉得抬不起头，杨志怎么能干这种事呢？他嘴里说了一句，以后一起还你，然后起身就跑，这时的杨志已经不是以前那个处处小心翼翼的杨志了，他世俗了，也二皮脸了。

你既然当二皮脸吃霸王餐，店家岂能饶了你？

一个小伙子冲了上来，被杨志打翻在地，马上又上来一个练过武功的小伙子，比画起来还是那么回事，不过跟杨志打就不是那么回事了，毕竟对手是杨志，名将之后。

杨志正想打翻小伙，这人却跳了出去，追问杨志的名头，杨志倒是很坦然，告诉你我是杨志又能怎么样。

《水浒传》中就是这样，问你名字一般都是好事，这意味着百分之八十的可能是你一说出名字双方都认识，就不用再打了，这一次也不例外。杨志一说出名字，对方拜倒在地。对方不是外人，此人是林冲的挂名徒弟曹正，在江湖上早就听说过杨志的大名。

曹正成为林冲的挂名徒弟，是因为他乃东京人，在东京时曾跟林冲学了几天功夫，一日为师，终身为父，林冲徒弟的名头他顶了一生。不过他只学到林冲的一丁点皮毛，林冲的武艺太博大精深了，再则曹正的智商一般，比不上燕青，要是有燕青的头脑，加上林冲的点拨，他在梁山的地位不会像后来那么低。

曹正也是个破落的买卖人，原来有财主给他出了五千贯做买卖，结果他全给赔了，没脸回去，只能在当地找了个农村姑娘结了婚，过起了日子。这种生活初期他很失落，很不平衡，慢慢地他习惯了，等到他干起了杀猪行当开起了饭店，他在心中对自己说，原来我注定是个杀猪的。曹正放平了心态，不再想大富大贵，也不再想成为什么天字号富豪。他觉得在农村杀猪这个职业挺不错，始终把庖丁当作偶像，因此他一直苦练技术。

后来他杀猪的技术在当地成为一绝，想要请曹正杀猪还得提前预约，操刀鬼曹正的名头越来越大。

21. 杨志，你就是个二当家的

刚才跟杨志对打时，杨志一出手，曹正就心知不好，知道自己打不过对手，他做好了认栽的准备。

不过在跟对方支应的过程中，他忽然觉得对方有几个招式跟师父有些像，师父的武功是家传的，再后来糅进了一些禁军搏击套路，莫非此人也是来自东京的军官，练的也是类似的套路？

曹正的判断没错，杨志确实来自东京，由于长期在军营，偶尔练过一些搏击套路，对阵高手他不会用这些套路，只是刚才看曹正本事一般，便先对付几招。这下好了，大家都是熟人，你师父林冲跟我在梁山见过，而且还打了五十回合，不分胜负（杨志知道自己打不过林冲，但谁不想把自己说得好一点、牛一点呢）。

既然你是林冲的徒弟，那咱们就是一家人了，你叫我师叔也行，大哥也行，不行就叫老杨。

曹正问杨志如何辗转来到这里，杨志正好借这个机会痛说心酸家史，人是需要宣泄的，尤其是受了挫折的人，曹正耐心听杨志说完不堪回首的往事，然后跟他一起分析他未来的出路。

杨志能想到唯一的去处就是梁山，因为当初他路过梁山时，王伦曾发过口头邀请，自己当时死活没答应，现在脸上有金印了，还顺带把生辰纲丢了，王伦还能收留自己吗？听说林冲在那里过得也不开心。

曹正接言道：“听说王伦那人的气量实在很小，我师父在那也受气呢。”

话说到这个份上，梁山上的王伦头领得反思一下自己了，为什么江湖上的人都说你气量小呢？阮氏三雄说你，曹正也说你，这些不利于梁山的言论是怎么出炉的呢，你得开个通气会给自己澄清一下了。

曹正不建议杨志上梁山，他建议杨志上附近的二龙山。二龙山原来有座庙，庙里有个住持叫邓龙，本来他就是一个普通和尚，机缘巧合当上了住持，一般人当上住持都会好好珍惜，而他偏偏觉得当和尚没有前途，就蓄了头发还了俗，手下的和尚愿意跟他混的直接转成了小喽啰，不愿意的自己走人，就这样聚了好几百人，在当地称王称霸，官府不敢管，日子过得很舒服。

曹正的意思是让杨志去投奔邓龙，而杨志几十年来已经受够了别人的管制，他不想再被别人管了，他想自己承包一段，把二龙山抢过来不是更好嘛。在利益面前，杨志也不能免俗，他想把人家的山头给平了，自己当老大。这是一个具有主人翁意识的想法，只可惜他一生都没有机会实现，日后即便在二龙山上，他也是二当家的。这是他一生的遗憾，穷其一生，他居然一回都没当过老大，郁闷啊。

第六辑 王伦，你的苦日子到了

01. 世界是平的，世界也变小了

杨志决定去夺二龙山，便马不停蹄直奔二龙山，这事得抓紧，这可关系到自己下半辈子的安身立命。

等他到了二龙山下，天色已晚，上山已经不可能了，山路难走，没准还有老虎呢。杨志决定在山下的林子里歇一晚，第二天一早再上山，一进林子，看见一个背上有花绣，脱得赤条条的和尚。这是个什么和尚啊？背上有花绣，还想裸睡。

杨志刚走到跟前，和尚就跳了起来，听口音是陕西那一片的，杨志追问他是哪里人，和尚却不搭话，手里挥舞起禅杖。和尚里也有这么急脾气的啊，看来秃子不一定是和尚，也有可能是头发掉光了的俗人，既然你不仁，就别怪我不义了。

两人在林子里比画了起来，杨志越打越累，心中暗想，这个秃头很厉害啊，五十多招了，我都快招架不住。倒是和尚先不打了，看来他就是想找人比画两下过过瘾，不打就通报姓名吧，世界太小了，大家还是拐着弯的朋友。

杨志刚一报上姓名，鲁智深就知道他是在东京卖刀杀了牛二那主；鲁智深刚一报上名头，杨志就知道他是三拳打死镇关西、后来在大相国寺管菜园子那人。世界太小了，他们还都认识一个人——林冲。

鲁智深与林冲是结义兄弟、生死之交，杨志和林冲在梁山脚下打过四五十回合，在一张桌子上吃过饭、喝过酒，还差一点成了同事，你说这个世界小不小，小到你随便在哪个树林里都能碰到个熟人。

鲁智深将林冲护送到沧州之后，回来就遭到了高俅报复，高俅派兵来抓鲁智深，幸亏那些无赖朋友提前通风报信，鲁智深才得以脱身。

本来想奋斗成管财务的和尚的鲁智深不得不再次跑路，以前跑路还能找个寺院当和尚，现在没有寺院愿意收留他，因为他的长相太有特点了，也太出名了。不少寺院住持佩服鲁智深的侠义，但在高俅的权势面前他们还是选择了权势而放弃了鲁智深的正义。

鲁智深只能浪迹天涯，在路上漂泊，有一次还险些送了命。在十字坡张青的黑店里，他被张青的媳妇孙二娘用药酒麻翻了，幸亏他那超凡脱俗的禅杖提醒张青——这不是一般的和尚，这才保了一条命，后来张青还拜他为义兄。

在张青那里听说二龙山邓龙聚了一伙人，鲁智深就想来入伙，不料邓龙比王伦心眼还小，居然不让他入伙。鲁智深气急之下把邓龙打翻在地，邓龙连滚带爬逃回山寨，关了山门，到现在还关着，这几天他就只能在门外瞎转。

02. 一顿酒喝出了三种心情

老乡见老乡，两眼泪汪汪。杨志和鲁智深不是老乡，两眼也泪汪汪。

当晚两人就在树林里坐了一夜，聊了很多，杨志满含眼泪回忆了自己苦难的过去，鲁智深则怀念在五台山的日子。有时事情就是这样，拥有的时候不知珍惜，失去的时候才追悔莫及。鲁智深与杨志一样，都在感叹世界上没有人卖后悔药，他们都无法回到从前。

两人一直坐到了天亮，看着紧闭的山门，都有些无奈，人家是一夫当关、万夫莫开，何况你们现在只有两个人。

到底是杨志经历的磨难多，心眼活泛一些，他对鲁智深说，算了吧，师兄，咱俩今天就别在这里给他当门神了，走，找个地方，林冲的徒弟就在这附近的村里呢。

鲁智深一听，呀，天下这么小，我兄弟的徒弟在这里啊，真是人生何处不相逢，这就是缘分啊！

鲁智深与杨志一起去了曹正的小店，曹正见这两位一起来到小店，顿觉小店亮堂了很多，他知道杨志的功夫，一看杨志跟这个和尚称兄道弟，知道和尚应该不是俗人。

世界太小了，和尚居然是师父的结义兄弟，论辈分是正宗的师叔了。曹正当场就给鲁智深磕了三个头，把鲁智深磕得眼泪汪汪的。

鲁智深想起了兄弟林冲，想起了二十多年的磨难，他从师兄变成了人家的师叔，尽管从师兄到师叔只是一个字的差别，但也是岁月的磨砺。

林冲兄弟，你在他乡还好吗？

三人一起痛痛快快喝了顿酒，对于鲁智深来说这是一顿好酒，他结识了杨志还收了一个师侄；对于杨志来说，终于可以畅快喝一顿了，而且还不用买单；对于曹正来说，结识了两位好汉，以后在这个镇上看谁还敢惹我。

一顿酒喝出了三种心情、三种感觉。

03. 邓龙，死要面子死受罪

酒精可以暂时麻痹你的神经，但不是生命的全部。

酒喝过之后，杨志和鲁智深又开始考虑前途的问题，因为很现实，他俩无家可归，只要在曹正家里停留超过两天，很快就会有人举报，他俩长得太有特点了，特点特别到让人过目不忘。

即使面对千军万马都不皱眉的两个强人，面对二龙山紧闭的山门无可奈何，他们不知道该怎样打开这扇门，也不知道为了这扇门值不值得等待。

两个强人无可奈何，曹正却活跃了起来，尽管曹正成天跟猪打交道，但他是个聪明人、懂变通的人，既有生意人的精明，又有农民的小智慧。这些小智慧是两个强人都不具备的，那就是在适当的时机要诈。

杨志和鲁智深都是行伍出身，他们崇尚的是一刀一枪建立功业，他们认为只要有实力就够了，实际上远远不够。

这个世界更需要复合型人才，比如宋江这样的，哪方面都差那么一点，但综合能力却是最强的。杨志和鲁智深不是综合型的，他们是实在人，不懂得变通，在日后的梁山他们靠战功说话，排位原地踏步，不像吕方、郭胜甚至王英等人，拽着气球直线上升。

曹正让杨志扮成店里伙计，让鲁智深假装喝醉酒被绑了，大家一起把鲁智深送上二龙山请功。按说这个阴谋，如果邓龙还有点智商就应该有所防备，但曹正抓住了邓龙的弱点：他急于复仇，急于在小喽啰跟前找回面子，因为被鲁智深打了，他要痛打鲁智深一顿才能出气。

人啊，一旦急于做某些事就会被别人利用，因为被人牢牢抓住了命门。现在邓龙的命门就被曹正牢牢抓在手上，自己却浑然不知。

为了所谓的面子却丢了命，邓龙啊邓龙，死要面子就要死受罪了。

04. 有一种活动叫诈降

曹正和杨志押着鲁智深一起来到了二龙山下，他们果然顺利上了山，见到了邓龙。

邓龙是一个粗人，估计没有读过三国故事，但凡读过，他就会知道眼前的一幕可以用两个字形容：诈降。可惜他智商不够，死活没有看出来，既然这样，那没办法，准备买单吧。

被绑着的鲁智深突然发力，从曹正手上接过禅杖把邓龙给劈了。可怜的邓龙到死才明白，原来世界上有一种活动叫诈降，有一种捆绑的方法叫系活扣。

明白了，也晚了，瞑目吧。

老大折了，小喽啰们也没有了反抗的动力，谁当老大都一样，照样干活，照样有工作，地球缺了谁都转。邓老大走了，咱跟鲁老大、杨老大，只要能吃上肉，谁当老大都无所谓，小喽啰们的追求很简单，想法也朴实。

二龙山进入了后邓龙时代，这个时代应该属于鲁智深、杨志时代。对于鲁智深来说，他正在沿着他的人生轨迹发展，军人—和尚—落草和尚，他有了三种工作经历，这是他的人生财富。对杨志来说，落草不是他的人生目标，但现在落草却是唯一的选择，这种选择有些无奈，但他也知足，毕竟跟王伦相比，鲁智深这个老大气度还是很大的。

出来混的，还得跟对老大。

鲁智深想得比杨志更多，他在想少华山上的史进，桃花山上的李忠，不知道史进兄弟现在过得好不好，他是否也会偶尔想起我；不知道李忠是不是还那么抠门，想想当年在渭城三个人初次见面的那顿酒，不知道什么时候才能昔日重现呢？

05. 目标西伯利亚

鲁智深和杨志有了安乐窝，曹正也乐得合不拢嘴，好几年了，自己这个外乡人在这里受尽了别人的欺负和盘剥。

现在他不怕了，自己在二龙山上有两个老大，他发现事情居然有了惊人转变，反而有很多貌似吃官府饭的人给他送礼，顺便还低三下四地跟他说：曹哥，麻烦您跟山上两位大爷说一声，最近别闹腾，县府正检查咱这片的治安工作呢。

曹正抬头看看天，天空怎么这么蓝呢？

曹正的天蓝了，晁盖的天快黑了，黄泥冈上的事还是盖不住了。

当大名府的梁中书听到生辰纲又被抢了之后，觉得自己是这个世界上最倒霉的人，两年不舍得吃，不舍得喝，没白天没黑夜地勒索百姓才凑了那么些钱，怎么到头就那么没了？

我怎么就这么背呢？去年被人抢了还没查明白呢，今年又被抢了，各位强盗大爷，还真把我当派发礼物的老好人啊！

抢了我的给我拿回来，吃了我的给我吐出来。我梁中书是栋梁的梁，不是高粱的梁，想就这么把我给煮了，没那么容易。

梁中书很生气，后果自然很严重，黄泥冈所在的济州府日子难过了。那可是蔡太师丢了东西，平时在东京，蔡太师丢只猫都得九门提督亲自上街找去，在黄泥冈上丢了十万贯，那能顶多少只猫啊？若是找不回来，后果自己考虑。

济州府尹看着上边来的通告心凉了半截，太倒霉了，十年寒窗苦读好不容易考了个功名，谋了个进士出身，在候补官员堆里熬了好多年才熬到这个府尹位置，本来以为熬出头了，谁承想又出了这事。

这些不争气的盗贼啊，你抢你到外地去抢啊，你在家门口抢算什么本事啊？现在倒好，十天就让我结案，抓住盗贼押送进京，要不然我自己就得发配，地点都给我选好了，蓬莱的沙门岛，你以为是风景区啊，不是，那地方是孤岛。孤岛，你懂吗？

府尹一肚子气没处撒，他想起本府负责抓盗贼的官员，这个官以前他并不记得模样，因为他很少过问治安情况，现在不过问不行了，留给他的时间只有十天。

管抓盗贼的人叫何涛，平常就是个横行霸道的主，因为平常治安不错，他的工作就是混日子，现在不行了，出事了，而且是大事。以前没事的时候他还乞求上天给他发一两个盗贼，这样工作也算有业绩，现在老天真显灵了，一下给他发来了八个盗贼，不是想抓贼吗，让你一次抓个够。

八个？现在连一个都没谱呢！

府尹看着何涛就搂不住火了，他不想一世功名就毁在这个人手上，不能，绝不能，既然十天后自己有可能就被发配了，那我现在就把你发配了。

府尹当场就让人给何涛脸上刺了字，"迭配……州"，至于哪个州先不写，看你表现，然后回家看地图，看哪儿远，我给你发哪儿去。

要说宋朝的犯人还是幸运的，就算发配也发不到哪儿去，那时东北三省和内蒙古一部分属于辽，兰州往北往西属于西夏，西藏那一块不在管辖范围，云南贵州也是山高皇帝远，宋朝那些犯人就是想去东北，想去新疆都不行，对方都不给签证，直接拒签。

06. 吴用，你的破绽太多了

尽管宋朝的发配路程不会太远，但谁又想被发配呢？

何涛一肚子苦水没地方倒，手下那几十上百个公差平常吆五喝六，到关键时刻一个个都变哑巴了，怎么养这么一群废物啊！

何涛正郁闷呢，旁边的公差开始议论了："这绝对不是本地的贼干的，八成是那些占山为王的人干的，你去哪抓啊？"

是啊，你去哪抓啊？总不能敲开二龙山的门问鲁智深"是不是你干的"，总不能上桃花山去问李忠"是不是你干的"。再说捉贼捉赃，就算上了人家那两座山，你也指定找不到赃物，到头来人家还能告你冤枉好人。

郁闷的何涛眼看着这些手下吵吵半天也没结果，还是回家吧，在家的日子过一天少一天了。

媳妇看见何涛脸上刻了金字，顿时觉得天要塌下来了，家里的顶梁柱要是被发配了，以后日子可怎么过啊？

何涛两口子正苦闷的时候，何涛的弟弟何清来了。何清是个混子，比当年的高俅还混，高俅一边混一边还在思考人生，他是一边混一边想明天到哪混，总之是个典型的混日子的人。

何涛平时对弟弟没有什么好感，总觉得他败坏自己的名声。后来的事实证明，何涛的眼瞎了，因为他的混子弟弟其实是个当差的好材料，混子弟弟如果踏踏实实从公差干起，有可能成为大宋狄仁杰。

混子何清用行动证明，智慧在民间，几百个公差没能破的案子，被他一个人给破了。一方面说明何清很精明，另一方面说明吴用制订的抢劫计划充满漏洞。

吴用，听好了，你至少有两个漏洞。

第一，不应该让晁盖亲自参加，他是老大，不该亲自上阵砍杀，他是名人，很多人认识的名人。你们一进客店，晁盖就被何清认出来了，何清在晁盖家蹭过饭，能认不出来吗？

第二，你们没有把白胜用好，让他挑着担酒光天化日在村里走，就算跟人家说挑的是醋，谁信啊？再说，白胜是个赌徒，一有了钱，气质都不一样了，但凡细心的人，只要一联想就有可能想到，你们能不暴露吗？

何清把这两个漏洞给何涛一分析，何涛感觉自己以前确实是眼瞎了，这个混子弟弟是天才，绝对的天才啊！

07. 宋江的心胸，郓城根本就放不下

生辰纲大劫案这么快有了眉目，第一是因为何清有侦探能力，第二是因为吴用的计划有很多漏洞，第三是因为晁盖的所谓"仗义疏财"。

同样是仗义疏财，柴进落难的时候有李逵给他出头，还有梁山兄弟为救他去打高唐州；宋江落难的时候，同时有三个地方落脚，江湖好汉一听他的名头纳头便拜，这是仗义疏财的结果。

晁盖呢，他仗义疏财的结果就是养了一个咬自己的白眼狼，这个白眼狼就是何清。何清曾经在晁盖家住过，蹭吃蹭喝好多天，临走还得了几两银子，要不他怎么认识晁盖？结果就是他把晁盖卖了。

说起来晁盖挺可怜的，为人心胸开阔，也很仗义疏财，可是到头来没有笼络到一个死士。就拿劫生辰纲来说吧，这个团队中，吴用是自己的发小，自愿加入这个团队，阮家三兄弟是吴用忽悠来的，刘唐和公孙胜是自己找上门的，晁盖就发展了白胜这个没用的下线，而这个下线一进大牢就招了。

这就是晁盖的团队，素质太低，晁盖你得反思了，为啥就遇不到对的人呢？

或许晁盖要感谢上天，即使全世界都抛弃了他，至少有一个人会拉他一把，这个人就是他的同乡，郓城名人，及时雨，孝义黑三郎，呼保义宋江。

及时雨好理解，但凡别人跟他张口，他就给钱，特溜，所以很多人都喜欢他。

孝义黑三郎也好理解，孝顺，讲义气，人长得黑，家里排行老三。

唯独这个呼保义很难理解，好几百年了，争论不休。

有人说"保义"是古代的一个官职，大约八品，呼保义就是说宋江相当于八品官，跟赵本山说的那个"六级木匠相当于中级知识分子"是一个意思。还

有人说，呼保义是"呼唤保护社会正义"的意思，总之争论挺多。

宋江救了晁盖，他这一救就催生了梁山的第二代首脑团队，说到底，宋江对梁山的发展是有功的。

不过宋江救晁盖，一定程度上也是为了自己，宋江从来是一个目标明确的人，做事都是留后手的，因为他的目标很远大，他的心胸，一个小小的郓城根本就放不下。

08. 老晁啊，案子犯了，跑吧

如果没有生辰纲，杨志还在大名府做天天向上的好将领。

如果没有生辰纲，晁盖还在东溪村里当托塔天王，吴用还在当私塾老师，公孙胜还在炼丹，刘唐还在乱窜，阮家三兄弟还在幻想如果有顿肉吃多好。

如果没有生辰纲，白胜还在为明天到谁家借钱苦恼。

如果没有生辰纲，宋江还会继续他的慈善之旅，将爱心在郓城传递。

生活中没有如果，只有结果，每个人都得承担后果。

济州缉捕使臣何涛拿着白胜招供的名单来到了郓城县，他必须把这几个人抓回去，不然自己就得被发配到西伯利亚，自己还没有准备好过冬的棉袄，还是抓住晁盖让他们去吧。

不过让晁盖去西伯利亚光他一个人还不行，他得通过郓城衙门去抓，而不能直接抓人，凡事都要讲程序的，无论大事小事。

在官场混迹多年，何涛知道程序就是走形式，但不走还不行，很不幸，他要走的程序恰恰必须经过宋江这个环节，结果就坏在这个环节。

何涛来的时候很不凑巧，知县和宋江刚下班，中午不办公。

就是这个喘息的时间让宋江把消息通报给了晁盖，就是这个时间差让宋江日后在江湖上名声更加响亮。有些人用这段时间吃了一顿饭，宋江则用这段时间赢得了一张梁山的永久免费饭票。

宋江用圆滑的语言稳住何涛急于立功的心，何涛只知道宋江是郓城县公差，他做梦都没有想到宋江还有另外一个身份，那就是"无间道"。现在"无间道"的首要任务是通知晁盖大哥，"白胜是叛徒"。

晁盖能逃过这次劫难，感谢天，感谢地，感谢赵钱孙李，还要感谢祖上积德，把村子建在离郓城城区只有十几里的地方，这样宋江骑马不用半个时辰就跑到了，交通成本还是比较低的。

本来宋江可以更省事，以他的智商可以想出更绝的方法而且还不留把柄，比如，派人飞马给晁盖送一双筷子和一身袍子，谐音"快跑"，这就结了。

宋江转念一想，晁盖是个粗人，一看这两样东西肯定会理解反了，他会以为宋江要半夜来吃饭，跟粗人不能玩文化人的把戏。

还得是最简练的，直接拍马上门，大喊一声，"老晁啊，案子犯了，跑吧"。

09. 哪里才是我的家

晁盖是个粗人，粗人的特点是做事不考虑后果，抢劫了十万生辰纲不是在街上捡了一百块钱那么简单，那是十万贯啊。

晁盖不考虑后果，吴用、公孙胜、刘唐也不考虑。

宋江来的时候，他们正在葡萄架下喝酒，够潇洒的。要说他们的潇洒还是有一丁点理由，宋朝公差的能力确实差了一点，何涛手下放着一百多个公差，连续查了几天居然一点线索都没有，还是何涛的弟弟何清提供了有效线索。如果让那些公差查下去，估计又是桩无头公案，晁盖他们可以在葡萄架下一直喝到明年，然后再抢下一拨生辰纲。

现在不行了，那个叫作何清的混子把晁盖查了出来，叫作白胜的好汉也把哥儿几个都供了出来。

后悔已然来不及了，走吧，晁天王。

宋江通报完消息就转身回去了，他已经为自己赢得了下半生的饭票，再说县里还有工作等着他呢。

晁盖在苦苦思考：天下之大，我能去哪呢？

对比一下宋江，你会觉得在日后的梁山晁盖被宋江架空非常正常，因为晁盖实在没什么心眼，他跑路的时候，两眼一抹黑，不知道哪里是自己的下一站。宋江呢，藏身之处至少有四处：家里地窖，柴进家，花荣家，孔明家。如果他愿意，梁山还给他预留了全程免费的座位，统计下来，宋江狡兔五窟。

宋江至少有五个窝，晁天王除了老家连一个多余的窝都没有，旁边那个叫智多星的人再一次证明了自己，原来他在去阮氏三雄家时就想到了这一步，案子发了，就从石碣村上梁山，显然这是当时的唯一选择。

晁盖曾经在梦中上过梁山，但那毕竟是在梦中，他总觉得梁山离自己很遥远，但转眼就已经到了眼前，怎么上梁山呢？王伦给门票吗？

吴用到底是比晁盖懂得多一点，他告诉晁盖，"如果钱能解决问题，那就不是问题"。

吴用天真地以为，只要给王伦足够的钱，王伦就会给他们发门票，反正你王伦占领梁山不就是为了钱吗？

王伦是为了钱不假，但是他更想自己当老大，如果收了别人的钱就意味着自己丧失股份进而丧失话语权，王伦会干吗？显然不会。

10. 晁盖，你也太磨蹭了

依照晁盖的安排，刘唐和吴用押着车子先走，晁盖和公孙胜留下来收拾家当，稍后会合。两人收拾了一下午还没收拾完，等到雷横和朱仝领着兵到门口了，两个人一看天，呀，天色不早了。

他们还不知道，宋江已经给他们争取了一下午的逃生时间，结果被他们给浪费了。

下午刚一上班，何涛便把协查令呈送给知县看了，知县当时就要部署抓人，被宋江生生拦住了。

宋江说，晁盖是当地的大户，白天去抓捕恐怕会走漏消息。知县是个书呆子，何涛又是个低智商，公差们又想挣加班费，就这样给晁天王争取了半天的收拾金银细软跑路的时间。

没承想半天还不够，还没收拾完，也不知道晁天王到底有多少金银细软。

如果只有宋江一个"无间道"，那么到这个时候，晁盖也得被抓了。孰料，郓城处处"无间道"。

朱仝和雷横平时吃拿晁盖不少，两人都是无间道，到了晁盖庄上，两人争着去打后门，说白了都想等着晁盖走后门，他们好面对面送人情。

两位都头经过协商，雷横去打前门，朱仝去打后门。

雷横声响很大，光呐喊，不撞门，意思是告诉里面的人，"我们在前面呢，你们可千万记得走后门啊"。

守在后门的朱仝则躲在黑影里，晁盖一出来，他就闪开让路。可晁盖是粗人，不知道这里面有朱仝的人情。朱仝一看不行，送人情得送明白啊，得让他记住我的好。

晁盖跑，朱仝追，晁盖郁闷地问朱仝："你还追我做什么？"

朱仝说："我这是故意放你，你可记得我的好啊！"

这句话很关键，因为它也为朱仝赢得了一张梁山永久免费饭票，这件事也说明晁盖确实是粗人，朱仝不提醒，他都不知道朱仝放了他一马。

11. 素质！注意素质

在郓城公差的共同努力下，磨磨蹭蹭的晁盖终于有惊无险地躲过了追捕。

气喘吁吁的晁盖出了一身热汗，无间道三兄弟宋江、朱仝、雷横则出了三身冷汗，太悬了，以后可不能这样了。

有人赚到了饭票，有人则快丢掉了饭碗，可怜的何涛似乎已经看到了西伯利亚的雪花在飘，似乎看到衣着单薄的自己正在鹅毛大雪中孤独地砍着大木头。太可怕了，必须阻止这个结果出现。

既然抓不住晁盖，那就抓些邻居回去交差吧。晁盖的邻居住得离晁盖实在太远了，不是隔着好几个院子，就是隔着好几条河。在边境，这距离可能就是两个国家了。

不过还是有收获的，邻居供出了晁盖家里的用人，用人供出了阮氏三雄，之前坏事的白胜供出阮氏三雄住在石碣村，这下好办了，跑了晁盖，跑不了石碣村，到石碣村还抓不着就接着抓邻居顺藤摸瓜。

何涛，赶快去抓吧，抓到了，你就不用去西伯利亚了。

目睹了郓城公差的表演后，何涛深知公差的素质是靠不住的，尽管他不断跟公差们强调，"素质！注意素质"。可是公差们都有自己的算盘，他们只负责跟着跑，抓不抓得到贼那是运气问题。

12. 最牛的时候，可能是最傻的时候

为了不去西伯利亚，何涛必须做最后的努力，他还没有准备好过冬的棉衣。

不想去西伯利亚就得抓住晁盖，不然发配在所难免，何涛知道光依靠手下的公差是没戏了，必须申请军队的支援。

何涛不想去西伯利亚，济州府尹也不想去蓬莱那个孤岛，两人一拍即合，府尹帮何涛申请了五百名士兵，加上何涛手下原来的五百名公差，兵力总计一千，够打一个小型战役了，目标石碣村，代号"捉拿晁盖"。

有一千个兵壮胆，何涛觉得自己抖起来了，曾经有个算命先生说自己能统率千军万马，想不到现在就实现了。不过何涛没有想到的是，这是他第一次统率千人以上的军队，同时也是最后一次，正如一句俗话所说，当你最牛的时候，可能也到了最傻的时候，话糙了一点，理不糙。

何涛很快发现，自己面对的是一伙高智商强盗，他们跟白胜真的是同伙吗？那个白胜笨得像猪一样，他们怎么聪明得像猴一样呢？

等何涛到了石碣村，阮氏兄弟家已经人去屋空。何涛只能采用第二个方案，抓邻居。邻居们供认说阮氏兄弟奔水泊里去了，怎么去的，他们也不知道。何涛只知道抓住阮氏兄弟就不用去西伯利亚了，没有想到，他正一步一步进入包围圈。

何涛一行人抢了停在湖边的船，从此走上了一条不归路。

何涛前后派了几拨探路的兵都中了埋伏，他自己亲自上阵也中了埋伏，剩下的士兵享受了《三国演义》中曹操在赤壁享受过的待遇——火攻。

不想成为烤乳猪的士兵纷纷跳入水中，纷纷陷入烂泥之中，阮氏兄弟和晁盖四个人带着十来个手下拿鱼叉将这一千人全部消灭在烂泥里。

施耐庵老爷子在这里应该是夸张了，十几个人叉死一千人，你信吗？总之，晁盖他们把公差教训了一顿，数字就别当真了。中国古代以一当十的事情太多了，统率十万大军对外则号称百万，晁盖十几个人团灭一千名官兵就当是吹牛讲故事吧。

13. 王伦，你的苦日子到了

何涛的千军万马瞬间被灭了，千军万马来得快去得也快，浮华就是这样，来去无踪，你想抓住，却怎么也抓不到。何涛，如果有命回去的话，收拾行李准备去西伯利亚吧。

何涛听说晁盖放他回去报信还挺高兴，至少还能完好无损地回去啊，只可惜晁盖的旁边还站着活阎罗阮小七。

阮小七本来就痛恨官差，在他眼里，官差就是"聋子的耳朵——摆设"，既然你们人都是摆设，那耳朵更是摆设了。

阮小七手起刀落，何涛这个聋子就再也没有用来当摆设的耳朵了。

旗开得胜的晁盖很开心，这是他当老大以来的第一次大胜，也是他一生当中仅有的几次胜仗，这是他吹牛的资本。

也正是这个惊人之举，吓破了王伦本就脆弱的心，一山难容二虎，更何况晁盖还带来了那么多匹狼。王伦，你的苦日子来了。

山上的王伦还不知道死亡阴影已经将他笼罩，他依然很享受在梁山当老大的感觉。老杜、老宋、老朱都没得说，这三个人很服帖，至于林冲，尽管以前是禁军教头，可在梁山，他只是个可有可无的四哥。

梁山上什么事都是王伦说了算，就算有大事，王伦一举手，老杜、老宋、老朱跟着举手，四比一，少数服从多数，通过。

日子很舒服，但还不是高枕无忧，毕竟没有人能制服林冲，暂且只能用权力和道义压他，但权力能够使用多久，道义还能维持多长的效力，这些都要打个问号。

不行，得适当招募人马，招纳些强人来制约林冲，只有形成制衡，当老大的才能安心，下面不斗，老大怎能安心？

领会了王伦的意图，梁山湖边办事处主任朱贵对招纳新人很有热情，这不但是他的工作，而且还能因此积累人脉。先前介绍上山的林冲对朱贵就不错，说明广泛地发展下线是有好处的。

朱贵热衷于发展下线，但他没有鉴别能力。林冲是不错，上山后对你也很好，那是因为林冲人厚道，晁盖和吴用这伙人就不一样了，这不是一伙厚道的人。

林冲上山，一个人不成气候，举手表决时的力量对比是四比一。晁盖等七人上山，力量对比起码是五比七；如果林冲立场不坚定，那么力量对比就成了四比八。老梁山就从兼并别人变成了被别人兼并了，这会影响到老梁山管理层前途的。

朱贵确实只是个鳄鱼，而且只是个在旱地里越活越抽抽的鳄鱼，看到晁盖一行人来投靠，他没有想太多，只觉得增加人员是好事，而且晁盖他们还带来了说不清的钱财。

14. 三个人的三条路

说起来，王伦和晁盖都是悲剧人物，两人都曾是梁山领导层核心，但都在梁山大业未成时驾鹤仙游，没有看到起义胜利的一天，有些可惜。

王伦、晁盖、宋江是三任领导团队的核心，卢俊义一度是被作为形象代言人的核心，实际上可有可无。

梁山上另外一个有领袖气质的人是柴进，柴进是梁山的恩主，但他对权力不感兴趣。再则，如果他当老大的话，那么梁山聚义的性质就变了，就变成了前朝遗老遗少复辟了，属于"反宋复周"，那是宋江等渴望招安的人所不愿意看到的。

对于王伦而言，梁山就是他一个人的梁山，杜迁、宋万、朱贵是给他搭班子的人；至于林冲，那是一个外人，一个所谓的四哥。梁山上的事都是王伦说了算，即使有什么大事，只要王伦一举手，老杜、宋万、朱贵就跟着举手，林冲就是反对，也是独木难支，所以说梁山到底还是王伦的。

对于晁盖而言，什么你的我的？梁山是大家的，他的梁山是大梁山，对于他而言，不过是把东溪村的流水席开到了梁山，只要兄弟们有肉吃、有酒喝，什么官府，什么天下，跟咱们有什么关系？这是晁盖的大梁山主义。

对于宋江而言，如果只是招呼大家喝酒吃肉，享受当老大的乐趣，他在郓城已经享受到了。宋江上梁山就是要追求不一样的东西，他要在梁山实现人生飞跃。如果在郓城混一辈子，宋江连知县都当不上，因为知县一般是上面委派的有功名的人，像宋江这种没有功名的白丁，能在官府里当个押司打一辈子杂就不错了。在梁山则不同，梁山就是宋江跟朝廷谈条件的资本，因此宋江见着人就拉入伙，速度快得像搞传销，像拉保险，这是他将来谈判的资本。

王伦就像一个村里作坊的小老板，只要够吃够喝就行了；晁盖就是一个看起来很红火的乡镇企业老板，只要兄弟们满意，有点产值够喝酒吃肉就行了，关键是要兄弟们满意，自己脸上有面子；宋江则是一个志向远大的民营企业老总，他要把手上的优质资本引入政府题材然后寻求做大上市，自己作为高管实现人生的情怀，实现人生的飞跃，让关胜、花荣这些在朝廷内混得不好的官员重新获得证明自己的机会。对于宋江而言，梁山聚义只是手段，而不是目的。

三个人，三条路，三个方案，路线决定出路，眼界决定境界。因为路线冲突，便决定王伦和晁盖要先后退出梁山的历史舞台，这是定数。

15. 文化人整文化人

路线斗争自古就有，梁山也不例外。

梁山的第一次路线斗争开始了，斗争的双方是王伦一派和晁盖一派，裁判则是林冲，他的身份很特别，既不属于王伦派，也不属于晁盖派，他居中，冷静观察一切。

本来王伦得到朱贵的密报很开心，这下队伍又壮大了，听说来的人还带了很多银子，人财两得，这种事哪里找去？

王伦是一个书生，并不知道来的这些人是什么角色，如果他能预测到这些人上山会闹出那么大的动静，打死他都不会同意晁盖上山。大不了晁盖发飙拆了朱贵的酒店，那又能怎么样？大不了再盖。

可惜人不能回到过去，同样不能预知未来，所以王伦认命吧。

晁盖见王伦之前还是做了一些准备，知道王伦喜欢钱就多送一些钱，知道王伦是个落第秀才，晁盖一见王伦就说自己是个大老粗，没什么文化。

晁盖经过分析发现，在王伦手下，吃得开的三个人都是大老粗，没什么文化。王伦这个落第秀才实际存在变态心理，自己是读书人，但是成绩不好，所以他比粗人更仇恨读书人。如果王伦一直当老大，吴用、萧让这些读书人的日子一定会很惨，粗人对粗人往往还透着人情味，文化人对文化人，反而能整出血。

听晁盖自我介绍是个粗人，王伦很开心，如果晁盖是个粗人，那么他手下的弟兄应该都是粗人。一，二，三，四，五，六，七，相当于老天又给我送来七个杜迁啊，再加上原来的杜迁、宋万、朱贵，我手里有十个杜迁了，林冲，你还敢跟我犯浑吗？

王伦的算盘打得挺不错，不过这一次彻底打错了，来的人不是七个杜迁，而是七个林冲，一个林冲就够你头疼的，八个林冲，你对付得了吗？

第七辑 晁盖定了风向标

01. 晁盖破坏了王伦的好心情

王伦的好心情是被晁盖破坏的，因为晁盖口无遮拦说了很多事。

本来王伦很有诚意，把宴席的伙食提高到了梁山有史以来的最高标准，总共十二个人吃饭，杀了两头黄牛、十只羊、五头猪，这么高的伙食标准在宋江时代都达不到，而王伦做到了。

多年之后，阮氏三兄弟回忆在梁山吃得最爽的一次还是跟王伦吃的，一顿饭下来，吃得哥仁无比思念家乡的凉拌鱼腥草。宴席的伙食太腻了，肉太多了，原来肉吃腻了是这种感觉啊！

阮氏三雄吃得很开心，王伦却吃不下。晁盖说的话越来越大，王伦心里越来越怕。晁盖说他们劫过十万生辰纲，晁盖说他在郓城有三个朋友，晁盖说在来的路上顺便把一千名官兵团灭了。晁盖说，晁盖说，晁盖还在说……

晁盖没有吹牛，说的都是实话，王伦听得心里越来越凉，他一点都吃不下了。以前王伦以为自己够牛了，曾亲手砍了一个公差。他以为自己够张狂了，结果人家比他更张狂，人家一气儿砍了一千个。

秀才遇上兵，有理说不清，秀才遇上强盗，嘴在哪儿啊？

开席之前，王伦准备给晁盖他们排座次，他打算将晁盖排到第四，林冲排到第五，朱贵排到第六，剩下的让晁盖排。对于这个排位，二当家的和三当家的都没意见。

没想到啊没想到，来的不是杜迁，而是一堆林冲，这下该怎么排呢？王伦的心在翻腾，脸上阴晴不定，这些细微的变化，晁盖和宋万这些粗人看不出来，只有吴用和林冲这些有文化的人才能看出来。

晁盖看不出王伦脸色的变化，他将好心情保持到散席后回到宾馆。同他一样高兴的还有阮氏三雄，从明天起他们也是梁山头领了，天天有酒，顿顿有肉。

阮氏三雄兴奋，晁盖也兴奋，只有吴用冷冷地看着他。从小到大，吴用就知道自己这个发小是个热心人，同时也是头脑简单的人，自己冲动之下参与了抢劫生辰纲团队，但这个发小是值得追随的老大吗？

吴用产生了怀疑，不过眼下这个老大还不能丢，目前还没有合适的老大出现，所以现在还得给他出谋划策。

02. 林冲，你就是那天平的砝码

吴用："哥哥看一个人并不一定要直接看他的心，看他的脸就行了。"

晁盖："看脸就行了，怎么看？"

吴用："刚开始他还挺热情，后来一说到砍官兵他脸色就变了，等说到阮氏三雄功夫了得的时候，他的脸就没有血色了，所以他是不准备收留我们了，要不刚才就排座次了。"

晁盖："我怎么没看出来？"

吴用："这个，这个……"

吴用不能说那是因为你傻，他只能说那是您太厚道，太容易相信别人。

晁盖一生都活得很简单，很纯粹，他的眼睛也保持着难得的清澈，他总以为只要自己对别人好，别人就一定对自己好，然而他错了，他将心比心，别人未必如此。

后来在梁山上，晁盖的权力被一点点蚕食，他浑然不觉，等到他察觉时，一切都已经晚了。曾头市一战让梁山本已紧张的路线斗争以相对体面的方式结束，不然等到晁盖与宋江决裂，晁盖一挥手，身后可能只剩下阮氏三雄加刘唐，吴用早就跑到对面阵营了，白胜和公孙胜是两个骑墙派。到那时，晁盖只能感慨，一辈子的流水席白开了，都喂了狼。

王伦要坚持自己的小梁山，晁盖要创造自己的大梁山，胜负的天平取决于一个人——林冲，因为他不属于任何一派，他倒向哪一派，哪一派就胜利。

如果林冲跟王伦站在一起，即便晁盖带着六个人全部扑上，也未必赢得了林冲，林冲是科班出身，晁盖的人都是野路子；如果林冲倒向晁盖，一点悬念都没有，林冲一个人就可以把王伦一派都灭了。

林冲，你从来没有像今天这么重要。

这一夜对于林冲而言也是无眠，他已经看出王伦不准备接纳晁盖一伙。如果接纳了晁盖，林冲便不再孤独，有七个外来人跟他一起对抗王伦；如果晁盖他们就此离开，林冲在梁山的苦日子依旧没有尽头。

关于晁盖的名头，林冲早有耳闻，他知道，如果晁盖当了大头领，以晁盖的气度，兄弟们日子都会好过；现在王伦成天耍手段，这种日子难道就没有尽头吗？

03. 梁山到底是谁的

受气的日子总会有尽头的，林冲终于想到了反抗。

林冲要求很低，只要王伦能把晁盖他们留下来，让自己感觉不再孤独就足够了，然而就是这么简单的要求，王伦也不满足他，王伦想的还是第一把交椅。

王伦也挺难的，一个落魄书生，曾经吃了上顿没下顿，投奔柴进是不得已的选择，柴进那里多是犯了罪或者是发配的人，而王伦仅仅是因为没饭吃而与这些人为伍，他的内心是抗拒的，因为他是读书人。

等到带着杜迁一起开创了梁山基业，王伦比谁都爱梁山，甚至爱得有些自私。在这里他找到了治理天下的幻觉，在这里他找到了出将入相的错觉，所以王伦坚决不肯让位，甚至连多余的交椅都不愿意给晁盖。

且不说吴用的狼子野心，就是梁山的平均分配制度，就让王伦无法与晁盖他们共处。

与老杜、老宋、老朱平分，王伦欣然接受，等到林冲上山，王伦就有些别扭了，所以时不时趁林冲不在，他们就私分一点。现在又要来七个头领，这可是七个份额啊，如果把林冲再加上，分东西的时候要分成十二份，外来的拿八份，老梁山的兄弟们只有四份，梁山到底是谁的啊，到底谁是董事长啊？

王伦有私心，就注定晁盖留不下来，哪儿来回哪儿吧。

然而王伦忘了一个道理：请神容易送神难，神已经上门了，要送走有那么容易吗？

04. 王伦老哥，你的麻烦来了

第二天一早，林冲来见晁盖，他是专程来表达歉意的，对昨天的照顾不周深表遗憾。

昨晚林冲就觉得王伦做事不讲究，不给朋友面子，晁盖大老远上梁山是为了谋个藏身之处，而王伦却只想着自己的交椅，不管别人死活。王伦的表现与当初林冲上山时一模一样，人的心胸一旦狭窄了，很难广阔起来，王伦就是这样。

林冲主动上门，居然让吴用有了邀功的机会，在小喽啰通报林冲来访时，吴用居然大言不惭地说，"中我计了。"

实际上，这个时候八字连一撇都没有，哪来的林冲中计呢？

吴用想对林冲用计，后来也使用了激将法，但林冲一直没有中计。

林冲下定决心要火并王伦不完全是为了晁盖，林冲也是有私心的，他也想改善生存环境。在王伦的手下，林冲始终是受气的，他是新来的，又是外乡人，王伦的气量又那么小，文不能文，武不能武，用林冲骂王伦的话说，"胸中又无文学"，文武两方面都强过王伦的林冲在王伦手下注定没有好日子过。

更让林冲痛心的是，因为摊上王伦这样的大哥，林冲始终不敢把林娘子接上梁山，他怕林娘子看着自己受气，就是因为这样的错过，当初林娘子给林冲的送行就成了永别，一段完美的爱情因为王伦的小气画上了一个并不完美的句号。

林冲已有灭王伦之心，吴用还在翻动三寸不烂之舌，他必须把林冲心中的怒火彻底点燃，这样晁盖就有机会了。

对于吴用的挑拨，林冲很清楚，他不会因为吴用的挑拨去做什么，他是一个有主见的人，一旦他决定的事，没有人能够阻止，因为他是豹子头。

王伦老哥，你的麻烦来了。

05."粮少房稀"，一个可怕的炸点

林冲决定对王伦动手，晁盖的团队也做了准备，原本他们的想法很简单，能在梁山坐把交椅就满足了，现在事情起了变化，晁盖有可能当山寨之主了。

晁盖七人在宾馆收拾妥当，身上都藏了家伙，万事俱备，只差动手了。

负责下山接客人的宋万还不知道危险正在逼近他的老大，通常他只负责跑腿，不用做过多思考，老大让他做啥，他就做啥。宋万很清楚自己的身份，三当家的，能有今天的地位都是老大给的，所以老大的命令就是圣旨，王伦就是他的宋徽宗。

宋万不知道眼前这群看起来很和气的人已经磨刀霍霍，也不知道仅仅几个小时后他将失去人生中第一个老大。

宋万先后经历过三个老大：王伦、晁盖、宋江。平心而论，王伦的能力是最差的，对他却是最好的，在晁盖和宋江的手下，宋万都是被限制使用的对象，再也没有进入首脑层。在征方腊的第一战中，宋万就在乱军中战死，令他略感欣慰的是，宋江亲自主持了他的祭奠仪式。

王伦也没有意识到危机正向他逼近，在他看来，梁山是自己的，我愿意带你晁盖玩就带，不愿意带就送你离开，到千里之外。

林冲留给王伦的机会不多，时间也很短，可惜都被王伦一一错过了。在这

个各自都不怀好意的酒席上，晁盖不止一次提起入伙的话头，王伦只是频频向他举杯，"喝酒，喝酒，都在酒里了。"王伦啊，王伦，你的人生大幕正在徐徐降落。

这顿酒吃到了午后，下午一点左右，王伦摊牌了，他让小喽啰们捧出了一个盘子，上面有五锭大银。

捧出银子就跟官场里端茶送客一样，意味着客人得说再见了，晁盖尽管是粗人也明白这个道理，想和平入伙已经不可能了。

王伦千不该万不该，又重复了当初对林冲说过的话，"粮少房稀，恐怕误了前程"，从这个角度讲，王伦的文化水平确实不高，都一年了，台词一点没变，找点别的理由啊，比如环境恶化，鱼虾变少，不适合人类居住啊，这些都是冠冕堂皇的理由。

王伦又说"粮少房稀"，既是说给晁盖听，也是说给林冲听，同时也是在揭林冲的伤疤。人有的时候很奇怪，当你成功时可能记不住别人说过的话，当你落魄时，记忆力却会出奇的好，会把落魄时别人说的话记得很清楚，甚至历历在目。

林冲上梁山的时候很落魄，他的记忆力很好，当年的场景历历在目，他听不得那句"粮少房稀"，这是他的炸点，一个可怕的炸点。

06. 我能想到最不浪漫的事

林冲出离了愤怒，吴用还在煽风点火，王伦的路已经走到了尽头。

王伦以为他的权威还在林冲的心中维持，但他不知道这种权威是孱弱的，很容易倒塌。一个强盗，占山为王的强盗，要有包容心，说最简单的，你王伦有肉，就得让兄弟们有口汤，现在你不给晁盖团队一口汤，你也曾不给林冲一口汤，得不到汤喝的人达到八个人，你的日子还能好吗？

记住吧，王伦，给永远比拿快乐。

如果王伦不是维持自己的虚假权威，可能还有一条生路，但他自己断了生路，居然当着晁盖团队的面骂林冲是"畜生"，这是又一个可怕的炸点。

林冲从一个八十万禁军教头落魄到落草为寇，经历过无数人的谩骂，骂他什么的都有，这些他都能忍受，但他再也忍受不了王伦叫他"畜生"。一个人的尊严是有底线的，平常对他的白眼可以不放在心上，而这一次，与面子无关，与尊严有关。

一个男人如果尊严都没有了，生命就没有了意义。

林冲发威了，谁也挡不住。晁盖的团队出手帮助林冲扫清外围，吴用和公孙胜负责舆论聒噪，"千万不要火并啊"，晁盖和刘唐堵住王伦，"头领息怒"，阮氏三雄一人一个缠住老梁山的三个头领，只等林冲动手了。

八个天罡级的打四个地煞级的，太欺负人了，没得打了，林冲把心中所有的郁闷都发泄了出来。这一年他受了太多的苦，本以为在梁山能舒服一点，可还是受到王伦的百般压制。

林冲的压抑无处诉说，王伦却一直无动于衷。所谓权势，所谓地位，不会永远属于你，王伦兄，你也读过书，你不应该犯这样的错误啊。

老梁山的弟兄们眼睁睁看着老大在眼皮底下死去，他们无能为力，或许在杜迁和宋万心里，"我能想到最不浪漫的事，就是看着老大在面前慢慢死去"。

至于朱贵，他是后上山的，上山之后一直从事接待工作，他把姿态放得很低，因此没有太多失落。飞得越高，摔得越惨。朱贵淡然地说："我匍匐前进，贴地飞行，没有落差！"

这是弱者的心态，也是有自知之明的心态。

07. 梁山的接力棒该给谁呢

王伦的时代结束了，他的路线与晁盖路线一经遭遇就失败了，说明王伦路线实在是见不得光，一个只想经营乡村作坊的人是不会有大的出路的。

有时候我在想，安排王伦这样一个角色的意义何在呢？仅仅为了给林冲练刀？不太可能。史书记载的梁山起义头领是宋江，其他人甚至都没有名字，王伦在《水浒传》里出现，应该是施耐庵有意为之。

首先王伦这个名字，可以解释为"君王的伦理道德"，读书人的存在就是为君王传播伦理道德，维护伦理道德，但《水浒传》诞生的年代是一个崇尚武力、向往英雄的时代。在这样的时代，书生是弱者，是无能的代名词。

王伦是文弱书生的代表，吴用是副代表，王伦因为心胸狭窄被林冲灭掉，吴用尽管在梁山上很受重用，但计策漏洞百出，后来有"吴用也有无用时"的说法。

林冲灭掉王伦，一是象征书生无能，二是象征梁山想打破君王的统治，"灭王伦"，但是这个象征意义在宋江上山之后就紧急转舵，变成积累资本期待招安。

现在王伦的路线破产了，王伦也从梁山彻底消失了，梁山掌舵的接力棒该交到谁的手里呢？是林冲还是晁盖呢？

08. 习惯，可怕的习惯

看林冲灭了王伦，老梁山的弟兄杜迁、宋万、朱贵齐齐跪下，高喊"愿为哥哥执马坠镫"。这是山寨火并的俗套，一般的结局都是这样，不然，谁愿意担着血海干系去火并呢？

想想也挺可悲，杜迁、宋万是二当家和三当家，大当家的没了，他们马上就称四当家林冲为老大，老梁山的班底太弱了，太讽刺了。

吴用在一旁拽过一把椅子，高喊"拥立林冲为山寨之主"，这是一个欲擒故纵的手法，也是一个欲陷林冲于不义的损招。

要说拥立林冲当家也是人家老梁山的事情，晁盖团队是客人，不是主人，这里面没有你们什么事。人家就是火并，你们当一场真人秀节目看看，演完鼓个掌就行了。

吴用这么一喊，就把晁盖团队喊成了梁山的人。林冲师父，您看啊，我们都加入梁山，都尊你为老大，至于你当不当这个老大，那就是咱们梁山兄弟自己的事了。

用东北话说，这叫"脱鞋上炕"，彻底不拿自己当外人了。

林冲如果就此坐上第一把交椅，那么梁山的历史将会改写，宋江在这里不会有市场，林冲与官府有不共戴天之仇，招安绝不是他的选择。

林冲的个体能力很强，领导能力未必很强。林冲为人很好，但好人不一定是个好领导，好人和好领导之间是不能画等号的。

林冲无意于头把交椅，晁盖和吴用都清楚，他俩早对头把交椅看得眼绿，如今心想事成，梁山的第二代首脑团队就此诞生。如果林冲就此坐了第一把交椅，从此就背上了一个谋杀前任老大的恶名；如果晁盖坐第一把交椅，那么林冲灭王伦就成了毫不为己、专为他人的正义之举。

阴差阳错，一个跑路的村长成了梁山的新领袖。有好几天，杜迁、宋万、朱贵看晁盖坐在第一把交椅上就有点怪怪的感觉，总感觉他坐错了位置，他不是应该坐在客人席上吗？

后来渐渐习惯了，晁大哥就应该坐在那里。

09. 晁盖定了风向标

晁盖经过林冲的谦让，终于坐到了梁山第一把交椅上，对于第一把交椅他并不陌生，他在家里天天坐的都是第一把交椅。

对于晁盖而言，不变的是排位，变的只是交椅的海拔高度，东溪村属于丘陵地带，梁山则是高高的山冈。

> 我站在高岗上，远处望
> 那一片绿波，海茫茫
> 你站在高岗上，向下望
> 是谁在对你，声声唱

晁盖这个风向标定了，该顺着往下排了。按道理，林冲可以坐第二把交椅，但他是一个高尚的人，自从与禁军教头这个职业告别后，他就不迷恋排位了。

林冲继续把交椅让出去，吴用成了受益者，这个一生都不得志的私塾教师，做梦也没想到自己有朝一日能坐上梁山的第二把交椅。

"知识就是力量"，吴用在心中感慨。

那个号称能呼风唤雨的公孙胜成了另外一个受益者，他是一个被严重高估的人物，综合能力并不强，只是因为道士的职业背景，他成了梁山三哥。

林冲还想再让，晁盖团队脸上挂不住了，不能再让了，再让，天下人该说晁盖排挤林冲了，所以林冲还是接着当四哥吧，不升不降，这样一来，火并王伦的做法将显得更加正义。

谁来坐第五位呢？晁盖发话了，让杜迁来坐吧。

杜迁、宋万、朱贵已然清醒了，他们知道，他们与王伦的 F4 时代过去了，在这个武力代表一切的时代里，他们敢坐到那些活阎王前面吗？不敢，也不能。

杜迁他们也选择了谦让，让那些武力远远高于自己的人坐到前面。

刘唐是五哥，阮小二是六哥，阮小五是七哥，阮小七是八哥，原二当家杜迁是九哥，原三当家宋万是十哥，原五当家朱贵是十一哥。老梁山的哥仨相互对视一下，心中苦笑，以后得改称呼了，"九哥、十哥、十一哥"。

不是你们不明白，是世界变化太快，午饭前你们还是二当家、三当家、五当家，午饭后你们变成了"九、十、十一"。

10. 梁山的新气象

晁盖成了大当家，梁山翻开了新的一页。

晁盖对权力并不迷恋，既然大家拥立我做老大，那我就要有做老大的样子，给大家安排一下工作：吴用做军师，公孙胜同掌兵权，林冲等一起管理山寨。

这里面有含糊的地方，公孙胜同掌兵权，与谁同掌？似乎是跟晁盖。林冲等一起管理山寨，这个等号画到谁那儿为止呢？按照搭班子理论以及"一朝天子一朝臣"的传统，顶多到阮小七那里。

杜迁、宋万是老梁山的人，他们以前曾经是元老，当过老梁山头领，口号是兄弟一视同仁，杜兄、宋兄，你俩信吗？就当逗你一乐吧。

杜迁、宋万的名字也挺有意思。宋万在一些《水浒传》版本里是有提到的，而且级别还不低，他的职业是打鱼，跟宋江还认识；在有些版本里宋万还是三十六天罡，结果到了施老爷子的笔下，就变成地煞了。杜迁是为了跟宋万搭档来的，原来写作杜千，两个人的名字组合起来是"杜千宋万"，演化一下就是"渡千送万"，把人家渡过河送一程。

晁盖当上老大，确实有新气象，他一向仗义疏财，钱没有了可以再挣，兄弟没了再找就难了。

晁盖当场取出生辰纲以及自己的家产进行赏赐，在场人人有份。那是一个壮观的场面，那是一个令人感动的场面，在场的人都被晁盖的举动所感动，有钱的日子真好。

当晚是一个激情燃烧的夜晚，十一个梁山的头领一起开心喝着酒。在酒里，他们的距离越来越近；在酒里，他们找到了活着的意义。

晁盖从村长变成了梁山老大，吴用从落魄教师变成了军师，公孙胜从道行还很浅的道士变成了梁山三哥，林冲从仰人鼻息、若有若无的小角色变成了有身份有地位的四哥，刘唐从江湖无业游民变成了梁山五哥，阮氏三雄从缺衣少食的渔民变成了有肉有酒的头领。

老梁山的三个老弟兄地位下来了，安全感和幸福感却增强了，以后天塌下来，有那么一群强悍的大哥顶着呢，而且新来的大哥比王伦大方多了。

当强盗为了什么，不就为了吃吃喝喝、多分银子吗？只要多分银子，谁当老大都一样。

喝着酒，老梁山的弟兄们也挺开心，快乐也是一天，不快乐也是一天，老杜、老宋、朱贵咧着嘴，快乐起来。

这是一个幸福的夜晚，大家都喝高了，说了很多肝胆相照的话。

11. 我要让我们的爱延续

梁山的夜很长，也很冷，一个人的房间更显孤单，一个人的长夜让人忧愁。酒醒的林冲望着窗外，今夜的月亮好圆，娘子，你在东京还好吗？

在我跑路的时候，我不敢想你，因为我要先保住命才能有机会想你，我让鲁智深和杨志带的话你收到了吗？不要为我担心，尽管我漂泊在江湖，但日子还过得下去。

王伦在的时候，我不敢接你上山，这里没有东京的繁华，只有山野的荒凉，空气很好，但总有一种硬硬的味道，我至今不习惯这里的空气、这里的水，我还是怀念家门口的那片小树林和那口老井。

不是不想让你来，我怕让你顶着强盗的娘子的名头过活，你本应该是一个诰命夫人，只可惜尽管林家枪法名满天下，我却始终没有遇到识货的买家。我曾经以为"是金子总会发光"，现在我才知道，"即使是金子也会被埋没"。

那个王伦，怎么说呢，对我还说得过去，有吃有喝，有什么会议也让我参加，可他总是当我是外来的，我始终徘徊在他们的核心圈子之外。你知道我对权力不感兴趣，但被排斥在外的感觉很不好，那是一种无法消受的孤独。

你说过，重要的是我们在一起，但是在王伦手下，我还是不愿意把你接来，我不愿意你看到我在梁山的落魄。好男人不会让心爱的女人流眼泪，过去不会，现在也不会。

在梁山的每一个日子我都在想你，对你的思念就像梁山上的风，每天晚上都会准时来；对你的思念就像梁山脚下的水，绵绵没有尽头。

你说过我们总会在一起，是的，当一切磨难都过去的时候，我能想到最幸福的事就是跟你在一起，会有这一天吗？我想会的，一定会的。

林冲的思念再也挡不住，现在有了重聚的条件，尽管这样会让娘子蒙上强盗娘子的名头，但只要两个人在一起，再多的苦难和折磨又算得了什么？

然而幸福的时刻终究没有到来，林娘子还是走了，在被高衙内一再相逼之下，林娘子选择用白绫永远保住了自己的清白。

林冲是幸福的，能得到这样的女子相伴；林冲也是不幸的，这样的幸福仅仅维持了三年。幸福总是如此短暂，需要珍惜幸福的每一天。

此后的林冲绝了所有的念头，他变得沉默起来，他变得坚毅起来，他知道娘子并没走远，就在不远的地方静静看着他。

娘子，你不会孤独，我的心永远属于你，我会选择坚强活下去，我要让我们的爱延续，延续，没有尽头。

12. 北宋官兵太无能

林冲擦干脸上的泪水，迅速准备迎战，济州府的官兵到了，来的有一千人。这一战是吴用指挥调度的，用的方法跟上次对付何涛几乎一样，充分利用梁山水上的优势，尽可能在水上解决战斗，利用广阔的芦苇荡给官兵十面埋伏。

要说还是宋朝官兵的战斗力不强，吴用的计策又一次成功了，战斗很快就结束了。林冲负责地面战斗，一举抢了六百多匹好马，杜迁、宋万在东港杀敌，阮氏三雄则在西港迎战，刘唐一马当先捉了个当官的。

好事总是接二连三，正当晁盖招呼大家喝酒时，朱贵传来消息，当晚有一批客商要从梁山经过。

从这个消息分析，朱贵等人应该在沿途很远的地方就安插了眼线，因此能提前知道有客商要从梁山经过，说明此时梁山信息传递畅通无阻，组织严密。

不像桃花山的李忠和周通，还停留在肉眼瞭望的年代。思路决定出路，两个只满足于一个咸鸭蛋喝一顿酒的人是不可能有大成就的。

后来，桃花山遭到攻击，他们第一时间就想到求援，甚至愿意向二龙山纳贡寻求保护。当强盗当得这么没骨气，怪不得北宋会亡国，都是这些没骨气的强盗给闹的。

晁盖是个粗人，但是个有骨气的强盗，而且还有强盗的本分——图财不害命。安排头领们下山时，晁盖特别交代，"只可善取金帛财物，切不可伤害客商性命"。显然，这是个相对可爱的强盗。

从晁盖安排的人选看，梁山兄弟尽管嘴上说一视同仁，说到底还是不平等的。阮氏三雄先下山，带了一百多人；刘唐随后下山，带了一百多人；杜迁、宋万最后下山，带了五十多人。

这就是差别啊，晁盖系的头领是不需要防范的，王伦系的头领还是要防一点的。同样是下山，人家带一百人，你哥俩带五十人，那时梁山上已经有七八百人了，人有得是，就是不能让你哥俩带。

13. 好人不一定是好首领

再穷也不能穷教育，再苦也不能苦老大。梁山上的首脑层做到了这一点，在其他头领们摸黑下山进行抢劫事业时，首脑层在做什么呢？喝酒！

晁盖和吴用、公孙胜、林冲四个人喝了一晚上，终于等到小喽啰们来报信，"抢、抢、抢到了"，四块石头落了地，四个头领放了心。忙活了一夜，收获真不小，二十多车财物，五十多头驴子和骡子。

酒接着喝，叫上朱贵，准备分财物。

当天中午，以晁盖为首的梁山好汉开始第一次分配，所抢财物先一分为二，一份归到库里，留着以后公用，剩下的再分成两份，十一个头领均分一份，山上山下所有小喽啰均分一份。看来在哪个时代、哪个地方，都不能完全平均分配，平均分配，那就是一个梦，一个梦而已。

杜迁、宋万、朱贵心中平衡了，跟着晁盖大哥没什么不好啊，大家分的都一样，而且分的也比以前多了。老大对下属好不好，关键看待遇！

晁盖看着大家分得红红火火，心中充满了感慨，小时候就有一个志向，一定要做大事，现在终于有机会做成了，以前自己在村里顶多给大家分分粮食，现在给大家分的是金银。

吃水不能忘打井人啊，我晁盖能有今天，完全是宋江和朱仝给的：要没有宋江通风报信，咱们早就跟白胜住一间牢房了；要没有朱仝网开一面，咱们早跟白胜一起吃窝窝头了。欠人家宋江和朱仝的人情欠大发了，得赶快给两位兄弟送点金子去，咱不能亏了理。

至于白胜，救还是不救呢？还是救吧，要不天下人说咱们不仗义，咱们在梁山吃香喝辣，让白胜在牢里吃窝窝头，我晁盖做不出那种事。

这就是晁盖，一个本质善良的人，一个没有什么坏心眼的人，一个有恩必报的人。

在梁山的三个老大里，晁盖待下属是最好的，王伦以权压人，晁盖以情待人，宋江恩威并施，真情和假意轮番上阵。王伦把自己弄得高高在上，晁盖则很真实，宋江则是标准的官僚。如果让梁山的兄弟们投票，最好的老大应该是晁盖，最能忽悠的老大是宋江，最没出息的老大是王伦。

晁盖是个好人，但好人不一定是个好领导。

14. 济州：一边是天堂，一边是地狱

有人得意，就有人失意，梁山上在笑，梁山下在哭，哭的是济州的两任府尹。原府尹听说梁山人马又把自己的兵灭了，心凉了半截，他已经看到自己孤独的身影在蓬莱那个孤岛上出现，看来下半辈子只能在孤岛上度过了。他知道官路已经到了尽头，离开只是一个时间的问题。

尽头来得太快了，新任府尹已经到了衙门口。本来新府尹兴致还很高——终于当上府尹了，祖坟冒青烟了，从此也是一方父母官了。

新府尹高兴劲还没过，老府尹就开始泼凉水了，反正梁山上的强盗已经跟他没关系了，尽量往夸张说，我没搞定，你也搞不定，而且还得把你吓个半死。这事情啊，要经一个人说，就变个样，经两个人说就大变样，老府尹把他听说的告诉新府尹，再加上适度的想象和夸张，老府尹讲得绘声绘色，新府尹吓得面如土色。新府尹本来还以为是蔡京对他不薄，到头来还是给了他一个火坑。

据说在当时官场有一个说法：如果你欣赏一个人，那么送他去济州，因为那里是天堂；如果你恨一个人，那么也送他去济州，因为那里是地狱。

为什么是天堂呢？如果你有能力平定梁山，是特大功一件，官职如同坐着直升机直线上升。为什么是地狱呢？如果没有能力平息强盗，最好的结局是听候上司处理，最差的结局是梁山送你一张通往地府的单程票，这种单程票送出去好几张，签收的有高唐州的高廉以及东平府太守等人。

老府尹吓唬完新府尹后回东京等候处理，也不知道后来有没有去成蓬莱；新府尹擦干眼泪还得工作，进攻梁山是不可能了，兵都被前任折腾没了，在不能进攻的时候，还是防守吧，至少先把那张可怕的单程票拒之门外吧。

第八辑
千万别低估宋江

01. 刘唐该改个名了!

该到宋江出来唱主角了。

济州府尹要求各县加强治安建设的通告很快下达到各县，主管县里文书工作的宋江看到了公文，居然吃了一惊，之前他还不知道晁盖跑路之后做了这么多事情。

这就是宋江孤陋寡闻了，晁盖又不是你宋江，有那么多地方可去，晁盖能去哪儿？能收留他的，只有梁山了。去柴进那里也可以，但路程太远，等到了沧州，估计也被官差给抓了，因此就近的梁山是最好的选择。

人家朱仝作为一个都头都知道提醒晁盖上梁山，你宋江作为一个文职人员，消息白听了，地理白学了。

宋江既替晁盖担心，也为自己担心，毕竟是自己通报消息把晁盖给放跑了，如果走漏消息，麻烦可就大了，公差抓晁盖不容易，抓宋江可太容易了。宋江不寒而栗。

宋江走出办公室来到茶馆，一进门就看见一个背着大包而且长得很奇怪的大汉，此人似乎见过，奇怪的是大汉看着宋江也感觉似乎见过。大汉向旁边的人一打听，没错，这个黑矮子就是宋江。不是想象中的玉树临风，想象中的那个宋江估计踩着凳子呢。

大汉就是刘唐，一个容易令人过目不忘的人，刘唐的老家在东潞洲。东潞洲是什么地方，就在现在北京通州区的张家湾，也算北京人，住通州的读者没事可以去张家湾找找有没有刘唐故居。

刘唐这次下山，是个非常荒唐非常不合情理的安排。根据《周密笔记》记载，刘唐腿短，估计他两步能顶杜迁一步，让刘唐下山不是难为人家吗？守着矮子非说矬。

再说，刘唐是晁盖团队中长得最有特点的，看这几个人的绰号就知道了：晁盖是托塔天王，吴用是智多星，公孙胜是入云龙，阮小二是立地太岁，阮小五是短命二郎，阮小七是活阎罗。刘唐呢，赤发鬼，生理特征最明显。

让这样一个生理特征最明显的人下山给宋江送金子，到底是想让他立功呢，还是闯祸呢？到底是给宋江送福呢，还是惹祸呢？

宋江不禁出了一身冷汗，到处都是官差，派赤发鬼刘唐下山给我送信，这简直是挑战官差，太嚣张了。

这个愚蠢的安排应该是吴用做的，究竟出于什么目的呢，难道刘唐跟你有仇？后来在征方腊的战役中，也是因为吴用的错误安排，刘唐孤身一人冲入城门，结果被落下的城门砸死，莫非吴用跟刘唐真的有仇？

看了刘唐的结局，我对刘唐的名字有了新的解释：刘唐，唐，唐突，急躁，刘唐就死于唐突，死于急躁，是不是叫刘缓就好了呢？

02. 跟着宋江这个老大好吗？

尽管刘唐把宋江吓得出了一身冷汗，但他毕竟是晁盖派来的人，宋江还得对他客气有加，招待有加。可是现在不行，刘唐停留时间越长，宋江的危险越大，县里的文书工作是很单调的，也没有油水，但毕竟是官职，宋江一生追求的不就是个官吗？所以得尽快把刘唐打发走，宋江才能接着做官。

吴用太难为刘唐了，让刘唐带了三百条金子，让一个腿短步小的人背着这么沉重的包袱一步一步往郓城走，可能是吴用与刘唐真的有仇。

刘唐够倒霉的，本以为到了郓城把金子交给宋江就完事了，回梁山时可以一身轻松，偏偏他遇上了善于装大尾巴狼的宋江，刘唐只能哀叹自己命苦。

刘唐带来的三百条金子是这样分配的：一百条给宋江，一百条给朱仝，一百条给雷横。为什么也给雷横带了一百条呢？因为晁盖和吴用研究了半天发现，追捕晁盖那天，雷横对晁盖也是有功的，人家在前门光叫喊不进门，摆明了是让你快跑，这么大的恩情怎能不报呢？

可惜啊，雷横，你遇上的是宋江这样的朋友，你的一百条金子直到上梁山才看到，原因是宋江说你好赌，给了你反而容易出事，就自作主张把金子给退回去了。当你生活拮据的时候，当你面对白玉乔那个老不死的讨钱的时候，你可知道，你的所有窘迫都是宋江造成的。

同样，还有朱仝，你在上梁山之前可能觉得晁盖不够厚道，送了他那么大的人情他居然不知回报，实际上你冤枉晁盖哥哥了。晁盖让刘唐给你带了一百条金子，也让宋江给回绝了，宋江说你家里有钱，不缺钱。

没办法，谁让你认识这样的老大？

轮到宋江自己，宋江的表现更让刘唐气愤，我好不容易把三百条金子背来了，你宋江就拿一条，剩下的两百九十九条让我再背回去，说是存在山上，到时候再取，合着你跟吴用是累我刘唐这傻小子呢？

没办法，谁叫他是老大的恩人，惹不起。

宋江跟店小二要了纸和笔，就在酒店的饭桌上给晁盖写了回信，他平常的工作就是替县令写报告，写工作总结，给晁盖写起信来也非常快。在信中，宋江回忆了两人交往的美好时光，祝贺晁盖获得了新的工作，并预祝他取得更好的成绩，等等。

宋江的信洋洋洒洒写完了，刘唐的路还要吭哧吭哧走，来的时候背着三百条金子，走的时候背着两百九十九条金子，一个叫作刘唐的蜗牛在宋江和吴用的共同指挥下在郓城和梁山之间来回爬。

03. 阎婆惜，悲剧的开始

打发走刘唐，宋江心里长出了一口气，接下来的举动却让他的一生发生巨变，他居然把晁盖的信留了下来，而且留了几个月之久。根据宋江自己的说法，当时看完信就想烧掉，但当着刘唐的面不好意思，便想着以后找机会再烧，结果几个月下来都没烧。

可能是因为宋江在郓城消费一般都不用现金结算，用钱的地方不多，时间长了，宋江就把信的事情忘了个一干二净，这封信也成了他一生转变的关键。

促使宋江改变的另一个因素在宋江送走刘唐后出现了，这个因素就是阎婆惜一家。在中国古代文学作品中，婆惜这个名字是经常用在妓女身上的。阎婆惜一家也不是什么好人，宋江在《水浒传》中算个好汉啊，为什么非得安排他跟妓女有关系呢？是不是施耐庵老爷子故意往宋江身上抹黑呢？

这可能也是跟时代背景有关，在那个年头妓院是合法的，跟妓女交往不违法，有的交往甚至还在历史上成为佳话。在不少文学作品里，书生上京赶考都会进一下妓院，然后与烟花女子私订终身，书生考上了是一个结局，考不上则是另外一个结局，烟花女子是故事里不可缺少的因素，因此宋江的故事里也得弄个烟花女子来掺和一下。

如此这般，可能也是施老爷子有意安排，倘若宋江娶了一个贤淑良德的娘子，估计他就没有造反的理由了。有吃有喝，娘子不错，孩子不错，家人也不错，谁愿意造反呢？

大家总不能看你宋江每天就是上班、下班，一直看了三十年，片尾来个"再见"就结束了吧。大家看宋江是要看故事的，要看跌宕起伏，要看百转千回，阎婆惜的出现就是要制造故事。

宋江遇到阎婆惜时，正是阎婆惜一家困顿的时刻，阎婆惜的爹病死了，没钱安葬，这种事遇上了，宋江自然会管，他写了个条子让阎家去棺材铺领一具棺材，还格外送了十两银子。

阎婆惜的老妈阎婆是个顺杆爬的高手，她到宋江的出租房里没看到女主人，便断定宋江没娶老婆，这样阎婆惜的机会就来了。

宋江娶没娶妻，这是个谜，书上只是说阎婆表示，不曾听说宋江有妻子，这只是听说，并不是板上钉钉的事。

宋江也可能是"隐婚"，明明已经结婚，对外却隐瞒，还装纯情小伙，这也不是不可能。像宋江这样的对老爹极顺从的人有可能在家里明媒正娶，让老婆代替自己孝敬老爹。自己跟老婆明明没有感情，也不写休书，就让人家顶着宋家媳妇的名头替他尽孝，在封建时代这样的情况不少见。

宋江究竟有没有明媒正娶过，可能永远是个谜了，施老爷子根本没想让我们知道，我们只需要记住在宋江的故事里，曾经有一个女主角叫阎婆惜。

04. 宋江很不真实，很不男人

阎婆惜是以报答宋江的名义委身于宋江的，宋江没有拒绝。宋江一生的主要精力留在官场，另外的精力留在家族，剩下的几个百分点的精力用在身边的女人身上，因此阎婆惜与宋江的结合从一开始就注定是不幸福的。

两人在一起时，宋江三十岁左右，阎婆惜十八九岁，显然两人之间有代沟。宋江擅长的是官场生存技巧，对于生活他不讲究；阎婆惜从小就喜欢唱歌，想唱就唱，要唱得响亮，两个人在爱好上有着天壤之别。

阎婆惜在委身于宋江之前是不是妓女呢？不好说。

书中只是交代阎婆惜经常往妓院跑，在妓院有不少姐妹，有老鸨想雇佣她，或许属于卖艺不卖身那种。

她究竟是什么样的人，宋江似乎也不在乎，宋江对待阎婆惜的态度只是应付，当作自己无聊时的一个玩物，"反正不是父母给我办的明媒正娶的"。

当宋江听说阎婆惜与自己的手下搅到一起的时候，他居然也不太在乎，或者说他甚至都没把阎婆惜当成妾。

当年鲁智深在山西跑路的时候，在金翠莲的住处喝酒，不一会儿，包养金翠莲的赵员外就带着一帮人要来捉奸，赵员外以为金翠莲在跟野男人喝酒，当时就急了，而宋江在听说阎婆惜给自己戴绿帽子后居然只是想"我不上门就是了"。宋江对阎婆惜的不在乎，到了何等程度！

在宋江与阎婆惜的对手戏中，为了突出宋江是好汉，把宋江写得很不真实，很不男人。

第一，如果宋江是个正常男人，阎婆惜是你包养的，为什么一开始还天天睡在一起，后来就来得少了，再后来就很少来了。三十岁的男人，十八九岁的女人，难道是宋江的身体不好？

第二，如果宋江是正常男人，即便阎婆惜只是被包养的情妇，宋江会放任她随便乱搞吗？搞到最后全县百姓都知道了，宋江也只是很平静地想："又不是我父母匹配的妻室，她若无心恋我，我没来由惹气做什么。我只不上门便了。"不正常，极不正常。

第三，如果宋江是正常男人，阎婆惜只是包养的情妇，她怎么敢蹬鼻子上脸地给宋江脸色看呢？那时宋江还没有把柄在阎婆惜手里，也没被发现私通晁盖。宋江大哥是个厚道人，但性格也是带火的，也敢跟别人单挑，面对阎婆惜的冷淡，他居然选择默默忍受，晚上睡觉居然是背对背，只是在早晨起床的时候才骂了一句，"你这贼贱人好生无礼"。仅此而已，正常吗，不正常。

第四，如果宋江是正常男人，一个正常的男人会去坏人家的好事吗，会在别人洞房花烛的紧要关头去敲门吗？大多数人不会，而宋江会。在清风山上，王英抢了刘高的老婆，在房间里正准备亲热，宋江听说了，跟燕顺说，"咱们一起去劝劝他"。宋江不是想着去救人，他是觉得好色不好，自己不好女色，也见不得别人好女色，这一点跟李逵一样，这是两个正常的男人吗？

综合来说，宋江包养阎婆惜有些莫名其妙，再经过推理，可以得出结论：宋江不是正常男人。

05. 千万别低估宋江

显然，宋江与阎婆惜之间是莫名其妙的包养关系，但这些都不重要，反正这一切要结束了。但这时宋江犯了一个大错，他居然把晁盖给他的信落在了阎婆惜的床头！

阎婆惜看见宋江落下了玉带，想着第二天给张三系；看见宋江落下一条金子，她想着跟张三一起买好东西吃。

坏就坏在阎婆惜看见了晁盖的那封信，信上提到要给宋江一百条金子。

宋江啊宋江，从短腿刘唐来送金子到现在，已经有好几个月了吧，为什么到现在这封信还躺在你的招文袋里呢？

是因为晁盖的书法好呢，还是你为了炫耀有黑社会背景呢？这样的信，看完要么当场烧了，要么当场吃了。

阎婆惜面对宋江本没有底气，她没想到机会来得如此突然。

有把柄在手，阎婆惜向宋江提了三个条件：

第一，把卖身契还她。

第二，宋江为她花的钱不准再讨要。

第三，把晁盖送的那一百条金子给她。

三个条件宋江都答应了，怪只怪阎婆惜太着急。

试想，宋江这个爱官如命的人，只要你拿住他的把柄，他到什么时候都会兑现他的承诺。阎婆惜如果够聪明的话，就让宋江写一张一百条金子的欠条，宋江的面子比命都重要，只要欠条在手，宋江就是阎婆惜手中的蚂蚱。宋江赔得起金子，丢不起脸，要是江湖上传出及时雨宋江欠钱不还，那比杀了他还让他难受。

怪只怪，阎婆惜太心急；怪只怪，宋江隐藏太深。宋江绝不是一个好脾气的人，平常在官场和颜悦色，在民间平易近人，但在家中却未必表里如一。

宋江之所以对阎婆惜一再忍让，一是因为确实没把她当回事；二是他好面子，觉得与阎婆惜这样的人争吵没面子；三是可能他在两性关系上有些力不从心，心中有一点点愧疚。宋江的一再退让给了阎婆惜错觉，她以为宋江很好摆布。然而她错了，人家日后能当上梁山老大，素质也不是白给的。

阎婆惜，认命吧。

06. 我对你好失望

用现在的话说，宋江杀阎婆惜属于"激情杀人"，但无论怎样，宋江得为自己的所作所为负责。宋江用行动证明，他不是个大丈夫，"敢做不敢当"。

宋江只能勉强算是一个好汉，"好汉不吃眼前亏"，他脚底抹油跑了。

看郓城官府抓捕宋江的前前后后非常有意思，里面充满了滑稽。

首先知县想为宋江开脱，便把罪责往阻止阎婆报案的唐牛儿身上推，唐牛儿有啥罪呢？只不过是宋江给他使眼色让他拉住阎婆，结果宋江趁乱跑了。

为此，唐牛儿被发配五百里，实在够冤的。按照常理，如此大恩大德，宋江理应有所回报啊，书中却没有再提起唐牛儿，估计宋江早把这件事忘在脑后，朋友都可以用来出卖，何况一个不足挂齿的唐牛儿。唉，牛兄，认倒霉吧。

知县想为宋江开脱，但阎婆那面还是紧咬着不放，死的是人家的闺女，搁谁身上都得急。

此时的宋江在哪里呢？家里的地窖里，这是他精心准备多年的避难所。从走上仕途的那一天起，他就知道，可能会有这么一天。

当官在宋朝是一个高风险行业，挣的不多，风险还挺大，再加上高俅之类的庸官在上面瞎指挥，宋江这些基层小官不好开展工作。这日子跟当地主的日子没法比，但有一点好处，政治地位比地主高多了。

在郓城这个不大的地方，你可能不知道排名前几位的地主是谁，但你肯定知道官府里有哪几个知名的公家人，人家是朝廷的人，是有政治地位的。

没有钱的时候想有钱，有钱的时候想有政治地位，宋江就是有了钱想要地位的人，但现在也不可能了，他已经犯了罪。

在漆黑的地窖里，宋江回望自己短暂的从政生涯，只能得出两个字：失败。因为不是科班出身，也不是官宦人家子弟，这就注定要在宦海苦苦挣扎，就算宋江这样左右逢源的人也很难得到提升。

07. 生活中永远没有如果

在漆黑的地窖里，宋江知道了什么叫暗无天日，难道自己以后就要过这样的生活，永远见不到阳光？

对于这样的结局，宋江很懊悔，一切都晚了，如果早一点把晁盖的信烧掉，如果不去阎婆惜那里，如果不那么冲动，如果，如果，已经没有如果。

地窖的上面传来敲打声，应该是熟人发出的暗号，这个地方，一般人宋江不告诉。

当宋江打开地窖盖时，还是吓了一跳，他看见的是穿着官服的朱仝。现在的宋江最不能看的就是官服，就像在逃犯最怕听到警车的警笛一样，做贼心虚。

宋江不由自主地战栗，这是他看见官服后的反应，这个不良反应延续了很多年，直到又穿上官服，这个奇特的反应才逐渐消失。穿上官服后他居然越看官服越舒坦，觉得自己就适合那身官服。

朱仝之所以能找到这个地窖，是因为宋江有一次酒喝高了，推心置腹地告诉过朱仝，家里有这么一个去处，倘若他日有难，可以到家里的地窖避一避。宋江的肝胆相照把朱仝感动得热泪盈眶，从此认下了宋江这位铁杆朋友。

现在宋江犯了事，朱仝不用猜就知道，宋江就躲在家中的地窖里。朱仝思前想后，仔细分析，才发现，坏了，这个地窖可能是全县百姓都知道的秘密。

你想，宋江在江湖上有多少朋友，在郓城有多少朋友，宋江一年中会有多少次喝高的时候，他可能一喝高了就告诉别人他家有个地窖。当很多人都知道宋江家里有地窖的时候，还躲得了吗？

朱仝告诉宋江，地窖已经不安全了，还是撒开腿跑吧。

宋江和晁盖不一样，晁盖跑路的时候还不知道奔跑的方向，宋江则是一个未雨绸缪的人，对于跑路，他心中早就有谱了。

宋江在郓城的良好人缘给宋江的跑路创造了条件，知县不正经办案，朱仝到处去使钱，告状的阎婆也没那么积极去告了，官差也不积极去抓了，最后县里象征性地发了全国通缉令，事情到这里似乎就算完了。

所谓的全国通缉令，在《水浒传》中，几乎等于一张废纸，一则影响力有限，说是全国通缉，实际上就在一个县贴一贴了事，别的县张贴只是应付差事；再则通缉令有效期非常短，过个一年半载，大家就当这通缉令从来没有发出过。比如鲁智深，当了和尚之后就再也没把通缉令当回事，经常跟朋友一见面就把自己犯过的事说一遍，一路还是畅通无阻。就算在东京大相国寺，天子脚下，他也是因为救林冲被通缉，而不是因为打死镇关西。

可怜的全国通缉令，你的寿命居然如此之短。

08. 宋江跑路，好大的范儿

考虑再三，宋江准备跑路。

《水浒传》给人的感觉总是大家是被逼上梁山的，其实不是。

说一千道一万，阎婆惜再不对、再不好，罪不至死，宋江冲动之下杀了人，就应该为自己做的事负责，不能因为宋江曾经做过好事就逃过法律的制裁，不然要法律做什么？

宋江的跑路应该是《水浒传》中最舒服的跑路，他的跑路是在一个相对从容的条件下进行的。宋太公为了让宋江跑得舒心，跑得安心，居然安排小儿子宋清跟着宋江一块儿跑路，真是一个糊涂的老爷子。

宋江犯事跑路就够让人烦了，还加上小儿子宋清跟着陪绑，真要追究起来，宋江是主犯，你们都是从犯啊。太公啊，活到老，学到老，多学点法律知识吧。

再来说宋清，这是一个从小活在哥哥阴影下的孩子，尽管他身姿挺拔，比哥哥形象更高大，更有男子气概，但是在别人眼里，他永远只是哥哥的陪衬。

渐渐地人们都忘记了他叫什么，人们只记得他是宋江的弟弟，叫什么已经不重要了，重要的是人们记住了他是宋江的弟弟。

宋清主要负责跟在宋江的身后，只要他在场，宋江从来不用带钱，宋江说买单，他就负责掏钱，这种搭档关系保持了很久。即便上了梁山，宋清的工作也是负责安排宴席，宋江说中午请客，他就负责订桌，他就是宋江的办公室主任，别人看着风光，但他的苦又有多少人知道？

宋清的绰号是铁扇子，名头来得有点怪。宋清记得自己曾经有一把铁扇子，而且也拿着铁扇子摆过几个 pose，但是用铁扇子拿来做绰号，确实有点怪异，在拿铁扇子之前，我还拿过镰刀，拿过铁锹，还拿过斧头呢，怎么单单叫我铁扇子？

等到宋清人生阅历更加丰富之后，他明白了，铁扇子不是什么好话，实际就是"废物"的代名词。

扇子是用来干什么的？消暑赶蚊虫的。铁扇子呢？中看不中用，顶着扇子的名头，但并没有扇子的功用。倒是有几个武林高手拿铁扇子当兵器，但主要是为了拉风，在实战中不堪大用。

宋清这时才明白，自己已经背着骂名几十年了。不过想来想去，他又很坦然了，扇自己的扇子，让别人说去吧。

后来宋清把主要精力放在培养下一代上，他的儿子宋安平成为梁山第二代中最有出息的一个。

09. 地主家也没有余粮

在出发之前，宋江仔细盘算过几个去处，一处是沧州柴进的家，一处是花荣的清风寨，一处是孔明、孔亮的白虎山庄。三个地方都不错，但也得一个一个来，宋江犹豫再三，三选一，选择太多也是痛苦啊，鲁智深要不你帮忙选一个！

宋江想来想去，还是准备先去柴进那里。跟花荣和孔明都是老关系，想去抬脚就去，柴进那里却是个新去处，如果能把这个新去处经营好了，那就真的是狡兔三窟了，这样才能高枕无忧。

宋江以前跟柴进是笔友，彼此仰慕，经常有书信往来，交换一下对慈善事业的看法，偶尔也交流一下两地猪肉的价格，总之是神交已久，属于那种熟悉的陌生人。

在与宋清商量之后，宋江把出发的目标锁定在沧州。哥俩从家中出发，一路打听着就到了沧州。

宋江到了柴进的庄上发现，之前的付出都是值得的，在这里，柴进对宋江的思念连仆人都知道，连仆人听到宋江的名字都激动万分。仆人说，柴大官人经常在家里念叨宋江的名字，只恨不能相见。

宋江啊，宋江，你只是做了一点你应该做的事情，别人就给了你那么高的荣誉。

不巧的是，柴进并不在家，他在另一个庄子上收租子，毕竟地主家也没有余粮啊，柴进也得亲力亲为去收租子。

鉴于宋江是柴进神交已久的朋友，柴进的仆人便把殷勤进行到底，带着宋江又走了四十多里路，来到另一个庄子。

在这里，两个慈善家开始了他们人生的第一次会面。

第九辑 当武松遇上潘金莲

01. 其实我的泪在心中

一见面，柴进就给宋江下拜，这个自视甚高的人一辈子没服过谁，但对宋江还是佩服得紧。

大家都是做慈善的，而且柴进做慈善的额度还比宋江大，为什么要给宋江下拜呢？

还是因为宋江做得巧妙，而人们又把宋江的事迹给放大了，这就是传播的作用。同样一件事，普通人做了很平常，名人做了就不一般，比如说扶老太太过马路，有人天天扶老太太过马路也上不了新闻，而名人扶老太太过一次马路那就是新闻了，被扶的老太太也会成为新闻人物。

柴进给宋江下拜，一举奠定了宋江的江湖地位，这样一个人物都给宋江下拜，那么后来王英、燕顺给宋江下拜就成了顺理成章的事情。一个连贵族都崇拜的人物，那就不是一般的人物了。

朋友相见有顿酒，这是古往今来的规矩，如果没有酒席，那就是没落的象征。不过中国人似乎有一个不好的传统——酒桌上劝酒，生怕别人喝不好，喝倒才意味着喝好。劝酒的名目很多，饶是宋江这样久经考验的老手也有点受不了。宋江眼看应付不了，那就先躲一下吧。宋江这一躲倒遇上了一个人，这个人的名字叫武松。

武松在柴进庄上是一个不受待见的人，他酒后无德，经常耍酒疯，久而久之，柴进庄上上上下下都很讨厌他。

武松为什么经常耍酒疯呢，可能还是因为生活压力大，从小受穷，长大后又没有正当职业，成了社会上的混混。

一般人以为混混很潇洒，日子很好过，但我们并不知道，混混的日子到底有多苦。

02. 平平淡淡才是真

此时的武松生着病，得了疟疾，治疗方法很怪异，弄了一铁锨炭在那里烤火。宋江喝高了，看不清路，一脚踩翻了铁锨，炭掘到了武松的脸上，眼看宋江这顿打是逃不过去了。

武松正想动手，被旁边的庄客给拦住了，一争吵的工夫，柴进赶来了，宋江已然是柴进家的显客，他不会让宋江受一点点伤害。

宋江的名头实在太响亮了，身为贵族的柴进知道他的名头，身为混混的武松也知道他的名头，而且对宋江佩服得五体投地。

武松对于宋江可能处于假想当中，以武松的处境，可能也想过去投奔宋江，但一直没有如愿。在武松心中，可能设想过投奔宋江之后的美好生活，越想象越成魔，最后将宋江想象成救人于水火之中的大慈善家，伟大的带头大哥。如今，武松梦想成真，活生生的宋江就站在他的面前。

从此武松把宋江当成了带头大哥，因为认了宋江这个大哥，武松在梁山的地位比较显赫，在后来的梁山上，宋江对武松也是不错的。

结识宋江后，武松的生活发生了改变。能够跟自己的偶像朝夕相处，这是一件很快乐的事情，武松很享受这种快乐。

宋江对武松还是采用了他的老办法，那就是给银子，这个办法很俗，但也很有效。

有宋江这种老大罩着本来是件快乐的事情，但武松不太享受这种快乐，他觉得这种快乐有点假，他属于那种直来直去的人，更愿意把话说在明面上。

但宋江不是这样的人，柴进也不是，他们的交往总是带着客套，大家都留有余地，大家都有些假，这一点武松很不习惯。

武松一生中的好时光不多，算起来都很短，能算上好时光的有当都头的日子，在二龙山的日子，以及最后在杭州六和寺的日子。

在杭州的日子是武松人生的后期，尽管平淡，但心安，或许这就是我们想要的生活，平淡心安就好。

03. 做人要厚道，更要真诚

武松不准备继续在柴进庄上享受快乐，他受不了别人对他态度的改变。以前那些庄客对他呼来喝去，现在对他敬若上宾，这一切都是因为宋江。武松不是那种靠别人树下乘凉的人，他可以接受宋江的施舍，但并不愿意就这么跟着宋江在柴进庄上混日子，那不是他的选择。

从遥远的家乡传来对他利好的消息，当初他以为失手打死的那个人没有死，只是昏了过去，武松回去跟人家赔个礼、道个歉，最多赔点医药费就完事了，显然这是个不错的结果。

后来鲁智深知道了这个消息，他在想，如果镇关西只是昏死了过去，那我是不是还有机会回到渭城继续当我的提辖呢？只可惜一直到鲁智深人生谢幕，他都没有等到镇关西醒来的消息。

武松的心情一下就放松了，这意味着他不再是在逃杀人犯，柴进的庄子以前对他来说是避风港，现在只不过是一个驿站，自己早晚要离开。天下没有不散的宴席，别人家再好也没有自己家自在。我想回家，武松在心里对自己说。

听说武松要走，宋江很是恋恋不舍。

柴进和宋江兄弟俩一起将武松送出门，宋江执意要再送一送武松，这一送将近十里。宋江十里送武松，媲美梁山伯与祝英台的十八相送。

在路边的小饭店里，武松提出结拜宋江为兄，这个提议让宋江很是激动。武松对着宋江拜了四拜，两人都感动到落泪，这是宋江的第一次结拜，也是武松的第一次结拜。可能在宋江眼里，结拜只是手段，而在武松看来，他是发自肺腑地认宋江为大哥。

在以后的岁月里，武松还有过几次结拜，与张青，与施恩，但总感觉结拜有点怪怪的。而等到了梁山之后，武松才发现宋江后来跟很多人都结拜过，结拜在宋江那里成了一个形式。

从那之后，武松更加坚定了与鲁智深的组合，做人要厚道，要真诚。

04. 酒不醉人人自醉

走上回家路，很快就要见到大哥，武松内心非常激动。

尽管大哥个子矮，但在武松的心中，哥哥很高大。父母去世早，哥俩相依为命。由于个子矮，武松离家出走时，哥哥还没有娶亲，不知道现在哥哥有没有成家立业，不知道哥哥现在过得好不好。

返乡之前，宋江对武松千叮咛万嘱咐，"路上千万不要贪杯"。武松脑海里绷紧了这根弦，可是一不小心，还是没绷住，还是喝醉了。

怪只怪那酒的招牌太能忽悠，"三碗不过冈"，喝了三碗酒肯定就醉了，走不动道了，武松是个不服输的人，他决定挑战极限。

爱喝酒的人，酒量并不是恒定的，一旦进入喝高状态，后来喝的酒简直就不是酒了，以致喝到最后完全喝断片了，发生了什么完全不记得。

武松喝高了，他一共喝了十八碗，此时的他并没有意识到危险正向他逼近，他也不知道扬名天下的机会正向他走来。

世上的事情就是这样，如果所有事情都提前准备，即使准备好了也未必去做。倘若告诉清醒状态下的武松，去打死前面山冈上那只老虎就可以扬名天下，武松可能也不会做，因为他知道跟名声比起来，生命是最可贵的。

喝醉了的武松并不知道这些，当店小二告诉他山上有老虎的时候，他以为店小二在危言耸听，哪儿来的老虎啊？

05. 打虎，别看广告，看疗效

倔强的武松不相信山上有老虎，他坚定地认为那是广告，是忽悠，他决定不看广告，看疗效，继续赶路上山。

什么老虎不老虎，即便真有老虎，见了我武松也得绕道走。

明知山有虎，偏向虎山行（实际上武松是真不知道山上有老虎）。

武松来到了山上，发现山上有关于老虎的公告，这个时候武松终于相信景阳冈上有老虎不是广告，而是公告，但是现在又不能再下山去了，面子上挂不住。

又是该死的面子，死要面子活受罪。武松，接受生死考验吧。

要说施老爷子是铁了心增加武松打虎的难度。李逵和解珍、解宝也打过虎，他们手中都有趁手的兵器，李逵有刀，解珍、解宝有药箭。

武松有什么呢，棒子，唉，简直是"棒子老虎鸡"游戏啊。

如果细琢磨，武松打虎地点并不合理。

沧州、阳谷、清河不在一条直线，而是构成了一个三角形，从沧州去清河根本不需要经过阳谷，这可能是施老爷子那个时候没有全国交通旅游图，只能对着地名凭空想象了。

体内的酒精起作用了，武松眼皮发沉，睡了过去。危险已经向他逼来，而他浑然不觉。

老虎真的来了，从林子中冲了出来，虎虎生风，武松被虎带来的风惊醒，急切间他却把随身带的棒子打断了，真是倒霉催的。

埋怨没有任何意义了，紧要的任务就是打虎。武松是利用巧劲把老虎摔倒，摔倒老虎之后，武松用脚狠踢老虎脑袋，把老虎踢得脑出血后，用一只手压住老虎，用另一只手捶打老虎脑袋，活活将老虎给打死了。

武松打虎是在没有准备的情况下进行的，机会给了武松这个没有准备的头脑，而武松迎面抓住了。

《水浒传》中打老虎的总共有三起，分别是武松打虎、李逵杀虎、解珍解宝射虎，被江湖传诵最广的是武松打虎。

为什么呢？

因为武松赤手空拳，没有借助任何工具，大家在看到结果的同时更强调传奇性。我爷爷曾经看着电视里播放的《水浒传》跟我说，李逵一人杀了四只老虎却没有武松打死一只老虎名气大，为什么？关键就在于武松是赤手空拳。显然，我爷爷的说法代表了民间的看法。

在我看来，武松打虎之所以成为传奇还有另外两个因素，一是动机，二是后续的故事。武松打虎的动机很单纯，纯粹是在危险状态下的自保；李逵打虎是为了复仇，老虎把他的老娘吃了；解珍兄弟射虎，是为了获得官府的奖赏。综合比较起来，武松的动机最单纯。

从后续故事来看，武松打虎的事迹经过猎户们、地主们、官员们的口口相传，越传越神，武松也因此走上仕途，当上了阳谷县的都头，武松＋老虎＝阳谷县都头，这是很有传播意义的。

李逵打完虎后不敢声张，因为那时到处都在通缉梁山好汉，李逵不敢提自己的真名，这就影响了传播效果；解珍兄弟因为老虎还吃了官司，人们甚至怀疑老虎不是他们打的，因为他们跟毛太公一家纠缠不清，这同样影响了传播。

06. 武松，原本你可以感动大宋

武松在回家的路上一出手，就把景阳冈上的老虎给打趴下了。武松就此成了当地的英雄，成名的代价是一只老虎。

如果说以前的武松只是一个江湖上跑路的，现在的武松就是打虎功臣了，在以后的江湖中，别人在介绍武松时都说，"这就是景阳冈上赤手空拳打死老虎的武松"。

同样打过虎的李逵和解珍兄弟只能冷冷地看着，他们也曾经打过虎，只可惜借助了工具。

"这是拿刀砍过虎的李逵""这是拿箭射过虎的解珍解宝"，这是往脸上贴金还是糟贱别人呢？

不管武松愿不愿意，他成为典型了，他必须提高自己的演讲能力，很多地方需要他去演讲，这个世界是渴望英雄的。

武松在下山的路上遇到了两个伪装成老虎的猎户，武松把打死老虎的事情跟他们说了一通，这两个猎人又跟其他十几个猎人描述了一番，这十几个人又根据自己的理解向周边传播了一番，当地喜欢张罗的地主把武松请到了家中，武松打虎的后续快到高潮了。

高潮终于来了，喜欢张罗的地主让武松昂首阔步走在前面，后边一群人抬着老虎跟着走。一路上，激动的人们不断向围观的人群介绍，"看，就是这个人几拳把老虎给打死了"。

社会就是这样，打死一只老鼠还能围一圈人看，更何况打死的是一只老虎，一只传说了很久的老虎。

武松在前面走着，走在清河县的星光大道上，喝彩声此起彼伏、震耳欲聋，他第一次感觉到出名如此让人陶醉，以前他在街头耍酒疯、打群架只有几个人围观，现在路上人山人海，整个县城都轰动了。

多年后，当武松回忆起当年的壮观场面，他没有为虚度光阴而后悔，他为自己为百姓做了一件有意义的事情而自豪，如果没有那只老虎，自己的人生会不会又是另外一个样子呢？

那是一个崇拜英雄的年代，宋朝重文轻武，男人越来越文弱，像武松这样的超级男人已经很少见了。

像男人那样去战斗，说的不是别人，而是你，武松。

清河知县也是个识货的主，自己寻觅了几年的都头人选终于站在了面前。

如果武松能在都头的任上干上几年，很可能他会同雷横、朱仝一起当选为北宋十大都头。可惜啊，他们在都头的任上都没有干得太久。

07. 大哥，你在他乡还好吗？

武松是个穷大方的人，尽管兜里的钱不多，但重感情、讲义气，感情和面子是最重要的，钱算什么，没了再挣，挣了再花。

武松接过知县奖赏的一千贯后，并没有把这些钱看得有多重，钱是什么，钱只是流通物，何必看得那么重呢？

既然之前因为那只老虎，全县的猎户都挨了打受了罚，那么现在由老虎衍生出来的奖金也应该有他们一份。

这就是武松，一个顶天立地的男子，一个大公无私的男子，他有各种各样的缺点，比如好酒，比如滥杀，但在做人上，他是一顶一的好人，一顶一的男子汉。在梁山上，真正的男子汉也不多，武松算一个，鲁智深算一个，林冲算一个，所以在最后的结局上，鲁智深、林冲以及武松都相对不错，好人是有好报的。

武松一扬手，把他刚得到的一千贯都散给了在场的猎户，这一扬手百转千回，这一扬手风情万种，这一扬手让英雄的形象更加高大。

在阳谷当都头的日子让武松很受用，以前的武松生活在别人的白眼之下，现在的武松则生活在一片喝彩声中。

当英雄的日子总给人感觉有点虚幻，虚幻得似乎有点找不到北，既然当上了都头，那就得对全县的治安负责，刚上任也不能轻易请假，不然影响不好，谁叫你是英雄呢？

思乡的情绪还是暂时压制吧，谁让你担负着这么大的责任呢？责任让男人成熟，武松也一样。

大哥，你在老家还好吗？

08. 丑妻才是家中宝

走在阳谷街头，武松很享受百姓热切的目光，这目光是鼓励，是信任，也是期待，真的不能辜负他们，武松在心里暗暗对自己说。

身后突然传来熟悉的声音，如此熟悉，如此亲切。没错，这个声音来自一个人，武松的哥哥武大郎。

武大郎跟武松是一母所生，外貌差异巨大，龙生九子还个个不同，更何况是人呢？武大可能是发育问题，再加上营养不良，因此个头严重偏矮。

兄弟相见，分外感动，武大和武松这两个从小相依为命的兄弟，感情是带血的。

如果不是娶了潘金莲这样的不良女子，如果不是遇上西门庆这样歹毒的第三者，武大的生活还会平淡地过下去，重情义的武松也很有可能将武大带上梁山负责给大家烤烧饼。

　　武大是不幸的，潘金莲改变了他的人生轨迹。梁山也是不幸的，他们在不经意间与那么好吃的烧饼无缘了。

　　如果不是潘金莲，武大可能还在清河过着平淡的生活，上天偏偏给他掉下来个潘金莲，一个跟他不般配的女子，一个跟他过不到一块儿的女子，一个让他欢喜又让他忧的女子，一个让他抱恨终生的女子。

　　说到底，找老婆要找合适的，光找漂亮有啥用啊，丑妻才是家中宝呢。

　　说说潘金莲吧，她其实是个挺不幸的人。

　　潘金莲长得有几分姿色，自己也有想法，早年间在地主家当丫鬟，地主想把她收了房，她还不愿意，这说明她是一个非常有想法有主见的女子。

　　用现在的话说，她是一个敢于追求幸福的女子，一个性格挺刚烈的女子。可惜啊，可惜，落了施耐庵老爷子的笔下。在老爷子的笔下，有点姿色的女子一般都不长命，比如林冲的娘子，比如扈三娘，比如潘金莲。

　　《水浒传》中长命的女子是谁呢？顾大嫂。

　　顾大嫂性格如火，敢作敢为，人送外号"母大虫"，就冲这外号，长得能好看吗？结果顾大嫂的命很长，看来施老爷子还是延续着红颜薄命的套路，没办法，他看那样的书太多了。

　　潘金莲不情不愿地嫁给了武大，这是她跟地主抗争的结果。在那样的年代，卖身契在地主手上，没把潘金莲卖到妓院就算地主手下留情了。

　　一个貌美如花，一个丑陋无比，生活就是这样无情地拉郎配，潘金莲没有心情去想美女与野兽，她想的是，以后的日子可咋过呢？

　　咋过？凑合着过吧。

　　日子到了凑合着过的地步，这样的日子就长不了了。武大与潘金莲的日子不长，加起来也就是一年的时间，一年的错位婚姻，给两个人带来的都是一生的痛苦。

　　此时的武松还沉浸在与大哥重逢的喜悦中，大哥是他在世上唯一的亲人，唯一的情感寄托。虽然宋江也算是他的大哥，但毕竟是结拜的。只是武松并不知道，他与大哥在一起的日子已经不多了，一切都是因为那个貌美如花的潘金莲。

09. 当武松遇上潘金莲

武松看见潘金莲的第一眼，心里只有一个念头，这是我的大嫂，得从心里尊敬。武松给潘金莲行大礼，推金山，倒玉柱，纳头便拜。武松注重礼节，一下子就把潘金莲放在了长嫂如母的地位，以后所有不健康的东西是不可能与武松有缘的。

武松和鲁智深一样，他们一生看重的是朋友，是酒，最不看重的就是女人。兄弟是他们的手足，刘备说，女人如衣服，女人在他们那里可能连衣服都算不上。

有人也在假设，如果武松是跟矮脚虎王英一样的人，历史会不会因此改写呢？有可能，完全有可能。

王英是什么人，一个给人家押运保镖的人，居然见财起意半路把人家给抢了，这就违反了职业道德；后来王英为了一个女人，不惜与结义兄弟拼命，这又违反了做人的原则。

这样的人居然在梁山上有把交椅，还阴差阳错娶到了水浒中唯一一位文武双全、貌美如花的姑娘，到哪儿说理去？

如果武松换作王英，那么真有可能出现叔嫂乱伦的香艳故事，只是啊，潘金莲遇上的是武松。

潘金莲没有读过什么书，受的教育也不多，心中的伦理观也非常薄弱。

一见到武松，潘金莲就在心里觉得可能是一段姻缘，这叫什么事啊。武松是你的小叔子，人家跟你是第一次见面啊。

严格意义上讲，潘金莲就是一个大龄女青年，尽管已经嫁给了武大，但在心里从来没有认可武大，在她心里自己没有出嫁，她依然是等待出嫁的大龄女青年。因此大龄女青年潘金莲遇到武松后觉得是一段姻缘，这种荒唐勉强也可以理解。

抛开二人的叔嫂关系，潘金莲是有资格追求自己的幸福的，结了婚还能离呢。只可惜，那个时代不可能是妻子休丈夫，再则，潘金莲的目标也有天大的问题，这个目标居然是武松。即使潘金莲与武大离婚，武松这样重伦理重情感的人也不会接受潘金莲。

10. 潘金莲的老房子着火了

如果武松还在清河地界行走，西门庆未必敢上门去勾引潘金莲，只可惜，在那一段时间里，武松出差了。

武松帮知县运送贪污的赃款去了，从这一点看，武松也不能算十分正直的人，明明知道知县的钱来路不正，为什么不举报呢？

武松跟知县的关系挺不错，他没有举报的动机。他高高兴兴上路了，这一趟可以去宋朝最大的城市——开封。

武松在走之前曾经警告过潘金莲，但潘金莲是一座一定会着火的老房子，这不，武松刚出差不久，潘金莲这座老房子就着火了，火势一下子就蔓延开来，没得救了。

点燃潘金莲这座老房子的人是西门庆，一个有钱、有貌、有时间的男人，二人相见如同干柴烈火加汽油，一点就着。

两人在王婆的安排下坐在一起吃酒，王婆这个大电灯泡识趣地转身离开，西门庆还没怎么试探呢，潘金莲便把持不住了。

两人都是要色不要命，武大是好欺负，但武大的兄弟是谁，武松啊。

西门啊，小潘啊，你们这是给自己挖坟啊！

11. 冲动的惩罚

武松是个容易冲动的人，武大同样也是，要不怎么说是兄弟呢？

武大听说潘金莲与西门庆苟且后，禁不住怒发冲冠，再矮的男人也是男人，再矬的男人也有尊严，西门、小潘，你们欺人太甚。

冲动是魔鬼，冲动改变了武大的一生。

武松临走时特意交代过，"凡事不要跟人争执，一切等我回来再说"，当时武大连连点头。

然而冲动之下，武大没有遵守这个约定，也难怪，哪个男人听到这样的事都会冲动，能像宋江那样无动于衷的也不多。

宋江无动于衷，是因为他压根儿只把阎婆惜看成一个可有可无的小妾，没有感情可言；爱得深，才恨之切，武大之所以冲动，是因为潘金莲在他心里很重。爱我的人却不是我爱的人，我爱的人却不是爱我的人。

武大深爱着潘金莲，潘金莲却从没有对武大动过心，但是啊，如果只是以貌取人，最后收获的只能是闹剧和悲剧。金钱和相貌都不会长久，能够长久的只有人心。

武大能想到最浪漫的事就是和潘金莲一起慢慢变老，而潘金莲能想到的最不浪漫的事，就是跟武大一起慢慢变老。

潘金莲正与西门庆偷情时，武大冲进来捉奸。武大没有想到，因为这次捉奸赔上了他的一生，如果知道是这样的结果，他还会那么冲动吗？

捉奸的后果是惨重的，武大被西门庆打成重伤，卧床不起。

这时武大又犯了一个错误，在错误的时间威胁潘金莲。武大威胁潘金莲说，"好好照顾我，不然我兄弟回来让你们好看。"

一语惊醒梦中人。

武大啊武大，本来以西门庆和潘金莲的智商还没有想到武松那一层，而你提醒了他们，这样你要付出一生的代价。

12. 西门庆选择与武大 PK

我一直认为施老爷子对女人抱有偏见，在他的书里，好女人没有几个，而且好女人的结局也不好，但坏女人的结局就更不会好了，王婆和潘金莲自然就要归入坏女人行列。

施耐庵在历史上留下的资料不多，我们无法了解他真实的婚姻生活。用今天的眼光来看，他的婚姻生活可能不如意，他对女人充满不信任感，女人让他感觉不安全，宋江对女人的感觉，是不是施耐庵个人感觉的折射呢？

仔细推演武大捉奸的过程可以发现，西门庆也挺惨的，本来不过是想勾引一下良家妇女，最终演变成了刑事案件，这是怎么演变的呢？

武大来捉奸的时候，西门庆的第一举动是躲在床下，这是第三者的通常做法，西门庆也这么做了，说明他心里根本没有霸占潘金莲的念头，只不过是想占个便宜、偷个腥。面对武大，西门庆也只是想躲出去就算了，潘金莲提醒了他，引导了他："你不是平常吹嘘自己多能打、多能打吗？"鼓动西门庆打武大，这是什么样的女人？鼓动情夫打老公，金莲，你也太水性了吧？

在潘金莲的鼓动下，西门庆马上换了一个嘴脸，他选择了跟武大正面PK，这下吃亏的是武大，而这一切的罪魁祸首是潘金莲。

当武大不合时宜地恐吓潘金莲后，西门庆一下子蔫了，他居然不知道武大和武松是亲兄弟！

如果没有王婆这样经验丰富的坏女人，西门庆与潘金莲的偷情故事可能就到此结束了，两个人只是想解决一下生理需要，并没有想害人，而王婆的介入，让一切变了味。

王婆这个老太太为了赚点棺材本，便拼命帮人家做坏事，给西门庆和潘金莲偷情创造条件不说，用砒霜害死武大也是她的主意。

为了自己的棺材本就去谋害别人的命，王婆啊，王婆，几十年的米白吃了，做人怎么就不知道"厚道"二字呢？

如果王婆与宋江生活在同一个城市，如果王婆有机会接触到上梁山之前的宋江，如果王婆不是缺那么点所谓的棺材本，武大的人生会改写，潘金莲的人生会改写，武松的人生会改写，西门庆的人生也会改写。

13. 欲望冲昏了头

在漫漫人生路上，有的时候我们会迷失自我，西门庆也一样，在他的人生道路上也迷了路，仅仅为了色，仅仅为了偷情，居然要上升到害人的地步，脑子不清楚，被欲望冲昏了头。

被欲望冲昏了头脑，被王婆描述的美好前景迷惑，其实西门庆不知道，"偷着不如偷不着"。

西门庆为什么喜欢与潘金莲在一起的感觉呢？关键就在于刺激，有新鲜感，有一种偷人家东西、占人家便宜的感觉。

一旦偷情的氛围不在了，偷情演变成结婚，非法变成合法，味道可能就变了。曾经如胶似漆的两个人可能会同床异梦、形同陌路，遭遇七年之痒，到最后，"摸着你的手，就像左手摸右手"。

西门庆还顾不上想七年之痒，他已经被王婆忽悠晕了，王婆给他描绘出了未来的幸福生活，而代价仅仅是自家药店里的一包砒霜。

代价真的那么低吗？

当然不会，他的代价是巨大的，不止有一包砒霜，还有他的命。

人在走极端的时候容易把事情想得很简单，认为只要把这一关过了，剩下的事情就好办了。

其实不然，生活就是问题叠着问题，人的一生注定要在一个接一个问题中度过，生活永远有新问题在等着你。一旦有一天问题没了，或许就也到了生活结束的时候。

西门庆迫切想解决眼前的问题，他们认为把武大解决了，就没有人跟武松说这些事情了，他们也就安全了。

可惜啊，武松不是李逵，也不是武大，他做事有些粗线条，但他的智商很高。

在王婆的主持下，武大的生命被终结了。

王婆指挥潘金莲把砒霜当作白糖放进药碗里，从放进砒霜的那一刻起，潘金莲已经变了，她不再是那个渴望幸福的小女人，她变成了一个盲目追求幸福的怨女。怨女是可怜的，但可怜之人必有可恨之处。

潘金莲的可恨在于追求幸福却用错了方式，等待你的除了惩罚，还会是什么呢？

14. 血亲复仇是永远的主题

武松正在从开封回来的路上，此刻的他很开心。

在大城市开封，武松开了眼界，那里的房子比老家大，马路也比老家宽，喝酒的地方那么多，开封的姑娘也更时尚，大城市就是大城市，大城市自有大城市的气派。

虽然不能在这里常住，但来过了，看到了，开了眼界。

游玩时，武松想起了哥哥武大，如果哥哥也能来开封看看该多好啊！哥哥一辈子没出过远门，没到过比较大的城市，下次吧。等知县再让自己往开封送东西时，一定把大哥也带来，让他也见识一下大城市。

可惜，武松的愿望永远不可能实现了，永远，永远。

阳谷城中，一生憋屈的武大在憋屈中死去，他没能等到兄弟归来，他没有机会跟兄弟诉说心中的委屈，只能带着委屈离开，带着遗憾走远。

那个年代，法制不健全，血亲复仇是永远的主题，这一次主角轮到了武松。

王婆、潘金莲、西门庆在分头做后续工作。潘金莲做出痛不欲生的样子，王婆则在一边苦苦"劝说"，二人演技拙劣，破绽非常多，邻居们都知道此事有蹊跷，只是都不说破而已。

至于西门庆，更是非常弱智，居然亲自去做当地仵作（负责验尸的人）的工作，让人家睁一只眼闭一只眼，如果是"独眼龙"，那就全闭上。

此地无银三百两，隔壁阿二不曾偷。

出了这事躲都躲不及，他可倒好，主动出来告诉别人他跟这件事情有关系，武松不找你复仇找谁呢？

15. 武松的选择

武松带着兴奋回来了，他本来要把一路上的见闻讲与大哥听。没想到，听的人已经不在了，大嫂说，大哥害心口痛的病在前几天就去世了。

霹雳，晴天霹雳。

在以后的江湖中，无论是被人冤枉，还是被人追杀，再也没有任何事情让武松震惊，因为他在世上只有孤零零一个人了，再没有牵挂，什么事情都不足以让他留恋，什么事情也不足以让他震惊。

唯有哥哥的死，让他武松震惊、意外、诧异、疑惑。

在那个年月，老百姓的饮食结构简单，相对也健康，武大卖烧饼的工作压力也不大，发生猝死的概率很低。武松判断，武大不可能猝死，唯一的可能就是被人害了。

武大没有多少钱，谋财害命不可能，那么剩下的可能就出在了潘金莲的身上，可能是武大挡了她追求幸福的路。

武松当过都头，见识过县令审案，他清楚地知道，杀害武大的就是潘金莲和西门庆。

原本武松也想通过法律的途径为哥哥复仇。

武松先找到了当时负责验尸的仵作，从那里他得到了武大发黑的骨头以及当时西门庆贿赂仵作的经过，接着武松找到当时跟着武大去捉奸的郓哥，两人一起去找知县举报。

武松以为有这些就足够了。知县说，不够，远远不够。

知县对武松说，眼下还没有形成完整的证据链，没有证据链就谈不上谋杀，你说人家谋杀，证据在哪里，光有证人证言是不够的，还要有证据。

武松本不想直接血亲复仇，但事情到了这一步，陷入了死局。此事想要有个说法，还得靠自己。

人啊，都是被逼出来的。武松只能自己动手了。

武松请了几个街坊做见证，说好了都不能走，不然武松的拳头和刀子不认人。在武松的审讯下，潘金莲和王婆很快就撂了，撂得很彻底。武松开始了自己血亲复仇的第一步，手起刀落，潘金莲被他送下去陪武大了。

16. 知县的判决

潘金莲的悲剧是继阎婆惜后的又一个悲剧，之后还有潘巧云的悲剧。

她走后，西门庆的悲剧也注定了，因为对手是武松。

武松没有费多少气力就把西门庆砍了，这跟鲁智深打镇关西一样，不是一个数量级的，职业打业余，没得打。

武松是个坦荡的人，他跟早期的杨志一样，选择了投案自首，好汉做事好汉当，这比当年的宋江高尚得多。上了梁山以后，宋江还埋怨武松，兄弟你当初为什么不一走了之呢？

同样是在梁山落草的人，做人的差距咋就那么大呢？

武松把潘金莲和西门庆拿下，已经完成了心愿，血亲复仇的使命结束，个人是生是死，武松已然不在乎了。

施耐庵为什么要给这个人起名叫武松呢？就是为了让这个人具备松树的品格，坚实挺拔，刚直不阿，武松人如其名，做到了。

武松从容不迫地把西门庆和潘金莲以及王婆带到了公堂之上，此时的西门和金莲已经是死人了，而王婆是半死，吓的。

西门庆已死，干扰官府审案的人不在了，知县便没有贪赃枉法的理由了，以前收红包只有他和西门庆两个人知道，现在可以踏踏实实做个好官了。

再则武松对县令是有功的，辛辛苦苦把银子安全送到了开封，在这个强盗随时有可能出没的时代多不容易啊，有多少个晁盖在路上等着劫生辰纲，有多少个李忠和周通等着下山干一票，还有多少个王英准备下山劫个色。

在知县的主持下，武松的案件被定性为"武松因祭献亡兄武大，有嫂不容祭祀，因而相争，妇人将灵床推倒，救护亡兄神主，与嫂斗殴，一时杀死。此后西门庆因与本妇通奸，前来强护，因而斗殴，互相不伏，扭打至狮子桥边，以致斗杀身死"。这就是文字的艺术，往这边偏就是生，往另外一边偏便是死。

17. 如果没有景阳冈上那只老虎

武松实现了血亲复仇，现在他该承担法律后果了。还好，有知县为他开脱，再加上西门庆和潘金莲的民愤比较大，这样武松可以保住性命了。

当地的府尹也是个性情中人，知道武松是为兄报仇，为人忠义，没有收武松一分钱便主动为武松减轻刑罚。

世上的事情就是这样，你想要得到时怎么都得不到，没想得到的却有点莫名其妙地得到了。武松原本对官场已经失望，在这起官司里倒是看到了官场里的人性光芒。

杖四十，发配两千里，这已经算是个不错的结果了，给武松做证的那些人结局也不错，一律释放回家，继续安居乐业吧。

西门庆和潘金莲之外，最惨的就是王婆，一辈子处心积虑想攒点棺材本，最终棺材也没用上，被判了剐刑，成为《水浒传》中下场最惨的人。如果下辈子还有机会做人，还是好好做个人吧。

戴上了枷锁，走在街上，武松感觉一切都像在做梦。仅仅在半年之前，他还在这片土地上享受着英雄般的礼遇，如今，他成了戴枷锁的囚徒。什么荣耀，什么富贵，在岁月的洪流中都只是烟云。

武松与押解他的公差一起走上了发配之路，他们的目的地是孟州。孟州是什么样子，武松不知道，也不关心。未来在哪里，未来是什么样，你永远无法跑到前面去看一看，武松同样不能。

如果没有景阳冈上那只老虎，自己不会做上都头；如果自己不是都头，可能也不会离开武大那么长时间；如果不离开武大那么长时间，或许武大也不会死。世界上看起来不相关的事情，暗地里都有千丝万缕的联系，景阳冈上的老虎通过武松与武大产生了联系，也可以说是景阳冈上的老虎间接害死了武大，这就是"蝴蝶效应"。

现在的武松倒很坦然，回想起以前的事情，他觉得已经是很遥远了。

一个人的命运并不是自己能完全掌握的，命运跟周围环境有很大的关系。此时的武松想安安静静做个听话的囚犯，但社会的环境不允许他这么做，时代不允许他这么做，他是一个英雄，注定是要弄出点响声的。

第十辑 武松，你生错了朝代

01. 张青和孙二娘已经忘了人生的目的

安静的武松走到了不安静的十字坡，武松不会安静了。

十字坡离孟州城只有一里路，按理说就在众多官差的眼皮底下，应该是个太平之地，然而就是这个地方，不知道放倒了多少人。如果不是禅杖非同一般，鲁智深会在这里稀里糊涂地结束人生；如果不是武松机警，打虎英雄武松可能也在这里结束自己的人生。

人的一生太短暂了，尤其是遇到菜园子张青和孙二娘之后。

《水浒传》中有三对夫妇，分别是张青夫妇、王英夫妇和顾大嫂夫妇，三对夫妇有一个共同特点——妻子比丈夫出色。从战斗力而言，张青打不过孙二娘，王英打不过扈三娘，孙新也打不过顾大嫂，但没有办法，要给丈夫面子，她们只能排在丈夫的身后。

菜园子张青是个本事低微的人，最后死于征方腊的乱军之中，属于典型的小角色。他的媳妇孙二娘死于有名有姓的杜微飞刀之下，而他只能死于乱军之中，看来他就是开菜园的命，靠媳妇帮忙勉强开开黑店还行，想把黑店开到方腊的地盘，门都没有。

张青早年间就是个种菜的，鲁智深在大相国寺里也种过菜，二人在结拜后还探讨过种菜经验，至于在二龙山上有没有研究过种菜新法就不得而知了。

张青起初只是开菜园，后来因为与人发生口角杀了人，跑路后盘缠全无，只能去劫道。对于过路的壮年男子，张青不敢动手，专拣老头下手，结果还是栽了，因为他遇上了同行。老头是个老劫道的，老头就是孙二娘的父亲。再后来，老劫道的看张青挺有潜质，就收张青做了女婿。

谁说同行是冤家，同行还能成翁婿呢。

在十字坡这个人来人往的地方，张青和孙二娘每天重复着他们的黑店人生，他们不知道这种日子什么时候是个头。每一次得手，他们都有一阵喜悦的冲动，到后来他们已经忘记了，到底是为了钱开黑店，还是为了得手后的冲动开黑店。

02. 武松读懂了孙二娘的眼神

武松进店时，孙二娘在独自看店，她早就能独当一面，她的丈夫张青平时给她打打下手，买买青菜，店里肉有得是，缺的就是青菜。

武松一进来，孙二娘便很喜欢，武松的个头大，这要是得手了，能做多少肉包子啊！孙二娘看人是用肉包子来衡量的，像时迁那种干瘪瘦小的，她连看都不看，因为根本做不了几个包子。等到上梁山后见到大高个郁保四，孙二娘很喜欢，因为她看到了很多包子，有几次她下意识地想往郁保四的酒杯里放迷药，一瞬间醒悟过来，已经不开黑店了，要那么多肉包子做什么用呢？

武松在江湖上闯荡多年，他知道这种城乡接合部的饭店最容易出问题。城里的饭店靠规矩，乡下的饭店靠淳朴，城乡接合部的饭店不上不下，这样的饭店更要小心。

突然，武松看到老板娘看自己的火辣眼神，那不是正常的眼神，也不是男欢女爱的眼神，那眼神中分明带着贪婪。武松读懂了孙二娘贪婪的眼神。"要小心了。"武松在内心里提醒自己。

当孙二娘把土酒端上桌的时候，武松断定这是一家黑店，他是懂酒的人，土酒品起来味道一般，但武松分明看出这土酒添加了东西，不是迷药又是什么呢?

武松的这个本领让他骄傲一生,凭借这个本领他从来没有着过黑店的道。为此,鲁智深天天缠着他要学习辨别酒的方法,直到鲁智深跟武松喝了无数顿酒之后,武松才教给他这个不可外传的诀窍。

武松是个好事的人,他没有当场揭穿,等着看后面的好戏。

03. 人生的事,永远都说不清

孙二娘以为武松已经被药倒了,这样武松的结局就是肉馅,她没有想到,武松还清醒着,只不过等着要看她的笑话而已。

武松发作了,孙二娘自然抵挡不住,武松打孙二娘的过程有些戏谑,甚至有些香艳。这恐怕是武松第一次近距离接触女人,不知道搏斗中的武松是否有一种"闻香识女人"的感觉。

孙二娘的本事跟武松相比差太远,她丈夫本事更加低微。看见武松正在打自己的媳妇,张青自然而然跪了下来,媳妇都打不过人家,自己更加没有指望了。话说男儿膝下有黄金,张青你哪怕象征性地支应两招啊,结果一招都没有,上来就是一跪。

武松见不得人跪,人家一跪他就心软了。武松感觉有些心酸,他想起了自己的兄长武大,男人跪吧跪吧不是罪,那就起来吧。

世界是平的,江湖是相连的,武松的那些往事张青都听说过,这一下就拉近了两者的距离。同是天涯沦落人,相见何必曾相识。

武松一下子多了两个朋友,一个是张青,一个是孙二娘,尤其是孙二娘,让武松一生都很欣慰。

大嫂就是用来敬重的,孙二娘就是这样值得敬重的大嫂。武松不免有些感慨,同样是嫂子,给人的感觉截然不同,相同的是身份,不同的是人品,如果自家的亲嫂子能像孙二娘一样通情达理,何至于发生那些悲剧?

原本张青主张把两个官差收拾了,大家一起上二龙山入伙。但武松对入伙并不感兴趣,自己曾经是个都头,入伙这种事似乎不太适合自己,况且结义大哥宋江曾告诫过自己：踏踏实实做人，争取为朝廷效力。

入伙，还是算了吧。

入伙在武松看来没有诱惑力，他没有想到，不久之后他还是要上山入伙。

世上的事，你永远都说不清。

04. 从包子到打手，其实只有一里地的距离

武松选择堂堂正正做个囚犯，这样做他可以心安。

人就是这样，如果真的犯了错，那就坦然面对，与其东躲西藏、提心吊胆地过日子，还不如接受惩罚，至少落一个心安。躲藏即使可以暂时逃过法律的惩罚，但终究逃脱不了良心的惩罚。

武松进到牢营，遇到跟林冲、宋江一样的情况，管营房的人堂而皇之过来要钱。武松不是林冲，也不是宋江，林冲处处隐忍，宋江见风使舵，武松则是个吃软不吃硬的人，别人若是好声好气跟他要钱，他可能很大方地给了，如果跟他硬要，他坚决不给。

管事的差拨没见过这样牛脾气的犯人，差拨很生气，银子没要着，面子也没有了，憋了一肚子气走了。

此时的武松还不知道，他已经从孙二娘眼中的包子变成了另外一个人眼中的打手。现在的武松不是一个囚犯，而是一个值得重用的打手。

从包子到打手，其实只有一里地的距离。

武松在见管营的时候很嚣张，但他还是被免打一百杀威棒，狱友们认为事情有些反常，武松可能麻烦大了，各种酷刑都有可能加到他的身上。

酷刑如果说给别人听，别人可能被吓倒，但眼前这个人是武松，他曾经心有波涛与老虎生死相搏，如今经历了人生的大起大落，早已心如止水。

既然暴风雨的来临已经不可避免，那么就让暴风雨来得更猛烈些吧。

05. 到底谁是官差，谁是囚犯

武松已经做好受酷刑的准备，但是等了几天，酷刑还是没有来。

每天都有人给武松送菜送饭，这些饭菜是囚犯们想了好几年都吃不上的，而武松天天这么吃。监狱的规矩一般是在犯人"上路"前安排一顿好的，天天这么吃，这算唱的哪一出啊？

挨刀子不怕，怕的是不知道什么时候刀子落下，始终提着心让人很难受。

武松在忐忑不安中过了几天，在这几天中，他甚至还被换到了单间牢房，单间牢房可比大开间的牢房舒服多了。武松甚至怀疑这是在坐牢吗，这样下去自己还能实现劳动改造吗？

至于白天，那更舒服了，武松甚至可以洗了澡，然后自己找个凉快的地方待着，看其他囚犯在烈日下劳动。武松仿佛回到了当都头的日子，坐牢能坐到这个程度，武松有点摸不着头脑。

人最怕被蒙在鼓里，武松也是，他不怕老虎，但他怕糊里糊涂。尽管宋江曾经跟他说，难得糊涂，但武松觉得，做人还是清醒一点好，毕竟是个囚犯，总是享受来路不明的待遇，这也不是个事啊。

武松忍不住发问了，这一问还真问出了门道。送饭的人是管营家的仆人，是管营让他来给武松送饭的，管营吩咐，先给武松好吃好喝养半年，之前不打武松杀威棒是管营儿子的主意。

不打杀威棒，好吃好喝管半年，武松不知道为什么会有这样的待遇，难道管营父子是自己的粉丝？不能够啊，老家离这里两千多里，自己也不是宋江，哪有那么大的知名度。

不行，不能当闷葫芦，得问个清楚。

神秘的管营儿子出现了，他叫作施恩，外号叫金眼彪，长得挺凶，自称学过点武艺，但武艺肯定马马虎虎，不然不会被人打得两个月下不来床。

施恩给武松行了一个大礼，这下把武松弄糊涂了，到底谁是官差，谁是囚犯呢？

06. 老虎是用来打的

该轮到金眼彪施恩出场了，不客气地说，他对不起自己的绰号。

金眼彪是什么意思，我小时候读《水浒传》理解不了，我以为金眼彪就是眼睛有点问题，长得比较凶悍而已。

后来我发现有一个成语，"虎生三子，必有一彪"，在这里，彪是出色的虎子的意思，那么金眼彪就是长着金色眼睛的出色老虎。只是不知道他是东北虎还是华南虎。

施恩金眼彪的称号出现在蒋门神之前，在当时人们看来，施恩已经是狠角色了，是出色的老虎；等到蒋门神来了，蒋门神就成了横行霸道的大老虎；等到武松来了人们才知道，什么样的大老虎在武松手里都是用来打的。

如果用今天的眼光来看，施恩也不是什么好货，他所经营的快活林说白了就是一个大型市场，施恩自说自话在这个市场收取管理费，只要在快活林做生意，都要向施恩交管理费。

武松就是替这样的人出头，为这样的人卖命，这让武松的形象打了一个大大的折扣。

后来无论是在二龙山，还是在梁山，武松与施恩的关系都是淡淡的，因为建立在利益之上的关系都是不牢靠的。

07. 武松，你生错了朝代

施恩本来叫作金眼彪，蒋门神来了之后，金眼彪就成了金眼猫，而且是只病猫，蒋门神一出手就把施恩打得两个月下不了床，而蒋门神跟武松却连几招都过不去。由此可见，施恩的武艺跟孔明、孔亮有得一拼，低微得一塌糊涂。

后来在梁山上，施恩也没有什么作为，一是因为本事低微，二是因为没有靠山，在征方腊的战役中落水身亡。

一个曾经在当地不可一世的强人，到梁山后只是微不足道的地煞将领，最终黯淡收场。这像极了很多人的人生，小时候在家乡名声很大，活在令人眩晕的光环之中，长大后才发现，原来世界如此之大，自己不过是大千世界里最普通的那一个，人一般到了这个时候会非常痛苦，为什么儿时的自己那么优秀，现在的自己却如此平凡。

关键在于舞台不一样了，上天给予你舞台，但扮演什么角色，却不是你个人能够完全决定的，比如晁盖和宋江。宋江没有上山的时候，晁盖是说一不二的老大；宋江上山之后，晁盖就得扮演被架空的老大。宋江自身何尝不是如此，尽管他当过梁山的老大，但他在宋朝的官场处处碰壁。人生舞台上，属于你的那部分剧本并不完全由你掌握。

现在施恩苦苦等待的超级打手终于出现了，这个人就是武松，不过武松似乎还是个病武松，他还有当年打虎的状态吗？

在一般人看来，武松是个头脑简单的人，但实际上，武松是个聪明人，同样也是一个善于包装自己的人。当施恩质疑武松是否还有当年打虎的状态时，武松的表情很轻松，他轻描淡写地说，当年打虎是在生了三个月的疟疾之后而且还喝醉了酒。言外之意是，如果没有生疟疾，如果没有喝醉酒，景阳冈上的老虎可能都被武松打绝迹了。

施恩还是有点不信，此一时彼一时，现在的武松还能等同于过去的武松吗？这是一个具有辩证法的思考。

武松看出施恩的怀疑，他知道该到证明自己的时候了。

武松来到了前几天已经观察好的插旗石面前，这块石头是用来插旗的，大约有五百斤，这块石头成了武松证明自己的工具。

武松轻松抱起了这块石头，然后向天空中用力抛了一丈多高，如果按照力学的原理以及人体工学的原理推算，目前世界上最高重量级的举重选手可能都不是武松的对手。

08. 有多少利益纠缠是以结拜之名

武松将石头抛向了空中，然后他又轻松接住。

施恩看到眼前的这个人确实是个理想的复仇打手，他等这一天等了好久，他要拿回属于自己的东西。蒋门神，我金眼彪要发飙了，我要告诉你，金眼彪的彪不是东北话中彪的意思，金眼彪的彪是出色老虎，现在该轮到老虎发飙了。

如果就这么让武松去帮自己复仇，还有点名不正言不顺，还有临阵反水的可能，得弄点枷锁给武松戴上，这个枷锁就是结拜。

大家不要以为古时候的结拜有多神圣，事实上，有多少利益纠缠是以结拜为名。施恩为了让武松死心塌地地为自己复仇，采用的招数就是结拜。

再来看施恩以前做的那些事，仔细研究会发现，快活林实际上跟施恩一点关系都没有。他在那里只是开了一个强买强卖的酒肉店，每天把酒肉定点往快活林里的酒店和赌场里送，说白了就是垄断了快活林里的酒肉市场，实行施恩专卖，这样一个月下来纯收入能达到三百两银子，一本万利的买卖。

名不正则言不顺，施恩知道自己的买卖其实也见不得光，所以要用结拜拴住武松，只要头磕地上了，武松你就是我大哥了，兄弟的事就是你的事，兄弟让你帮忙你还能不帮吗？

想想武松一生的结拜也挺悲哀，跟宋江结拜本来他很激动，后来上了梁山才知道，宋江经常跟别人结拜；跟张青结拜他原来也很激动，最后发现，张青结拜的目的不单纯，他经常跟人吹牛，"武松是我兄弟"。

这次结拜后，武松也不快乐，因为施恩到处说，"武松是我大哥"。

09. 强者的最高境界就是从来不研究对手

既然成了人家的大哥，就得给兄弟办事了，这是规矩，不然你怎么当人家大哥？好吧，就把蒋门神当老虎打吧。

武松走上了帮施恩复仇的道路，前方的道路上会有什么艰难险阻，蒋门神到底是个什么样的人，他从来不去想，因为他是一个从来不考虑对手是谁的人，这是一种强者心态。强者的最高境界就是从来不研究对手，而自己的招数任由对手研究，这是一种英雄底气，没有一个对手值得放在眼里，包括那个所谓的蒋门神。

当年打虎的时候，武松是在号称"三碗不过冈"的酒店喝的酒，所以"三"就成了他的幸运数字，酒就要三碗三碗地喝，饭要三碗三碗地吃，从牢房到快活林，每个酒店都要喝三碗，这样才能把幸运进行到底。

从牢房到快活林总共有十二个酒店，差不多隔一里一个，这说明当地经济比较发达，要不然，哪来那么多小酒店。

武松前面走，施恩的手下挑着下酒菜在后面跟着，每到一个酒店，武松喝三碗酒吃两口菜，然后到下个酒店接着喝。这就是排场啊，走到哪儿喝到哪儿，后面还有人挑着下酒菜。后来在二龙山上，鲁智深听说后，不止一次叹息，"如果我也能进每个酒店都喝三碗，该多好呢？"

等到武松来到快活林时，已经有点醉意了，不过头脑还是清醒的，他知道此行的目的就是找碴打架，然后赶走蒋门神。

10. 在那一刻，武松灵魂附体

武松借口酒水质量不好开始找碴，快活林的伙计以及蒋门神的小妾都上当了，他们纷纷跳了起来。

冲动是魔鬼，人家就是来找碴的，就怕你们不生气。

双方冲突了起来，武松借着酒劲，非常没有风度地把蒋门神的小妾扔进了酒缸，剩下的几个伙计被武松打得满地找牙。有腿脚快的跑去通知了蒋门神，现在该轮到蒋门神出场了。

蒋门神一出场就顶着酒囊饭袋的帽子出来，他已经被酒色掏空了身体，这样的身体条件，怎么跟武松对决呢？

要说蒋门神也是生不逢时，出现的也不是地方，如果他能够早点遇上刘唐这个老乡（他和刘唐都是东潞州人），如果他能够早点遇到疯狂拉下线的宋江，那么他很有希望在梁山坐一把交椅，只可惜他没有遇到宋江，而武松又不是一个喜欢拉下线的人。

武松用他的绝招"玉环步鸳鸯脚"两下就制服了蒋门神，这个身高海拔远在武松之上的人一下子就屈服在武松的面前，这只能说明武松的武功太高强了，绝招太妖了。

数百年后，有一个电视剧里的人物学会了一招功夫，这一招成了整个80年代的经典记忆，电视剧人物叫陈真，绝招叫"连环腿"，跟武松的绝招非常相似。

当陈真使出连环腿的时候，他不是一个人，在那一时刻，武松灵魂附体。

11. 高太尉级的"见一次打一次"

打人只是手段，而不是目的，武松清楚记得此行的目的，那就是惩罚一下蒋门神这样胆大的，敲打一下另外那些蠢蠢欲动的，把蒋门神从一个霸占别人财产的恶霸改造成一个安分守己的人。

表面上看，武松达到了目的，在这一点上，武松比鲁智深聪明得多，既惩罚了坏人、伸张了正义，自己也不摊上官司。

鲁智深跟武松探讨过很多次。鲁智深说，我也是这个目的啊，而且我也只打了三拳，你打的拳还比我多呢。经过了几个夜晚冥思苦想，鲁智深想明白了，原来区别就在于蒋门神比郑屠户扛打。

为此，鲁智深感慨了很多天。

蒋门神将酒店的产权归还给了施恩，另外他还通知快活林里的各方人物说，以后这里的老大不姓蒋了，姓施。

做完这一切，蒋门神在武松的监督下乖乖地离开了快活林，临走时，武松警告说，不准再回来，否则见一次打一次。

蒋门神摸着被打肿的双颊，心里倒是有点安慰，再怎么说，自己以后遇到武松的待遇也是高太尉级的，"见一次打一次"。唉，人家高太尉能顶着这个待遇从社会底层混成殿帅府高官，我啥时能有这个命呢？

12. 施恩不过是半斤八两

在武松的帮助下，施恩终于拿回了属于自己的酒店，这时他感觉自己的眼睛更亮了，镜子里的自己更加自信了，快活林的商户们越看施恩越像一只真正的老虎了，这就是金眼彪啊。

施恩这种人啊，得用四个字形容，"狐假虎威"，真正的老虎是武松，他只不过是老虎身边的那只狐狸，要不你改名叫金眼狐算了。

看在你跟施老爷子同姓的分上，还是继续当你的金眼彪吧。

看演出是要付费的，看现场真人秀更是要付费的，快活林的商户本以为武松打蒋门神是一场免费的真人秀。但很快他们发现，原来这场真人秀是要付费的，而且费用还挺高。

施恩拿回酒店后，他卖的酒和肉比蒋门神还贵几成，爱买不买，反正我大哥武松就在城里住着。快活林的商户们加倍给施恩送钱，实际上一份是给施恩的，一份则是给武松的，一拳能打死一只老虎的人，你惹得起吗？商户们总会在夜深人静的时候想起蒋门神，蒋哥，你在哪儿啊，你还会回来吗？

蒋门神正在酝酿归来，一个巨大的阴谋正在向武松袭来，而武松对这一切一无所知。

不能怪武松，要怪就得怪施恩这个人头脑过于简单。你明明知道蒋门神是管驻军的张都监带过来的，还不知道他们属于一个利益集团？表面上，施恩断的是蒋门神的财路，实际上断的是张都监的财路。施恩连这一点都想不明白，难怪后来就稀里糊涂死在江南的水中。

张都监派人来请武松，施恩也没有办法，张都监是施恩老爸的顶头上司，官大一级压死人，他爸都得罪不起，他就更得罪不起了。

武松不知道前面等待自己的是什么，他只能使用自己的老办法，"走自己的路，让别人打的去吧"。

武松不知道前面已经有一张无形的大网向他撒来，他不知道，他已经慢慢走进了网中央，在网中央他似乎还看到了前程似锦，他似乎还看到了荣华富贵，然而这些都是靠不住的，因为这些只是诱饵而已。

武松没有选择，他没有人生规划，只能得过且过，留在张都监的身边当一个亲信，似乎这也是个不错的选择。

这可是别人可望而求不得的位置啊，然而这个位置又能坐多久呢？

13. 看的还是同一个月亮，不同的是看月亮的海拔

武松用行动证明，自己挺适合在官场混的。

首先他有官相，浓眉大眼，相貌堂堂。再则他是个机灵的人，见人说人话，见鬼说鬼话，因此在张都监面前他一样吃得开，没事递个小话，敲个边鼓也是一把好手，上上下下找他帮忙办事的人也比较多，别人给他私下塞的钱也都一一收下了，都收在一个箱子里面。

宋朝的官场如此，好人武松也只能跟着胡来了。

还好，不久以后，张都监毅然决然地结束了武松的胡来。

又是八月十五，距离史进与三个强盗一起赏月已经过去了几个年头，此时的史进还是跟那三个强盗兄弟在一起赏月，看的还是同一个月亮，不同的是看月亮的海拔。那一年一起看月亮是在山脚下的史家庄，如今看月亮是在少华山的山顶上。月光皎洁如水，一阵山风吹来，史进紧了紧衣服，此时他明白了，什么叫高处不胜寒。他的思绪飞往了遥远的西北，师父王进又在哪里看着这轮明月呢？

武松没有刻骨铭心思念的人，最亲的大哥已经走了，结义的大哥无论是宋江还是张青，说到底都是泛泛之交，至于施恩这个小弟，人倒是不错，就是有点黑社会习气。

看着张都监一家其乐融融一起赏月，武松知趣地准备退下，张都监却邀请他一起赏月，而且做主把家里的一个丫鬟玉兰许配给武松。

武松的心情比在阳谷县当都头还要好，人生至此，夫复何求。

张都监看着武松感慨良多，眼前这个人自己也很需要，可惜他挡了财路。

武松可以听命于张都监，但让武松去跟施恩抢快活林，武松肯定不会从命，那就只能牺牲武松了，让蒋门神回来继续管理快活林。

说到底张都监只是一介武夫，眼光只在孟州这个小地方徘徊，不就是快活林吗？在孟州再开一家又如何，让武松到全国各地给你开快活林又如何，一家变两家，两家变四家，四家变八家，八家变十六家，等到变到三十二家的时候快活林就可以上市了。

可惜，你是个老粗，根本不懂这些，你的眼中只有那个每个月能赚三百两银子的快活林。三百两，都不够林冲买一把刀。

说白了，都是穷闹的，张都监也是个苦孩子出身，没见过什么钱。

14. 人生何处不是围城

武松一辈子没读过多少书，也不懂得多少成语，能说上来的成语不超过十个，"武松打虎"勉强算一个，"替天行道"是后来宋江教给他的，张都监也教给他一个，让他记了一辈子，这个成语写起来很简单，四个字，栽赃陷害。

当阴谋的大网悄然张开的时候，武松还在睡梦之中。他梦见自己青云直上；梦见自己娶了玉兰然后有了小武松；梦见自己为大宋建功立业，迎着风挺立在红色的"武"字帅旗下。

在梦中，只是在梦中。

梦中的美好很快被现实中的呼喊冲散了，迷迷糊糊的武松听到有人喊"抓贼"，武松条件反射一般冲了出去，他要去抓贼，贼在哪里呢？

玉兰出现在武松面前，她告诉武松有个贼人进了后花园。

玉兰口中说的贼人，或许是存在的，负责当诱饵引武松上钩，从这个角度而言，玉兰对武松被陷害一事可能毫不知情，但最后还是死在武松的刀下。

武松在后花园搜寻贼人的时候，人家在他背后张开的网准备收网了。武松一无所获，正准备走出花园的时候，收网行动开始，"武松你被捕了"。

15. 人生就是一出戏

武松还没有看透这个局，他以为只是个误会。

误会？也只有你武松把这当成误会，人家等这一天等了好几个月了，等的就是给你背上监守自盗的黑锅。

武松不停喊冤，但人家早有准备，押着他进了他的房间，打开了他的箱子。箱子一开，武松傻眼了，里面除了衣服外，还有金银酒器和一二百两银子。金银酒器是张都监府里的财物，那一二百两银子是武松接受别人的贿赂，应该属于武松的灰色收入，不应该计入此次的案值。

直到这时，武松才知道，有些利益联盟是不可能打破的。

武松原本指望通过好好表现进入张都监的利益联盟，取代蒋门神的位置，直到现在他才发现，张都监他们盘根错节的关系已经形成，想分已经分不开了。

张都监与蒋门神已经勾结多年，彼此知根知底，这注定他只会信任蒋门神，而不会信任新人武松。

锅已经给武松背上了，剩下的事情就是走司法程序了。

走司法程序也是假象，张都监想把司法当成自己的家法，他联络好了当地的知府，准备象征性地走一下司法程序，如果能在监狱中将武松悄无声息除掉，这事就算过去了。

如果司法程序真的已经腐败到了这种程度，那么这个王朝也就到头了。好在每个朝代，即使是最腐朽的朝代，也会有一批品格高尚、坚持原则的人。

武松的运气不错，他遇上的办案人员非常有原则。一位姓叶的办案人员熟读大宋律例，知道偷人钱财罪不至死，现在有人非要武松死，那么里面一定有问题。

仅仅一个办案人员坚持原则是不够的，还得合理利用规则，只有利用好规则才能获得最终的胜利。

负责办理武松案的叶孔目就是一个懂得利用规则的人，他貌似不经意地挑起贪官与贪官的斗争。

叶孔目跟知府说："张都监可是收了大银子的，如果有一天案子发了，银子是人家的，黑锅是你的？"

当官的连头盔都不愿意戴，又有谁愿意背黑锅呢？

在贪官与贪官内斗的缝隙里，武松逃过了死罪。

按盗窃处理，发配恩州。

16. 从金眼彪到金眼猫，原来就是一顿打的距离

经历了人生起起落落的武松此时对官府彻底失去了信心，他知道自己此生与官府无缘了。

在武松坐牢期间，施恩前前后后来了好多趟，后来张都监的眼线发现了施恩，施恩就再也进不了大牢了。等到武松要发配到恩州时，施恩出现了，金眼彪又变成了带着黑眼圈的金眼猫。

蒋门神又回来了，又把施恩从金眼彪打成了金眼猫，这时施恩才彻底明白，从金眼彪到金眼猫原来就是一顿打的距离。

这时候，快活林的人们已经彻底厌倦了施恩与蒋门神的真人秀，这两人实在太烦人了。先是蒋门神把施恩打一顿，之后施恩找武松帮忙把蒋门神打一顿，再后来蒋门神又把施恩打一顿，短短几个月的时间已经有三场真人秀上演。最开始大家很兴奋，后来就平淡了，最后就是麻木了。

打来打去，不过是决出谁是最坏的恶人，对于快活林的商户来说，最惨的时候不是真人秀上演之时，而是真人秀上演之后。每次真人秀都会引起快活林的物价飞涨，说到底，快活林的人得给一场一场的真人秀买单。

武松看着已经变成金眼猫的施恩，心里知道，这孩子是扶不上墙了。

人就是这样，不能勉强他做不能胜任的事情。施恩如果安心做一个小管营还是很从容的，可他非要做快活林的老大，非要当金眼彪，结果一次又一次从金眼彪变成金眼猫，命啊，运啊。

17. 飞云浦，一个非常有诗意的名字

施恩的本事低微，他能做的就是提醒武松路上小心，而武松从小就是混不吝，他从不研究对手，至于前方有怎样的凶险他从不担心，该来的总会来，挡不住的。

武松已经不是那个对官府抱有幻想的武松，他知道别人对他的报复还没有结束，既然报复无法避免，那么就要直接面对。

在报复来临之前，武松做了充足准备，他很享受地把施恩送来的两只烧鹅吃掉了，补充好体能，恶战马上要来了。

张都监和蒋门神还是低估了武松，着实不应该。

张都监跟武松相处了几个月，按说对武松的功夫了如指掌，蒋门神也跟武松交过手，受过一顿毒打，也应该知道武松的功夫有多高。对付这个武功高强、赤手空拳能打死老虎的人，他们居然只派了四个人，太小看武松了。

飞云浦，一个非常有诗意的名字，一个让小时候的我非常向往的地方，每每去到有山有水的地方，我总是在想，莫非这就是传说中的飞云浦？

武松在飞云浦与官府决裂，可惜的是这一场打斗根本不在一个数量级上。以武松的武功，至少可以打四个地煞级的头领，遇上孔明、孔亮那种三脚猫那就不知道可以打多少个了。

这一次打斗，张都监派出的人手实在太少，一个武松打四个三脚猫，太欺负人了，比林冲火并王伦都欺负人，根本没法打。

武松砍掉四个人还不过瘾，索性回到城里复仇。

张都监啊，低估了武松，害了自己，如果要写临终感言的话，就写一句吧，"千万不要低估武松"。

18. 大开杀戒

怀着强烈的复仇之心，武松回到了孟州城，这座城市曾经给过他希望，但现在给他的都是失望。在武松眼里，这个城里已经没有好人了，尤其是张都监一家，更是十足地该杀。

武松为人做事算得上一条好汉，然而这一次大开杀戒则是他一生的败笔。在这一次疯狂行动中，该杀的只有三人：张都监、张团练、蒋门神。

做人应该恩怨分明，那些不相干的人武松不应该跟人家过不去，更何况其中的大多数人跟武松一样，都是苦出身。

或许正是因为这次过于疯狂的杀戮，武松最后的结局有些缺憾，失去了一只胳膊，一个强悍的人从此成为残障人士，或许冥冥之中一切自有安排，或许是因为他之前无辜的杀戮太多。

在武松复仇行动中第一个倒霉的是马夫，当时他刚刚加完夜班，给府里的马加过夜的草料。

武松从后门进府直接来到了马夫的住处，目的是探听里面的消息。在这个过程中武松表现出言而无信的一面，开始诱骗人家说实话的时候说，"说实话，饶你不死"，等人家说完了，却又说，"却饶你不得"。

典型的言而无信。

回过头来想，以前的武松不是这样的，可能是跟宋江大哥学的，或者是在张都监折腾武松的过程中慢慢变的，总之人是会变的。

当武松把刀砍向第一个无辜的人的时候，武松已经变了，仇恨可以让一个人变得无比疯狂。

接下来倒霉的是两个小丫鬟，两个可怜的小丫鬟，两个穷苦人家出身的小丫鬟，被人使唤着忙活了半夜，最后却是被砍的结局。

19. 恶人的结局就是组团到地狱报到

轻轻的我来了，正如我轻轻地走了。

不带来一片云彩，只带来一把复仇的宝刀。

当张都监与张团练以及蒋门神三大恶人正在猜测武松的结局时，这个准确答案已经悄然出现在面前，他们猜测的答案本来是：A.武松早就死了；B.不死才怪呢；C.四个人砍他还能不死？

其实还有第四个答案，那就是：D.以上皆不是，武松还活着。

三大恶人就在眼前，武松举起了复仇的刀，当年打虎是在月光不甚明亮的光线下进行，现在的复仇在蜡烛的烘托下显得很有气氛。

当年打虎打得仓促，武松没有顾得上看老虎恐惧的眼神，只是在最后看到了老虎放大的瞳孔。这一次一切无比清晰，他看到了三人因害怕而变形的脸，原来恶人也会害怕。

一切恶人都是纸老虎，遇上武松这样的复仇者，三大恶人的结局就是组团到地狱报到。

一刀，两刀，三刀，四刀，复仇的感觉真好。

恶人原来是如此的弱不禁风，一挑三，就这样轻松地结束。

很难描述此时武松的心理，他在白墙上用恶人的血写下了"杀人者武松也"。后来在梁山上他经常提起这件事，提起的频率不亚于景阳冈上的那只虎，以致被梁山的一位好汉牢牢记住，并且活学活用，这个人就是张顺。

张顺在强迫安道全上山的过程中，也用了往墙上写字的手法，他杀了安道全相好的一家，然后在人家的白墙上写上"杀人者，安道全也"，语法结构与武松的一模一样。

到了这一步，武松的怨气应该消了，结果武松还是冲动了，他又改变了几个人的人生。其中一个无辜的女人叫作玉兰，一个本来会嫁给武松的人。

20. 因为一棵树长歪了，错过整片森林

　　玉兰在武松的冲动之下香消玉殒，玉兰到底有没有参与陷害武松的行动无处可考，但至少玉兰罪不至死。

　　武松手起刀落，倒下的是玉兰，在武松内心里倒下的则是他一生的幸福。

　　许久之后，武松在内心感慨为什么一直没有遇上好女子。

　　武松环视张都监府，体会到了人生如戏，戏如人生。

　　仅仅几个月前，这个府邸曾经给过自己温暖，给过自己希望，他甚至希望可以在这里终老一生，而现在，这里对自己来说就是地狱，自己来这里的目的是复仇。

　　世界上的事情就是这样，变化得太快，你时刻都得做好应对的准备。

　　短短一年的时间，武松经历了人生的起起浮浮，从柴进庄上混饭吃的不良青年，到景阳冈上的打虎英雄，从打虎英雄到威风凛凛的都头，从都头又到为兄复仇激情杀人的囚犯，从被发配的囚犯到施恩家里的高客，从高客到张都监身边的疑似红人，从疑似红人到被诬陷的囚犯，从被诬陷的囚犯又到了激情复仇的在逃人员。

　　一年的时间，武松在各种角色中快速切换，人生就是一出戏，武松你的戏也太多了。

　　快跑吧，在你还没有做好投案自首的准备之前，你能做的就是趁着夜色撒丫子快跑。

　　夜很长，也很黑。

　　复仇后的武松有些疲惫，双眼已经蒙眬，似乎找不到光明。等到走进树林里的古庙时，武松疲惫到了极点，上下眼皮在肉搏，武松一再提醒自己不能睡，不能睡，但还是睡了过去。

　　在睡梦里，武松梦到了自己血战沙场。

　　睡梦之外，武松又一次差点变成了包子。

第十一辑 每个人都有一部苦难史

01. 接着做好汉

睡梦中的武松被人用挠钩钩住，然后用绳子绑得结结实实。

一看他们绑绳子的老到手法，武松知道，坏了，可能遇上杀猪的了，这次经历给他一生留下了阴影。以至于后来在二龙山上，武松一见到曹正就浑身冒冷汗，因为曹正以前就是个杀猪的，而且绑猪的手法很熟练。

武松想了很多，早知如此，还不如去投案自首，然后痛痛快快在法场上高喊一声，"十八年后老子还是一条好汉"。

俗话说，多一个朋友多一条路，如果不是认识张青这个黑店老板，那么武松的结局还是变成包子。

幕后老板张青一露面，武松可以不做包子了，起来吧，接着做你的好汉。

绑武松的人就是张青手下的伙计，张青似乎是个善于避嫌的人，尽管经营黑店，但每次都不是他亲自动手，孙二娘可能动过手，但张青把自己撇得很干净。

武松当着张青四个伙计的面把自己在孟州的所作所为全部坦白，四个伙计冒了四身冷汗。武松单拳能打死老虎，一发起火就砍了十几个人，此人如果发作起来，咱们四个只能组团被打了。

还好，伙计是张青的伙计，打狗还得看主人，何况还是人。

武松听说四个伙计是因为赌钱没有本钱才做了作奸犯科的事，便很大方地从包袱里取了十两银子给了伙计们。张青一看武松赏了钱，自己不赏有点说不过去，便也拿出了二三两银子给了伙计们。

经此对比，武松的大方程度跟史进是一个级别的，张青跟李忠是一个级别的，也是个不爽利的人。

就在武松跟张青夫妇叙旧的时候，孟州城里炸了锅。官差们没费什么劲就锁定了凶手，墙上写着呢，"杀人者武松也"。

全城搜捕武松吧，抓住重重有赏，赏钱三千贯，跟林冲属于一个级别的，比鲁智深足足高两千贯，结果弄得鲁智深很郁闷，凭什么你值三只老虎的价钱，我就值一只老虎的价钱呢？

全城老百姓都在讨论武松的时候，有一个人打心眼儿里高兴。这个人就是金眼彪施恩，他是这次事件的最大受益者。

蒋门神没了，张都监和张团练也没了，快活林又姓施了。快活林的商户们再一次怨声载道，这一次又没看你的真人秀，凭什么又让我们买单啊？

金眼彪，金眼猫，这世界变化得太快，施家兄弟，你到底是彪啊，还是猫啊。施恩说：就当我是猫科动物吧。

02. 人生的起起伏伏，不由个人决定

施恩自然不希望武松被抓，而知府为了自己的乌纱帽一再强调限期破案，不然这个治安条件非得把有钱的大户都吓跑了，到时肯定会影响全州的经济。

海捕武松的文书下发到了村一级，这一下影响大了，经营黑店的张青也知道事情有点不妙了。

还是张青这个黑店经营者有忧患意识，他知道自己的黑店离孟州城太近，这种在猫鼻子底下当老鼠的日子实在太危险了，兄弟啊，风声紧，跑吧。

人生起起伏伏不由个人决定，在武松刚来孟州时，张青就建议武松干脆上二龙山找鲁智深落草，武松拒绝了，他宁可当一名安分守己的囚犯，也不愿意

上二龙山落草。

现在武松连一个囚犯都当不成了，他只能落草了。

张青一听武松愿意落草，火速写了一封推荐信，推荐武松上二龙山入伙。

实际上跟鲁智深这样的人打交道不用这些俗套，让武松带一壶酒，说是张青的兄弟就足够了。

鲁智深是什么人，他是一个可以为朋友两肋插刀的人，一个古道热肠的人。只要跟他喝一顿酒，武松就是他的兄弟了。鲁智深这样的老大最容易交往，适合当草创时代的老板，但不适合当家大业大时代的老板。

每个人的素质有差异，以张青的素质就只能开个菜园子经营个黑店，让他多干一点，他就有些力不从心。

03. 管得太宽，容易伤着无辜

对于武松来说，这是一个值得纪念的时刻，在这个时刻，他完成了从一个莽撞青年到扮相稳重的行者的转变。

从此之后，武松的手上多了两把戒刀，这两把戒刀是由雪花镔铁打造，估计造价远远在鲁智深的禅杖之上。

打扮妥当的武松以全新形象出现，他的造型设计师是孙二娘。

张青夫妇在与武松告别的时候表示，过不了多久就会上山入伙，说明他们的黑店快开不下去了，所以有此打算。

武松跟宋江一样，都有个坏习惯，那就是喜欢赶路，这样的问题是经常错过客栈，最后只能在荒郊野外随便对付一宿。

武松赶路来到了一个山冈上，山冈上有十几间草屋，其中一间草屋里有个道士正搂着个年轻女子在看月亮。这可把武松气坏了，身为出家人，怎么能做这样的事呢？

武松很愤怒，他想拿这个道士试刀。

武松有什么资格谴责人家呢？他又不是道德警察，这只能说明他确实是一个管得很宽的人。有的时候管得太宽不一定是好事，容易伤着无辜百姓，这一次武松就伤及无辜了。

倒霉的是来开门的道童，道童就说了一句："半夜三更，砸我们的门做什么？"

道童就这样被武松试了刀，没有一点点防备。

与武松对打的王先生也有两下子，双手使双剑跟武松斗了十数个回合，其武功远在孔明、孔亮之上。

如果王先生遇上宋江，顶多把抢来的年轻女子放了，然后跟着宋江上山当头领，不巧他遇上的是武松，一个看见不平事就压不住火的人。

04. 你有两个选择

王先生还是倒下了，因为遇到的是武松，不倒下是不正常的。

砍了王先生之后，武松把里面的年轻女子叫了出来，如果按照在张都监府上的做法以及刚才砍道童的冲动，年轻女子就没命了。

这一次武松倒是很有风度，他详细询问了年轻女子的情况，让年轻女子收拾了一包金银下山去了。

不知道在多年以后，年轻女子不再年轻的时候，她是否还记得曾经有个虎面行者解救过她，不知道她是否会跟她的后人讲起那个不平静的夜晚。

武松继续赶路，到了吃饭的时候，他进了一家村级小饭店，这个酒店里只有档次很低的酒，连肉都没有。

天有些寒冷，武松要了一壶酒来喝。

武松的酒德着实令人不敢恭维。不喝酒时还彬彬有礼，一喝上酒，就找不着北了。一开始，酒店的小二就告诉武松本店没有肉了，武松表示接受，等到喝到有醉意时，武松又开始找碴问人家为什么没肉。

人就是怕对比，如果孔亮没有出现，武松还能安心把酒喝完，孔亮出现之后，武松心里不平衡了。

孔亮喝的酒是好酒，吃的肉是牛肉，另外还有熟鸡。武松愤愤不平了，如同沙漠里快要渴死的人偏偏看到身边的人悠然喝着矿泉水。

不过武松忽略了一点，这些酒和肉其实都是孔亮自己带过来的，武松却误以为好酒和好肉都是酒店为孔亮预留的。

天大的误会。要怪只能怪武松被酒精烧昏了头脑，头脑发热。

05. 在武松的面前，孔亮是只死老虎

如果没有这顿酒，武松可能还不会加深与宋江的友谊；如果没有这顿酒，孔亮可能依然在他的地盘上实行"我的地盘听我的"。

武松受了熟鸡和牛肉的刺激后有些抓狂，他把气撒在了店老板身上，在店老板反驳他的时候，武松居然打了老板一个耳光。

孔亮挺身而出，因为这是他的地盘。

有时候我一直在想，上梁山是所有的人的最好选择吗？显然不是，比如史进，比如孔明和孔亮，他们原本过着幸福的生活，在本地呼风唤雨、自由自在，只因为结识了不该结识的人，结果改变了他们的人生。

如果说李逵等人通过上梁山实现了自己的人生价值，而史进、孔明、孔亮这些人上梁山之后并没有真正得到什么，有酒有肉的生活他们在上山之前就已经实现了，因此在每个夜深人静的夜晚，他们是不是也会问自己："上梁山到底是为什么？"

孔明、孔亮，本来你们可以做很多有意义的事，只可惜遇上了宋江。

此时的孔亮是正义的化身，他是替本村维持正义的，而武松就是那个找碴的人。可惜的是，孔亮的功夫实在是太低微了，这可能就是宋江指导的结果，名师出高徒，此言不虚啊。

如果孔明、孔亮跟着宋江学混官场，可能还有所收获，只可惜他们跟宋江学的是棍棒。

宋江在《水浒传》中只有一次准备出手，是在揭阳镇上，最终还被病大虫薛永给拦住了，所以说，在《水浒传》中，宋江根本就没有出手（杀阎婆惜不算）。

让这个从来没出过手的人来指点武功，孔明、孔亮，你们是怎么想的呢？

不过从另外一个角度来看，宋江确实能在《水浒传》武力排行榜上排上名次，因为他从来没有输给过任何人——他压根儿就没打过，所以可以默认宋江与关胜不分胜负，与林冲不分胜负。

孔亮跟武松一接招，就知道坏了，原来自己连打架都不会，在武松的面前他只能充当一只老虎，一只专门挨打的死老虎。

06. 兄弟，真的是你

一下，两下，三下，四下，五下，孔亮已经数不清自己到底挨了多少下，这是他一生中最惨痛的经历，在以后的日子里无论是战胜还是战败，他都没有这么狼狈。

最让孔亮难堪的是，武松偏偏还是当着他的手下的面殴打他，这下面子是彻底掉到地上捡不起来了，以后自己要是会变脸就好了。

武松打烦了，抓起孔亮扔进小河里，可怜的孔亮在数九寒天还得接受河水的浸泡。原来冬天的河水是如此凉，如此刺骨。

被扔进小河里的孔亮悄悄回了家，打完人不负责的武松还在继续潇洒。

喝着别人的酒，吃了别人的鸡和肉，武松的感觉非常好。以前都是别人抢他的东西，现在轮到他抢别人的东西，白吃的感觉真好。

是酒就有后劲，何况武松还喝了那么多，酒后最怕的是见风，武松却顶着风踉踉跄跄赶路。恍惚之间他感觉自己又回到了阳谷县，又看到全县百姓正在热情洋溢地欢迎打虎英雄，他看见哥哥武大在人群中挑着烧饼担子看着自己。

恍惚间又有一只老虎向自己扑来。

武松有点清醒了，原来不是老虎，是只黄狗。

武松抽出刀想砍向黄狗，黄狗一闪，武松掉进了小河。也幸亏黄狗闪得快，不然武松又背上了一个蓄意杀狗的罪名。

人生的角色转变非常之快，刚才扮演落水狗的是孔亮，仅仅一顿饭的工夫，扮演落水狗的重任就落到了武松身上。

落水狗就是用来打的，更何况你武松还是一条落水醉狗。孔亮的手下一下来了几十个，几十个头脑清醒的家丁对付已经烂醉的武松，这场仗不用打了。

孔亮早就习惯了在家殴打他人，他的窝里横是有名的。

义薄云天的宋江出来解救武松时说了一句话："你兄弟俩又在打什么人啊？"这说明孔明、孔亮在村里打人是常事，起码宋江住在他们庄上的半年就经常发生这种事情，因此宋江说了个"又"。

宋江绕到武松的面前，武松的扮相让宋江有些认不出来，但撩起头发，那个让宋江很喜欢的武松又出现在宋江的面前。兄弟，原来真的是你。

07. 人生是条单行线

很难说宋江与武松的友情到底有多深。

在这个阶段，宋江对武松还是够意思的，属于可以交心的那种。在宋江的朋友当中，武松是第一个也可能是最后一个能享受与宋江同榻而眠的待遇，武松和宋江曾经有过两次同榻，一次是在柴进的庄上，一次则是在孔明、孔亮的家里。

寝则同榻是古代表示友情深厚的一种方式，比如刘关张，食则同桌，寝则同床，所以我们不禁要问，他们的妻子在哪里？

对于宋江和武松的同床就不用问他们的妻子在哪里了，因为他们从来就没有娶过。

宋江和武松互诉衷肠，各自述说了这不平凡的一年，宋江没有多大变化，身份依然是在逃犯，只不过地点从柴进庄换到了孔明、孔亮家里。

宋江不动声色地告诉武松，下一步准备去花荣的清风寨住两天。

狡兔三窟，宋江就是那只拥有着至少三个窝的兔子。武松看着宋江，还能说什么？只能在心里说，哥哥，您这不是跑路，分明是包吃包住自由行。

武松向宋江汇报了自己在这一年的经历，情节之曲折离奇，让一旁的孔明、孔亮听得目瞪口呆。本来孔亮就佩服武松的武功，听了武松的英雄事迹后，哥俩彻底服了。

现在该重点说说孔明、孔亮了，这两个人的名字是有一定的玄机的。孔明是诸葛亮的字，孔亮也有一个诸葛亮的"亮"字，这实际有嘲笑文化人的企图在里面，诸葛亮不是文化人的翘楚吗？那就来写一个叫孔明的俗人，这个俗人很无能，很没有文化，这一点跟吴用的名字有异曲同工之妙。

孔明、孔亮这些人在家乡当个里正倒挺合适，只不过他们跟武松和宋江接触久了便不安于现状，总觉得自己也应该像武松和宋江那样活，他们始终没有看清楚自己到底适合哪种生活方式。

等到孔亮在征方腊的战斗中失足落水时，他的眼前或许有无数闪回，在总结自己的一生时，他才发现，原来自己真的不适合宋江的生活方式。

病中的孔明也看清了这一点，只可惜人生只是单行线，走过了就无法回头。

08. 每个人都有一部苦难史

在孔明、孔亮家里，武松度过了十几天的幸福时光，幸福得让他非常留恋。

武松从小命苦，没有过过多少好日子，对他而言，快乐的时光总是短暂，无论是在阳谷县，还是在孟州城，抑或是后来的二龙山，欢乐的日子短暂到让他需要去买一份保险。

武松的目的地是二龙山，宋江的目的地是清风寨，宋江有意邀请武松一同前往，武松倒是看得很透彻——一同前往不太合适，怎么说自己也是通缉令上的人。再则，一个行者跟一个普通人一起赶路，容易让人产生怀疑，到底你们是赶着去出家呢，还是赶着去还俗呢？

与宋江离别之后，武松走上了二龙山，他的入伙非常简单，打开张青的书信，再喝上一顿酒，鲁智深和杨志就已经直着舌头跟武松说了很多肝胆相照的话。这个日后梁山上最强的山头在这一刻完成了三巨头的首次聚首。

三个人都有一部苦难史，两个军官，一个都头，三个原本可以在军中发挥作用的人，就这样在二龙山度过看似快乐的时光。他们跟少华山的史进一样，看着宋朝的军服，心里万般感慨，那是他们最深的爱，也是他们最深的恨。

09. 天黑请闭眼

宋江没有养成天黑住旅馆的习惯，这一次他又走到了清风山上。宋江一生几次遇险，九死一生，两次险情都是在他独自赶路的时候发生的。

天黑请闭眼，记住，该住旅店就住旅店，别给王英他们机会。

王英的小喽啰们专门在山上设了埋伏，有单身过路的人经常遭他们毒手，宋江也被抓住了，差点变成了一碗醒酒的汤。

在即将变成汤的时候，宋江开始喃喃自语，他开始后悔，后悔不该包养那个烦人的阎婆惜，如果不包养阎婆惜他就不会杀人，他不杀人就不会跑路，不跑路就不会成为别人的醒酒汤，因此是阎婆惜把自己变成了醒酒汤。

唉，逻辑推理太可怕。

宋江只是在哀叹，但"宋江"这两个字惊动了等着喝汤的人，这个人叫燕顺，外号锦毛虎，又是一个长相比较怪异的人。

燕顺赤发黄须，跟刘唐可以攀亲戚，梁山好汉绰号里带虎的太多了，可以开一个动物园。锦毛虎燕顺原来贩运羊马，赔了本没脸回家，就在山上打劫。

燕顺要比矮脚虎王英人品好得多，至少是赔了本走投无路才走上了抢劫的道路。而王英呢，他是见财起意，本来是跑运输的，半路看运送的财物比较多，索性动手把人家给抢了。

王英是没有职业道德的，他在林冲、鲁智深这些人面前是抬不起头的，但就是这样的人最后却娶了最好的姑娘，没地儿说理了。

10. 宋江究竟凭什么受人景仰

从刘唐到燕顺，奇形怪状的梁山好汉越来越多，他们长得怪一方面是因为本身可能存在基因突变，另一方面可能隐含着民族融合。

宋朝时的燕云十六州是多民族混居地区，汉人与外族通婚很寻常，所以在梁山好汉中，就出现好几例头发颜色变了、眼睛颜色变了的情况，这些都是民族融合的结果。只可惜，刘唐、燕顺说不清自己祖上到底发生了怎样的故事。

这个时候不禁要感慨一下口碑效应的强大，就算在清风山这个强盗窝里，宋江的威名居然如此响亮，晁盖和柴进该反思一下自己的宣传方式了，做了那么多好事，还赶不上宋江的小恩小惠名头响。

宋江并没有救助太多人，只不过他的救助被人无限放大了，像燕顺这样破产的商人，也渴望结识宋江。他们设想，如果结识宋江，就有可能获得东山再起的资本。

等到落草为寇，宋江对他们就没有那么重要了，但是宋江这个名字已经在心里扎下了根。这就是舆论的力量，这就是口碑的力量，宋江就活在人们的想象之中。

现在该轮到宋江惊讶了，燕顺迅速给他松绑，把他请到宝座上，还拉着二当家和三当家一起给宋江下拜，三个强盗给一个慈善家下拜，这是多么高的礼遇？

宋江的地位如此之高，还跟晁盖对他的感恩不无关系。

在与宋江的对话中，燕顺一是表达了对宋江仗义疏财的敬意，二是表示水泊梁山兴旺都是拜宋江所赐，这样宋江就顺理成章地成了梁山与江湖好汉之间的一条纽带。

试想，梁山已经发展到一定规模，无根无底地想跟梁山搭上关系可没那么容易，但如果跟宋江搭上关系，那么宋江说句话，梁山就开门。宋江就是一个可靠的上山介绍人。

梁山介绍人的身份无形间抬高了宋江的地位，梁山上有酒有肉的生活令人向往，谁又不想拥有一张梁山的永久免费饭票呢？

因此，宋江在江湖好汉眼里就是一张通行证，只要宋江在你的履历上盖上戳，那么恭喜你，你的家庭梦想实现了，梁山的永久免费饭票到手了。

对于王英、燕顺、郑天寿这些落草的人来说，这些诱惑还是巨大的，虽然给宋江这个黑矮子下跪，王英和郑天寿都有点不舒服，但看在永久饭票的分上，还是跪了吧。

顺便说说郑天寿这个人，此人是典型的入错了行。

女怕嫁错郎，比如扈三娘；男怕入错了行，比如郑天寿。郑天寿本是打银出身，打银是个技术活，李逵这些粗人是干不了的，打银得讲究各种造型，要求细致，郑天寿能做得了这个工作，说明他是个心细的人。他长得白净，武功也说得过去，这种人如果能攀上高俅，必定前途无量。

只可惜，一时糊涂入错了行，尽管叫天寿，还是天不假年，在征方腊的战役中比较早就战死了，而且还是被磨盘打死的。

11. 人品不好的，往往是没有原则的

对于燕顺这些人来说，清风山只是一个暂时栖身之所：只有大山做掩护，清风山的日子注定朝不保夕，不像水泊梁山，有八百里水泊做天然屏障。燕顺、王英虽是强盗，但也不傻，他们知道要为明天考虑，遇上宋江后，他们想要牢牢抓住这个改变人生命运的机会。

只是这个机会未必是好机会。

他们三人的这个山头是梁山上的小山头，没有一个人进入天罡正将的序列。三人的命运也都是悲剧，燕顺死于流星锤，王英被一枪刺死，郑天寿死于磨盘之下。

在梁山上，王英因为娶了扈三娘的缘故进入了宋江的核心层，燕顺与郑天寿则始终处于游离层。

从人品看，王英的人品最有问题，但王英是混得最好的。

宋江与燕顺等人亲密交谈时，王英听说山下有女人经过，眼睛顿时就亮了。这是一个好色的人，他的好色也是宋江重用他的原因。

王英的好色程度可说登峰造极，当燕顺为宋江报仇砍了刘高的媳妇时，他居然拿起武器要跟燕顺拼命。在那个时代讲究"兄弟如手足，女人如衣服"，王英却恰恰相反，"女人如手足，兄弟如衣服"，一个为女人跟自己的老大拼命的人，同样有可能为了女人给老大卖命，宋江正是看中了王英的这一点。

等王英把刘高的媳妇抢上山的时候，宋江表现出他非常不人性化的一面。

在王英正准备求欢的时候，宋江居然跟燕顺和郑天寿一起敲开了王英的房门，原因就在于宋江认为王英好色不好，所以大家一起去劝劝他。

这个过程有两个问题：一是王英还有没有一点隐私权，人家正要做私密的事，宋江居然去叫停；二是好色能劝得住吗？那是本性，很难改的。

宋江原本以为被抢的妇女是花荣的媳妇，一问才知道，原来是清风寨主管刘高的媳妇。

宋江此时根本没有想起自己通缉犯的身份，他想的是过两天要去清风寨，多少要给花荣的同事一点面子。这就说明啊，那时的通缉令只在当地有用，出了当地就没用了。

12. 花荣优秀得让人忌妒

宋江义薄云天地把刘高的媳妇放了，同时许下了一张空头支票，日后为王英明媒正娶一位良家女子。这张空头支票空置了很长时间，直到纯美的扈三娘出现。

空头支票生效了，生效得让人扼腕叹息。

得到空头支票时，王英很郁闷，他不相信宋江会兑现承诺，等到支票真的生效了，王英告诉自己，相信奇迹吧，这个世界还是有奇迹的。

燕顺、王英、郑天寿之所以对宋江礼遇有加，主要出于小企业的危机感。清风山朝不保夕，得早做打算，能通过宋江的介绍加入梁山自然是最好的结局，现在很多小企业苦苦支撑，也是为了有朝一日被并购能卖个好价钱。燕顺他们希望通过宋江，把自己这个山头卖个好价格，说到底，还是利益使然。

燕顺苦留宋江住了几天，宋江到底还是要去清风寨。

宋江是押司出身，老跟强盗待在一起是自降身价，还是去找花荣吧，跟花荣待在一起，宋江才能保持身价不坠。

这个时候，该第一小生花荣出场了。

花荣很优秀，优秀得让人忌妒，出身好，相貌好，武功好，人品好，能力强，除了最后不跟家人商量就在宋江的墓前自杀外，花荣绝对是当老公的首选。这样一个优秀的人，一出场就坚定地站在宋江身边，坚决到让人有些莫名其妙。

从花荣的表现来推测，花荣在多年前可能与宋江有过一次深入接触，这次接触给花荣留下了深刻印象，有可能是花荣在人生窘迫时遇到宋江，宋江的慷慨解囊让花荣渡过了难关，从此花荣便认准了宋江这个老大。

花荣对宋江极其尊重，一见面便拜了四拜，这是很正式的礼节。两人谈话时，花荣斜坐着，表示谦卑，表示对宋江的尊重。

此时花荣正被刘高欺压，当地文官主政，花荣这个武官得听人家调遣。每次花荣提出建议时，刘高总会告诉他，有待商榷。等到附近的几个山头都住上了强盗的时候，刘高还是在说，小花啊，你还是年轻啊，此事重大，还得再研究研究。

以花荣的出身及武功，完全可以在军队里干出一番事业，可惜宋朝的军事制度很难产生名将，即便如狄青，如种师道，好不容易成为一代名将，但一生都非常郁闷，能力很强，威望很高，但始终得不到足够信任，朝廷对他们始终是防范有加。

名将如狄青、种师道，能者如花荣，在宋朝的军事制度下，只能做好本分，不能越雷池一步，这是个人的悲哀，也是王朝的悲哀。

13. 我是鸵鸟，我看不见

宋江出事以后，花荣先后写了十几封信去宋江家里询问，二人情谊非比寻常，花荣对宋江言听计从，俨然就是一个忠实马仔。如果让花荣挂一道腰牌，那么他一定会写上"一生崇拜宋公明"。

尽管宋江处于跑路状态，但善于交际的能力一点没有下降。

花荣每天都安排人陪同宋江到街上闲逛，每次上街花荣都会提供足够的经费，而每次消费宋江都抢着买单，回来却说是陪同人员买单。这样一来，哪个人不愿意陪宋江出去玩呢？

宋江在不经意间赢得了花荣手下的好感，这个能力是晁盖不具备的，这也就解释了，为什么后来梁山之上只知道有宋大哥，不知道有晁大哥。段景住偷了一匹好马惦记着送给宋大哥，而不是晁大哥，而那个时候，梁山的老大是晁盖而不是宋江。

晁盖的职位相当于村长，宋江的职位相当于办公室主任，办公室主任这个位置的能量是惊人的，几乎等同于单位的二当家。有办公室就有办公室文化。有办公室文化就有宋江。

转眼又到了正月十五放花灯的时候，宋江在清风寨已经住了一个多月了，宋江满心以为郓城的通缉令对自己没有效力，但他不知道，盯着他的还有一双恶毒的眼睛，这双眼睛的主人就是刘高的媳妇。这个女人对宋江影响深远，正是因为她，宋江对女人绝望了。

宋江的一生也不容易，娶个小妾娶了阎婆惜，救个女人救的是刘高的媳妇，遇到个好女人扈三娘吧，一开始还冲着他打打杀杀。宋江对女人的绝望是由这三个女人共同造成的，尤其是前两个恶毒女人。

宋江之所以被认出来，是因为个子矮，在人群后面看不见节目，他跑到人群最前面去看，结果一下子暴露了。如果宋江的个头再高一点，混在人群里可能也不会被发现。

刘高审问宋江，刘高媳妇在一旁添油加醋，尽显恶毒，非说宋江在山寨里坐在交椅上让她喊大王，完全是无中生有。

刘高媳妇这个无中生有的本事跟《天龙八部》里的马夫人有一拼，马夫人是因为乔峰没认真看过她，因此陷害乔峰。刘夫人没有任何正当理由，纯粹就是想陷害，况且宋江还救过她。女人恶毒到这个程度，那就是彻头彻尾的恶女人了。

在审问的过程中，刘高的行为解释了为什么他所镇守的地面上会有那么多强盗。答案很简单，就是因为刘高的鸵鸟政策。

刘高不问青红皂白，非要说宋江是清风山上的强盗，至于真正的清风山强盗，抱歉，我是鸵鸟，我看不见。

第十二辑
江湖只识宋公明

01. 宋江不适合一个人出门

宋江到底还是怕通缉令，他自称郓城张三，刘高把他痛打了一顿后把他称作"郓城虎张三"，这是宋江一生中唯一一次被人当成虎，一只可以用来邀功请赏的虎。

这时花荣的信到了，花荣说宋江是他的客人，名叫刘丈。花荣以为刘高会念及"五百年前是一家"，大手一挥放了"刘丈"，只可惜花荣说的名字与宋江自称的名字对不上。

宋江自称"张三"，花荣写的是"刘丈"，哪个都不是真的。要我说，还不如干脆实话实说，说不定刘高还会跪下来高呼，"久闻英雄大名"。

实际上这是不可能发生的。

宋江如果在地方官面前暴露，结果必定是遭到一顿暴打，不为杀人那事，只为你不贪图钱财还专门帮助别人，你宋江这么做，不是陷大家于不仁不义之中吗？就显得你宋江一人品质高尚，知道民间疾苦？

花荣为了宋江只能不顾后果了，他带人直接闯进了刘高的小寨，抢回了宋江。刘高不知死活地派人到清风寨里抢人，这就证明刘高不仅是鸵鸟，而且还是头猪。刘高派去的两个都头都是花拳绣腿，花荣只是秀了一下射箭的技巧，两个都头便吓破了胆，撒丫子全跑了。

此时的花荣毫不畏惧，而宋江明白官场的玄机，刘高是文官，会打报告，如果让他把宋江搜出来，最后的结果就是花荣被刘高打的小报告害惨了。

宋江决定先上清风山避避风头，他决定一个人悄悄出走，连夜上山。

宋江这个人确实是自理能力低下，但凡他一个人赶路多半要出事，第一次是被燕顺的小喽啰捉拿，第二次是被刘高的手下捉拿，第三次是自己独自回家差点又被官差抓住。

总结陈词，宋江不适合一个人出门，生活自理能力太差了。

02. 梁山潜在矛盾无穷

宋江不出所料地被抓了，刘高用他有限的智商想到了宋江可能连夜逃跑，果不其然。到了这个时候，刘高决心与花荣彻底撕破脸，把事做绝，他将来龙去脉上报给了上级慕容知府，花荣的军官生涯要就此结束了。

到一个关键人物出场的时候了，此人叫镇三山黄信。

黄信这个人没有什么特点，只是个普通的宋朝军官而已，以他的本事还叫嚣要扫平附近的三座山头，真不怕闪了舌头。

请看这三座山头上都是些什么人。二龙山上有鲁智深、杨志、武松，清风山上有燕顺、王英、郑天寿，桃花山上有李忠、周通，这三个山头，黄信哪个都平不了，单是清风山的三个头领已经打得他找不着北，更不要说三个天罡主政的二龙山。

做人还是要低调一点，千万别学黄信。

在日后的梁山上，如果不招安，必定毁于内讧，因为里面的矛盾太多。

几个山头之间有矛盾，黄信与这三座山头有矛盾，杨志与晁盖团队有矛盾，朱仝与李逵有矛盾，张清与被他用石子打过的十几个将领之间有矛盾。这些矛盾不会真正消除，义气只能维持表面平和，在没有外部矛盾转移注意力的前提下必然会爆发内讧。

招安是转移内部矛盾的最好方式，宋江大哥，用心良苦啊。

黄信的任务是押送宋江顺便再把花荣抓了，这个任务很艰巨，黄信却想得很简单。

黄信思维比较简单，结局却不错。在征方腊的战役中，他活了下来，还受到了皇帝的封赏，而他的师父秦明却死于非命，没有看到起事胜利的那一天。

每个夜深人静的时候，黄信都在思考人生，自己号称镇三山，实际上哪个山头都平不了，不过自己的结局却非常好，而当年三个山头八个头领最终只剩下武松一个废人。

或许人生就是这样，至刚至猛的人一般都笑不到最后，而看起来什么都差一点的人却能笑到最后，这倒也非常符合中庸之道。

黄信把花荣骗到了刘高的小寨，用"摔盏为号"的土办法把花荣拿下，这给花荣的一生留下了巨大的阴影，从此他再也不用盏喝酒，也见不得别人用盏喝酒。每次看到宋江端起酒盏，花荣就下意识看看周围有没有埋伏。

现在黄信体会到当年杨志的不易了，要押着宋江这样的人物通过三个强盗出没的山头谈何容易，即使王英不下山抢，鲁智深也会抢，鲁智深不抢，李忠和周通也会抢。

这个时候谁能救宋江，就能为自己赢得一张梁山的永久饭票，自然动力十足。

黄信认为自己可以过三山，实际上，一个山头都没过得去。

03. 老大表面若无其事，内心已经给你穿上小鞋

黄信与刘高一起押送宋江和花荣，他俩相信，这两个人能给他们赢得两朵鲜红鲜红的大红花，他们仿佛已经看到朝廷连绵不绝的嘉奖和慕容知府那笑开了花的脸。

可惜，梦中的大红花不会出现了，清风山的三个强人出现在眼前。

燕顺他们知道黄信有一些功夫，所以采用不讲武德的三打一战术，这样的战术很无赖，但对付盲目自信的黄信还是管用的。

仅仅十个回合下来，黄信就放弃了"镇三山"的理想，改为"跑三山"了。

从此"镇三山"成了一个笑话，黄信非常怕别人再提起"镇三山"，尤其是二龙山那些人喝高之后总会指着他说，"你不是'镇三山'吗？"

那个时候，黄信心中只有一个字，汗！

黄信跑了，刘高完了，宋江暴露出他极强的报复心，花荣这个朝廷命官亲自出手，为宋江灭了刘高。

宋江灭了刘高还不解气，报复还没有结束，他把复仇的矛头指向了那个恶毒的夫人——刘夫人。宋江报仇心切，恨不能当天就下山报仇。燕顺却说，小喽啰们下山走累了，还是先歇一天吧。

就是这句话让宋江很不受用，也就注定燕顺在日后的梁山上进入不了天罡序列，对老大的仇不放在心上，燕顺你这个小弟当得太不合格。

对比一下天罡行列的一些头领，如解珍、解宝，如石秀、杨雄，这四人没有什么来头，还不及燕顺与宋江有交情，况且燕顺救过宋江的命，还是一个山头的代表，然而燕顺就是没有进入天罡序列，追踪溯源，可能就跟这句话有关。

老大被拒绝时表面装作若无其事，内心里却早就把小鞋给你穿上了，燕顺啊，等你倒在石宝的流星锤下时，是否把这一切看透了呢？

宋江这边正准备复仇的时候，青州方面接到了黄信的紧急汇报，"镇三山"现在的角色是通信员了，由这个通信员的消息引出了一个天罡级人物——霹雳火秦明。

秦明是青州高级军官，相当于青州警备区司令，级别比较高，脾气不太好，外号霹雳火，跟杨志以前的同事索超有点像，性格都太急了。

在宋末元初人周密的记载中，对秦明的评价很不好，"霹雳有火，摧山破岳，天心无妄，汝孽自作"，简直是说他"自作孽，不可活"。

为什么秦明会遭此恶评呢？可能跟他兵败投靠宋江有关。在周密看来，秦明不应该投靠宋江，秦明可以学呼延灼，兵没了，找个地方再借，没地方借了，就当个体户军官，也比投靠宋江靠谱。

在日后的征方腊战役中，秦明死于飞刀和方天戟的夹击下，不知道在那一刻，他是否把自己的一生想明白了？

秦明风风火火赶到了清风山，他把这伙强人看得太简单了，当与花荣正面遭遇时，秦明才发现，这伙强人不简单。

如果两人拼马上功夫，花荣打不过秦明，但是战场上拼的是综合能力，花荣还有一项绝技是秦明不掌握的，那就是射箭。如果不是花荣心存善念，秦明在此时就已经人生谢幕了，好在花荣仁义，只射掉了他头盔上的红缨。

头盔上的红缨完全是累赘，只会被当成现成的靶子，这个设计完全是个败笔，不符合战争需要。古往今来总有那么一些人顶着红缨子跑来跑去，却不知道自己早成了人家的移动靶子。

04. 招降秦明，是为了改良梁山血统

秦明的悲剧从他一出场就开始了，因为他一出场就被宋江看中了。事实证明，只要是被宋江看中的人，都没好结果，比如朱仝，比如卢俊义。

最惨的是卢俊义，本来在河北当地主当得挺好，生生被宋江折腾上梁山当形象代言人，前后被折腾得七荤八素、家破人亡。被宋江看上的秦明也没能走出这个怪圈，他同样家破人亡，后来宋江做主把花荣的妹子嫁给他作为补偿，但心灵的创伤能补偿吗？

秦明智商不高，就是生猛，他的作战思路还停留在冷兵器对决时代，就是三国游戏里那种，两个大将在前面对砍，两队小兵在后面起哄，两个大将谁的血先放完谁就完了。

可宋江是谁啊，他在官府混迹多年，属蜂窝煤的，浑身上下都是眼。

以宋江手里的棋子——花荣、王英、燕顺、郑天寿，派谁跟秦明对砍都不一定能赢，跟秦明这样的人斗就得要心眼。宋江耍了一个心眼，引着秦明满山跑，声东击西，出其不意，不一会儿，秦明率领的五百个小兵就报销了。宋江的目的是要一个活蹦乱跳的秦明，他需要秦明改良梁山的血统。

此时的宋江直接重返官场是没戏的，他唯一的希望就是曲线救国，通过上梁山引起朝廷注意，然后经过一番运作，才能重返大宋的官场。梁山是宋江重返官场的唯一跳板，必须让跳板弹起来，他才能从容起跳。如果直接掉水里，还砸出挺大的水花，这个结果是宋江不愿意看到的。

秦明为什么被宋江需要呢？因为秦明的身份。

秦明的身份是青州警备区司令，花荣则是清风寨驻军负责人，这样的人上了梁山，官府就不能不注意了，因此在日后的征战中，只要是朝廷的战将，宋江看着就眼绿，因为吸纳这些人是改良梁山血统的唯一方式。

后来，呼延灼、关胜、董平等人就是因为这个原因被宋江发展为下线，他们都有助于宋江改良梁山的血统。

从一开始，宋江跟晁盖就不是一路人。

看看晁盖发展的都是什么人。

吴用，破落的乡村私塾教师。

阮氏兄弟，吃不上饭的渔民。

刘唐，没有正当职业。

公孙胜，不成器的道士。

再来看前任首领团队的几个人。

朱贵，破产小商人。

杜迁、宋万，社会闲杂人等。

也就林冲血统不错，还跟高俅有血海深仇。

靠这些人是实现不了招安梦想的，然而有了花荣、秦明这些人就不一样了，这些人是朝廷需要的人才，他们让梁山被招安的希望大增。

当秦明回首往事的时候，也会感慨自己的人生，本来在青州吃得好、住得好、玩得好，家庭不错，职业也不错，只因为在一个错误的时间、错误的地点遇到了错误的人，最后只能跟这些破产商人、社会闲杂人等混在一起。

以前自己的圈子是些什么人？是慕容知府、刘高这些文化人，现在自己的圈子里全是那些几乎跟文化不沾边的人。即便是梁山上最有文化的吴用，听说他写封信都能写错。

为什么自己一个层次很高的人要跟这些人为伍？

05. 再也不用看宋江的笑了

宋江为了招降秦明很是动了一番心思，先是用游击战术把秦明的小兵消灭，然后用自己最招牌、最管用的攻心战术：宋江等五人一起给秦明下跪，还一起抬起头眼泪汪汪地看着秦明。秦明是个粗人，受不了感情的折磨，外表粗犷的人，内心往往很脆弱。

秦明和鲁智深一样，都见不得别人掉眼泪，眼泪是女人的武器，也是宋江的武器。

但宋江的计划书再好，也打动不了秦明，人家是警备区司令，用不着跟宋江这伙人一起搞风险投资，但如今主动权不掌握在秦明手上，他现在是兵遇上流氓，说不清楚了。

此时的宋江已经不管不顾，他横下一条心，一定要把秦明拉下水。

宋江采用了非常不道德的方式，让人化装成秦明的样子去青州城附近烧杀抢掠了一番，祸害了很多百姓。

这样一来，秦明的前途没了，全青州的人都说秦明在青州城外烧杀抢掠，秦明身上有多少张嘴也说不清楚了。

老实的秦明当时还不知道这些，他还准备回去向上级做检讨，以换取上级的谅解。等到了城门下，秦明才知道，自己这个警备区司令已经过期，而且家破人亡了。

世间的事变化就是这么快，昨天你还是司令，今天就得四处亡命。

家没了，前途也没了，秦明奋斗了三十年的成果在一个晚上就没了，辛辛苦苦三十年，一夜回到出生前。

秦明开始感叹命运的不公，人家高太尉能从"见一次被打一次"奋斗成太尉，我怎么就从司令变成亡命徒啊？同样是苦命的人，差距咋就那么大呢？

这时宋江出现了，带着职业的微笑，笑得很灿烂。

在日后的梁山，秦明最见不得宋江的笑，因为他知道那种笑是虚情假意，那种笑是笑里藏刀，等到在征方腊的战役中落马时，他的第一反应居然是"我再也不用看宋江的笑了"。

06. 宋江早有安排

秦明尽管智商不高，但也不笨。秦明想了想，自己那个警备区司令干着也就那么回事，老在青州待着快成井底之蛙了，得出去见见世面了。

宋江现在把你软禁在这里，天天给你赔笑脸，你再不点头答应，自己都不好意思了。退一万步说，人家真跟你翻了脸，五个打你一个，你打得过吗？你又不是吕布。

算了吧，认命吧。

秦明损失最大的是妻儿老小，这个好说，宋江大哥早有安排。

宋江当即做主，将花荣的妹妹许配给秦明。

当宋江做出这个决定的时候，很多人惊呆了。第一个人是秦明，没想到自己通过这种方式实现了二婚的梦想，这是多少男人的梦想啊，宋大哥可真替兄弟着想；第二个人是花荣，老大您怎么不跟我商量就把我妹妹给嫁出去了；第三个人是王英，宋大哥您不是先答应我的吗？

一石激起三个人心中的浪花，都是因为宋江这块疯狂的石头。

几天后，在宋江和燕顺的操办下，秦明实现了二婚的梦想，又当了一次新郎，秦明不平衡的心又有了点平衡。

在宋江眼里，女人就是一件可有可无的衣服，既然自己害得秦明的衣服丢了，那就再找一件给他穿上就是了。至于他自己，在经历阎婆惜后，就不再想衣服的事了。等到李逵等人上了山，宋江发现不穿衣服裸奔的感觉真好。

收服了秦明，剩下的事情就好办了，镇三山黄信是秦明的徒弟，秦明一出马，黄信立马投降了，梁山的官府血统又多了一管血。

娶不到花家妹子的王英顺便把刘高的夫人给抢了，这是一个没有什么品味的人，荷尔蒙主宰了他的大脑。不过他的算盘打错了，他忘了一件事，这个女人得罪过宋江。

宋江表面看起来很大度，但他是个睚眦必报的人，刘夫人害他那么惨，他怎么可能不报复呢？宋江决意要除掉这个女人，就顾不上考虑王英的私念了。

此时的燕顺变聪明了，直接拿起刀把刘夫人给砍了，恼羞成怒的王英拿起刀就要跟燕顺火并，幸亏被众人给及时拦住。

为了女人能跟自己的老大火并，也会为了女人给自己的老大卖命，这一点被宋江看在眼里、记在心里。

不经意间，王英的七寸捏在了宋江的手中，这个七寸就是色。

07. 拿着宋江的船票，登上梁山的客船

日子总是问题叠着问题。

宋江的仇报了，秦明的婚结了，旧的问题解决了，新的问题来了，慕容知府经朝廷同意要到清风山剿匪，这下麻烦可不小。

燕顺这个小山寨对付秦明的五百个小兵还够用，对付大规模的正规军就心有余力不足了。清风山不比梁山，梁山有八百里水泊做天然屏障，朝廷即便想围困，那得画多么大一个圈呢，需要多少大宋士兵才能围过来？

清风山不行，弄几个兵一围，粮草一断，清风山就乱了。

清风山待不下去了，宋江却踌躇满志，因为事情正按照他设计的方向发展。跑路以来，宋江就在策划如何重返官场，现在他要带着这些人去踏上梁山这个跳板。宋江是梁山的恩人，晁盖不能不给他面子，宋江眼见自己的永久饭票即将生效，心里还是乐开了花。

从他跑路开始，宋江已经换了四个地方：柴进家、孔明家、清风寨、清风山，这些饭票都是临时的，而梁山的饭票是永久的，现在到了启用永久饭票的时候了。

除了秦明和黄信，其他人都知道宋江能搞到梁山的永久饭票，秦明还不明所以，傻乎乎地问："我们要怎样才能登上梁山的客船呢？"

啥都不用，有宋江这张旧船票就行。

该起程了，燕顺向自己的山寨投去最后一瞥。在这里，他度过了人生最低

落的时光；在这里，他先后迎来了几位兄弟，兄弟越来越多，生存空间反而越来越小。

曾经风光的山寨要被自己抛在身后了，回想当年那些艰难的岁月，回想当年那些被官兵打得鼻青脸肿的岁月，燕顺流下了两行热泪。

都过去了，再也回不去了，从此你不再是小企业清风山的领头羊，从此你将是宋大哥的一个跟班，从领头羊到跟班，这或许就是人生的螺旋曲线吧。

王英和郑天寿跟在燕顺后面，他们同样留恋这个地方，留恋他们三人呼风唤雨的岁月，两人也流下了热泪。

一行人正走着，前面传来了锣鼓响。

花荣和宋江跑到前面去看，看到两伙人正在交战，领头的是两个古板的人，两个古板的人正在一板一眼对打。

这两伙人一伙穿红衣，一伙穿白衣，不知道的还以为他们是在开运动会，实际上他们是在抢山头。两伙人按三国游戏里的模式，两位主将在前面对砍，两队小兵在后面起哄。

据说就这么打了几十天，太执着。

08. 感觉就是营造出来的

对打的这两个人在后来的梁山上比较有名，一个叫作吕方，一个叫作郭盛，两人绰号名头都很大，本事却非常一般。吕方的绰号叫小温侯，就是小吕布的意思；郭盛的绰号是赛仁贵，意思是比唐朝名将薛仁贵都厉害。

到底是吕布厉害还是薛仁贵厉害呢，没法比，时间空间都不一样，要想比，只能在游戏里虚拟了。

尽管吕方和郭盛这场打斗很笨拙，但在宋江看来，这是两个守规则的人，但凡有一方使个心眼，安排小兵放支冷箭，另一方就歇菜了，双方都没有这样做，说明他们遵守规则。

宋江率领一群草莽之人，正需要这样守规则的人，都像李逵那样不守规则，梁山的秩序就没法维护了。

从这一场笨拙的打斗开始，吕方和郭盛进入了宋江的视野，这是宋江迫切需要的两个人，后来他俩为宋江守卫中军，让宋江有了皇家卫队的感觉，感觉就是营造出来的。

吕方和郭盛的打斗笨拙，也跟中国武术有关，武术越走越偏，往往只强调姿势和动作的优美，而不讲究实用。

就说吕方和郭盛的两支戟吧，非要往上加装饰物，一个加的是金钱豹子尾，一个是金钱五色幡，两个装饰物绞到了一块儿，死活分不开了，这不是瞎耽误工夫吗？

轮到花荣出手了，一箭定江山，花荣张弓搭箭，一箭便把两支戟纠缠在一起的绒线给射开了，比当年吕布辕门射戟还牛。

这一箭征服了两个正在打斗的人。

09. 人生充满了意外

该说说吕方和郭盛了。

吕方原本是做药材买卖的，后来赔了，没脸回家就改行，占山为王，惨痛的经历跟朱贵、燕顺有些类似，本来买卖做得挺好，结果一不小心赔了。人生本来就充满了意外，吕方的偶像吕布的人生也是充满了意外。

很多人很不理解吕方，为什么偏偏把吕布当偶像啊？他不是三姓家奴吗？吕方可不这么认为，他觉得只不过是成王败寇的说法。

至于为什么最喜欢吕布的为人，那就是做人直率一点，当机立断一点，遇到合适的老大就立马跳槽。

破产的吕方在对影山落草是没有办法的办法，现在打劫越来越难，十天有八天没有商队经过，一般过路的老百姓比小喽啰都穷，抢都下不去手，这样的日子他早就过腻了。

现在听宋江说有获得梁山免费饭票的机会，当然不能错过，宋大哥，算我一个。

吕方动心了，郭盛也动心了，他跟吕方打半天不就是为了争个地盘混口饭吃吗？想想自己这些年受的苦，郭盛直掉眼泪。

虽然人家都叫他赛仁贵，可他这个赛仁贵囊中羞涩，还得经常出来跑运输，做点水银买卖。水银算工业用品，有毒，不好运输，因为利润高，郭盛便提着心吊着胆出来运输。在宋朝做买卖尤其是做小买卖是被人看不起的，郭盛经常被人指着说，"呀，怎么薛仁贵也出来做苦力啊"，听到这话，郭盛恨不得找个地缝钻进去。

后来他真的需要找地缝了，他的运输船在黄河里翻了，所有的本钱随着这船一起翻了个底朝天。

如果说杨志在太湖里翻船导致丢官，郭盛这次翻船则几乎丢了命，走投无路，万般无奈，他加入了打家劫舍的行列。没办法，肚子饿啊，这段惨痛的经历让他一生都记忆犹新。

等到上梁山后，听说杨志以前也翻过船而且还被人抢过生辰纲，郭盛突然觉得老天对自己还不算太薄。

现在郭盛也不用在对影山做抢劫的这点小买卖了，当匪就要当大的，既然宋江准备组团上梁山，那就算我一个吧。

10. 江湖只识宋公明

吕方和郭盛顺利加入宋江阵营，花荣则进一步稳固了自己的显赫地位。所谓细节决定成败，正是此行的一个细节，决定了花荣在宋江心中不可替代的地位。

花荣一箭劝开吕方和郭盛后，两人当时最崇拜的是花荣，他们一起跑过来请问花荣名号，而花荣是怎么做的呢？

花荣在马上答道：我这个义兄，乃是郓城县押司、山东及时雨宋公明。我便是清风镇知寨小李广花荣。

时时刻刻突出老大，尽管人家没问你义兄的名号，但花荣还是把宋江放在了第一位，这种政治素质是一般人不具备的。上梁山后，即使花荣的排名不是特别高，但他的重要地位是没有变动过的，不像武松，早期与宋江关系亲密，上了梁山后关系却越来越疏远，一切都是因为细节，都是因为素质，跟花荣比，武松输在了起跑线上。

最得意的还是宋江，他拥有了秦明、花荣、黄信这三位前朝廷武将，梁山的成分改良大有希望。另外还有小吕布、小薛仁贵，两人不仅相貌堂堂，而且武艺也说得过去，以后带在身边，左吕布，右仁贵，试问天下谁有这个范儿？

宋江有个优点，愿意用能人以及长得比自己帅的人。李逵是专门找一些长得不如自己的人陪衬以显示自己没那么丑，宋江则是专门找一些比自己帅的人来证明，"我很丑，但是我很温柔"。

能用能人是一项本事，能用能人说明你是更能的人，因此刘邦注定比项羽高明。刘邦用人高能，项羽用人无能。宋江用人高能，晁盖用人无能。性格决定命运，宋江和晁盖的性格差异决定了他们在梁山的走向。只不过因为一个陌生男人带来的一封信，让宋江与晁盖的矛盾冲突又推后了几个月。

这个陌生的男人给宋江带来了一封假信，这封信间接使得宋江遭受了一场牢狱之灾，所以说，这个人基本上可以跟三国时期那个低能的蒋干画等号了，不同的是，蒋干后来不再受重用，而给宋江送信的这个人却凭借这封信顺利上了梁山。同样是送信的，结局的差别咋就那么大呢？

这个人的名字叫石勇，有个外号叫石将军。这个外号有点莫名其妙，一个放赌为生的人凭什么叫石将军呢？是不是跟铁将军是一家啊？铁将军说的就是铁锁，石将军估计说的就是石头，估计是说这个人性格硬，倔得跟个石头似的，认死理，这么解释倒也说得过去。

石勇在酒店里一个人占着一张大桌子，死活不肯让给别人，他说全天下他只肯让给两个人，一个是柴进，另一个就是宋江。

唉，晁盖大哥，说了半天把你摆哪儿呢？

11. 饭票丢了可以再找，父亲没了呢

石勇带来的信对于宋江是个晴天霹雳，宋清在信上说，"哥，咱爹没了"。

宋江这辈子天不怕，地不怕，就怕孝敬不了老爹。如今子欲养，而父不在，心中的苦只有宋江自己知道。

在别人的眼里，宋太公就是一个普通老头，但在宋江的眼里，父亲就是天，宋江能够以及时雨的形象名扬天下，靠的还是宋太公。要没有宋太公殷实的家产，只凭借宋江那点微薄的工资，他怎么能当上及时雨呢?

宋江是用宋太公的钱充自己的门面，而对此宋太公毫无怨言，无疑这是一个了不起的父亲。

现在父亲没了，宋江无论如何要回去见上最后一面。

对朝廷已是不忠，对父亲不尽最后的孝道是不孝，不忠不孝，即使上了梁山又有什么脸面存活在天地之间呢?

宋江决定先回家，上梁山的事情暂且是顾不上了。跟父亲比起来，一张永久免费的饭票又算什么，饭票丢了可以再找，父亲没了，哪里去找呢?

宋江要走，燕顺慌了，都走到梁山脚下了，介绍人不去了，剩下的人怎么办? 宋江一边哭一边给晁盖写了推荐信，推荐信里还有好几个错别字，信纸还滴上了泪水，对于一个伤心过度的人，不能要求太多了。

信写完了，宋江马上往家奔，无论如何得见父亲最后一面，等花荣和秦明他们赶到的时候，宋江已经走远了，只留下那封不知管不管用的推荐信。

秦明他们心中打鼓，不知道宋江推荐信的分量到底有多大，他们有些进退两难。最后还是一起壮着胆子前往梁山，家已经回不去了，只能到梁山碰碰运气了。

梁山，我们来了。

12. 有文化的人说话就是不一样

花荣一行先遇到了林冲，林冲对他们横眉冷对，后来听说有宋江的书信，林冲的态度有了一百八十度的转变。"宋江"这两个字在梁山太管用了，这一切都是拜晁盖所赐。

宋江没上山之前，梁山的成分很单一，人的思想都相对简单，只有吴用是个另类。如果说晁盖是那种搬起石头砸自己脚的人，那么吴用就是搬起石头砸别人脚的人。

在朱贵的酒店里，花荣一行受到了热烈欢迎，这个驻湖边酒店办事处主任一直保持着良好心态，尽管早就从四哥变成了十一哥，他也不在乎，能在梁山上拥有一张免费饭票就足够了，至于排序，有那么重要吗？

眼前这些人一个个高大威猛，衬托着朱贵更加干瘪瘦小，朱贵也不以为意。他知道这些人上山后，自己的排序还会下降，但是他阻止得了吗？

杜二当家和宋三当家不也一样跟自己做自由落体运动吗？凡事还是想开点吧，哪怕今夜暴风雪就会来临。

第二天一早，朱贵向水泊里射了一支响箭，二三十条船渐次出来接送花荣这些人。燕顺和吕方都看呆了，自己的小寨跟梁山怎么比啊？看来这一次自己参加组团是正确的。一旁的秦明和黄信看着也挺高兴，梁山这个安全等级够可以的，看来这张饭票真值啊。

一行人跟晁天王见了面，说了很多肝胆相照的话，晁盖属于人来疯，人来得越多他越高兴，他丝毫没有意识到，危险正一步步向他逼近，因为梁山的成分即将发生改变。

花荣和晁盖也不熟悉，大家没有太多共同话题，尬聊了半天，共同的话题只有一个，宋江的仁义，这成了喝酒的唯一主题。

大家说得兴高采烈，晁盖不知道这一顿酒正在树立宋江在梁山的威信，他浑然不觉。

也难怪，他这个常年跟农作物打交道的人怎么可能有宋江那么多心眼呢？

跟宋江比起来，晁盖就是一个白萝卜，浑身上下没一个眼，等到有眼的时候，那就意味着萝卜已经糠了，没法吃了。宋江呢，人家是块蜂窝煤，浑身上下全是眼，而且个顶个管用。

晁盖本以为这一次宋江会亲自带队，两人会在梁山脚下进行一次大人物之间的握手，孰料宋江临时有事，巨人的握手又得向后推迟几个月。

当听燕顺他们说起花荣用箭射开吕方和郭盛纠缠在一起的戟时，他居然表现出有些不相信。显然晁盖始终只是一个农民，不是一个合格的团队领导人，一个合格的团队领导人不会像他这样喜形于色。

事实证明，晁盖确实只适合当村长，不适合当 CEO。

见晁盖有些不信，花荣觉得自己该露一手了，为自己，也是为宋大哥。

正好天空有一行雁飞过，花荣说，我射排头的第三只雁。箭出雁落，晁天王惊得目瞪口呆。

接着又有一行雁飞过，花荣又拿起了弓，这会儿连箭都没搭，拉了一下空弓，结果掉下了一只雁。

无箭胜有箭？

这是因为花荣发现这行雁中有一只明显有伤而且身体疲惫，他一张弓，受伤的雁被弓声吓得掉了下来。

晁天王的嘴开始张大了，他觉得简直难以置信。

第三次花荣干脆没拿弓，又冲天上喊了一句，"大雁我看见你没穿裤衩"，结果掉下了好几只大雁。

晁天王的嘴张得快合不上了，他对花荣佩服得五体投地。

还是吴用的话最让花荣受用，他说："不要说李广不如你，养由基（春秋时期的楚国将领，神射手）也不如你啊。"

看看，有文化的人说话就是不一样。

13. 自由落体，因为万有引力

朱贵预料中的事情还是准时发生了，在花荣他们上山的第二天，梁山进行了历史上第三次排座次，这一次排座次可以写进梁山的发展史，而对杜迁、宋万、朱贵来说，是又一次刻骨铭心，别人都是激流勇进，而他们却是自由落体，于是他们只能自嘲说，这是因为万有引力。

在这次排座次中，花荣因为是秦明的大舅哥，坐了第五把交椅，秦明只能坐第六把交椅了，对此秦明愤愤不平了好几年。后来在一百零八将排座次的时候，秦明和花荣的位置才做了更改，不过更改了也没用，花荣依然处在核心层，秦明继续待在游离层。

其他人怎么坐交椅朱贵他们不管，让他们最不平衡的是，石勇居然也坐在了他们的前面，这个人不就是给宋江送了封信吗？刘唐还给宋江送过金子呢！

一个大名府放赌的，居然排在三个老梁山人前面，真让人郁闷。后来在一百零八将大排名时，三个老梁山人的郁闷终于解除了，石勇被他们甩在了身后，为此哥仨还专门喝了顿酒，不过听说有人向宋江打了小报告。

尽管这次排名让一些人心里不舒坦，但木已成舟，排名已经成了事实。

这次排名让梁山的成分发生了很大改变，在二十一名头领中，有林冲、花荣、秦明、黄信四位前朝廷武将，还有吕方和郭胜两个有武将气质的人，这就跟以前梁山几乎完全以农民和破产商人为主体的结构有了很大不同。

事情正在向着宋江计划的方向发展，晁盖依然一无所知，权力的蚕食往往就是这样，披着平和的外衣，慢慢演变，平和得让晁盖根本感觉不到变化，等到晁盖从睡梦中醒来的时候，梁山已经变成了宋江的梁山。等到晁天王振臂一呼的时候，发现只有三阮兄弟孤零零地站在身后，刘唐和白胜也若即若离。

还是让晁天王再看守一段梁山吧，现在宋江正着急回家，演变梁山，暂时还顾不上。

宋江一进村口，就知道自己被骗了，因为村里的人说，宋太公刚才还在酒店里喝过酒。等到宋江回到家的时候，他明白了，自己真的被骗了，石勇这个弱智，比蒋干还笨，就这样的人自己还让他上了梁山，不行，以后得给他小鞋穿。

宋江把火气撒在了宋清身上。宋清有口难辩，招架不住，从小到大都是这样，宋清永远活在宋江的阴影之下，活得很自卑。

宋太公出现了，制止了宋江的发怒。宋太公急着叫宋江回来主要是得到了内幕消息，宋徽宗新立了太子准备大赦天下，也要给所有犯了罪的人发红包了。这次写信让宋江赶紧回来，就是为了领皇帝的红包。

宋徽宗的红包是这样的：死罪全免，活罪降级。按照这个标准，宋江、林冲、鲁智深、武松就把心放回肚子里吧，以后即便抓住你们也不会判死罪了，顶多发配流放。

宋江正在考虑如果自首是否还会再轻判一点的时候，已经没有机会了，因为群众的眼睛是雪亮的。

宋江被群众举报了。

第十三辑 整个社会大错位

01. 心中的疼痛，一辈子难以愈合

来抓宋江的不是雷横和朱全，这两个人已经换岗了。上次放走了晁盖说明他们不适合干捕头，不换岗不足以平民愤了。

来的两个捕头是兄弟俩，名字叫赵能、赵得。我觉得取这两个名字，施老爷子是有深意的。表面是说姓赵的有能有德，实际上说的是反话，姓赵的无能无德。

顺便说一下，《百家姓》在宋朝时形成，因此赵姓排在第一位。为什么钱姓排在第二位呢？可能是因为皇帝对钱塘一带主动投降的钱氏家族表示恩宠。后来的几个朝代也修订过《百家姓》，但都没有这个版本流行，因此赵一直排在《百家姓》之首。

赵能、赵得来抓宋江，宋江却一点不害怕，在回家的路上，他最遗憾的是没有机会对父亲尽孝了，现在父亲健在，他没有什么好怕了。再说，皇帝都发红包了，你赵能、赵得又能把我怎么样呢？

等到宋江被押到知县时文彬那里时，知县还是非常亲热，一边寒暄还一边拍拍宋江的肩膀："你老小子跑哪儿去了，想死我了！"

两个人的身份一个是囚犯，一个是县官，可两个人是有交情的，而且知县也知道宋江是情非得已进而激情杀人，所以在知县心中，早就将板子对着宋江高高举起轻轻落下了，不过现在在公堂之上，该走的司法程序还是要走的。

知县看看宋江，得了，也不用别人替你写供状了，你自己写吧。

知识就是力量，有知识的宋江转瞬之间就写成了供状，他知道只要老实认罪，就不会判多重，毕竟皇帝都发红包了。

宋朝法律还是很宽松的，能不杀的就不杀，所以《水浒传》里的好汉们犯了事的一般都是流放。流放也是分等级，有流放五百里的，还有流放三千里的，重的有流放荒岛的，比如发配到蓬莱旁边的沙门岛上。至于流放西伯利亚，那是不可能的了，那块地方跟宋朝一点关系都没有。

死罪可免，活罪是躲不过的，宋江最终被判流配到江州，也就是现在的江西九江，从郓城到九江差不多就是流配三千里了。

流放三千里还不是最可怕的，最可怕的是还要往脸上刺字，这叫黥刺。

脸上的疼痛可以治愈，心中的疼痛一辈子都难以愈合，这两行字成为宋江一生的负担，以致他很少照镜子。

直到神医安道全用特殊配制的药水帮宋江洗去了那两行字，宋江才有机会对着镜子说，"咳，还真对得起这张脸"。

02. 如果给宋江一个跳板

为了百分之一的希望，付出百分之百的努力，这是宋江此刻的心声。

虽然自己已经被朝廷从官府公务人员的名单中除名，但总有一天，我会回来的。

说这句话的时候，宋江觉得自己跟超人一样。

宋江已经不愿意去想梁山了，他现在相信奇迹了。

宋江觉得，既然皇帝能够大赦天下，那么总有一天，皇帝还会有抽风似的第二次大赦、第三次大赦，到那时，或许自己就可以重新回到官府公务人员的名单中。

宋江带着父亲的谆谆教导踏上了前往江州的流放之路，旁边跟着两个公差。那时的公差也很可怜，押送犯人流放三千里谈何容易，他们得跟犯人一样走路，只不过是犯人戴着枷锁，他们没戴而已。不过犯人是单程的，他们则是往返的，往返六千里，没有车可坐，全靠自己走。

六千里，得费多少鞋啊！

公差在路上唯一的特权就是住旅馆是不用花钱的，但伙食自理，一般来说，押送犯人的公差需要自己做饭，这样能省点钱。遇上宋江这样有钱的犯人，公差就跟彩票中奖一样，一路上开开心心，好吃好喝。

不过押解过程也有很大的风险，路上的黑店防不胜防，进了黑店，可能吃了上顿就永远吃不着下顿了，这日子，你说苦不苦？

宋江此时只想早点到江州接受改造，不想再惊动梁山上的兄弟。宋江悄悄将自己的偶像调整为高俅，人家高太尉就是在被人见一次打一次的处境中奋发图强，最后奋斗成太尉，我宋江知识比他多，武功比他好，长得也不比他差，他能做到的，我宋江也一定能做到。

偶像的作用就是这样，有正面，也有负面，容易让人发愤图强，也容易让人产生不切实际的幻想。

并不是每个遭遇发配的人都能成为高俅，并不是每次流放都有奇迹发生。

03. 宋江，你有了新的高度

宋江想躲过梁山，可梁山又怎么躲得掉呢？

二十一位头领想宋江盼宋江，为你朝思暮想，为你远渡重洋，对你的思念如黄河之水绵绵不绝。

当那个叫作刘唐的蜗牛冲下山时，宋江就知道，还是躲不过。

之前，腿短的刘唐受晁盖和吴用的委托去郓城给宋江送过三百条金子，去的时候是三百条，回的时候是二百九十九条，为了这死沉死沉的金子，刘唐回来后歇了好几个月才恢复元气，以至于刘唐见了金子就想吐，"这玩意儿，死沉死沉的，有什么用"。

这回刘唐又被派下山执行任务，于公于私，他都要把那两个公差砍了。为公，他是执行晁大哥的命令；为私，他是为自己，万一将来有一天，晁盖和吴用再让他背三百条金子去江州，那还不累死他。一个腿短的人来回走六千里路，腿都得遛细了。

刘唐要砍公差，宋江拦着死活不让，这可是他重返大宋官场的重要一环，这两个人如果被砍死了，宋江就真的没希望了。

宋江不怕死，但是怕没有做官的希望，为了自己的希望，他必须保全公差。在他的全力维护下，两个公差一路上平平安安，最后还成了他的粉丝。等到宋江名满天下时，两个公差逢人就说，"当年就是我们俩送宋江去的江州"。

尽管宋江姿态放得很低，但江湖上已经把他放在了新的高度。

这次与晁盖的简短会晤，晁盖又一次不计后果地高度评价了宋江对梁山做出的贡献，并邀请宋江在适当的时候访问梁山，宋江愉快地接受了邀请，会谈在友好的气氛中结束。

临走的时候，晁盖又送了宋江好多银两，两个公差也得到了比官府补助多得多的银两。事情正在朝着有利于宋江的方向发展，尽管人不在梁山，但影响已经播种下了，晁盖的危机正在慢慢积累。

如果说以前的宋江是一场及时雨，现在的宋江就是一张通行证，只要跟这张通行证搭上关系，就能获得一张梁山的永久饭票，正是这张永久饭票让宋江在江湖的地位再次得到提升，而晁盖的危机也日益加深。

结束与晁盖的会晤后，宋江平静地踏上前往江州的路，他把自己放得很低，但江湖上已经传开了，江湖人都在等待。想想，在他的引荐下，九个人组团一下就拿到了梁山的永久饭票，那个只是帮他带了一封家信的石勇也拿到了梁山的永久饭票，这太让人心理不平衡了。

04. 宋江从此不吃包子

黑店，黑店无处不在。

《水浒传》里黑店很多，最有名的当数孙二娘名下的十字坡店，排名第二的是朱贵任办事处主任的梁山湖边酒店，第三位可能就是揭阳岭下的这家黑店。

黑店的主人叫李立，人送外号催命判官。这家黑店比前两家更不讲理，需要先买单后吃饭，确实够牛。

有钱人宋江倒也不在乎付款方式，随手就拿出银子付了账，不料因此暴露了实力，被店小二盯上了。

到什么时候都别轻易露富，不然后患无穷。

宋江等三个人被麻翻了，这是宋江一生的耻辱，因为这事，武松经常开他的玩笑，这让宋江很不爽。后来宋江听说鲁智深也被人麻翻过，而且还差点成了包子，这才有点开心。

宋江从此再也不敢吃包子，他总怀疑里面有不该有的东西。让他崩溃的事还没完，有一次他居然看到张青和孙二娘夫妇在吃包子，他瞬间崩溃了，紧接着他听说，有一个小喽啰失踪了，他更加崩溃了。过了几天，那个小喽啰自己回来了，原来是自己到后山玩掉山沟里了，爬了两天才爬回来，结果宋江又崩溃了一次。

如果没有那个粉丝到处寻找，如果不是那个粉丝还恰巧认识李立，那么梁山的兄弟们就得准备给宋大哥开追悼会了。

好在这个粉丝执着地找到了李立的酒店，宋江得救了。

这个粉丝是谁呢？混江龙李俊，一个在日后的梁山进入天罡序列而且非常受重用的人。

李俊在日后的梁山出人意料地排在梁山元老阮氏三兄弟之前，主管梁山水军，相当于梁山水军司令。

这个上山较晚的人，何以有如此高的地位呢？跟这次救宋江有很大关系。

宋江睚眦必报，同样也是有恩必报，一心想上梁山的李俊不经意间立下了大功，而那个把宋江麻翻的人就没那么好命了。李立在后来的梁山上仅仅排在第九十六位，在征方腊的战役中受重伤不治身亡。

不知道在弥留之际，李立是否会想起那个午后，宋江在他的酒店里喝下了那碗下了迷药的酒。这顿酒是李立一生的转机，也是一生悲剧的开始，如果生活允许重来一次，李立是否还会选择那张梁山饭票呢？

05. 李俊，梁山上第一个睁眼看世界的人

细节决定成败，性格决定命运。不安分的李立不小心麻倒了宋江，从此注定他不可能在梁山有所作为，因为宋江的心胸很小。

在此次事件中立下功劳的李俊从此进入宋江亲信的行列，他能成为亲信，并不是偶然。

李俊在揭阳岭下苦等宋江几日，显然不是追星，而是利益驱使，那时宋江声名大振，李俊想见宋江想得铭心刻骨，他把宋江想象成了超人。等到他见到这个超人时，发现超人已经成了半死人，原来超人也是会死的。

李俊检查了官差携带的公文，确认了眼前这个黑矮的人就是梁山通行证，李俊马上拿解药把宋江救醒，就凭这一个举动，李俊的饭票就已经到手了。

宋江一生确实坎坷，当年在郓城无奈跑路，在柴进那里差点被武松暴打，在燕顺那里差点成了醒酒汤，在刘高那里又受了酷刑，如今发配路上又被下了蒙汗药。

不经历风雨怎么见彩虹，没有人能随随便便成功。

这时就进入李俊的时间了，李俊先表达了对宋江的仰慕，又告诉宋江，等你等了好几天了。

李俊的话让宋江很受用，谁又不愿意听好话呢？

李俊又给宋江介绍了其他几个人。李立就不用介绍了，属于哪里凉快哪里待着的主，剩下的两个，一个是童威，一个是童猛，都是不错的水手，在日后的梁山也是水军将领，两人还是亲兄弟，结局也不错，跟着李俊一起出了国。

李俊这个人绝对是个人才，他是梁山上少有的眼光长远的人。

当别人安于在揭阳岭上开个黑店的时候，他已经开始考虑如何获得梁山的饭票了；当别人还在幻想平定方腊后回去接受皇帝封赏时，他已经考虑出国创业了；当别人还在北宋的官场忍受官场的倾轧时，他已经成了南亚某国的国王了。无论什么时候，人都得为自己多想一步，关键的一步，这是李俊这个睁眼看世界的人给我们留下的启示。

既然迎来了宋江，李俊自然要拿到自己想要的东西。

李俊"诚心诚意"与宋江结拜，这样他就有名分了，宋江的兄弟，这样的名分是江湖上人人都想要的。

这是宋江的至少第三次结拜。

花荣称宋江为义兄，那么之前他已经跟宋江结拜过，武松是跟宋江结拜过的，燕顺、王英可能也结拜过，那么与李俊这次结拜得算第四次了。

此时的宋江就跟《鹿鼎记》里的韦小宝一样，一见人就要结拜，说白了就是拉关系。

有多少利益关系就是以结拜为名。

06. 宋江大哥，你太凡尔赛了

结拜完了，宋江还得赶路，留给李俊他们的是宋江远去的背影和梁山永久饭票的期权。为什么说是期权呢，就是说你想用的时候再用，不想用的话先存着。

宋江一行人来到了揭阳镇，正巧遇到了街头卖艺。

卖艺的主角叫薛永，工作性质跟打虎将李忠一样，使枪棒卖膏药，他的外号叫病大虫，看字面意思，生了病的大虫。在杭州古语中，病还有一种解释，作"赛"讲，病大虫意为赛大虫，比大虫还厉害。大虫在这里是老虎的意思。

在日后的梁山，不知道薛永有没有跟李忠喝一壶，交流一下走江湖卖膏药的心得。屈指一算，《水浒传》到这时已经粗具动物园规模了，光是跟老虎有关的就有好几人了。

施恩，金眼彪。

薛永，病大虫。

王英，矮脚虎。

李忠，打虎将。

武松，真正能打老虎的人。

薛永也算将门之后，祖上是老种经略帐前军官，只因不会搞人际关系，子孙没法在当地混了。话说这人际关系得差成什么样？

为了谋生，薛永这才使枪棒卖膏药，但这并不是他想要的生活，因此在每个寂寞的黑夜里，他都会问自己：到哪里才算一站呢？

今天薛永有些点背，拿着比画了半天，捧着盘子绕圈走了两圈，愣是没人理他，盘子里还是空空的，一个子儿都没有。

看到这，宋江忍不住了，谁叫他是及时雨呢？宋江让官差拿出五两银子给了薛永。

施耐庵老爷子在《水浒传》里把银子的购买力写得比较飘忽，没个准。

五两银子在《水浒传》里是什么概念，够鲁智深打一根水磨禅杖加一口腰刀。就是这样的大礼，宋江抬手就送出去了，大方得跟现在花五块钱似的。

按国际可比价格折算，五两银子约等于一千五百块人民币，一千五百块抬手就给，宋江大哥，你太凡尔赛了。

薛永感动得热泪盈眶，从来没人给这么多钱啊，这是哪儿来的冤大头啊？

从后来薛永在梁山的排名来看，武功好不到哪儿去，就为他的一场武术表演秀，宋江肯出一千五百元人民币捧场，宋大哥，确实有点冤大头。

薛永为什么在这里要不到钱呢？因为他到这里没拜过码头，没交保护费。

原来在这块地面上，也有像施恩一样的人物，不交保护费就别想在这里觅食。薛永初来乍到，不懂规矩，就自说自话地开始摆摊卖艺。看热闹的群众刚有想给钱的，就被几道凌厉的目光制止了。

薛永居然收到钱了，收保护费的老大颜面扫地，老大不高兴了，宋江要倒霉了。

忽然，人群中冲出一个大汉扑向宋江，宋江一看，准备出手接招。这是《水浒传》中宋江唯一一次准备出手，就在这时，薛永从后面上来，用手在大汉背后一抓，一抬手就把大汉扔了出去。大汉刚想起身，又被一脚踢翻，看来大汉的武功跟薛永不是一个等级的。

大汉名叫穆春，江湖人称小遮拦，看来有点浪得虚名。就这三脚猫功夫，居然在梁山一百零八将排名时排在了薛永的前面。凭什么啊，当年他跟薛永根本过不上三招。

梁山一百零八将的排名不是纯粹的武力排名，说白了是利益调和的产物。

人在江湖，总是身不由己。

07. 不好，踩到地头蛇了

打完大汉，薛永跟宋江做了自我介绍，两人相见恨晚，说了一些久仰久仰的话。

他乡遇知己得喝杯酒，到了酒店门口，他们才发现，酒喝不了，刚才被打的大汉穆春已经交代过了，全镇的酒店都不准卖酒肉给这四个人，如有违反，打人砸店！

到这个时候，薛永和宋江才意识到问题的严重性：不好，踩到地头蛇了，跑吧。

宋江和薛永相约江州再见，然后分头逃跑，薛永刚回到住的酒店就被穆春的人抓了，被打个半死。宋江误打误撞进了穆春家里住了几个小时，一看穆春回来了，连忙又从人家家里跑了出来，误打误撞又上了张横的黑船。

后来根据李俊的介绍才知道，揭阳镇的地面上共有三霸：李俊、李立属于山上一霸，穆春跟哥哥穆弘属于镇上一霸，张横和张顺属于江上一霸。总之揭阳地面上哪条路都不好走，到哪里都可能遇到一霸，北宋末期的治安啊，真够喝一壶的。

前有追兵，后有堵截，宋江只能以迅雷不及掩耳之势上了张横的黑船，在这里宋江遇到了一道选择题：A. 板刀面；B. 馄饨。

板刀面就是张横留下银子后然后把他们砍了，馄饨则是张横留下银子，宋江可以选择跳江。

宋江的这次遭遇让他一生都对选择题充满恐惧。

后来有一次吃饭，吴用跟他打趣说，哥哥，你看这包子，你是选择吃啊，吃啊，还是吃啊。

宋江马上就崩溃了，他听不得"包子"两个字，也不敢做选择题，都是被当时张横的选择题给闹的。

这样惨痛的记忆也是可以延续一辈子的。

轮到聪明的李俊出场了。

当时正在江面上走私货物，碰巧遇到了张横的船，不会游泳的宋江已经准备跳江了，李俊的出现又一次救了他。

李俊注定要发达了，短短几天时间，李俊救了宋江两次，宋江又不是灵猫有九条命，救过他两次命的李俊想不发达都不行。李俊已经从素昧平生一跃成为宋江的生死之交。

日后你不是天罡谁是天罡啊。

08. 最初的，未必就不是最好的

有李俊出场一切就好办了，刚才还蛮横无理的黑船船主张横马上对宋江顶礼膜拜，他也想拿一张梁山永久饭票。

张横长得比较怪异，黄胡子红头发红眼睛，长得不像汉人，这说明北宋时民族融合已经是很普遍的现象。前面出场的有赤发鬼刘唐、锦毛虎燕顺，现在又添了张横，后边还有段景住，这么统计下来，可以发现水浒一百零八将中至少有四个外族人。

几天时间，揭阳镇的三霸都被宋江收服了，再加上薛永、童威、童猛，宋江在揭阳镇就发展了九个下线，也正是从这时开始，宋江的势力已经开始超过晁盖了。

就算原来梁山上的十二个头领都算晁盖的人，从花荣那一拨人算起，宋江一派上梁山的已经有九人，如今又发展了九个下线，加上宋江本人，宋派头领已经有十九人了，超过了晁盖的十二人。

危机已经来了，力量对比发生了根本的变化，晁盖本人还浑然不知，说到底，晁盖还是不适合当老大。

在李俊的引荐下，宋江认识了没遮拦的穆弘和小遮拦的穆春，穆氏兄弟在镇上的地位跟孔明、孔亮在家乡的地位一样，那就是四个字——为所欲为。

跟孔明、孔亮一样，穆氏兄弟也属于错上梁山的人，在家里，酒也有，肉也有，房也有，地也有，称王称霸的感觉也有。阮氏兄弟上梁山是为了改善生活，穆氏兄弟上梁山到底是为什么呢？

这跟现实中我们很多人一样，一辈子总在追求更大的、更好的、更高的，追求了一辈子，到头来才发现，原来最初的未必就不是最好的，最好的原来一直就在我们身边。

珍惜现在，别到失去时才追悔莫及。

如果一定跟现在做对比的话，穆春和穆弘在家乡的生活相当于在小城镇生活，跟宋江上梁山就相当于到大城市打工。很多人到成家立业的时候才发现，原来大城市的生活并不适合自己。小城市生活相对简单，节奏较慢，或许也是个不错的选择，从大城市回流到小城市，未尝不是一个好选择。

短时间内经历几次劫难的宋江心有余悸，他不知道未来还会发生什么，他也不知道自己是否应该买份人身意外保险，人的一生是一条单行线，你已经走上去了，便再也不能回头。

在穆春和穆弘的家里，宋江享受了几天当老大的滋味，他表面装作若无其事，却在心中暗暗对自己说，"当老大的感觉真好"。

住了几天，宋江还是要走了，毕竟你是来发配的，而不是出来度假的。

走吧，江州就在前面，或许那里是你命运的转折点，或许你的囚徒生活还有意外发生！

几个月后，意外真的发生了。

09. 大宋法律在银子面前，就是一块口香糖

该得到的尚未得到，该丧失的早已丧失，风后面是风，天空上面是天空，道路前面还是道路，宋江还得继续赶路。

江州是宋江此行的目的地，江州非常富裕，一般人是当不了江州知府的。

宋江来时，江州知府身世显赫，他的老爹很有名——皇帝近臣蔡京。蔡京的书法、诗词、散文都属一流，书法更是与苏、黄、米并称北宋四大家。蔡京的字帖很有名，萧让、吴用甚至王伦这些人小时候都临摹过他的字。

可惜啊，这位著名的书法家是个奸臣，北宋六贼之首，后来遭到了流放。据说在流放的路上，本来他还想摆谱，沿途的人听说他是奸臣蔡京，开旅馆的

不让他住店，开饭店的不让他吃饭，卖烧饼的不卖给他烧饼，据说就这样生生把老人家给饿死了。

估计蔡京人生中写的最后一个字应该是"饿"，如果能够保存下来，估计能跟王羲之的"鹅"有一拼，比王羲之更有生活体验，发自肺腑，发自胃肠。

宋江来的时候，蔡京还很风光，他的儿子蔡九在江州这个地面上也很风光。

宋江暂时跟蔡九知府还接不上头，他得先到牢城报到。

报到伊始，宋江拿钱开路，在他眼中，如果是钱能够解决的问题，那就不是问题。一圈银子使下来，大小管事的，都得了宋江的银子，上上下下没有人不喜欢他。按照惯例，新报到的囚犯该打的一百杀威棒也免了，唉，大宋朝的法律在宋江的银子面前就是一块口香糖，宋江想吃就吃，不想吃了咱就吐。

宋江是押司出身，写字抄文件是他的强项，管营根据专业对口的原则让他进了牢城的抄事房，工作性质跟在郓城时一样，动动嘴、写写字就行了。

一连十几天，宋江过得挺滋润，因为有银子，他看到的都是笑脸，而不是屁股。不过差拨提醒他了，"兄弟，有一个关键的人物你还没打点呢，你要不打点，他可要给你屁股看了。"

10. 人不能无耻到这个地步

人可以无耻，但不能无耻到这个地步，说你呢，戴宗。

戴宗在《水浒传》里的外号叫神行太保，是梁山三十六天罡之一，地位之所以高，主要还是因为跟宋江关系到位，跟吴用是老相识，严格来说，这是一个被严重高估的人。

据说戴宗有神行大法，日行五百里，大概率属于夸张，真要有那本事，可以去给皇帝当快递员了，要是在唐朝，直接给杨贵妃运荔枝就得了，省得累死那么多匹马。根据《水浒传》里的剧情描述，我推算过戴宗的行走速度，可以得出结论，他的速度大约是平常人的两倍，没施老爷子说的那么夸张。

理论模型是这样的：打高唐州时，需要请公孙胜出山，宋江就安排戴宗和李逵去请公孙胜，请到公孙胜后，戴宗先回梁山报信，李逵陪公孙胜在后面走。李逵和公孙胜走到离高唐州还有三分之一路程时，戴宗返回跟他们相遇了。这就是一道简单的计算题嘛。戴宗同等时间走了四分之三的路程，李逵走了三分之二的路程，两者一比较，戴宗的速度也就是李逵的两倍，这能快到哪儿去呢？

总结陈词，戴宗是被严重高估了。

戴宗的速度被高估了，人品却不能高估，此人不是一般的无耻，是相当无耻。

在江州，犯人一报到就塞钱是潜规则，按照潜规则，新来的囚犯得给戴宗五两银子作为见面礼，这是惯例。宋江偏偏十多天都没去送这五两银子，戴宗这十几天吃不好，睡不香，上班也没精神，心脏病都差点犯了。实在忍不住了，戴宗亲自上门来要，堂堂一个监狱长，竟然逼着囚犯给自己发红包。

唉，见过不要脸的，没见过这么不要脸的。

对于戴宗，宋江心里有底，在梁山与晁盖短暂会晤时，吴用跟宋江提过这个人，吴用自称跟戴宗是老相识，至于怎么成了老相识就语焉不详了。

按照我的设想，他们当初可能组建过一个贩卖假证的集团，吴用负责起草证件，萧让负责模仿笔迹，金大坚负责刻章，戴宗负责快递收钱，这就是一个架构合理、效率奇高的假证制作团伙。

吴用给宋江交过底，因此宋江看戴宗对他露出屁股时，他并不着急，他知道，让这个屁股变成笑脸，只是分分钟的事情。

戴宗刚开始还想跟宋江耍威风，宋江压根儿不给他面子，戴宗叫嚷着让手下痛打宋江一顿。尴尬的事情发生了，他的手下因为都收过宋江的银子自然不好意思动手，一下子全跑了。这就好比一个捕头带着一群公差去抓贼，结果发现手下居然跟贼是一伙的，这种心情对于戴宗来说，可能比老婆跟人跑了还郁闷。当然他好像也没有老婆。

11. 难怪，整个社会大错位

戴宗没有吓住宋江，反而被宋江吓住了。宋江只是提了一下"吴用"的名字，戴宗的脸就绿了，他跟吴用的关系只能是地下情，见不得光的。

雄心勃勃来找囚犯要红包的监狱长一下子成了蔫茄子，五两银子是要不到了，面子还全丢了，不过当他听说面前这个矮子是宋江时，马上露出了顶礼膜拜的表情。

宋江兄，你的魅力也太大了吧。

从这次见面开始，戴宗在心中已经把宋江当成了老大，他在心中崇拜宋江好久了。

不过戴宗只猜对了开头，没有猜中结尾。

也是从这一天起，监狱长就成了宋江的马仔，江州监狱出现了奇怪的一幕，宋江像个老大似的在前边走，戴宗像个跟班似的在后面跟着。

既然社会都错位了，就让错位来得更猛烈些吧！

12. 戴宗的脑袋进水了

一失足成千古恨，再回头已是百年身。

戴宗跟孔明、孔亮一样，也属于不该上梁山的那种，上梁山的生活未必赶得上他们以前的生活，一定程度还是倒退。

戴宗从小听父母的话，听朝廷的话，三十岁不到就混上了江州监狱的监狱长。蔡九知府智商不高，但他不干涉戴宗的工作，还让戴宗挣外快，经常让戴宗往各地送快递，所有费用官府报销，得了好处入自己腰包。再则，监狱长职位的灰色收入也是惊人的。

宋朝刑罚宽松，犯了罪的人多数是流放，最多的时候一年要流放十万人，累计下来数目惊人。戴宗是富庶地区江州的监狱长，很多犯人花钱走后门都要往这里流放，因此流放到江州的犯人特别多，每个犯人一进门就必须给戴宗交五两银子做见面礼。这五两银子就是犯人的敲门砖，而这笔费用知府也不过问。这样算下来，每年流放到江州的犯人可能在一千人上下，戴宗一年光见面礼就能收几千两，比施恩的快活林还赚钱。从经济上讲，戴宗上梁山属于捡了芝麻丢了西瓜。

明白人知道他上梁山是为了义气，不明白的还以为他是脑袋进水或者被驴踢了。唉，一失足成千古恨，再回头已是百年身。

戴宗正沿着失足的道路往前走，他跟宋江越走越近。

跟宋江走近的还有一个人，这个人就是李逵，李逵看上去很傻，但实际上是装疯卖傻。

李逵这样的人在每个群体中都有，看起来很傻很憨厚，实际上小聪明很多。李逵跟宋江之所以能走到一起，主要因为他们长得都黑，他们俩就是两块蜂窝煤，一是黑，二是浑身都是眼。千万不要以为李逵是个粗人，这个粗人的小聪明要超过不少人，黑只是他的外表，傻也是他的伪装。

宋江收服戴宗只用了两个字——吴用，收服李逵也只用两个字——银子，这两个字在宋江的人生中屡试不爽。

李逵是山东沂水人，跟武松一样，都在家乡犯过事，失手打死过人。不同的是，武松打的那个人并没有死，李逵打的那个人却早已入土。后来李逵接到了皇帝签发的大赦天下红包，但他自觉没脸回家，就留在了江州。

机缘巧合，李逵跟着戴宗做了看守监狱的狱卒，他对犯人很好，对同事却很差。每次喝多了，李逵不打犯人，专打同事。

你说他这人是真傻还是假傻呢？

13. 鱼是有阶级性的

李逵碰上宋江纯属巧合，当时他只是想找戴宗要点银子去赌钱，碰巧看到了跟自己一样黑的宋江。

在他心目中，宋江应该是个白净高挑的人，不应该跟自己一样黑啊。后来宋江跟他说过，"黑，代表我健康"，这句话李逵听了很受用，他一直拿这句话来安慰自己，而且安慰了一生。

李逵在确定眼前这个人就是宋江后，很郑重地磕了个头，然后就开始编瞎话骗银子去赌钱。其实在他磕头时，宋江就准备好了银子，这是他的习惯，也是他的手段。

李逵刚一开口，宋江就把十两银子递了过去，看得一旁的戴宗心里直痒痒。自己那五两银子还没到手呢，李逵这个小卒子却已经拿到了十两银子，太不公平了。

十两银子，李逵觉得这十两银子沉甸甸的，才跟宋江见一面，就得到了十两银子，如果以后跟着他，那宋江不就成了我的长腿的移动钱包？或许从这一刻起，李逵已经有了跟随宋江的打算，毕竟跟一个仗义的老大比跟一个抠门的老大舒服得多啊。

澳门赌王曾经说过，"不赌，就意味着你已经赢了"，可惜李逵没有听到这句话。李逵拿着宋江给的十两银子不到十分钟就输了，这让他很丧气，本想去翻本，结果又赔了。赌场上有哪个不想翻本？结果赔进去更多，甚至是自己的身家性命。

李逵正想用暴力抢回银子时，宋江和戴宗出现了，宋江制止了李逵的暴力行为，主动向受害者归还了已被李逵抢回的银子。戴宗又一次眼绿了，十两银子已经在他眼前晃两次了，太具诱惑力了。

戴宗强咽下口水，招呼宋江和李逵上了江边酒楼。三个人开始吹牛，喝酒，吃饭。酒是最容易拉近人与人距离的东西，几杯酒下去，三人已经成了无话不谈的朋友。

多年以后，三个人还会共同回忆初见时的那顿酒，那时他们正年轻，那时他们拥有梦想。

三人言谈正欢时，店小二端上了一碗鱼汤，这碗鱼汤检验出了三人的阶级性。戴宗和宋江喝了两口都不吃了，因为鱼是昨天的，腌过，不新鲜。这两个地主阶级出身的人就不吃了，李逵这个农民阶级出身的狱卒把鱼汤一扫而光。

既然两个地主想喝鲜鱼汤，李逵自告奋勇去江边找，所谓找就是硬要，他压根儿没带钱，也没准备给钱。

以前李逵经常不带钱购物，这一次有点麻烦了。

李逵遇到了当地渔业协会会长，人称浪里白条的张顺，就是那个在江上逼宋江跳江的张横的亲弟弟。

渔业协会会长多半是自封的，当时叫鱼牙主人，当地鱼卖多少钱一斤他说了算，属于欺行霸市的主，看来哥俩干的都是见不得光的生意，他们最好的结局就是上梁山。

张顺是一个被低估的聪明人，他活得很通透，很圆滑，也很聪明。如果在陆地上厮打，他只有被李逵暴打的份儿，他很聪明，把李逵引上了船，然后又引进了江，这下李逵只有被灌水的份了。

后来李逵一直没有学会游泳，估计跟这次惨痛的经历有莫大关系。张顺的经历也给我们以启示，当陆路走不通的时候，不妨走一下水路，当一个思路已经遇到南墙时，那么让我们试着换个角度。

14. 谁能闻香识女人

人还是要有点特点，比如刘唐有块朱砂，杨志有块胎记，宋江长得黑矮，郁保四长得贼高，这都是特点。张顺也有特点，身体长得特白，要不怎么叫浪里白条？长这么白不适合参与水底潜伏，白得太扎眼了。

看着白得扎眼的张顺，宋江突然想起一件事。

原来在穆弘家时，张横委托宋江带了一封信，信是给弟弟张顺的，张横向宋江描述过张顺的长相，"水性非常好，长得比较白，人送外号浪里白条"。

宋江估计眼前这白得扎眼的人就是浪里白条张顺了，跟别人一打听，还真是。

世界太小了，鲁智深能在树林里遇到史进，宋江也能在江里遇到张顺。海内存知己，天涯若比邻，猛然一回头，原来你也在这里！宋江一声吼，张顺住了手，话一说开，哦，打了半天原来大家都是自己人。

大家回酒楼接着喝酒，酒让大家的距离又拉近了，彼此说了很多肝胆相照的话，大家喝了很多酒，宋江吃到了梦想中的鲜鱼。

有鱼有酒的日子，真好！

宋江的好感觉没有持续多久，李逵又惹事了，这个人就是麻烦。

有卖唱的女子过来卖唱，宋江、戴宗、张顺听女子唱得不错，便竖起耳朵听曲，这下就冷了李逵。李逵是个话痨，当时他正说得兴高采烈，冷不丁让唱曲的女子搅了局。李逵非常不爽，抬起手指往卖唱女子的额头上按了一下，女子倒地，昏了过去。

梁山好汉中尊重妇女的屈指可数，数来数去只有几个人，一个是鲁智深，另一个是林冲，后来上山的徐宁以及花荣应该也比较尊重妇女，毕竟妻子非常贤德。

男人很感性，如果娶了贤妻，就会觉得人生很美好，女人值得尊重；如果娶了恶妻，就会觉得世界很不美好，女人是老虎。

宋江曾经被老虎咬过，他对老虎敬而远之，李逵一向灰头土脸，他跟女人无缘，也就无缘闻香识女人，因此就有了那冲动的一按，这一按后果很严重。

等宋江等人扶起这女子，才发现女子额头上竟脱了一层皮。

一指头竟让人家脱层皮，李逵，你的手劲也太大了。

幸好有宋江在场，一切又往喜剧的方向发展，因为宋江太有钱了。

这一次宋江又采用银子策略，他大方地表示愿意给女子二十两银子，将此事私了。宋江还进一步建议道，卖唱终究不是出路，女子还是找个合适的人家嫁了吧。

宋江不是及时雨，谁是及时雨呢？

宋江之所以能天下闻名，因为他救助的都是急需救助的劳苦大众。同样是二十两银子，宋江给了卖唱的一家人顺便也征服了李逵；晁盖不管三七二十一，给白胜那样的人去赌钱，这就是差距，做事的差距，也是当老大的差距。

15. 宋江心中有一幅思乡的油画，名字叫《父亲》

孤独的人是可耻的，生命应该像鲜花一样盛开。

有戴宗、张顺、李逵的陪伴，宋江才不再孤独，那个呼风唤雨、高朋满座的时代已经过去，宋江必须忍受身在外乡的孤独。

中国人的故土情结非常重，即便在外乡飞黄腾达，内心的根还在故乡。每当夜深人静的时候，一种叫思乡的感觉油然而生，在那个时候你才发现，对故乡的思念是如此无法抵御。总有一种思念让我们泪流满面，总有一种眷恋让我们身如浮萍，无论多么风光，内心始终有一种感觉叫漂泊。

我们所处的时代尚有漂泊的感觉，在宋江那个时代感觉更强烈。那个时代的人更是故土难离，更何况宋江心中还有一幅思乡的油画，名字叫《父亲》。

如果那个寂寞的下午，还有戴宗等人陪伴，宋江至多是说说醉话，发发酒疯，断然不会写反诗。

那个下午，宋江寻戴宗不遇，找张顺不着，李逵也没了身影，偌大的江州只剩他一个人。寂寞的他来到浔阳楼，开始一个人喝闷酒，窗外景色宜人，更加反衬宋江的落寞。一个人寂寞时别喝酒，抽刀断水水更流，举杯浇愁愁更愁。

越喝越愁的宋江开始反思人生，跟当年上厕所看到大腿上赘肉的刘备一样，跟上厕所看到瑟瑟发抖的老鼠的李斯一样，他们都在思考人生。

那时宋江已经三十多岁，在讲究三十而立的年代，宋江要算中年男人了。

中年男人最敏感，中年男人跟少年比没有幻想，跟青年比没有冲劲，跟老年比没有洒脱，这时的男人最有危机感。工作上不去了，事业就那么回事，孩子一天天长大，对老婆也越来越力不从心了，而且还产生了审美疲劳，摸着她的手就像自己的左手摸右手。

宋江没有老婆孩子的烦恼，但同样陷入对自己反思的折磨中。

每个男人都有建功立业的梦想，每个男人都有封妻荫子的渴望，但受流放制度限制，宋江这样的流放是没有期限的。运气好，三年五年就能回家，运气不好，可能老死在流放地。宋江在流放之初并没有想太多，只想好好改造，有朝一日能回家孝敬老爹。

如今一个人喝着闷酒，进入反思人生的阶段，心中愁绪便层层累加起来。

人需要经常反思自己，但想得太明白了也就没意思了，人都要向前看。宋江大哥，你也一样，毕竟你是大家的偶像。

不过偶像也有犯错的时候，宋江冲动之下开始写诗。更要命的是，他是写在酒店的白墙之上。

《水浒传》里有两个人往墙上写过字，三个人往墙上题过诗，写字的两人分别是武松和张顺，写诗的分别是宋江、林冲和卢俊义。

往墙上乱写乱画的这五人结局大不一样，武松和张顺成功脱逃，林冲被朱贵吓了一跳，宋江和卢俊义则是差点送命。

后来有人写的一首诗，很适合宋江，"我在天空写下你的名字，结果被风带走了；我在沙滩上写下你的名字，结果被海浪带走了；于是我在墙上写下你的名字，结果我被警察带走了"。

16. 或许有一种酒叫醉生梦死

人人生来都是残疾的，因为背后少了一对眼睛，所以你无法看透身后的事，宋江也是一样。

在酒精的作用下，宋江填了一首《西江月》。

自幼曾攻经史，长成亦有权谋。恰如猛虎卧荒丘，潜伏爪牙忍受。

不幸刺文双颊，那堪配在江州。他年若得报冤仇，血染浔阳江口。

接着又写了一首诗：

心在山东身在吴，飘蓬江海谩嗟吁。

他时若遂凌云志，敢笑黄巢不丈夫！

或许真有一种酒叫醉生梦死，让宋江这个老实人写出了这样的狂言。

酒后的宋江，清醒的宋江，人至少有两面，有时你自己也分不清，到底哪个是真，哪个是假。

宋江这些诗词，如果写在日记本里，可以当成励志文章，但写在酒店的墙壁上就有点向政府示威了，简直是挑战官府。宋江，你太低估官府的智商了，尽管蔡九知府很弱智，但是官场还是有不少优秀的公务人员的，比如那个闲人黄文炳。

从宋江的角度看，黄文炳是小人、恶人，从官府角度来看，黄文炳是个忠实的公务人员，不同的立场有不同的角度，因此历史从来不会众口一词，因为立场不同，标准也不可能相同。

该轮到黄文炳出场了。

黄文炳是个赋闲的通判，通判是把中央官吏委派到地方任职，相当于知府的副手，有牵制知府的作用，相当于副知府。

黄文炳不是江州通判，而是江对面无为军的通判。可能是犯了错误，赋闲在家，享受通判待遇，但没有具体的工作。黄文炳急得天天在家挠墙，为了复出，便经常过江拍蔡九知府的马屁，希望有一天通过蔡九老爹的关系重新出山做官。说白了，黄文炳就是个跑官要官的人。

如果宋江遇到的只是蔡九知府，这次反诗事件也可能轻松翻篇，毕竟糊弄智商低的人好办一些。而偏偏这次参与的还有黄文炳。黄文炳读过书，练过字，素质还不低，从文化水平看，要在吴用之上。

宋江千不该万不该，在诗的后面写了自己的名字，估计是想学李白，问题是你宋江图那个虚名做什么呢？

黄文炳为人不怎么样，忽悠人还是有一套的。为了把宋江的事情说得更严重些，他首先把此事上升到国家安全的层面，宣称夜观天象，看到一颗不安分的星已经到了江州的上空，说明有不安定分子出现了。

任何朝代最怕的就是叛乱，就算蔡九智商低，也知道叛乱不是闹着玩的。等到黄文炳把宋江的反诗拿出来，宋江注定劫数难逃了。

黄泥巴掉进裤裆里，不是屎（事）也是屎（事）了。

17. 宋江一辈子都在演戏，却没有演好自己

速度就是金钱，速度就是生命。

现在到了戴宗显示自己威力的时候了，他用神行大法提前跑到宋江面前报了信，一再叮嘱宋江："记住，一定要装疯卖傻！"

疯癫和精神不正常的人是限制行为能力的人，犯了错不受法律制裁，宋江想用装疯卖傻的方式逃过法律惩罚，可惜演技太蹩脚，演砸了。

戏如人生，人生如戏，宋江一辈子都在演戏，只可惜从来没有演好他自己。

看破宋江演技的人有很多，真正说破的人不多，头一个说破的是黄文炳，最后一个说破的是看起来很傻的李逵。

当时宋江给李逵准备好了毒酒，给李逵斟酒时手在颤抖，宋江的演技在那一刻被李逵看破了。但李逵还是坚定地喝下了那杯毒酒，然后淡淡地说："哥哥，我知道酒里有毒！"

李逵的一生就是被宋江征服，但黄文炳这个公务人员并没有被宋江的演技蒙蔽双眼，他早就看出来，宋江是在装疯卖傻。

弱智的蔡九知府看到宋江疯疯癫癫，准备就此作罢。心思缜密的黄文炳通过一番思考断定：几天前还能写出逻辑清楚的诗词，不可能隔了几天就疯癫，其中肯定有诈。疯癫只是他的外表，不疯癫的才是他的内心。

他说对了。当公差的大板跟宋江的屁股亲密接触的时候，宋江跟自己说："完了，演砸了。"等到他忍不住痛叫喊起来的时候，他又跟自己说："完了，居然哭场了。"

疯癫的人是没有疼痛感的，宋江还知道痛，说明宋江还不疯癫，既然这样，那就准备接受惩罚吧。

18. 戴宗被麻翻在梁山脚下

写了几句诗就被说成想谋反，这是典型的文字狱。文字狱在古代中国屡见不鲜，明清时期尤甚，在宋江所处的时代也有文字狱，不过没有明清时期那么夸张。

赋闲官员黄文炳在江州大兴"文字狱"，牺牲的是宋江，成全的是他自己。在黄文炳的计划中，这个案子会成为一个大案，他本人会成为一个平叛有功人员。恍惚之间，他已经看到了一顶崭新的官帽在眼前出现，越来越近，越来越近，啊，怎么变成了一把血淋淋的刀？

黄文炳从噩梦中醒来，出了一身冷汗，抚住胸口对自己说，还好只是一个梦。

蔡九知府智商着实不高，抓住宋江这样一个案犯，他居然不知道该如何处置。还是黄文炳支招，建议他赶紧写信向老爹汇报，案子只要经朝廷定性，蔡九你就立功了，还是赶紧汇报吧，请示一下如何处理宋江。

蔡九不仅智商低，而且还是个"瞎子"，就在他的眼皮底下，他居然不知道戴宗已经成了宋江的手下，全江州的人都知道戴宗管宋江叫"大哥"，唯独他不知道。

也有可能是施老爷子反感这些贪官，所以把贪官的后人写得都非常弱智，蔡九是弱智，高衙内更是弱智，就人家童贯大人日子好过，压根儿不用为弱智儿子操心，高俅和蔡京都羡慕人家。

其实羡慕什么啊，童贯是太监，压根儿就没儿子，连个弱智儿子都没有。

蔡九还不知道戴宗已经成了无间道，他还安排这匹快马去给老爹送快递，这样戴宗就有机会上梁山报信了，正是这次报信奠定了戴宗在梁山领导核心层的地位。

随风奔跑自由是方向，追逐雷和闪电的力量。戴宗穿上他的甲马，向梁山进发。一路上戴宗把无数的马车甩在身后，他看着路两旁的房屋快速向后退，他对自己说，"不是我，是风"。

从江州到梁山，戴宗跑了三天，这三天他不眠不休，马不停蹄。

至于他的甲马也没必要神话，照我理解，可以理解为旱冰鞋，能适应土路而已。

从《水浒传》的描述来看，送信这活儿最适合公孙胜的师父罗真人来干，他手下有一千个黄金力士，一挥手就能把李逵送到几百里之外，比高铁还快。

大家就当个神话看吧，罗真人的事别当真。

戴宗紧赶慢赶总算赶到了梁山脚下，不料，一顿酒过后，他又被麻翻了。

下手的是朱贵的手下，为此宋江和戴宗一直对朱贵意见很大，朱贵在后来的梁山屡被歧视，日子很不好过。好在朱贵早就习惯了匍匐前进，心里没大的落差。

麻翻了戴宗，朱贵打开了包袱，发现了蔡九写给老爹的那封如何处理宋江的请示信，此时戴宗已经被带进了操作间，马上要变成肉馅，他的腰牌在最后时刻救了他。

腰牌上写着"江州两院押牢节级戴宗"，就是这几个字救了戴宗，所以啊，以后出门还得带着工牌，关键时候管用。

19. 一封陌生男人的来信

戴宗没有变成肉馅，反而成了梁山的座上宾。晁盖一听宋江有难，急得像热锅上的蚂蚁，这是一个性情中人，为了朋友愿意两肋插刀。晁盖不会想到，在他死后，亲密兄弟宋江无心为他报仇。

最信任的人却往往伤害你最深，晁盖，该警惕了。

如何救宋江，晁盖没有主意，还得指望智多星吴用。

吴用确实挺没用，他犯了个天大的错误，差点害了宋江。后来的梁山上宋江经常拿这件事跟吴用打趣，吴用写了无数次检讨才过了关，吴用啊，还得加强学习啊。

吴用决定弄封假信来糊弄蔡九知府，他迅速整合了手头的资源，比如会模仿各种笔迹的萧让，会刻各种印章的金大坚。这两个人一组合，伪造圣旨也不在话下。

事实证明，凡是被梁山看上的人都没得选择，不然就得家破人亡，从宋江到卢俊义，从萧让到金大坚，只要跟梁山沾上边，最后的结局只能是上梁山。

萧让和金大坚命运还算不错，出征方腊之前，他俩被借调离开了梁山队伍。他们的经历告诉我们，无论什么时候，专业人才都是被社会需要的。成吉思汗在征战欧洲的时候，会把城里的工匠留下来，说明他非常看重有专业技术的人。

这一次伪造比较简单，就是一封蔡京的回信，吴用撰稿，萧让执笔，金大坚刻章，戴宗负责快递，一个组织严密的办证刻章的集团宣告成立。

假信写好了，戴宗火速拿着这封信往回赶，一切看起来都天衣无缝，但仅仅是看起来。

最大漏洞出现在那枚印章上。

一般而言，父亲给儿子写信，落款就写个"父字"或者"父亲写于某年某月某一天"就可以了。吴用偏偏画蛇添足，还规规矩矩地在信上盖了章，章上刻着"翰林蔡京"。那个时候蔡京已经升官，官至太师丞相了，怎么可能还盖个以前的印章呢？

20. 刽子手的刀举起来

错误永远跟真理一样，时间长了就能分辨出来。

错误也会跟怀孕一样，时间长了，总会被别人看出来。

吴用的那封假信让戴宗顺利过了关，蔡九知府智商确实不高，容易哄骗。蔡九开始按照吴用这个"假爹"的安排，押送宋江去开封，如果真按这个剧情发展，那么吴用他们就可以在梁山脚下直接把宋江抢上山，手到擒来，轻而易举。

值得一提的是，《水浒传》里有很多地理概念混乱的地方，比如从江州到开封，根本就不路过梁山，三个地方是个三角形，有人因此批评施老爷子地理知识不过关。

其实何必呢，老爷子那时也没有全国交通旅游图，在家里想象能想象成这个样子已经不错了。再说了，电视剧开头不都写着嘛，"本故事纯属虚构，如有雷同，纯属巧合"。

就在蔡九准备押送宋江去开封的时候，黄文炳又出现了，假信一下就被人家看破了，吴用的阴谋还没怀孕就流产了，真是倒霉催的。

这下问题严重了，谋反的不仅是一个宋江了，还有监狱长戴宗，更可怕的是还有外部势力——梁山。案子大发了，蔡九和黄文炳要发达了，平定叛乱可是大功啊！

蔡九和黄文炳怕夜长梦多，准备将宋江和戴宗就地问斩。

负责定日期问斩的人也是个无间道，此人跟戴宗关系很好，为了给戴宗多争取几天时间，他巧舌如簧，非说这几天都不适合问斩，不是赶上国家忌日，就是赶上某个妃子的生日，总之五天之内没有好日子，等第六天吧，六六大顺。

五天，足够梁山人马步行到江州了。

这五天对黄文炳来说度日如年，他多么渴望日子过得快一些啊，他好早点完成这件大功劳，只可惜啊，五天，可以做的事情太多了。

五天后，蔡九知府准备好了，梁山也准备好了，宋江和戴宗已经准备认命，奋斗了一辈子，折腾了一辈子，结果一个文字狱就把他俩都装进去了，如果来生可以选择，就选择跟李逵一样吧，不识字，也就没有文字狱了。

对于宋江而言，这一辈子实在太坎坷了，在江湖上跑路，磨难如此之多，一般人早就死了好几回了，幸好他命大。

灵猫也只有九条命，更何况你宋江不是灵猫，至于你是什么生肖，我们并不知道，但至少不是属猫的。

刽子手的刀举起来了，只要手起刀落，宋江的人生就要落幕了。

无论是郓城，还是梁山，甚至江州的牢城，你都回不去了，人生的风景，该用怎样的笔墨去挥洒，又该用怎样的目光去审视，以怎样的灵魂去容纳？人生并不永远都像想象中那般美好，生命中本来就有许多无可奈何的悲哀和痛苦，宋江大哥，好汉不与命争，认命吧。

血出来了，原来血是咸的。

第十四辑
当李逵遭遇李鬼

01. 晁盖的一哥地位开始动摇

血已经出来了，可是为什么我居然不觉得疼呢？

"哥哥，你当然不疼了，那是那些刽子手的血。"

说话的是看起来很傻的李逵，在刽子手举刀的电光石火的一刹那，李逵从旁边的楼上跳了下来。这一跳风情万种，这一跳百转千回，这一跳将梁山第三代老大从刀口下拯救出来，这一跳也让李逵跳进了宋江的核心层。

在日后的梁山，无论李逵提什么要求，宋江都会在笑骂中满足他，他俩的关系是生死之交，他俩的感情是牢不可破。

来救宋江的何止李逵一个，梁山的二十一位头领来了十七个，除了公孙胜、吴用、秦明和林冲，剩下的都来了，可以算是倾巢出动了，晁盖的感恩行动规模不小。

李逵背着宋江在前面走，晁盖等人在后面掩护。晁盖的指挥能力有限，这么多人，居然没有组织分工乱糟糟的，事先也没有设定撤退路线，就让人跟着李逵跑。

李逵是一个没有方向感的人，大家跟着他七拐八拐到了江边。前有大江，后有堵截，这不就是死路一条吗？宋江看着大江已经绝望了，他以为自己就要死在江边了，没有船怎么过江呢？

不用急，宋江大哥，四海之内皆兄弟，你的另一拨兄弟来了。

说话间，李俊带着穆弘兄弟、童威兄弟、李立、张横、薛永来了。

宋江，你是一呼百应的英雄。

从这一刻起，宋江的江湖地位已经确立了，周围的英雄几乎都受过他的恩惠，他说向前，没有人向后，一呼百应，就是这种感觉。

等到几千官兵杀到的时候，这些人毫无惧色，一遭遇就砍了五六百个小兵。虽然杀退了对方的第一波进攻，宋江这些人还是不能在江州城边逗留太久，不然容易被官兵"包"饺子。

大家一合计，过了江，去穆弘家里落个脚吧。

前面我说过，宋江是个睚眦必报之人，这一次也不例外。

刚在穆弘的庄子上站稳脚跟，宋江便哭求大家帮他找黄文炳报仇，多么急不可待！晁盖提出了不同意见，建议从长计议，但宋江坚持必须立刻就报。

立场坚定的花荣站在宋江的一边："哥哥，这仇咱一定得报！"

从这一刻起，晁盖的一哥地位开始动摇，梁山的成分早已悄悄改良，已经不是他说一不二的年代了。

受过宋江资助的薛永自告奋勇去黄文炳的老家摸底，剩下的人在穆弘家原地休养。

几天后，薛永带回一个人，这个人是裁缝，做得一手好裁缝活，名字叫侯健，外号通臂猿，长得瘦，胳臂长，身材有点像猿猴。侯健以前曾拜薛永为师，薛永一忽悠，侯健便毅然决然站到了宋江的一边。

其实呢，一个手艺活不错的裁缝，不去思考对大宋的服装进行改良设计，却对梁山想入非非，是绝对的错位，十足的错位。

征方腊的时候，侯健被吴用安排到水军参与作战，在风浪中落水，一代通臂猿就此逝去。或许在那一刻，他才总结出自己的人生，"我的人生，错错错"。

02. 得罪宋江的人，没有好下场

出来混，迟早要还的。黄文炳，你的路到了尽头。

侯健正好在黄文炳家做裁缝活，不费吹灰之力就骗开了黄文炳家的房门，剩下的事情很简单了，一伙人冲了进去，手无寸铁的四十四口人成了宋江复仇的牺牲品。

黄文炳并不在家。

《水浒传》一直被诟病的就是有些血腥，被杀害的无辜人太多。施老爷子如此写是为了突出梁山好汉的英雄气概，在乱世，只有刘邦、朱元璋这些出身草莽，有头脑、有手腕、做事狠辣的人才能成功，中规中矩的良家子弟只能成为盛世臣子而成不了乱世英雄。

宋江指挥兄弟们在黄文炳家放了一把火，远在江州的黄文炳居然从几十公里外看到自己家这边着火了。当然这里面用了夸张的手法，几十公里外能看见几间房子着火，只有超人或者孙悟空。

不管怎样，黄文炳回来了，他的末日也来临了。

得罪宋江的人从来没有好下场，阎婆惜、刘高的夫人、黄文炳，还包括晁盖。

事实上，如果晁盖不死，宋派与晁派矛盾的公开也只是时间问题，只是施老爷子见不得手足相残，就把晁盖给提前写死了。早期的《水浒传》一些版本采用的是另外一种处理方式，晁盖先上山，宋江后上山，宋江上山的时候晁盖已经过世了，两人没有正面冲突。

历史上起义军内部自相残杀的例子其实不少，有若干位起义军头领死于自己人之手。在隋末的瓦岗军中，翟让、李密一度亲密无间，最终李密杀害了翟让，起义阵营从内部瓦解。

黄文炳落入宋江手中，唯一的悬念是谁来替宋江执行刑罚。李逵腾地站了出来，这个人从这一刻起成了宋江身边雷打不动的红人，一辈子没有动摇过。

可怜的黄文炳，可悲的黄文炳，天堂里可能也有小报告，天堂里或许会有你想要的官位。

03. 宋江的法宝：下跪加眼泪

有时候改变在不经意中发生，有时候命运也不归自己掌握。

宋江，从小就是一个好孩子，因为孝廉当了县里的小吏，本以为这就是他的人生归宿，不承想遇到了阎婆惜；本以为他要隐姓埋名躲藏多年，谁想到遇上天子大赦天下；本以为可以安心做个囚犯，谁承想黄文炳要置他于死地。

生活总是问题叠着问题，生活的丝扣永远解不完，有生的日子就好好面对问题吧，因为问题总是接连不断。

宋江和他的兄弟们遇到了现实的问题，到哪里安身？

已经在江州闹下了那么大的动静，再想过回平静的日子不可能了。上梁山吧，可能不是归宿，但至少是个退路。

宋江的兄弟们都跟着他走上了梁山的路，有的人兴奋，有的人无奈，有的人则是无所谓。

历史注定宋江就是一个带头大哥，在去梁山的路上，他居然还发展了四个下线，一旁的晁盖不知道做何感想，但他必须承认，发展下线也是一种能力。

宋江一行人正在赶路，突然出现一群人将他们拦住，说是要捉拿他。

按照梁山好汉的传统，一般先通报一下姓名，谈不妥就死磕，这是晁盖的方法，不是宋江的做派，宋江是怎么做的呢？

宋江挺身而出，大义凛然，"扑通"跪在地上，说道："小可宋江被人陷害，冤屈无申，今得四方豪杰，救了宋江性命。小可不知在何处触犯了四位英雄？万望高抬贵手，饶恕残生！"

原来挺身而出也可以这样啊？

从另一个层面而言，这也是笼络人心的一种方式，对旧有的兄弟表示：我宁可委屈自己也不连累你们，对有可能发展为下线的兄弟传递的信号则是：我多给你们面子，跪地上求你呢！

跪原来可以有这么多功能，晁盖大哥，要不你也试试？

宋江一生有两大法宝，一个是跪，一个是眼泪。这一跪就把对面四个强人跪得迅速下马，然后迅速跑到宋江面前给他下跪。

下跪也能传染啊。

这四个强人分别是摩云金翅欧鹏（军官出身）、神算子蒋敬（会计出身）、铁笛仙马麟（擅长音乐）、九尾龟陶宗旺（农户出身，擅长挖沟立渠）。

陶宗旺的武器很特别，是一把铁锹，多么接地气啊。陶宗旺后来出任梁山基础建设办公室主任，在梁山主管挖沟。

四人的真实目的是想结交宋江，深层次目的是想获得梁山永久饭票，这一跪全解决了。

04. 绕不过的梁山，躲不过的命运

梁山曾是宋江最不情愿的选择，他几次试图绕开梁山，到头来才发现，终究还是绕不过去。如果人生一定会有宿命的话，那么梁山就是宋江的宿命，绕不过，躲不掉，那么就认真面对吧。

从这一天上开始，宋江决意要在梁山开创属于自己的时代，以前自己的心思并不在梁山，现在需要牢牢抓住梁山这块跳板，这是他人生最后的机会。

晁盖还是大大咧咧地要把头把交椅让给宋江，显然这是个不成熟的老大，哪有老大把自己的交椅让来让去的？老大的交椅不是随便让的。

晁盖可能只是把梁山当成一张海拔比较高的麻将桌，只要大家待着比较舒服就可以了；宋江则是要把这张麻将桌改造成一块弹性很好的跳板，两人的想法有着根本的不同。

宋江说，"燕雀安知鸿鹄之志"。旁边的李逵问，"什么燕雀，什么鸿鹄，蒸着吃还是烤着吃"？唉，一只黑家雀。

宋江并非不想要老大的位子，只是时机还不允许。宋公明的仗义天下闻名，一上梁山就抢了晁盖的位子，这样的名声不是宋江想要的。晁盖现在对宋江来说还有用，可以成为宋江的挡风墙，有了这道墙，宋江可以高枕无忧，可以放心去做事，挡风的事由晁盖完成。

梁山上的分工基本是这样的，发财宋江去，背黑锅晁盖来。

这一次梁山聚首本来要排座次，生生让宋江给否决了。

花荣一行人上山的时候排过了座次，按惯例，新人上山接着往下排就可以了，结果这个方案被宋江给否决了，宋江说："梁山旧头领依然坐左边，新上山的全坐右边。"

这一下，两个阵营实际上已经产生了，晁派和宋派。

新上山头领的入山介绍人是宋江，必然都是宋江的人，宋江不让此时排座次是给日后重新洗牌下伏笔。在后来的排座次中，刘唐和阮氏三雄的地位大幅下降，宋江嫡系的地位直线上升。

绕了一大圈，宋江还是要从梁山重新创业，此刻他考虑最多的是如何跟老爹交代。宋太公一直希望宋江能够光宗耀祖，因此能让宋江在外面当慈善家积累好名声。家里都快吃糠咽菜了，宋江在外面还是一出手就是十两银子。

宋江在心中反复考虑该怎么跟老爹说，如果说，"爹，我接你上梁山"，效果估计跟"老爹我直接送你去太平间"一样。

该怎么说呢？实话实说，你儿子我已经当强盗上梁山了；还是说，朝廷派我上梁山当无间道，咱爷俩一起去。哪个都不好说出口，毕竟是自己的亲父亲，瞎话不能张嘴就来啊！

05. 寂寞的鸵鸟，总是一个人奔跑

无论是说实话还是说瞎话，宋江都必须回家跟老爹说了，闹江州这么大的事情，全国都惊动了，官府抓不到宋江就要抓宋太公了，这叫连坐，脱离父子关系也不行，谁让他曾经是你儿子呢？

宋江跟晁盖一嘀咕这事，晁盖很是重视，表示过几天就派人马下山帮助宋太公搬家。宋江这人呢，自我要求比较高，总觉得个人的事再大也是小事，梁山的事再小也是大事。

宋江一是心急，怕回去晚了老爹被抓；二是他是一个不愿意麻烦别人的人，自己能解决的绝不求人。

第三点是最关键的，宋江要借此向晁盖表明心迹，宋某绝无私心，也不拉帮结派，回家搬老爹这样重大的事也一个人不带，这足以说明宋江手下一个亲

信也没有。

宋江的表演啊，天衣无缝。

晁盖没有辨别能力，居然很长时间也没有看出来。宋江就在他的眼皮底下拉帮结派好几年，到最后，已经不用拉帮结派，因为都是一派了——宋派。

当然，建立完全的宋派还是几年后的事，宋江现在的任务是回家搬老爹。

回家路上的宋江热情高涨，经常甩一甩脑后已经不乌黑亮泽的头发，口中念念有词，成功？我才刚上路呢！

等宋江回到家中，才发现原来自己真的是刚上路。

由于职业习惯，宋江回家走的也是后门，这是他的习惯——走后门。

宋江在后门碰上了亲弟弟，那个叫作铁扇子的宋清，叫宋清铁扇子是变相地说人家是废物，然而这次宋清用行动证明，废物也能变成宝。

宋清飞速地告诉宋江，"你做的那点破事地球人都知道了，现在官差每天都上门问候老爹，就等你回来请你到官府喝茶了。赶紧的，麻溜的，撒丫子跑吧！"宋江一听，情况相当相当的紧急，实话和瞎话都不用跟老爹说了，赶紧脚底抹油溜吧。

宋江确实不适合一个人单独行动，一单独行动准出事。去找花荣单独行动差点被燕顺变成汤，从清风寨单独逃命出来被刘高逮着打了个半死，听说老爹死了回家奔丧被官府抓了，在江州一个人喝闷酒写反诗又被抓，这一次单独行动，后面又有人在追杀。

综合评定：个人行为能力低下，属于无完全行为能力的人。

宋江在前面跑，听着后面嘈杂的脚步声，他知道这一次麻烦了，相当的麻烦。后悔不听晁盖言，后悔不把花荣带上，悔啊，哪里有卖后悔药的呢？

宋江无奈之下跑进了一座破庙，进去时太仓促，都没有看清楚是什么庙。后来林冲提醒他说，"哥哥，以后看清楚再进，千万别进了白虎节堂啊"，当时气得宋江脸绿。

宋江后来才弄清楚，原来是九天玄女庙。九天玄女是古代神话中的女神，是中国道教尊奉的女仙，在这里出现是有符号意义的。

《水浒传》中，道教是最被尊崇的，这与宋朝尊奉道教有很大关系，宋徽宗也叫道君皇帝，可想而知道教在当时的地位。

《水浒传》中佛教的地位也比较高，比如鲁智深和他的师父智真长老。儒教的地位是最低的，典型代表是王伦，吴用只能算个自学成才的农村青年，他不能算作儒生。如果说落第秀才王伦算作腐儒，那么自学成才的农村青年吴用只能算作腐竹吧。

06. 日有所思，夜有所梦

不经历风雨怎么见彩虹，没有人能够随随便便成功。宋江也不是一下就建立了功业，人家也是百吓成钢，他受到的每一次惊吓都让他后怕不已，因此他总是说，"其实，我感谢生活！"

这一次他确实应该感谢生活，在这一次受惊吓的过程中他居然接受了九天玄女娘娘的函授，从此他就是九天玄女的函授学生了，就是不知道发不发函授毕业证。

宋江为了逃避追捕躲进了神橱里面，搜捕的官兵一怕苦、二怕累、三怕天黑、四怕庙里有灰、五怕半夜闹鬼，象征性搜了两下，这些五怕官兵就撤退了。又累又困的宋江居然在神橱里睡着了，在睡梦里他见到了九天玄女娘娘，玄女娘娘的大概意思是说，你本来是天上的一颗星，因为功德还不够所以还得在人间多修炼，修炼差不多了你就重新回到星宿的序列了，所以你要多努力啊，小鬼！另外送你三卷天书，作为课外辅导材料吧！

等宋江醒来的时候，发现自己正睡在神橱里，身边真多了三卷天书。

按照唯物主义以及弗洛伊德对梦的解释来看，"日有所思，夜有所梦"，宋江把自己当成了一颗星，希望得到别人的承认，在梦里他得到了九天玄女娘娘的承认。这就好比一个人总渴望自己买彩票中奖，结果就会经常做梦中奖，这就是梦，很奇妙。至于那三卷天书，本来就放在神橱里，这一次被宋江给顺走了，读书人的事情叫顺，不能叫偷。

这次意外的收获让宋江兴奋不已，后来他得知一个细节，又让他郁闷了好几天。

原来在他被追杀的时候，戴宗就在旁边目睹了这一切，却没有出手相救，而是用自己豹子一样的速度回梁山去搬救兵。一来一回几个时辰已经过去了，宋江要是命不好早就被砍死了，所以宋江总结出一条规律，"戴宗这个人啊，一出了事跑得比兔子还快！"

不过还是有值得信任的兄弟，比如李逵，这个兄弟虽然长得黑，心却不黑，虽然长得丑，其实还很温柔。这样的兄弟要紧紧依靠，戴宗那样的兄弟只能合理利用了。

现在又是李逵这个兄弟发挥了最大作用。

宋江接受完九天玄女的函授出来，又被人跟上了，李逵冲了出来，把领头那个叫赵能的人给砍了。虽然都说李逵傻，但李逵有自己独特的精明。当时他把赵能砍倒在地，欧鹏和陶宗旺从一旁冲了过来，李逵当机立断，果断地砍下了赵能的首级（梁山是按首级计算战功的），美其名曰：怕兄弟争功坏了义气。唉，到底真傻还是假傻。

一无所获的宋江只能快快地跟着李逵等兄弟一起回梁山，他不知道老爹和老弟现在怎么样了。

一回到梁山，宋江看到老爹和老弟正坐在椅子上向自己微笑。

幻觉，可怕的幻觉，九天玄女娘娘快救救我！

不对啊，不是幻觉，真的是老爹和老弟，宋江又开始组织语言，他不知道该说真话还是假话。

还是宋太公先开了口，"黑子，你的事我都知道了，既然上了梁山就好好干吧，老爹不拦着你，还跟着你一起干！"

谁说父爱不感人，因为父亲爱得深沉不轻易外露；谁说父爱不动情，那是因为父亲们含蓄！此时的宋江只有一句话，"下辈子我们还做父子！"

还是晁盖想得周到，接到戴宗的线报后派了两拨人下山，一拨人去保护宋江，一拨人去宋江家里帮忙搬家，值钱的全搬上了山，剩下的就放一把火。放火是梁山解决剩余财产的唯一方式，太简单，太粗暴！这种方式只能用一句话解释，"我得不到的，你也别想得到"！

07. 李逵的"乡愁"

宋江的家属全上山了，为此全梁山大吃了三天，从此形成惯例，只要有家属上山就大吃三天，梁山上下都盼着有新家属上山，这样又能大吃三天。

大吃的三天大家都喝了很多酒，喝到最后都有点喝不动了，三阮兄弟开始吵着要吃凉拌苦瓜，说吃肉已经吃腻了。看来人都是会变的，连三阮兄弟也会变。

大家在吵吵嚷嚷的时候，一个道士暗自神伤，这个道士就是公孙胜，一个为了抢生辰纲而暂停修炼的人。

为了生辰纲公孙胜暂停的不只是修炼，连年事已高的母亲也暂时顾不上奉养了。古语有云，"父母在，不远游，游必有方"，父母在时，做子女的尽量不远游，如果要远游，那么一定是为了一个正确的奋斗目标。

公孙胜的目标是什么呢？劫取生辰纲。这个目标啊，有点说不出口。

从这点来看，公孙胜够不孝的。道教讲究"无为而无不为"，不妄做（不因妄念而做），公孙胜却因对生辰纲起了贪念参与抢劫生辰纲，严格说来，违背了作为一名道士的基本修养。

此时的公孙胜对金银保持着原始的眷恋，当看到晁盖拿出一盘金银后，他说，只需三分就好，晁盖哪管那么多，见面分一半吧，于是公孙胜很勉强地收下了。这是他对金钱最后的依恋。

在以后的生涯中，公孙胜回到了家乡，重新接受了师父罗真人的教诲，从那时开始，他明白做一个道士是多么自豪，以前的自己又是多么渺小。

也正是从那时起，公孙胜与梁山若即若离了，彻底离开梁山只是时间问题。

公孙胜走了，李逵坐不住了，看见人家接爹的接爹，看娘的看娘，李逵也不是从石头缝里蹦出来的啊，石头缝里蹦出来的那位姓孙，而他姓李。

李逵是山东沂水人，早年间因为打死了人而流落江湖，他还有老母亲在家乡与大哥李达相依为命。李逵知道大哥李达只会给地主家扛活，连个小买卖都不会做，人家武松的哥哥还能卖个烧饼，而他的哥哥却连个烧饼都买不起，孝敬老娘终究还得靠李逵。

李逵想下山，宋江却很担心。全梁山的头领中，李逵的特征最明显，头型，肤色，两把大斧。这么让人过目不忘的李逵还想下山去搬老娘上山，这比让刘唐去给宋江送金子还危险。

那时候燕青还没有上山，暂时还没有能制服李逵的人，以前戴宗能拿职务压制李逵，现在戴宗不是监狱长，也就压不住李逵了，也就剩宋江能用控制零花钱的方式控制一下，其余人对李逵更是惹不起，都是敬而远之。

饶是如此，宋江还是说服不了李逵，说到底，宋江也不能阻止人家尽孝道，不然是要遭雷劈的。

宋江与李逵约法三章，第一路上不准喝酒，第二一个人单独行动，第三不准带斧子下山，这三条对李逵来说做起来都不算难。

跟接母亲上山相比，这点约束又算得了什么？

李逵哼着歌谣下山了，他已经计划好了以后在山上怎么孝敬老娘，夏天带老娘游一游梁山水泊，冬天到梁山最高峰去看雪，至于伙食方面，吃啥有啥，保证能让老娘把肉吃腻。

李逵并不知道，这一次下山是与母亲的最后一次见面。

从他快乐地下山到悲凉地吟出乡愁，只有短短的几天。

仅仅几天之后，李逵心如死灰。

08. 当李逵遭遇李鬼

李逵下山以后，宋江安排朱贵跟在后面，这是梁山常见的安排，先头队伍后面都安排有殿后的队伍，这回也不例外，李逵是先锋，朱贵是殿后的队伍。

李逵刚下山时感到一切都新鲜，在梁山的这几个月把他憋屈坏了。梁山什么都好，就是娱乐设施太少，天天只能吃肉喝酒，想听个曲、唱个歌都没有地方去。当然李逵并不喜欢听曲，但他喜欢看热闹。

前面有一堆人看起来很热闹，爱看热闹的李逵凑了上去。

一堆人围在那里看通缉令，通缉令上写着：宋江值一万贯，戴宗值五千贯，李逵值三千贯。

李逵有点郁闷，凭什么我的身价跟宋江和戴宗差那么多呢？后来李逵听说鲁智深身价只有一千贯时，才开心起来，原来自己相当于三个鲁智深啊！

李逵正郁闷时，后面有人叫了他一声，"张大哥，你怎么在这呢？"

把李逵叫成"张大哥"的正是朱贵，这个在梁山地位不断下降的头领做事还是一板一眼，值得信任。

朱贵把李逵拉到了自己兄弟的酒店，把李逵"训斥"了一番："你长得那么有特点，还往通缉令前面凑，就你那长得像肉馅包子的脸，谁不认识你啊？"

李逵"嘿嘿"了两声就开始喝酒，以朱贵的身份只能说到这个程度了。朱贵的地位跟李逵是根本没法比的，人家离宋江只有几厘米，他与宋江的距离却是几公里。与老大的距离就决定了你在团队里的地位，这是每个团队的惯例。

朱贵的弟弟叫朱富，是一个小酒店老板，会酿酒，会酿醋，后来在梁山专门负责酿酒和酿醋。朱富属于有手艺的人，到哪里都会吃喝不愁，但还是听朱贵忽悠，"上梁山大碗喝酒，大秤分金"，结果也心动了。

其实呢，做一个会酿酒会做醋的酒店老板生活也不错嘛，朱富你后悔当初的选择吗？

酒足饭饱之后，李逵起身继续往家里走，尽管朱贵告诉他小路上有猛兽而且还有劫道的，可谁叫他是李逵呢，他怕过谁？

老走夜路总会遇到鬼，李逵在半路上真的遇上了鬼，这个鬼就是李鬼。

鬼当然是假的，李鬼就是顶着李逵的名头劫道，他可能是《水浒传》中最早的侵犯个人肖像权以及商标使用权的人。

李逵是《水浒传》中的打假专家，他第一次打假打了自己的假，第二次打了宋江和柴进的假（有人打着宋江和柴进的旗号强抢民女被李逵发现并铲除）。

李逵与李鬼一见面，真假马上区别出来，本来李逵准备把这个假冒伪劣产品直接销毁，李鬼撒谎说自己家里还有九十岁的老母需要赡养，这一下戳中了李逵心中最柔软的地方。李逵历来把孝道放在第一位，他不可能杀一个还要赡养老娘的人，而且还大方地给了李鬼十两银子。这一次李鬼逃脱了被销毁的危险，不过仅仅是暂时的。

无巧不成书，李逵走了半天，走到了李鬼家的草屋，让李鬼的老婆给蒸了三升米饭。北宋的一升约等于现在的八百克，也就是煮了约二点五公斤的米，按照一斤米可以出四斤米饭计算，这一锅米可以出二十斤米饭，李逵全吃了。

多大的胃！

李逵正等着吃饭的时候，李鬼回来了，一看李逵在自己家里，就跟老婆商量麻翻李逵然后报官，不料被李逵发现了。

假冒伪劣的"李逵"被销毁了，下辈子好好做李鬼吧，别再惦记着做假李逵了。

等李逵再找李鬼老婆的时候，发现人已经跑了，李逵也不去找了，赶紧集中精力吃那二十斤米饭。

没有菜没有肉怎么办，李逵想起了李鬼，唉，这不就是现成的烧烤吗？

09. 宋江，对你的忠诚如此沉重

千万里，千万里，李逵终于回到了家，朝思暮想的亲娘已然苍老了，因为思念李逵还哭瞎了双眼。

可怜的母亲，可爱的母亲，您思念了多年的铁牛回来了，可惜您已经无法用那慈爱的双眼看看已经发达了的铁牛。

李逵还是有自己的小机灵，他没有告诉老娘自己已经上了梁山，他告诉老娘自己做了官。在那个年代，像李逵这样的人做官也并非不可能，高俅都能当太尉，李逵怎么就不能当县令呢？（后来他还真当过几天）

天下的父母都望子成龙，李逵的老母尽管知道儿子肚子里没有墨水，但她还是愿意相信李逵已经当了官，即便李逵没有真当官，老母亲也愿活在儿子已经当官的想象中。

李逵的谎言很快被大哥李达戳破了，这个穷得买不起烧饼的男人来给老妈送了一罐子饭，估计属于汤泡饭那种。

看来李老太太的伙食确实不好，得跟着李逵上梁山了。

即便李达已经说出李逵做的那些勾当，李老太太还是愿意跟着李逵上梁山，毕竟在这里连个烧饼都吃不上，而跟着李逵上梁山，据说能把肉吃腻。

肉？李老太太可能三年都不知道肉味了，而且连猪跑都没见过了，因为眼睛早就看不见了。

李达真是白叫了这个名字，可惜了这个"达"字。

李达、李逵的名字可能都不是父母起的，他们那个破落家庭的父母可能根本就不认识字，这两个名字其实都是施老爷子起的，而且很有关联，所以是兄弟俩。

"逵"的本义就是"四通八达的道路"，跟"达"字形近，意也近，所以这是哥俩的名字。只是李达对不起这个名字。

以李逵在梁山的江湖地位，他的哥哥上了梁山也会有地位，说不定可以协助宋清管理宴席，只可惜这个买不起烧饼的男人始终没有吃烧饼的命。

李逵酒足饭饱的时候也会偶尔想起李达，"大哥你在家乡还好吗？"

从《水浒传》的安排来看，李逵的大哥不上山以及老娘被老虎吞食，都是为了对忠诚于宋江埋下伏笔，因为只有这样，李逵才能死心塌地地成为宋江的死士。

李逵家的遭遇跟扈三娘有相通之处。

扈三娘本来有爹有哥，结果爹被李逵砍了，哥哥被李逵赶得远走他乡，扈三娘在梁山上孤零零一个人，干哥哥宋江要拿她送礼，她也无可奈何，从此只能跟王英一起更加忠诚于宋江。

一个家庭的悲剧成全了对宋江一个人的忠诚，这个代价实在太大了。宋江大哥，对你的忠诚居然如此沉重。

李逵的家庭悲剧已经注定，接下来的故事不可避免。

李逵用一锭大银稳住了贪财的哥哥，他则背着老娘专挑小路走，向着梁山的方向奔跑。

走小路的代价，对于李逵而言太沉重了。

小路隐藏于山间，老虎时而出没。

李逵的老娘口渴急着要喝水，孝子李逵翻山越岭去找水。等到李逵好不容易找到水的时候，老娘却不见了。

老虎来过，惨剧发生了。

盛怒下的李逵顺着血迹找到了虎穴，先砍死两个虎崽，又在虎穴从里向外进攻，把准备用尾巴剪自己的母老虎一刀插死。

李逵从虎穴出来，迎战虎爸爸。虎爸爸奋力向李逵扑来，还没有看清李逵怎么出招就已经死了。

没有老虎知道李逵究竟用的什么招数，等它们知道的时候，已经死了。

这可能是李逵一生中用得最黯然销魂的一招，心哀大于身死的李逵用这一招为老娘报了仇。

10. 一个人最大的痛苦，就是记忆太好

子欲养而亲不待，不读书的李逵说不出这么文绉绉的词，但他知道，母亲不在了，这是人生中最大的痛苦。

当他再看到肉的时候，总会想起母亲那无光的双眼，铁牛曾经答应您老人家顿顿吃肉，可现在肉就在面前，您却吃不上了，永远都吃不上了，永远，永远！

从李逵的内心而言，他从来没有把这次杀虎的事情放在心上，他只知道娘没了，自己彻底成了没妈的孩子。没妈的孩子像根草，以后他这根草只能牢牢长在梁山上，永远跟在宋大哥身旁。

李逵同当年的武松一样，没把打老虎的事情放在心上，可是老百姓不答应。

世上的事情就是这样，当事人可能都没有放在心上，旁观者却把当事人抬了起来，而且抬得越来越高，直到抬得你找不到北。这个时候被抬的人需要保持清醒的头脑，不然下边的人一松手，"咣当"就掉地上了。

李逵是个粗人，本也想低调，可还是经不住旁人的吹捧和抬举，他也有点上头了。李逵思考了一番，还是打算领了赏钱就走，可惜消息传播太快，四里八村的人都来看打虎英雄，来的人中就有李鬼的老婆，这下李逵就得准备"咣当"了。

李逵的"咣当"也是因为酒，酒是他一生的朋友，也是一生的敌人。因为酒他结交了很多朋友，比如宋江，比如戴宗，因为酒他也结下了很多敌人，比如这一次给他喝药酒的曹太公。

成于酒，也败于酒，李逵的结局是死于宋江的毒酒。

对于李逵而言，一个人最大的痛苦就是记忆太好，过去的很多事忘不掉。

听说有一种酒叫作"醉生梦死"，喝了它，以前的很多事就再也记不起来了，李逵认为宋江给他喝的就是"醉生梦死"，很多事他就再也记不起来了，也不需要去记忆了。

现在的李逵还有记忆，他在半醉半醒之中被人捆住，等他醒来的时候，已经成了要上交给官府的囚犯。

饭前，自己还是杀虎英雄，饭后，就成了囚犯，从英雄到囚犯原来只有一顿饭的距离。

李逵被抓了，着急的不仅是他一个人，旁边还有两人——他的老乡朱贵和朱富。朱贵心急如焚，宋二当家的把他的亲信交给我照应，我却没有照应好，如果李逵有个闪失，我朱贵与二当家的距离恐怕就不是几公里了，没准是生与死。

难怪人家叫我旱地里的鳄鱼，就是越活越抽抽的命。

朱贵急得不知所措，旁边的朱富却笑了，"哥，救李逵太简单了，下药呗"。

一语惊醒梦中人，朱富你太有才了，不上梁山绝对是白瞎材料了。

朱贵急忙从随身的包袱里拿出蒙汗药，这是他旅行必备的物品，通常是跟牙粉放一块，哪次出差不带着蒙汗药，他睡觉都睡不踏实。有一次，朱贵是把牙粉和蒙汗药弄混了，被他下药的那位一直都活蹦乱跳，他自己倒睡了一天，醒来一看，自己被抢了。

世上的事情总是有各种巧合，负责押送李逵的人居然是朱富的师父，名叫李云。李云也不是一个纯种汉人，看看他的长相：

面阔眉浓须鬓赤，双睛碧绿似番人。

沂水县中青眼虎，豪杰都头是李云。

又一个民族融合的代表，估计是金人或者辽人与宋人合资的产品。

这也很正常，那时尽管燕云十六州在辽国统治下，两国的边界没有现在的国界那么分明，民间的贸易往来非常频繁，通婚也很普遍，李云这些人就是民族融合的代表，在梁山他也不孤独。

11. 逃不出人情这张网

你在桥上看风景
看风景的人在楼上看你
明月装饰了你的窗子
你装饰了别人的梦

李云读不懂这首诗的深意，可他懂得"螳螂捕蝉，黄雀在后"的俗语。

不过他还是躲不过，因为下药的人正是他最信任的人——他的徒弟朱富。你最信任的人，害你却是最深。一般人害你，只是砍在身上，而你最信任的人害你，却是砍在心里，而且一刀比一刀深，久久不能愈合。后来，在梁山上，朱富碰过的东西李云从来不碰，也从来不跟朱富哥俩喝酒，因为被下药吓怕了。这种记忆，会延续一辈子。

当年晁盖一行人给杨志下药还得先演出戏，现在朱富给李云下药连戏都不需要演，我朱富带酒肉来给你和兄弟们吃，不吃就是不给我面子，打我的脸，你李云能不吃吗？

李云勉强喝了两小盏酒、吃了两小块肉，这就足够了。朱贵的蒙汗药，药力大，药劲久，见效快，李云带的三十个士兵不一会儿就全部倒地，李云也支撑不住，倒在地上。

现在进入李逵时间，李逵杀得兴起，陷害他的曹太公、李鬼的老婆连同那三十个士兵和几个猎户全被李逵砍死，要不是朱富拦着，李云也被砍了。

由此我对李逵这个名字有了另一种理解，"理亏"，杀人太多，亏了天理，所以当宋江端出毒酒的时候，李逵知道：出来混，迟早要还的。

李逵得救了，朱贵和朱富的任务也完成了，朱富在当地也待不下去了，上梁山吧，梁山正需要你这种专业人才。

传统社会的小人物往往最讲义气，在朱富决定上山的时候，他还没有忘了叫上师父李云一起走，显然这是个很有义气的人。

到处都是人情，李云逃不出人情这张网。

当朱富将上梁山的计划和盘托出时，李云只能答应。手下的兵都死光了，犯人也跑了，回去也无法交代了，上梁山是唯一的选择。

李云跟着朱富一起上了山，在梁山他当上了梁山基建处主任，与那个叫作陶宗旺的农民一起建设新梁山，小喽啰们都叫他李头领，慢慢地他忘了自己曾经是个都头。

直到武松通知他梁山上有个"都头俱乐部"，李云才想起，原来自己曾是个都头。参加聚会的有武松，有朱仝，有雷横，还有李云。大家说起了很多陈年往事，说着说着都流下了眼泪，那些往事、那些历史、那些故人、那些经历都只能活在记忆里了，李云端着酒杯，望着窗外，"明月装饰了我的窗子，而我又装饰了谁的梦"？

第十五辑 我们一起上梁山

01. 梁山进入"双头"时代

初到梁山，李云得知了李逵的悲惨经历，当时他觉得李逵这个没妈的孩子挺可怜。时间长了，李云才发现，在梁山，他才是没妈的孩子。

此时的梁山已经进入了"双头"时代，两个老大，一个是晁盖，一个是宋江，两人表面看起来一团和气，暗地里的竞争已经开始。

李云和朱富作为新入伙的头领，按道理应该坐到宋江一边，就是宋江所说的"新上山的头领坐右边，等以后有了功劳再排座次"。

上山路上，朱贵和李逵曾经跟李云他们交代过，而等到落座的时候，才发现座位有很多玄机，原因在于晁盖的一句话，"这两位头领就坐左边白胜上首吧"。

说白了，晁盖是把他俩当成自己的下线了。

李云久在官场混迹，尽管只是一个都头，但他还是知道官场潜规则的，他知道两个老大所带领的阵营已经开始暗中对抗，他这个没有任何根基的人在这里就是没娘的孩子，哪一个阵营都算不上。如果说李逵与宋江的距离只有几厘米，那么他跟晁盖和宋江之间至少隔了一个大气层。后来还是朱贵的一句话点醒了他，只要你保持着匍匐前进的姿势，不管老大是一个还是两个，跟你都没有任何关系！

"双头"的概念还是吴用的发明，这是一个骑墙派的伎俩。按道理说，晁盖和宋江的名分已定，晁盖是老大，宋江是老二。

可能是因为宋江的势力已经很大了，晁盖也得认可"双头"的提法。

吴用说，"近来山寨十分兴旺，感得四方豪杰望风而来，皆是二公之德也"。看看，"双头"的概念已经呼之欲出，显然是套用炎黄二帝的说法。

后世的人觉得炎黄并列，两人之间应该很和谐，实际上炎黄二帝曾经爆发过大战，炎帝被黄帝打败，而且还遭到了黄帝的放逐，后来炎帝很得民心，被黄帝召回辅政，两个部落合并后称炎黄部落。

朱贵听吴用提到"双头"的概念，他并没有当回事，紧接着的提议让他的心情降到了冰点。

吴用提议，梁山壮大了，应该分东、南、西、北各开一家酒店，东山酒店还是朱贵负责，西山酒店由童威、童猛负责，南山酒店由李立负责，北山酒店由石勇负责。酒店从一个变成四个，这就意味着朱贵从梁山总接待处主任降格为了梁山接待一处主管，另外三位店老大曾经在他的酒店里吃过上山饭、喝过上山酒，如今已经成了跟他平级的头儿。

旱地里的鳄鱼，果然越活越抽抽。

老梁山的兄弟中有人比朱贵还郁闷，这个人就是杜迁。吴用建议设立山前三座大关，由他总把守，但只能看门，不能调遣一兵一卒。

这时，杜迁想起小时候有人给他算过命，说他将来能当掌门人，现在他知道了，"掌门人"原来就是"拿着钥匙看大门的人"。

杜迁这一辈子着实郁闷，好不容易跟着王伦有了个落脚的地，风波接二连三，老大王伦被灭了之后，他这个二当家的就是伽利略手里的铅球，做自由落体运动了。人家李逵、王英都是属风筝的，迎风直上，唯独他们几个老梁山人是属铅球的，再大的风也挡不住他们下落。

晁盖把他们当王伦的人，宋江把他们当晁盖的人，后来的卢俊义把他们当成宋江的人，总之，他们的脸上似乎刻了几个字，"不受人待见"。

02. 有人的地方就有江湖

　　杜迁成了"掌门人"，其他人也有相应安排，陶宗旺负责市政建设，修水路，挖河道，谁让你随身带着铁锹呢；神算子蒋敬当会计，全梁山就你一个人是学理科的；萧让负责设置关防文约，金大坚负责雕刻兵符印章，注意你俩就别再合作了，容易出事；侯健本来就是裁缝，接着做铠甲缝衣服吧；李云听说你以前盖过房子，就在梁山当个监理工程师吧，注意工程质量；马麟先别吹笛子了，去看着工人造船吧；晁派头领宋万和白胜去金沙滩下寨，宋派头领王矮虎和郑天寿去鸭嘴滩下寨，穆春和朱富负责收集钱粮；吕方、郭盛在还没想好站在哪边的情况下就先负责总部的安全保卫吧。至于宋清，别当铁扇子了，当办公室主任吧，专门负责安排宴席，注意伙食标准。

　　在吴用的调度下，双头时代的梁山高速运转，形势不是小好，而是大好。晁盖正是在大好的形势下想起了公孙胜，道士走后一点消息都没有，说好请假一百天，这都一百多天了，怎么还不回来销假呢？

　　宋江一笑，"哥哥别急，咱这不是有神行太保戴宗吗，比什么车都快！"

　　宋江一声令下，戴宗就开始奔跑。

　　戴宗也没有别的本事，只能靠跑步在梁山上混碗饭吃，等有一天跑都跑不动了，真不知道自己还能做点什么。

　　这天，戴宗正飞快地跑着，山脚下站着的一个大汉，大喊一声"神行太保"，这一声喊让戴宗非常激动，没想到在这穷乡僻壤还有人知道自己。

　　怪只怪戴宗太有特点了，一路上他不断像超人一样超车，那个年代除了他，就只有超人具有这个速度了，而他又没披斗篷，肯定就是神行太保戴宗了。

　　喊戴宗的人叫杨林，此人没啥特点，外号叫作锦豹子，搞不清具体含义，莫非是说杨林像一只穿着比较讲究的豹子？可能在当地也是一霸，不然对不起野兽的外号。

　　杨林带来了公孙胜的最新消息，原来公孙胜已经把杨林发展为下线，并给他写了一封推荐信，只是杨林不知道上梁山该先迈哪条腿，便一直在梁山下徘徊。听杨林如此一说，戴宗放心了，梁山"双头"还担心公孙胜会退出梁山，现在看来不太可能，一个在回家路上还热衷于发展下线的人怎么可能轻易退出呢？

有人的地方就有江湖，你公孙胜退得出吗？

03. 邓飞是个混血儿

一个人怕孤单，一个人怕寂寞，一个人孤独奔跑也渴望有朋友一路同行，现在杨林出现了，戴宗不孤单了。杨林曾走过蓟州的大街小巷，对蓟州的地面非常熟悉，戴宗正需要这样一个向导，不然他在蓟州还得当好几天无头苍蝇，现在这只苍蝇算是有头了。

蓟州是公孙胜的老家，《水浒传》中把蓟州写得跟北宋的地面一样，实际上，那时的蓟州是在辽国的统治下，属于当年被石敬瑭出卖给辽国的燕云十六州之一。

石敬瑭这人啊，着实挺无耻的。为了当皇帝是真舍得拉下脸，四十多岁了愣是给辽国三十来岁的皇帝耶律德光写了封信，信的内容很简单，很直白，"爹，让我当您的儿子吧"。人可以无耻，但不能无耻到这个地步，所以宋江批判他说，"我就够无耻的了，没想到你比我还无耻！"

施老爷子把蓟州写得跟北宋地面一样，实际是折射读书人的情怀。在读书人眼中，蓟州始终是属于宋代政权的，在潜意识中始终不愿意承认蓟州被割让的事实。公孙胜能够从蓟州走到山东找晁盖，戴宗和杨林也不需要办通关文牒就能进入蓟州，说到底，在读书人的心中，蓟州始终是属于我们的。

这是一种精神上的拥有。

杨林愿意跟戴宗一起去蓟州，戴宗求之不得，于是杨林就享受了一次与戴宗同行的待遇，要快就快，要慢就慢，从天涯到海角也就是一抬脚的距离。

两人说笑间来到了饮马川，饮马川风景非常好，山清水秀，气候宜人。

杨林早年间在林子里讨过生活，一看饮马川这地势，他就知道一定会出现同行，这是他的职业敏感。

话音刚落，强盗就出现了，戴宗在旁边感叹，"真是隔行如隔山啊，我只知道穿什么鞋走路最舒服，你却知道哪里有强盗，差距啊，差距！"

戴宗正感叹时，杨林已经冲了上去，这是他在新大哥戴宗面前显示自己的好机会，他拿出了笔管枪。

笔管枪这种武器非常怪异，特点是柄如同笔管，一端装有锐利的金属头，使用这种兵器的人要么武功极高，要么武功极其平庸。因为这种兵器太怪异了，就跟使用判官笔做武器的一样，要么是高手，几招之内能点死你，要么是秀才，几句话能写死你。

至于杨林，估计也属于拿着笔管枪吓唬人的。阮小七也使笔管枪，不知道他俩谁使得更好。

杨林正准备出手，对方一个领头大叫一声，然后一个劲儿跟他说，"缘分啊，缘分啊"。杨林以为是诈，不敢放松警惕，定睛仔细一看，他也走了上去，大声跟对方说，"缘分啊，缘分"。

一旁的戴宗看得云里雾里，这是唱的哪一出啊，卖拐？卖车？还是卖担架？都不像啊。

两个强盗一个叫邓飞，一个叫孟康，邓飞以前跟杨林合伙劫过道，收益五五分成，也算是旧同事了。后来两个人各自有发展，便分道扬镳。一别五年后，又因为这次劫道在树林中重逢。

《水浒传》中的民族大融合实在太多了，邓飞可能也有外族血统，只是不知道是哪两个族的合资产品，且看他长得什么样。

> 原是襄阳关扑汉，
> 江湖飘荡不思归。
> 多餐人肉双睛赤，
> 火眼狻猊是邓飞。

我翻看了世界人种学的一些书籍，发现眼睛红赤这个特征与高加索人种的地中海型比较接近，这一人种目前多居住于西班牙、意大利等地中海沿岸国家。

联想到《马可·波罗游记》，我大胆推测，邓飞很有可能有欧洲人血统，祖上可能是地中海沿岸国家的人。

当时的人不理解为什么他的眼珠发红，就猜测他是吃人肉吃的。照这个理论，李逵的眼睛应该更红。可李逵的眼珠还是黑的，说明眼睛红赤跟吃人肉没关系，而是遗传的问题。

04. 我们一起上梁山

戴宗看着邓飞打心眼里欢喜，此人如果成为自己的下线，该多有面子啊，宋江哥哥也会喜欢，带这么个混血儿出战，绝对拉风。

邓飞的外号叫火眼狻猊，意思是眼睛发红的狮子，在当地肯定不是好惹的主。邓飞的武器是一根铁链，舞起来虎虎生风，一般人近身不得。戴宗掩饰不住心里的欢喜，心中暗说，这趟下山真值。

邓飞跟戴宗打了招呼，又介绍起自己身边的兄弟——玉幡竿孟康。

幡应该是从经幡演绎过来的，经幡有蓝、白、红、绿、黄五色，每种颜色都有固定的含义。蓝幡象征天空，白幡象征白云，红幡象征火焰，绿幡象征绿水，黄幡象征土地。经幡从上到下的排列顺序也是固定的，蓝、白、红、绿、黄不能乱，如同蓝天在上、黄土在下的大自然。

能做幡的竿必须是高挑的。孟康之所以能被称为玉幡竿，是因为个高、皮肤白净。

戴宗看见孟康之后眼睛又亮了，他在心里仔细一盘算，这下有三个下线了，豹子杨林，狮子邓飞，竿子孟康，一个是兵器怪异，一个是混血儿，一个是一表人才，这三个人往宋江面前一交，晁盖你的头还抬得起来吗?

孟康以前是造船的，造船讲究慢工出细活，有一次运花石纲，上面催着赶工期，孟康忍受不了工头的催促和压榨，便杀了工头流落在江湖。在后来的梁山上，孟康遇到杨志，他告诉杨志，他押运的船之所以会沉，是因为偷工减料，可能没安刹车闸，所以遇上风淮沉。为此杨志郁闷了很多天，为什么偏偏是我摊上那条偷了工减了料的船呢? 孟康你们的职业道德又在哪里呢?

违反职业道德的何止孟康一个，孟康他们的老大也是一个违反职业道德的人，这个人叫裴宣。

裴宣以前是孔目（朝廷文职官员）出身，因为不肯跟上司一起贪污遭人陷害，被发配沙门岛（现在渤海口庙岛群岛），路过饮马川时被邓飞和孟康救下，没有办法便在饮马川落草为寇，每天做违反职业道德的事情。

别人做强盗很轻松，裴宣做强盗很痛苦，每次打劫之后他都会翻看大宋律，对比一下应该判什么罪，几个月下来已经判了几次斩立决。他不知道这日子什么时候是尽头，现在那个叫戴宗的人来了。

戴宗一看山上还有裴宣这样一个老大，心里更是乐开了花，一下子发展了四个下线，这下跟宋江哥哥的关系又可以进一步了。

谁说戴宗只会跑步，戴宗也能拉人头。

五人围坐下来，说了很多江湖故事，戴宗看着四人打心眼里欢喜，裴宣则还是一如既往的忧愁，因为饮马川虽然风景优美，但自己手下只有三百多个喽啰，抢财主绰绰有余，可如果被官府封山，饮马川上的兄弟可能会被活活饿死。

戴宗一看时机到了，下山时他把梁山的交通旅游各种优势铭记在心，现在发挥起来轻车熟路。

"梁山八百里水泊，山前三座雄关，还有若干小寨，更拥有晁盖宋江双头，四周茫茫水波，官府无法逼近，奈何不得。"

人比人得死，寨比寨得扔。饮马川上总共三百来个人，十来车货，喂马的草料还不足，而且还只有裴宣一个勉强算得上老大，怎么跟人家梁山两个老大比呢？

裴宣急着追问，"怎么才能上梁山呢？"

戴宗等的就是这句话，他热情地说，"下山的时候，老大们都交代了，欢迎各种有才能的兄弟上梁山，只要有才能，梁山就不会埋没你。你给梁山一个惊喜，梁山还你一个奇迹。"

听到这，裴宣三兄弟再也按捺不住了，啥也别说了，上梁山。

05. 杨雄，一个当街挨打的刽子手

戴宗张开臂膀拥抱了几位新兄弟，脸上不禁流下了热泪。想想自己已经不

当老大很多年了，现在终于又找回了当老大的感觉，即使以后我不是你们的老大，但请记住，我是你们上梁山的引路人。

四位兄弟似懂非懂地点了点头，他们知道，眼前这个人就是他们上梁山的敲门砖，如果没有这个人，自己去哪里弄那张上山的船票呢，又到哪里去寻找那永久饭票呢？听说在那里能让人肉吃腻、酒喝吐，那是一种什么样的感觉呢？

戴宗酒足饭饱之后，来到饮马川山顶，好山好水，真是秀丽，如果能守得住，这里的风景比梁山耐看。戴宗无限留恋地看了看眼前的风景，他知道这次下山之后，再看这样的风景就只能在梦中了，裴宣他们上梁山之前这里的山寨肯定会烧掉，关于这里的记忆也会随着大火逝去。

相约返程时一起上梁山后，戴宗和杨林来到了蓟州，没有办通关文牒就进了城。

尽管有杨林这个活地图引路，两人还是成了没头的苍蝇，蓟州那么大，你知道哪个角落里住着公孙胜呢？

杨林考虑公孙胜是个道士，可能住在乡下，两人就从农村开始找，想走农村包围城市的道路。整整找了两天，一点消息都没有。

两个人又回到了城里，心想公孙胜抢了生辰纲之后有钱了，可能已经从农村进城了。在城里找了一天，还是没有任何消息。

戴宗这人能力确实不行，侦察能力跟后来的时迁无法同日而语。如果说时迁能做一个高级谍报人员，那么戴宗只能给谍报人员送信。从始至终，他就是梁山上的一个快递员，口号就是，"使命必达"。

戴宗跟杨林正在街上团团打转，碰巧看到一个刽子手领着几个手下刚行完刑回来。起初刽子手还很得意，脸上充满了自信的笑。就在这时，几个醉汉出现了，带头的是驻守蓟州的野战军低阶军官，按照地域管辖范围推断，应该是个辽国军官。军官叫张保，平常就看这个刽子手不顺眼。

刽子手叫杨雄，是从河南到蓟州谋生的人，起初跟着叔伯哥哥混，后来叔伯哥哥从知府任上调走，他就流落蓟州。再后来，蓟州新知府知道他有本事，就让他当了监狱长兼刽子手。这是个很奇特的安排，估计是为了震慑犯人，监狱长就是刽子手，哪个犯人见了他不哆嗦？

不过因为他是外地人，张保和几个破落户瞧不上他，说白了是本地人欺负外地人。

杨雄本也有功夫，因为皮肤发黄，人送外号"病关索"。关索是《三国演义》中关羽的儿子，也是个狠角色。然而就是这样的狠角色，还是被张保和几个无赖夹着动弹不得。

戴宗和杨林本准备出手，考虑到此地是蓟州地面，不归宋朝管，救是不救呢？正犹豫时，一个挑柴的大汉走上去打抱不平，杨雄这才有机会挣脱出来跟几个无赖对打。这下就没得打了，两个日后天罡级的人物在街上打几个无赖，没看头了。

据说因为外号的事，后来上山的关胜对杨雄很看不惯。

你叫病关索，还想当我关胜的二大爷不成？实际上论辈分应该是祖爷爷了。再则，你杨雄既然叫了这个名字，那就不能给这个名字丢脸，结果你在街头上被几个小混混欺负，这不仅丢你的脸，还丢老关家的脸。

杨雄被骂得脸一会儿黄，一会儿白，一会儿红。

06. 戴宗找到了当老大的感觉

看完这场打斗，戴宗心里又痒痒了，为什么呢？因为他又看中了石秀，这个勇猛的汉子如果发展为我的下线，那一定很有面子。

杨雄去追被抢的花红，石秀在打扫战场，打剩下的那几个无赖，无赖很快跑光了，石秀无事可做了。

戴宗和杨林一看有机会了，走上前邀请石秀一起去喝杯酒。

酒这东西太奇妙了，能把人与人的关系喝近，也能把人与人的关系喝远。戴宗喝着酒就拉近了与石秀的关系，他的下线数量达到了五个。

下一次山就能发展五个，戴宗不做传销，瞎材料了。

喝着酒，大家闲聊，得知石秀原来跟叔父一起贩牛羊，叔父中途病故，本钱折完，石秀流落江湖以打柴为生。

从石秀流落蓟州来看，当时蓟州确实是在辽国统治之下。北宋和辽之间的民间贸易往来频繁，北宋向辽输出茶叶、丝绸、瓷器，辽国向北宋输出牛羊。石秀在蓟州流落，说明他们是到蓟州收购牛羊，不料在此地发生了变故。

越是忧愁的人越不能喝酒，借酒浇愁愁更愁。

戴宗在一个劲儿给石秀制造忧愁气氛，劝说石秀应该抓住机会建功立业。石秀听了，默默无语，愁上加愁。

你在房价飞涨的时候劝说一个想买房却手中没钱的人买房，都属于"站着说话不腰疼"型。

石秀忧愁地说，我想上梁山，可是没有门路。

戴宗眼睛亮了，有门了，你就是我的下线了。

戴宗这才坦白了身份，石秀如梦初醒，说了半天，原来你就是神行太保啊，真是无缘对面不认识，只因没带身份证。

戴宗瞬间找到了当老大的感觉，他让杨林从包袱里拿出十两银子给石秀做本钱。

这是跟宋江学来的，一见面先给十两银子，人不惊人，银子惊人。这十两银子后来让戴宗心疼了好几天，他这个人本来就不大方，一下拿出去十两银子，心疼肉疼。

男人的腰板挺直程度是跟兜里的银子成正比的。

戴宗正享受当老大的感觉时，美妙的感觉被一个人破坏了，这个人就是刚才被打的杨雄。

此时的杨雄完全没有了之前的落魄，他的身后跟着二十多个官差。杨雄那身官服让戴宗感觉十分刺眼，那身衣服曾经是他最熟悉的，如今却是让他最害怕的。

戴宗不知道这伙人到底什么来路，一拉杨林，"走，不让他挣那五千贯"。（戴宗被悬赏五千贯）

就这样没有说一声再见，戴宗和杨林留给石秀两个远去的背影，匆匆，太匆匆，林花谢了春红！

07. 心中无刀，手中也无刀

和你一起笑过的人，你可能会忘掉，和你一起哭过的人，你永远都不会忘。杨雄就是这样，他忘不了刚才出手相救的石秀。

两人互相施了个礼，杨雄问，"刚才那两个一起吃酒的人呢？"石秀说，以为你们是闹事的就先走了。

历史不允许假设，如果杨雄知道其中的一个就是悬赏五千贯的戴宗，他会不会扭送戴宗去见官呢？

石秀向杨雄介绍自己是贩牛羊的拼命三郎，杨雄自我介绍是本地的监狱长兼刽子手，二人相见甚欢。

石秀提出了跟杨雄结拜，杨雄时年二十九，石秀二十八，杨雄为兄，石秀为弟。

在石秀看来，他是高攀了杨雄，但从发展来看，杨雄跟着他沾了光。

杨雄在梁山表现很平庸，跟扑天雕李应一样，上了梁山就冬眠了，几乎没有什么表现。征方腊梁山损兵折将，人家却毫发无伤，最后平平安安接受皇帝的赏赐过自己的快活日子去了，上梁山对他来说就是潇洒走一回，走完了该干吗干吗去。

这个对梁山没有功绩的人，何以进入天罡头领行列呢？

第一因为他有官府的背景，在梁山上，只要有官府背景，排名普遍偏高；第二可能跟他的职业有关，刽子手这个职业很特殊，尽管后来蔡福、蔡庆也上了山，但杨雄曾担任监狱长，职务还是比他俩高；第三可能跟他的绰号有关，他的绰号是病关索，关羽关老爷子的儿子，不看僧面也得看关二爷的面子，关胜在最后时刻压过林冲也可能因为他是关羽的后裔；第四也是最关键的，他是石秀的结义兄弟。石秀曾经为解救卢俊义立下汗马功劳，因此石秀得以进入天罡序列。石秀另一个优势在于他是戴宗发展的下线，这也是他成为天罡的原因之一，而杨雄在无形间沾了石秀的光。

不过现在石秀还要仰仗杨雄，在蓟州，他举目无亲。

杨雄引着石秀见了自己的老丈人，一个职业屠户，这一引见倒让石秀赶上了一个新职业——杀猪。

石秀家原来就是屠宰户，由于生意不景气就转型做了贩卖牛羊的买卖，石秀从小学的第一门技艺就是杀猪，正是杀猪练就的胆子让他成了拼命三郎。他在小时候就知道，人猪相遇，勇者胜，人人相遇，还是勇者胜。

石秀来时，杨雄的老丈人潘公已经老迈了，握杀猪刀的手总是控制不住地抖动。现在听说石秀是杨雄的结义兄弟，而且家里祖传杀猪，那就好办了，小石啊，接过杀猪的刀吧。

又拿回杀猪刀，石秀非常激动，他知道这是一把老杀猪刀。老刀和新刀是有区别的，新刀杀猪会流很多血，而老刀不会，老刀杀猪只会流一点血。

心中无刀，手中有刀，这是石秀杀猪的最高境界。后来操刀鬼曹正问他，你能做到"心中无刀，手中也无刀吗"？石秀摇了摇头，曹正则轻松地说，"我能！"

后来石秀费了九牛二虎之力终于打听到，曹正所说的"心中无刀，手中也无刀"，其实很简单，用斧子呗！

08. 爱之深，恨之切

如果每个人都有前世，那么石秀和潘巧云一定是前世有仇。

潘巧云是杨雄的老婆，原本是个寡妇，后来改嫁给杨雄。

杨雄身为监狱长和刽子手，到头来娶了个寡妇，从另外一个角度来说，很有可能是刽子手这个特殊行业不容易娶到媳妇，因为一般人家都不愿意自己家的女婿是刽子手。

只有寡妇愿意嫁给杨雄这个刽子手，说到底，杨雄也挺可怜的。

潘巧云之前的丈夫是个押司，跟宋江是同行，结婚两年后死去，潘后来便嫁给了杨雄。

如果换一个作者，或者换一本书，潘巧云的结局还不会那么惨，只可惜她出现在《水浒传》里，在这里女人几乎没有好下场，这是施老爷子残酷的安排。

林娘子自缢，潘金莲被砍，阎婆惜被杀，潘巧云被杀，孙二娘死于飞刀，扈三娘死于铜砖，结局最好的算是顾大嫂和李师师，顾大嫂和孙新是梁山上唯一一对活下来的知名夫妻，其余两对都死于征方腊的战役中。民间演义的版本里，北宋灭亡后李师师与燕青远走高飞，结局之完美，堪比范蠡与西施，毕竟人们都希望美女过上幸福的生活，但实际上美女的生活真的幸福吗？

古代四大美女中，杨贵妃被迫自缢，王昭君要忍受父死子继的不伦（匈奴单于死后，即位的儿子可以娶除生母以外的父亲的老婆），貂蝉则在吕布死后黯然逝去，只有西施活在传说的幸福生活中。

美女的生活未必幸福，这个叫作潘巧云的美女在一出场就注定了她悲剧的命运。

潘巧云一出场，抬眼一看，就不是一个良家妇女，有诗为证。

> 二八佳人体似酥，
> 腰间伏剑斩愚夫。
> 虽然不见人头落，
> 暗里教君骨髓枯。

这首诗给潘巧云定了调子，也把施老爷子的禁欲观体现得淋漓尽致。他似乎很反对性爱，在描写孔亮的时候曾写道，"不侵女色好少年"。当时孔亮已经二十七八岁了，而宋朝人二十岁结婚已经不算早了，施老爷子您是哪年结的婚啊？您结过婚吗？

此时的石秀还没结婚，但对于男女之事还是了解的，看看杨雄发黄的面皮，石秀会心地笑了。

石秀对感情很认真，对于这段结拜而来的亲情也很投入，他把潘巧云当成了亲嫂子，把这段亲情很放在心上。

爱之深，恨之切，正因为他把潘巧云当成了亲嫂子，才会在后来恨得那么彻底，那么咬牙切齿。

09. 危险的劈腿游戏

幸福的时光总是短暂，石秀想要抓住，却始终无法抓住幸福时光的尾巴。

石秀在杨雄老丈人的肉铺里帮忙，尽管他会杀猪，肉铺却不需要他杀猪了，他要做的就是管理一下账目。开始石秀很不习惯，后来也就慢慢习惯了。

过了一段日子，石秀出了一趟差，出去采购生猪。三天后，石秀回来了，一看肉铺收拾得很干净，石秀明白，可能是要关张了。

人无千日好，花无百日红。石秀知道可能是嫂子说了自己的闲话，随她去吧，自己安静离开就是了。等到石秀跟潘公交接账本，潘公笑了，是石秀自己想多了。

原来这几天潘巧云要祭奠去世的前夫，肉铺暂时关张不杀生，过了这几天再开门营业。

从杨雄允许潘巧云祭奠前夫来看，他对潘巧云非常顺从，就是这样的顺从闹出了事端。

潘巧云有一个相好，这个相好居然是一个六根不净的和尚，名叫裴如海。这就是潘巧云的不对了，如果你喜欢那个和尚，大可以不嫁，表面守你的寡，暗地与和尚干柴烈火，这样不招谁也不惹谁。现在嫁给了杨雄还踩着裴如海这条破船，在如此狭小的空间里玩危险的劈腿游戏，要知道，杨雄可是刽子手！

如果不是石秀，杨雄这顶绿帽子不知道还要戴多少年，那么有没有杨雄自己的问题呢？可能也有，杨雄常年值夜班，这让正当年的潘巧云更加寂寞难耐，杨雄的面皮发黄，莫非，可能，也许？据说具体的情况只有梁山上的医师安道全知道，安道全是一个有着高尚职业道德的人，这个秘密他到死都没有说。

石秀也是在一个偶然的情况下发现这个秘密的，石秀住的肉铺后面是个死胡同，一般打更的人不往死胡同走，而那几天帮风流和尚裴如海望风的家伙居然经常到那个死胡同里打更，这一下就暴露了目标。

10. 命可以丢，但脸不行

爱有多深，恨就有多深，石秀把对杨雄的兄弟之情转变成了对潘巧云深深的恨。

潘巧云和裴如海很小心，他们买通了潘巧云的小丫鬟以及裴如海的手下做联络员。即便如此，奸情还是很快被石秀察觉了，石秀以前是贩卖牛羊的，晚上睡觉从来不敢睡熟，他要时刻警惕有没有人来偷牛羊。时间长了，石秀睡觉睁一只眼闭一只眼，潘巧云很不幸就栽在了石秀的警惕上。

石秀把自己的发现告诉了杨雄，杨雄的脸更黄了。

杨雄这个人没有心计，他在酒后怒骂潘巧云，一下子打了草惊了蛇。敢偷情的女子一般都伶牙俐齿，诬陷起好人来更是轻而易举。潘巧云随口反咬石秀对自己动手动脚，这一招极其恶毒，即使杨雄嘴里不信，心里也犯嘀咕。毕竟谁也没有宋江大哥那样的心胸，全城人都知道他顶着一顶绿帽子，而他自己却毫不在意。

听了潘巧云如此胡搅蛮缠，石秀紧握拳头，青筋暴突。

性格直率的孩子一般都是一根筋，石秀更是一根筋，原本他以为自己提醒杨雄就能让潘巧云收敛一些，结果却是自己被扣上一顶不三不四的帽子。如果是矮脚虎王英可能就欣然接受了，石秀不行，银子可以丢，命可以丢，但脸不能丢，一辈子就活这张脸了。

拼命三郎石秀出手了，一拖四，全部拿下。

裴如海和手下被石秀直接结果，潘巧云和丫鬟被押到后山，石秀让杨雄亲自审问。此时的石秀已经顾不上别的，他最需要的就是证明自己的清白，清白是一个人的脸，更是一个人的命。

两下一对质，石秀清白了，骚扰嫂子的事实不成立，嫂子偷情的事实却完全成立，杨雄的脸再次变黄，那是愤怒，发自肺腑的。

本来以为自己成了家就在蓟州有了根，到头来却发现，一切都是假的。潘巧云人在身边，心却在天边。

石秀证明了清白后，再也压抑不了愤怒，在他眼里，女人不忠就是最大的罪过，仆人帮凶更是罪加一等。

丫鬟和潘巧云都活不成了，谁让她们犯到了石秀手中。

杨雄心中的恶升腾而起，他先砍了丫鬟，又把潘巧云卸了，这是他的专业，怎一个残忍了得。

11. 哪里才是下一站

结束了，一切都结束了，杨雄在蓟州的日子结束了。

往昔的一幕幕浮现在杨雄面前，他曾经落魄，曾经流浪，曾经一无所有，曾经两手空空。后来他当上了监狱长兼刽子手，后来他有了潘巧云，他以为从此不再落魄，不再流浪，不再一无所有，不再两手空空。他曾经试图抓紧眼前的一切，到头来，一松手，还是两手空空。

这些过往无论是喜是悲，对他而言都已成蓟州往事。

冲动时不计后果，冲动后才知道要为冲动负责，蓟州的日子已经结束，到哪里才是下一站呢？

杨雄又回到了一个人的生活，石秀也是孤零零的一个人，杨雄知道，从现在起，他在这世上唯一的亲人就是这位结拜兄弟了。

兄弟，我们该到哪里去呢？

石秀虽然没有多少文化，但很有心计，直到今天他才告诉杨雄，自己早已被戴宗发展为下线了，而且还收到了十两银子做定金（实际是做生意的本钱），现在石秀不是以前的拼命三郎，已经是梁山的预备头领了，就等着上山后直接转正。

峰回路转，意想不到的峰回路转，杨雄似乎已经看到了石秀描绘的那张美好蓝图，尽管梁山上有酒有肉的生活并不足以诱惑他，但"安全"这两个字就足够了。走吧，兄弟，我们一起上梁山。

突然，一声大喝从身后传来，杨雄和石秀惊出了两身冷汗，做过亏心事的人内心还是虚的，杨雄和石秀也怕有正义的力量把他们揭发，他们根本就没准备认罪伏法，典型的敢做不敢当。

等到杨雄壮着胆子回头，他笑了起来，原来大声喊叫的这个人他认识，而且还对这个人有恩。

这个人叫时迁，一个在梁山上严重被低估的人物，梁山大排名中排名倒数第二，他跟孙立、扈三娘都属于严重被低估的人物。

以时迁的能力，他可以做一个出色的侦察连长，戴宗跟他相比，只能当一个负责送信的传令兵。在后来梁山的分工中，时迁和乐和、白胜、段景住都是走报头领（负责侦察的头领），但这四人中，管用的只有时迁。跟时迁相比，时迁是锥子，那三个都是棒槌。

时迁长得比较怪异，怎么个怪异呢？

> 骨软身躯健，眉浓眼目鲜。
> 形容如怪族，行步似飞仙。
> 夜静穿墙过，更深绕屋悬。
> 偷营高手客，鼓上蚤时迁。

活脱脱一个蜘蛛侠，就差一斗篷。

时迁的外号叫鼓上蚤，形容他轻松灵活，跟在鼓上蹦来蹦去的跳蚤差不多，这说明他弹跳力很好，把时迁说成宋代的蜘蛛侠一点都不夸张。而且时迁还掌握很多蜘蛛侠掌握不了的绝活，比如口技，模仿老鼠打架，他的经典曲目是《两只老鼠》。

《时迁盗甲》还成为京剧名段，天津京剧名家张春华老先生把这一段演成了经典，张老先生还有一经典名段叫《三岔口》，也是宋代的故事，跟杨志的先祖有关，说的是杨家将的故事。

12. 组团上梁山

三百六十行，行行出状元，时迁是这一行的状元。

在中国大地上，能找到的关于水浒人物的庙极少，在这其中有一种庙叫穆神庙。

穆神庙又称"贼神庙""迁神庙"，庙里供奉的是"贼神菩萨"。传说贼神菩萨就是《水浒传》里的时迁，这位"菩萨"是以偷盗为业者顶礼膜拜的神明。据说有很多人去拜"贼神菩萨"，不少是有钱人，有的去祈祷子孙后代别出小偷，有的则是被贼偷过了，祈祷能把东西找回来。

时迁啊，时迁，百姓给你的荣誉多高啊！

不过，当时的时迁活得灰头土脸，他看不到生活的阳光。

偷盗，挥霍，再偷盗，再挥霍，这种周而复始的生活让时迁很压抑，时迁看着外面大好的阳光，心里充满悲哀。

因为长相怪异，从小就没有小朋友愿意跟他玩，小朋友们跟他说，"长得丑不是你的错，但长这么丑还出来吓人就是你的错了"。为此，时迁哭了好几天，结果更丑了，因为眼睛哭肿了。

慢慢地时迁走上了偷盗的道路，这是家传的技艺。在没有小朋友跟他玩的时候，他就在家自己跟自己玩，渐渐地他掌握了各种技巧，渐渐地小朋友们越来越不敢跟他玩。只要得罪时迁，他就能让小朋友心爱的玩具几分钟内在眼皮底下消失，永远也找不到。

时迁的本领越来越高，朋友越来越少。

总走夜路也会怕黑，尽管时迁手段高明，可还是有失手的时候。

一次，两次，三次，四次，时迁已经记不得自己挨了多少次打了，而他最害怕的还是偷盗记录，因为记录越多就意味着下一次他挨的打越重，法律也规定，累犯从重处罚。

时迁是幸运的，他最后一次进监狱的时候遇到了杨雄。本来盗贼和监狱长是不可能有共同语言的，但杨雄是个例外。

杨雄是外乡人，在蓟州很孤独，时迁又是个机灵的人，他能跟这个监狱长聊到一块儿。时间长了，监狱里的人都知道杨雄和时迁的关系，他们无话不说，他们亲密无间。监狱里的人已经忘了谁是监狱长，谁是盗贼，世界上的事情就是这样，很多情况你无法分清。

在杨雄的帮助下，时迁顺利躲过了牢狱之灾，出狱继续他的偷盗生涯。

最近时迁把业务范围扩大到了盗墓，这是一个古老的行当，以前时迁没有干过，如今自学成才。看了几本《鬼吹灯》和《盗墓笔记》后，时迁已经是成熟老手了，不过这并不能满足时迁空虚的心灵。

偷完活人，偷死人，时迁，你到什么时候才有下一站呢？

时迁正郁闷的时候，听到了潘巧云的喊叫。时迁顺着声音看过去，看到了近在眼前的残忍一幕，这才有了装腔作势的一喊，真实目的只有一个，组团上梁山。

第十六辑
阴谋奔向祝家庄

01. 祝家庄的高冷饭店

当时迁恳求石秀带自己上梁山时，梁山"双头"之一宋江正在为壮大人马发愁，人马是他的本钱，是他跟晁盖抗衡的资本，也是跟朝廷叫板的筹码，可到哪里找那么多人呢？宋江不断在心里祈祷，不断默念着：我劝天公重抖擞，不拘一格降人才。

现在那个不拘一格的人才加入了石秀的团，这个团从蓟州走到了郓州，离梁山不远了，三个人都非常激动，他们甚至想象得出在梁山受到热烈欢迎的画面，只是现在不行，天已经黑了，只能明天再赶路上山。

这一夜却成了漫长一夜，他们差一点没能看到梁山的太阳。

三个人住店的地方属于祝家庄，这是一个资源丰富、实力强大的村庄。说是村庄，其实已经到了一个镇的规模，常住人口达到了一两万人，精壮壮丁也有几百上千，地盘更是夸张，方圆三百里，梁山的水泊也不过方圆八百里。

所谓店大欺客，这个村级酒店因为有祝家庄的背景也牛气十足，表面上小二也算客气，实际上却透着傲娇。

时迁他们一进店就觉得这里的小二跟别处的小二不一样，别处的小二对他们客气有加，这里的小二对他们只是敷衍，有一问才有一答，不问不答，时迁他们很纳闷。

看看门口的招牌，时迁确定，这里就是一个村级酒店，但是这服务态度有点过分了。

祝家庄的村长是祝朝奉，非常有钱。祝朝奉有三个儿子，分别是祝龙、祝虎、祝彪，据说祝彪最厉害，对得起那个"彪"字。相比之下，那个两次被人打得下不来床的金眼彪施恩，你就有点愧对那个"彪"字了。

谁是村长不重要，时迁他们最感兴趣的是今晚的下酒菜在哪里，一问店小二才知道，店里只有牛肉，而且上午就卖光了，现在喝酒只能吃蔬菜了。

喝酒伴着蔬菜，如同川菜没有放调料一样，酒也显得寡淡。杨雄和石秀准备忍了，反正到了梁山酒顿顿有、肉天天吃，现在一顿不吃也不会出现胃溃疡，忍了吧。

时迁没准备忍，恰巧，他看见一只鸡。这只鸡是店里用来报晓的公鸡，相当于饭店的闹钟，时迁要把闹钟给吃了。

时迁把鸡收拾妥当，三个人就着熟鸡喝了一些酒，这样的感觉才好。三人总共吃了五升米饭，饭量也不算大，李逵一个人在李鬼的家里就吃了三升米饭。

02. 好巧啊，你也在这里

小店里的"闹钟"被三个人吃完了，他们以为神不知鬼不觉，结果还是被店小二发现了，这下麻烦大了。

杀人偿命，欠鸡还钱，本来是天经地义的事情，但在这里却行不通，因为店小二跟鸡有了很深的感情，感情是不能用金钱来衡量的，人家就要求欠鸡还鸡，时迁你拿什么还呢？

帝国主义曾经教育我们说，当你没有东西还给别人的时候，那就不妨还一下拳头，那个一根筋要鸡的店小二就这样挨了一顿拳头。

店小二捂着脸，粗着嗓子呼喊一声，门外冲进了几个壮汉，显然是早有准备的，这个配置够得上黑店标准。

两个天罡头加一个地煞头领，砸一村级黑店，自然很轻松。

不过轻松只是表面现象，他们没有想到，他们居然推倒了第一块多米诺骨牌，之后的连锁反应远超他们的想象，祝家庄跟别的村庄不一样，"这个村庄不寻常"。

三人夺门而出，仓皇而逃，不久就陷入了前后围堵之中。

祝家庄出动了各种武器对付他们，刀枪并不可怕，可怕的是挠钩。一不小心，时迁被人用挠钩钩住，拖了过去。

怪只怪时迁体重太轻，与地面的摩擦力太小。

石秀和杨雄在黑夜之中也找不着北，只能凭着感觉往前跑。黑夜里没有月光，黑幕无边无际，两人在夜幕下跑了很久，捉拿他们的喊叫声才越来越远。

黑夜给了我黑色的眼睛，而我却无法寻找到光明，而且还丢了时迁，两个人把郁闷都写在了脸上。

远远地又看见一座村级酒店，两个人心中有些害怕，但仔细一盘算，应该已经出了祝家庄的地面，接近梁山的地盘了。两人在酒店坐下来喘口气，买了几碗酒，无巧不成书，在这里，杨雄又遇到了一个熟人，他的运气好到可以开间寻人公司了。

之前是鲁智深运气比较好，一路上净遇到熟人，从陕西跑路到山西遇到了老金头，在瓦罐寺的树林里遇到了史进，在二龙山的树林里遇到了杨志，在野猪林的树林里救下了林冲，每一次都巧得如同麻雀撞飞机，还连撞了四架。

现在轮到杨雄这只麻雀了，他一下撞了两架飞机，一架是时迁，一架是杜兴。他不得不感叹，好巧啊，你也在这里。

杜兴也是杨雄的老相识，长相非常有特点，阔脸方腮，眼鲜耳大，貌丑形粗，如果说时迁是个缩小版的蜘蛛侠，那杜兴就是缩小版的怪物史瑞克。

杜兴的外号叫鬼脸儿，说明长得实在难看，跟赤发鬼刘唐、李逵以及阮氏三兄弟吃饭可以吃到一块儿。

不过他们也有可取之处，有他们在，梁山头领的小孩子们都很老实，甚至都不敢哭，只要他们一哭，他们的父母就说，"你再哭，就请鬼脸儿杜兴叔叔来咱家当保姆"。

03. 李应的飞刀只适合切肉

鬼脸儿杜兴跟时迁一样，也曾犯过事，犯的事比时迁犯的大得多。原本他是个生意人，因为做买卖的缘故来了蓟州，跟同伴拌嘴失手，把同伴给打死了。

火气太大了，杜兴要记住啊，冲动是魔鬼。

杜兴本来已经绝望了，最低也得判过失杀人。不料运气来了挡不住，杜兴遇到了杨雄这个刽子手，这个刽子手不仅没有把他出卖，还把他救了出来。

杨雄在时迁走了之后没有人聊天，有一天就跟杜兴这个准杀人犯聊上了，聊得非常投机。杜兴说起枪棒的套路来滔滔不绝，"枪扎一条线，棍扫一大片，身轻好似云中燕，豪气冲云天"。

每一句都说在杨雄的心坎上，所谓高山流水觅知音，杜兴就这样成了杨雄的知己。

杨雄虽是个刽子手，但他也有一颗柔软的心。杨雄知道尽管当今皇帝经常不理朝政，但是皇帝最在乎的还是两个字——和平。

和平就是不杀，这才是英雄的主题。杨雄就是利用英雄的主题把杜兴给救了出来，那个时候法律是一块橡皮泥，当权的人想怎么捏就怎么捏，更何况杨雄还是当地不可或缺的刽子手，他想杀一个人容易，想救一个人也不难。

大难不死的杜兴离了蓟州来到了郓州，在这里他遇到了又一个恩人李应。李应是祝家庄临村李家庄的庄主，杜兴并不知道李应为何青睐自己。多年后，李应对他说，"我第一眼看到你，就觉得跟你有缘"。

人生四大喜，他乡遇故知。杨雄这才感觉自己黑色的眼睛找到了光明，有杜兴帮忙，时迁应该很快就能要回来了吧。

杜兴并没有那么大的脸面，他得回去求主人李应。

李应是一个被严重抬高的人物，外号叫扑天雕。这个外号含义可以有两种解释：一种说他是一个有能力射下天空中大雕的人物，相当于那时候的成吉思汗（只识弯弓射大雕）。另一种解释是，他本人像在天空飞翔的大雕，"扑天"可以解释为在天空中飞翔。这两个解释都说得过去。

不过他本人着实对不起这个外号，说他能射下天空的大雕，他的飞刀能百步取人性命。然而，李应战绩惨淡，只是在征方腊战役中用飞刀杀死过一个无关紧要的人物，而方腊阵营中的杜微用飞刀连杀梁山数将，以致宋江郁闷地说，"人家的飞刀是用来杀人的，我们的飞刀只用来切肉"。

这一次营救时迁的行动也证明，李应确实被高估了，他的飞刀或许只适合用来切巴西烤肉。

04. 原来友情也会过期

这是一个飞速发展的时代，也是一个容易过保质期的时代，有过期的罐头，过期的烟酒，过期的船票，李应没有想到的是，原来友情也会过期。

祝家庄周边共有三个村庄，分别是祝家庄、李家庄、扈家庄。三个村庄世代友好，联系紧密，三位庄主之间的友情非常浓厚，由此形成了三村联防联动机制，一村有事，三村联动，一般的小强盗想到这里借粮基本是有去无回，要不就是人回去，马留下，粮没抢到，马倒被他们给抢了。

有着过命的交情，李应觉得自己的面子在祝家庄还是很管用的。经过三次碰壁之后，李应才知道，原来友情也会过期，面子也是有有效期的。

李应先是让门馆先生写了封信，自己盖了个章，然后让村里的副主管送过去，结果碰了一鼻子灰，"人不放，信不回"。

杜兴不死心，请李应写了一封亲笔信又盖了章，自己这个主管亲自送去，结果碰了第二鼻子灰，"人不放，信不回"。

两鼻子灰碰回来，李应想自杀的心都有了，自己从来没有这么丢过脸，今天一丢就是两回，一辈子就活这张脸，人家祝家庄还偏不给你脸。

面子就这么丢了，而且连丢两回，李应心想，必须把这面子找回来，不然以后在村民面前没法当父母官了。

李应披挂上阵，从这一刻起，三村互保联盟濒临瓦解。石秀和杨雄一看真动了干戈，只能硬着头皮跟着去打架了。

繁华散尽，年华老去，在马上颠了一会儿，李应感觉到腰酸背疼腿抽筋了，老了，这是缺钙的症状，回去得补钙了。

祝家庄出战的是祝彪，他一口咬定时迁是梁山的人，你李应千方百计想救时迁，莫非也是梁山的人？

李应怒发冲冠，怒目圆睁，说他是梁山的人，跟骂他是一样的。

那个年月存在着一个公式，"梁山＝贼寇"，一个清白的地主，一个有尊严的地主，怎么可能愿意被人骂成贼寇呢？

李应出招了，祝彪连忙接招，几个回合下来，祝彪不是他的对手。

李应还是老了，他居然忘了提防祝彪的冷箭，败走的祝彪回马一箭，李应中箭倒地，中箭的地方是胳膊。

完了，今天的脸是丢完了，格外还碰了三鼻子灰。

05. 梁山，我已经来到你的面前

心受伤了，话也说僵了，路也不知道该怎么走了。

几个小时内连碰三鼻子灰的李应已经灰头土脸了，他心如死灰，心情低落到极点。惨败，绝对的惨败，这一天就是李应的滑铁卢之日。

看着受伤的男人李应，杨雄和石秀一阵阵酸楚，心里想起了那句名言，"其实男人也需要关怀"。男儿有泪不轻弹，只是未到伤心处，李应脸上很平静，看不到眼泪，他的泪在心里，川流不息，没有尽头。

杨雄和石秀感慨李应的反差，仅仅几个小时前还是意气风发，几个小时后却是黯然神伤。人生的起伏如此之大，每一步都要好好把握，既然李应已经到了人生的谷底，杨雄、石秀不好再打扰下去。

走吧，上梁山找大哥去。

杨雄和石秀心里的大哥是戴宗，正是这个人把他们引上了上梁山的道路。既然李应这个村长已经不灵光了，那就上梁山找大哥吧，大哥一定会有办法的。

两人要走，李应也不阻拦，这两个人就是他失败的一面镜子，如果老在眼前晃，他心中的伤疤始终无法愈合。现在他们要离开，镜子也就随着离开了，对于毁了容的人来说，不让他看镜子也是仁慈。

梁山，梁山，我已经来到你的面前，多少次在梦中相见，多少次把眼泪哭干。在杨雄和石秀看来，上了梁山就会过上幸福生活，实际这只是虚幻的想象。童话的结尾总是王子和公主从此过上了幸福的生活，但实际情况又如何呢？王子和公主也会有审美疲劳，也会被平淡的生活磨掉棱角，也会为鸡毛蒜皮的事情争吵，也会在不经意间出现七年之痒，也会摸着对方的手就像自己左手摸右手，也会在将来的某一天分道扬镳。

这就是生活，没有剧本的生活。

当然石秀和杨雄两个粗人想不了那么远、那么多，他们迫切地想登上眼前这个高高的山冈。

石秀和杨雄进了梁山脚下的一个酒店，这是梁山的四大接待处之一，店主是石勇。两个人一边要酒，一边打听如何购买上梁山的船票。石勇看在眼里，记在心里，他知道这两个是在寻找永久饭票。

等他们说来自蓟州，一下就对上号了。

几天前戴宗带回来一批人上山入伙，就是杨林、邓飞那批人，当时把宋江激动得好几夜睡不好觉。

那天大摆庆功宴，戴宗喝了很多酒，说了很多话，说还有一个拼命三郎石秀兄弟也预定了要上梁山，这几天就到。

"说石秀，石秀就到"，速度跟曹操有一拼。

后来石勇告诉他们，幸亏他们一坐下来就询问船票，不然石勇已经准备去后厨拿蒙汗药了。

石勇一看见他们就非常开心，这俩大个子能变成多少包子啊？就是用来点灯，估计也能点小半年。石秀和杨雄脊背一阵阵发凉。

06. 猪的性子也够烈的

这里的山等你来

绿珊瑚荡云彩

这里的水等你来

白翡翠俊俏摆

等你来

等你来

满城的美丽满乡彩

《等你来》唱出了戴宗和杨林的心声，为了等这两个新发展的下线，两人已经等了好几天，不是要证明他们有多了不起，只是在等属于他们的东西。现在他们的下线终于来了，前两天跟别人吹下的牛终于可以落地跑了。

尽管分别只有几天，戴宗见着杨雄和石秀还是非常开心，他知道这两个人的重要性，关系已经开始出现莫名的紧张，任其发展肯定会爆发内讧。石秀和杨雄上山有可能把梁山上的跷跷板平衡打破，这两个人坐哪边，哪边的分量就会格外地重。

戴宗带着二人跟"双头"见了面，"双头"对他俩都很满意。梁山是一个非常讲究专业技术的地方，比如晁盖会装老大，宋江会做报告，吴用会做策划，都有特长。

眼前这两个人又会做什么呢？

杨雄说，我以前是监狱长兼刽子手，以后在梁山我可以当刽子手；石秀说，我以前杀过猪、贩过羊，还打过柴，以后可以帮厨房打柴兼杀猪。

"双头"和众头领一听，都非常欢喜，这两个人都是专业人士，以后梁山砍人就不用众头领亲自动手了，杀猪也不用下山去找屠夫了。再则这两个人都是戴宗介绍来的，应该是不错的人选。

晁盖激动地拉着石秀的手说，"兄弟啊，你来晚了，可惜了那头猪"。

什么意思？石秀丈二和尚摸不着脑袋。

昨天梁山聚餐，会杀猪的小喽啰下山了，只能让刘唐带着几个头领动手杀猪。结果呢，猪被捅了好几刀还没死，反而挣脱绳索带着刀跑了，跑了好久，无路可逃，无奈投湖自尽，临终还嚎叫了两声。

头领们猪肉也没吃上，只能感慨，"这猪的性子也够烈的"！

07. 晁盖没看破里面的局

听了笑话，大家都很开心，石秀和杨雄两个粗人还是在不恰当的时候说了实话。

他们跟晁盖和宋江说，原本还有一个时迁兄弟，说好一起上梁山，因为偷鸡吃被祝家庄的人给抓了。

晴天霹雳，绝对的晴天霹雳。

在宋江眼里，这些都是小节，在晁盖眼里，这些就是大义，反映了一个人的思想品质。梁山从王伦那里开始至多就是明抢，偷？太肮脏了，太给梁山丢脸了。

晁盖当时就翻了脸，让手下马上把这两个人砍了。

砍了？刚才还是兄弟，现在就翻脸了？石秀和杨雄懵了，梁山两个阵营的博弈马上展开了。

宋江劝说不能砍，砍了这两人，以后就没人敢来了；吴用也说不能砍，立场和口吻跟宋江一样。

可能从这时起，吴用已经是宋江的死党了。

石秀的引路人戴宗也站了出来，"就是砍了我，也不能断了梁山的贤路啊。"三个人，有六个鼻孔，穿三条裤子，晁盖发现，这三个人简直就是穿一条裤子，用一个鼻孔出气。

本来晁盖还指望本派能有一两个人站出来辩论，眼睛余光扫过一看，心凉了半截。刘唐、阮氏三雄、白胜、杜迁、宋万，加上他自己，八个人加一起，认识的字都没有吴用一个人认识的字多，八个人加一起走的路都没有宋江过的桥多。

事情到了这个地步，砍这两个人已经不可能了，送上门的头领就跟嫁过来的媳妇一样，都是泼进来的水，不收也得收啊。

晁盖这个人爱恨太分明，喜怒形于色，他没有好气地安排杨雄和石秀坐到了新上山的头领那一边，这下宋江阵营又壮大了。

晁盖在这场博弈中惨败，不仅没有砍得了杨雄和石秀，而且还把这二人赶到了对方阵营，可谓损失惨重。

石秀和杨雄都是有经历的人，一个杀过无数头的猪，一个砍过无数个的人，他俩见过的死猪和死人可能比晁盖见过的活人都多。

晁大哥，你就没有感觉到一股浓浓的杀气吗?

晁盖无意，宋江有心，在成功地将石秀和杨雄收入本方阵营后，宋江已经开始筹划攻打祝家庄。此战宋江有很强的个人目的，晁盖依然无动于衷。

宋江表面是为了粮食，顺便救一下时迁，真实目的是为了通过战争锻炼自己的嫡系。古往今来，这是一条屡试不爽的黄金法则，偏偏晁盖读书少，见过的砚台也少，他没看破里面的局。

宋江用轻飘飘的一句"哥哥是山寨之主，不可轻动"，就把晁盖定在梁山上了，比唐僧的紧箍咒都管用，晁盖被这句话害了一生。

宋江点齐人马下山，此行总共带了六千个小喽啰、六百个骑兵和十九个头领。在这十九个头领中，除了白胜属于晁派头领外，林冲属于无派人士，其余十七人全都是宋派头领。

晁派头领刘唐以及阮氏三雄都被宋江留在了山上，理由是他们都是梁山元老，不需如此劳累。从这时起，这四个人就注定了铅球一样的命运，等待他们的是无尽的下落，永远不会上升。

六千个小喽啰、六百个骑兵、十九个如狼似虎的头领，放在一般的战场上可以大打一场了，而宋江只用来攻打一个村庄。

大炮打蚊子，打下来，也算功绩。

08. 李应，一个断臂

之前接受过九天玄女娘娘的函授，宋江还是懂一点兵法的，所谓知己知彼，百战不殆，发起进攻之前，一定要对敌情有所了解。

宋江先派出两个侦察兵：石秀和杨林。

石秀很机灵，懂得如何保护自己，他选择挑一担柴伪装自己，伪装得很合理。杨林究竟是个"豹子"，智商不太够，他居然异想天开地装扮成一个解魔的法师。

外出侦察讲究不引人注意，从两个人的扮相看，石秀有可能取得成功，杨林必定失败。一个挑着柴火在农村叫卖的人很不起眼，不容易引起别人注意，而一个打扮怪异的解魔法师必然会引起别人的注意，"这人是干什么的"？

杨林在祝家庄晃悠了一会儿，就被抓住了。如此扮相，太失败。

机灵的石秀挑着柴火在村子里转悠了半天，跟开小饭店的老汉套上了近乎。老汉告诉他，这个村子里的路都是盘陀路，进得来，出不去，石秀顿时就哭了，眼泪说来就来，也不乏真实的成分（不问明白，他真出不去）。老汉心一软，把祝家庄的秘密说了出来，这下就成了全梁山都知道的秘密。

石秀正在村里潜伏，宋江却在立功心切的驱使下在黑夜里发起了攻击，这是典型的没有军事常识的做法。

两军相遇，敌情不明，道路不熟，贸然发动夜间袭击，这不是他杀，而是自杀。梁山的人很快发现进了盘陀路，怎么走都绕不出去。宋江这才想到，九天玄女娘娘的天书上写着：临敌休急暴。

临时抱佛脚后跟，晚了。

如果不是机灵的石秀在此时出现，宋派头领可能就在这一战中全军覆灭了。如果祝家庄有足够多的箭，如果祝家庄那个老汉嘴再严一点，梁山的历史就彻底改写了。

可惜祝家庄没有足够多的箭，老汉的嘴也不严，第一次统率千军万马的宋江得以全身而退。宋江回去后一晚上都没睡着，尽出冷汗了。

第二天一盘点人马，仗还没开打就已经搭进两位头领。扮成法师的杨林进去没多久就被抓了，镇三山黄信也在混战中被挠钩钩走了。

宋江出师不利，碰一鼻子灰。

杨雄跟宋江建议，要不然，去找扑天雕李应商量一下吧，没准有解决的办法。宋江兴冲冲去了，又碰了一鼻子灰。李应是当地的庄主，还是远近闻名的财主，他是不愿意跟梁山的人交往的，免得官府询问时说不清楚。

宋江很受刺激，暗地里下决心，一定要把李应弄上山，然后牢牢踩在脚下。李应没见宋江，只是答应一定不会帮助祝家庄。宋江听后哼了一声，你还能有什么能量？一个断臂（胳膊中箭受伤了）。

09. 乱点鸳鸯谱

既然迂回包抄已经不可能了，那就面对面厮杀吧。

想到即将到来的大战，宋江的腿微微发抖，这一发抖让他头脑发昏，排兵布阵也漏洞百出。

首先他安排马麟、邓飞、欧鹏、王英跟自己一起带一千步兵、一百五十个骑兵做先锋，第二队人马，戴宗、秦明、杨雄、石秀、李俊、张顺、张横、白胜准备下水路用兵，第三队人马林冲、花荣、穆弘、李逵分作两路策应。

放着那么多天罡级头领不用，偏要带着四个地煞级头领去打先锋，显然这是嫌鼻子碰的灰不够多。

但凡带上林冲或者秦明或者花荣，祝家庄早就破了，宋江自己乱点兵造成了要三打祝家庄，莫非是为了多赚两次出场费？总之，宋江这次行动属于"有困难要上，没困难制造困难也要上"。

困难真的来了，娇艳动人、才貌双全、武艺超群的扈三娘出现了。祝家庄、李家庄、扈家庄建立的是三村联动机制，虽然李家庄退出了联动机制，但祝家庄和扈家庄还是一家人，扈三娘已经许配给祝家三子祝彪，本来过几天就是他们的婚期，因为梁山的人到来，部署都被打乱了。

按照扈三娘的计划，这一仗是她姑娘时代的最后一战，打完这一战她就要脱下武装换红装，去成为别人的新娘。结婚以后她可以相夫教子，享受一个女人应有的幸福，那将是一件多么美好的事情。

美好还是被梁山给打破了，第一个冲上来的人是矮脚虎王英。

王英刚冲上来的时候，扈三娘就发现王英腿短，他的腿刚刚够得着马镫，别人骑在马上腿还要屈着，而王英的腿要完全绷直，不然够不着马镫。按比例计算，估计不到一米六，这样的男人在扈三娘的心中存活时间不会超过一秒，因为个儿太矮了。

王英本事不大，色心不小，他第一个冲上来就是为了能顺手抢个压寨夫人。本来他对宋江的承诺还抱有希望，渐渐地心已经凉了。现在他重燃希望，他知道幸福要靠自己争取。

王英以为眼前这个女人只不过会摆摆造型，一过招才发现，这个女人不寻常，招招制敌，招招毙命。王英见招拆招，心中还是有顾忌，毕竟这是自己计划中的媳妇，打坏了没人赔。

本就本事不济，又如此心猿意马，王英看扈三娘张开了手，他竟然产生了错觉，以为扈三娘要跟他拥抱。

王英幸福地闭上了眼，等待扈三娘温暖的怀抱。

一睁眼，坏了，已经被扈三娘擒下马了。

完了，玩砸了。

10. 如果林冲迎娶扈三娘

王矮虎折了，宋江的面子又被丢了一回，一旁的欧鹏一看，是时候展示真正的技术了。欧鹏是科班出身，不像王矮虎是自学成才，欧鹏以为自己的科班功夫肯定能轻松摆平扈三娘这个柴火妞，结果他错了。

扈三娘抓住了少有的显示自己能力的机会，日月双刀使得密不透风。欧鹏一会儿看到的是万树梨花，一会儿看到的又是浪花朵朵，眼睛已经跟不上趟了，手也接不上招，他的节奏已经乱了，现场进入了扈三娘时间。

这时，一个不要脸的人出现了，这个人就是有着混血血统的邓飞。邓飞看欧鹏打不过扈三娘就冲上来帮忙，两男打一女，真有出息！

见过不要脸的，没见过这么不要脸的，在日后的梁山上这两个人见了扈三娘都是绕着道走，实在无路可逃了，就面对面直愣愣走过去，假装没看见。

邓飞刚想过来两男打一女，祝家庄阵营也冲出了一个人，这个人是祝龙，四个人打成一团。紧接着祝家庄的家教老师栾廷玉、梁山头领秦明也加入了混战。

祝龙对阵秦明，明显不是秦明的对手。欧鹏转过来斗栾廷玉，明显不在一个档次。栾廷玉一记飞锤，便把欧鹏打落下马。

从这个对比看，如果上梁山，栾廷玉绝对是天罡级的。

秦明转过来对付栾廷玉，智商明显不够。栾廷玉且战且退，秦明在后面拼命追，《三国演义》真是白看了。

对付这样的人，一根绊马索就足够了，抓贼，有的时候就这么简单。

倒霉的还不只是秦明，邓飞刚一发愣，两只挠钩就伸了出来，走你，跟时迁做伴去吧。

宋江的乱点鸳鸯谱成全了对方，扰乱了自己，要不是石秀和杨雄赶来救援，宋江当时就成了时迁的牢友。

然而倒驴不倒架，尽管败局已定，宋江还是做出运筹帷幄的样子，拍马四处查看敌情，这一次作秀又演砸了，扈三娘快速向他奔来。

扈三娘给宋江的惊吓非同小可，宋江拨马就走，一边逃命，一边在思索生命的意义，为什么我遭遇的都是恶女人？阎婆惜、刘高妻，现在又加上了一个扈三娘，无怪韩信说"生我女人，亡我女人"。

宋江一边胡思乱想，一边慌不择路，就在这时，一个熟悉的声音在不远处响起："兀那婆娘走哪里去！"

林冲，林冲，你终于来了。

天罡级的林冲与扈三娘打了不到十个回合，就用长矛压住扈三娘的双刀，腾出手一拽，把扈三娘拽下了马。

按照传统戏剧的剧本，这是一段美好姻缘的开始，比如穆桂英和杨宗保、杨令公和佘太君，多少经典的爱情故事从这一步发生。如果梁山上的情种林冲与梁山美女头领扈三娘结为夫妻，那将是多么美妙的一段佳话！只可惜，林冲心里除了林娘子没有其他人的空间，而扈三娘此时在宋江的眼里成了一件物品，这件物品要发挥最大的功效，就不能给林冲这样有原则的人。

林冲这样的人，有自己的原则，即便给他小恩小惠，他也不会毫无原则地跟在某个人的后面。

如果把扈三娘送给另外一个人，效果就完全不同了，一个为了女人肯跟自己老大拼命的人，就很有可能为了女人为老大卖命。这个人就是王英，一个让扈三娘一生都活在幽怨里的人。

11. 等待那扇不开启的门

尽管捉了扈三娘，宋江的面子还是丢尽了，第一次下山指挥人马，就让人打得落花流水，刚才逃命的时候很狼狈，不知道要给小喽啰们留下多么不好的印象。

以后逃跑的时候可要注意形象，宋江暗暗对自己说。

眼前的祝家庄易守难攻，如果人家从此坚守不出，那真的是一点办法都没有，祝家庄守个一年半载没问题，而宋江的六千人马耗得起吗？更何况自己还说了狠话，"不打下祝家庄绝不回山"。

话说大了，一点挽回的余地都没有。

宋江想出了一个方法，兴许有用，他站在祝家庄门前大喊大叫。

上面无数支箭飞来，宋江跑啊跑啊，一下子吓醒了，一抬眼，天已经亮了。

又是艰难的一天，这一天该怎么办呢？

正发愁的时候，私塾教师吴用带着五百人马来增援了，这下好了，三个臭皮匠，顶个诸葛亮呢。

吴老师，赶快想想办法。

吴用此时在两个老大中间游弋，这是很多人在团队中必须要做的抉择，两个老大并立，那么必定需要站队，站在哪一方就要看你的判断力和智慧了。吴用也在选择站队，他不知道是该跟在晁盖村长后面还是该跟在宋江这个前政府官差后面。

想来想去，随机应变吧，你知道哪朵云彩有雨呢？

吴用听了宋江的诉苦后，知道这一次自己可以在两个老大面前都讨好了。在晁盖那边他可以骄傲地说：我出色地完成了下山增援任务。在宋江这边，他也可以说：我给你支了一高招。

两下讨好，是不容易做到的，吴用在晁盖和宋江两个老大之间玩劈腿，难度巨大。

吴用的计谋说起来也很简单，那就是安排人打入祝家庄内部，然后里应外合。那么，到哪里去找这样的人呢？

远在天边，近在眼前，新近投奔梁山的人中就有祝家庄的老关系，这个人叫孙立，一个日后在梁山被严重低估的人物。

孙立与祝家庄的家庭老师栾廷玉是师兄弟，孙立正是利用这个关系攻破了祝家庄，为梁山纳下了投名状。也正是这个投名状让他悔恨终生，更让他在梁山终生不得重用。他在无意中害死了师兄栾廷玉，让宋江发展下线的计划破灭，因此孙立在梁山上注定不受重用。

12. 一只老虎引发的血案

世界上的事物都是有联系的，东半球的蝴蝶一扇翅膀，西半球就将有暴风雨了。

孙立上梁山很偶然，本来他在登州（今山东烟台）做提辖，相当于当地警备区的高级军官，日子过得非常舒服，妻子乐大娘子贤惠，小舅子乐和还是个音乐人（铁叫子乐和，擅长音乐），兄弟孙新混得也不错，跟他那个野蛮媳妇顾大嫂开着个生意不错的饭店。一家人和和美美，沐浴着大宋的幸福阳光，不料这样的日子被一只老虎给改变了。

老虎是《水浒传》中很奇妙的一种动物，只要有老虎出现就意味着命运改变。被老虎改变命运的有武松，有李逵，有解珍、解宝、孙立，等等。武松因为老虎成为天下闻名的打虎英雄；李逵因为老虎成了没娘的孩子，从此死心塌地为宋江卖命；解珍、解宝因为老虎再也不能在家乡打猎，只能到梁山入伙；孙立更是因为老虎再也当不了大宋的军官。

一切都是老虎惹的祸。

为什么一只老虎引发了这么多是非呢？原因就是老虎的背后有利益的驱动。

宋代自然生态不错，登州地面也有老虎出没，老虎影响了当地的安定团结，县官为了不影响经济发展和百姓安居乐业，准备把那只危害比较大的老虎给灭了。

两个叫解珍、解宝的猎户看在赏银的分上立下了军令状，他们保证三天内把老虎给灭了。

解珍、解宝是当地的明星猎户，一般人不敢惹，兄弟俩下手狠，心也黑，解珍外号叫两头蛇，解宝的外号叫双尾蝎，从名字看，这两个人均非善类。

尽管这两人不好惹，可还是有胆大的惹了他们，这一家就是不知死活的毛太公一家。当时解珍、解宝发现老虎中了自己埋的药箭，就一直追踪老虎，最后发现，老虎失足掉下山去，滚进了毛太公家的后花园。

眼看着银子滚进了别人的家里，哪有不要的道理？两兄弟上门去讨要，结果出了问题。

老虎的赏银丰厚，毛太公动了贪念，他偷偷让人把老虎送交官府，宣称是自己捕获，解珍、解宝讨要老虎被当成了"无理取闹"，扭送官府。

为了独吞老虎赏银，毛太公一家居然要伙同官府把兄弟俩判成死刑，唉，大宋法律在这里又成了橡皮泥。道君皇帝，您老的天下能不丢吗？

从看着老虎中药箭到现在被关进死牢，解珍、解宝感觉一切就像在做梦，似乎有一只看不见的大手在牵着他们走。

两头蛇、双尾蝎，莫非从此真的成了无头蛇？

13. 梁山上的裙带关系

无论在什么时候，人都应该做到"不抛弃也不放弃"，这句话对钢七连有用，对解珍、解宝同样也有用。他们想过抛弃，想过放弃，想过认命，想过服输，也想过好汉不与命争，直到一个人的出现才唤起了他们生的希望，这个人就是著名音乐人，铁叫子乐和。

乐和是梁山上的专业人才，逢大型聚会他都会唱曲助兴，在梁山上的受欢迎程度不亚于宋江，因为音乐能提升一个团队的素质。后来这个音乐人因为专业上的优势被高官留在府中专门唱曲，相当于王府签约音乐人。乐和的经历再一次证明，还是做专业人士好。

此时的乐和身份不是音乐人，而是一名普通狱警，尽管解珍、解宝并不认识他，而他却认识解珍、解宝，他早就听说过这两个人，他们是拐了几道弯的亲戚。

他们的亲戚关系很复杂，一般人弄不明白，我来简单说说。

解珍、解宝的娘是孙立、孙新的姑姑，解珍、解宝和孙立、孙新是表兄弟。亲上加亲的是，解珍、解宝的姑姑的女儿顾大嫂又嫁给了孙新，而乐和的姐姐乐大娘子则是嫁给了孙立，这样乐和跟解珍、解宝就拉上了关系，也就是说乐和的姐夫孙立跟解珍、解宝是表兄弟。这样，乐和与解珍、解宝也算是亲戚了，尽管他们没有任何血缘关系。

亲戚见面好办事，乐和看着亲戚受难焉有不救的道理？他主动提出替兄弟俩往外送信，收信人是解珍、解宝的表姐顾大嫂，这又是一个狠角色。

有教授曾经说过，梁山好汉完全可以不选择招安，在梁山上一样能够安居乐业。对于教授的观点，我不敢苟同，在我看来，梁山招安是死，不招安更是死，毁灭梁山的除了资源短缺外，更要命的是派系斗争和裙带关系。

看看梁山上的关系，有亲兄弟，有拜把兄弟，有主仆，有夫妻，有表兄弟，有师徒，有旧同事，有故交，有亲戚，有叔侄，林林总总的关系在这里盘根错节，十分复杂，一个座次表就暴露了太多的问题。

在这个关系复杂、义气当先的团体里，秩序无法建立，斗争也从未停止。

晁盖与宋江的明争暗斗，宋江与卢俊义的控制与反控制，杨志与劫生辰纲团伙的矛盾，李逵与朱仝关于小衙内的矛盾，张清与被他打过的十几员将领之间的矛盾。矛盾叠着矛盾，问题叠着问题，招安和对外打仗能暂时转移这些矛盾，而如果没有转移内部矛盾的载体，梁山将会在内讧中土崩瓦解。

乐和火速去找了解珍、解宝的表姐顾大嫂，这个狠角色在当地开饭店，顺便杀牛开赌场。牛在农业社会的地位非常重要，是不能随便杀的，随便杀牛是要被告官的。顾大嫂敢杀牛，说明她不怕官，敢做别人不敢做的事情，这是一个光芒远远盖过丈夫的女子。遗憾的是，她的排名还要排在丈夫后面，都是封建礼教惹的祸。

14. 顾大嫂的劫狱团队

解珍、解宝原本是安分守己的人，上梁山完全是被逼无奈，一度他们在狱中准备认命了，幸亏顾大嫂不认命。

或许正是因为他俩安分守己，宋江在排座次的时候把他俩排进了天罡，把孙立这个具备天罡正将水平的人排到了地煞行列，这可能是唯成分论的结果，"越穷越光荣"吧。

孙立其实很无辜，在最早记载水浒故事的《大宋宣和遗事》中，孙立是其中的重要人物之一。当时的故事中，孙立与杨志等都是运送花石纲的，十人结成了兄弟。后来杨志的船翻了被官府抓住，杨志在被押送的过程中遇到孙立，孙立砍死官差救出杨志，然后两个人一起上了梁山。只可惜在后来的演绎中孙立逐渐淡出了正将行列，按照我的分析，应该与栾廷玉的死有很大的关系。

原本幸福的孙立是被弟弟孙新以及弟媳母夜叉顾大嫂拉下水的。在那个年代司法成了橡皮泥，靠嘴皮子以及笔杆子已经不能解决问题了，急于救人的顾大嫂和孙新想到了劫狱。

孙新的外号叫小尉迟，功夫都是哥哥孙立教的。孙立的外号叫病尉迟，意思是打了折扣的尉迟恭。

孙立跟薛永以及杨雄都是病字辈的，薛永是病大虫，杨雄是病关索，孙立是病尉迟，唉，都是打了折扣的。（病在这里也可能是使动用法，"使……发愁"，意思是能力超强，让大虫、关索、尉迟恭也发愁，拿他没办法。）

严格来说，吕方和郭盛的名头也应该属于病字辈的，吕方应该是病吕布，郭盛应该是病仁贵，总之都是打了折扣的。

按照顾大嫂的逻辑，当天晚上她跟丈夫两个人去就够了。显然，顾大嫂就是个女李逵，鲁莽，头脑简单。

在孙新的建议下，顾大嫂开始组建劫狱团队，她想到了两个经常来店里赌钱的强盗：邹渊、邹润。

邹渊、邹润是叔侄俩，不是兄弟俩，不过年龄接近。

邹渊长得还算正常，兵器是折腰飞虎棒，外号出林龙。

邹润长相就非常怪异了，身材高大，天生一等异相（可以参考《天龙八部》里庄聚贤的形象），脑后有一个肉瘤，独门绝技是铁头功，跟人争吵经常用头撞，据说有一天一头撞折了一棵松树，人送外号独角龙。

从外形看，邹润属于跟刘唐一起喝酒的那一桌。

15. 劫狱，就是这么简单

人聚得差不多了，该想想善后的问题了，总不能劫狱后还按部就班地开店吧，那也太挑战官府的权威了。邹渊盘踞的登云山也不能去，山太小，根本守不住，官兵在山下一放火，山上的人很快就变成了烧烤。

听到"烧烤"这两个字，大家都吓出了一身冷汗。

这时，身为强盗的邹渊显示出自己良好的社会关系，原来他当强盗这些年也不是白当的，在强盗界也有很广的人脉关系。

邹渊的朋友圈有豹子杨林、狮子邓飞、石将军石勇，这些都是当年跟他一起劫过道的兄弟。当时他们喝酒时经常说："狗富贵了都不相忘，何况人呢?"（苟富贵，勿相忘。）

现在人家兄弟三个上了梁山，过上了天天有酒、顿顿有肉的生活，三个人都想把邹渊发展为下线，只是邹渊还没有想好，这才拖着一直不肯上山。

在邹渊的描述中有一个细节，就是提到梁山的时候，他提到的是宋江，根本没有晁盖的事。这说明，在那个时候，晁盖的江湖地位已经急速下落，江湖上只知道有宋江，不知道有晁盖了。

晁盖？哪个山头的？

虽然劫狱团队准备好了后路，但还有个隐患，那就是孙立。孙立是登州提辖，一旦有劫狱发生，必定会出马追捕，不把他拉下水，劫了可能也是白劫。

只好委屈孙提辖了，脱了这身官服，一起到梁山吃肉吧。

初一听劫狱的提议，孙立抬头看了看天，天还没黑啊，怎么一屋子人都说梦话呢?

再仔细一看，一个个都没有好脸色，那架势是你答应也得答应，不答应也得答应。孙立一看打又打不过，走又走不了，再则解珍、解宝也是表兄弟，打断骨头连着筋。

看来这身官服是穿到头了，不用辞职，直接上山吧。

孙立一加入，形势已经发生巨变，孙立这个朝廷军官从劫狱团队的对立面站到了同一战线。孙立、孙新、邹渊、邹润、解珍、解宝、顾大嫂、乐和，八个人组成了劫狱团队。

在这次行动中，大家齐心协力，既提高了能力，扩大了影响，又使巾帼英雄顾大嫂成了出色的特工人员。

在日后的梁山上，顾大嫂多次打入敌人内部，与主力部队里应外合，屡试不爽。这个女人不简单，敢跟敌人耍花腔。

劫狱的过程干脆利落，乐和把顾大嫂接进去，两人加解珍、解宝从里往外打，其余四人从外往里打，两个天罡级正将加六个地煞级偏将打一个登州监狱，基本上属于铁锹打苍蝇——好大的拍子。

临走时，孙新还意味深长地看着那扇已经被打破的牢门，幽幽地说，"劫狱，有的时候就是这么简单"。

16. 阴谋奔向祝家庄

后来的事情发展就很简单了，简单的复仇剧情，解珍、解宝带着人把欺压他们的毛太公一家灭了，房子烧了，一了百了。

下一步目标：梁山。

登州与梁山离得也不太远，那个年代骑马，有四五天也到了。那个年代通信不发达，登州案子发了，其他地方也不一定知道，所以这支上梁山的队伍顺利抵达梁山脚下，他们遇到了梁山接待处的一个头领——石将军石勇。

这个靠给宋江哥哥送了一份家书而上梁山的头领一直生活在自卑中，别的头领上山都有像样的功劳，自己的功劳只是一封家书，而且家书还是假的，自己跟三国里盗书的蒋干有什么区别？典型的智商低啊！所以，在梁山上有什么重大任务都不会交给石勇去做，因为他连封信都送不好！

石勇正郁闷，这时一抬头看到了自己以前的合伙人——出林龙邹润，这小子这些年到哪里劫道去了，怎么来这里了？

石勇跟八人见了面，脸上顿时乐开了花，八个人，八个人啊，这八个人都会成为自己发展的下线。这下宋江哥哥不能看不起我了，我不仅能送信，还能发展下线呢！

等到双方交流完近况，孙立听说宋江正在打祝家庄，眼睛顿时就亮了。

原来，孙立与祝家庄的家庭教师栾廷玉是师兄弟，有这层关系，孙立就可以去承担无间道的角色了。

宋江苦苦寻找的特工人员终于出现了，祝家庄战役出现了转机。

有了米，饭就好做了，吴用这个私塾教师迅速制订方案，让孙立按计划执行。孙立执行了一辈子上司的计划，这一次也很简单，不就是演一出戏吗？

当阴谋悄悄奔向祝家庄的时候，祝家庄上下还被蒙在鼓里，永远地被蒙在鼓里。

在孙立进入祝家庄的同时，宋江的扫清外围的工作也展开了。

扈家庄的扈成来要自己的妹妹扈三娘，被宋江拒绝了。吴用向扈成提出要求：无论祝家庄发生什么情况，都不准救援。

外围扫清了，就等着中心突破了，孙立，看你的了。

孙立进入祝家庄，受到了热烈欢迎，因为他军官的身份，没有任何人怀疑。